Der Berber

Der
Berber

Jürgen Reitemeier
Wolfram Tewes

Verlag topp+möller
Detmold 2001

Ganz herzlich möchten wir uns bei Christiane Fischer, Friederike Wandmacher, Martin Hostert, Lothar Scheiblich, Andreas Naumann und bei Herrn Birkelbach von der Peter-Hille-Gesellschaft für viele gute Tipps und Hinweise bedanken. Ebenso, nachträglich bei Karl Schmengler.

Bei Alfons Holtgreve für das Titelblatt. Und natürlich bei unseren Ehefrauen Marianne und Tine, die in den letzten Monaten viel Geduld und Humor bewiesen haben.

Die Deutsche Bibliothek – CIP-Einheitsaufnahme

Reitemeier, Jürgen:
Der Berber / Jürgen Reitemeier ; Wolfram Tewes. –
Detmold : Topp und Möller, 2001
ISBN: 3-9807369-1-1

Zweite Auflage 2001
© Verlag topp+möller /
Jürgen Reitemeier, Wolfram Tewes 2001

Verlag und Gesamtherstellung: topp+möller, Detmold

Vorwort

Auch diese Geschichte spielt in Lippe.

Einer reizvollen Region, in der die jährliche Regenmenge ebenso sprichwörtlich ist wie die Sparsamkeit seiner Bewohner. Wer hier mit Geld um sich wirft, der macht sich verdächtig und sollte sich hinterher über nichts wundern.

Wundern Sie sich nicht, wenn Sie in diesem Buch auf einen Namen stoßen, den Sie zu kennen glauben. Das ist reiner Zufall! Alle Personen und die Handlung sind frei erfunden!

Wenn sich aber der Eine oder Andere verwundert fragt, woher ihm denn diese oder jene wunderbare Episode bekannt vorkommt, dann lassen Sie sich sagen: Wunder gibt es eben immer wieder!

„Ich bin, also ist Schönheit!"

Peter Hille

Prolog

„So, das war die letzte Runde, ich mach jetzt dicht!"
Der fast kahlköpfige Wirt der Detmolder Gaststätte *Berta*
knallte drei Gläser auf den Tisch, ging dann zu seiner Theke,
nahm sich einen Putzlappen und begann, die anderen Tische
abzuwischen. Trotz der späten Stunde war das Pils nach allen
Regeln der Gastwirtskunst gezapft. Exakt sieben Minuten.
Darauf konnte man sich eben im Frühling 1967 in der Provinz
noch verlassen.

Die drei jungen Männer waren korrekt gekleidet, hatten als
Zugeständnis an die Uhrzeit und den Alkoholkonsum lediglich die Krawatten etwas gelockert und die Ärmel der weißen
Hemden hochgekrempelt. Auch dies war im Frühjahr 1967 in
der Provinz völlig in Ordnung.

Außerdem legte der Arbeitgeber der drei Herren, der
Detmolder Regierungspräsident, den allergrößten Wert auf
standesgemäßes Auftreten seiner Verwaltungslehrlinge.

„Helmut, mach doch mal das Radio an," rief Arnold Berger
dem Wirt zu. „Nur noch eben Nachrichten hören!"

Der dicke Gastwirt war zwar müde, aber ein gutmütiger Kerl.
Er knipste das große *Loewe*-Radio an und drehte den
Sendersuchknopf auf den WDR. Es dauerte einige Sekunden,
bis das Röhrengerät die nötige Betriebstemperatur hatte.
Dann dröhnte die sehr amtlich klingende Stimme des Nach-
richtensprechers durch die fast leere Kneipe.

„In den späten Abendstunden kam es in Berlin anlässlich des
Schah-Besuchs zu schweren Unruhen. Sicherheitskräfte hin-
derten die Demonstranten daran, die Berliner Oper zu stürmen,
in der Schah Reza Pahlewi mit seiner Frau Fara Diba einer Auf-
führung beiwohnte. Im Rahmen dieser Auseinandersetzungen
kam ein Student namens Benno Ohnesorg ums Leben. Er wurde in einem Hinterhof erschossen aufgefunden. Wie ein
Polizeisprecher mitteilte, konnte der Todesschütze noch nicht
ermittelt werden. Behauptungen der APO, Ohnesorg sei von

einem Polizisten von hinten erschossen worden, bezeichnete die Berliner Polizei als völlig gegenstandslos. Die Studenten..."

Die drei jungen Männer waren schockiert.

„Ich glaube denen kein Wort," stieß Berger wütend heraus. „Die Bullen haben den umgelegt, da wette ich meinen Arsch drauf!"

„Ich hätte große Lust, irgendein Schaufenster einzuwerfen. Pflastersteine gibt es nicht nur in Berlin. Ich kenne auch in Detmold genug. Und bürgerliche Scheißer, die jede Woche die *Bunte* kaufen, weil da so schöne Bilder von Herrn und Frau Schah drin sind, haben auch hier Geschäfte mit schönen großen Schaufenstern!" Karl Hofknecht neigte seit seiner Kindheit zu spektakulären Aktionen.

Arnold Berger war von einem anderen Naturell.

„Das ist doch Quatsch! Dann reparieren die ihre Schaufenster, die Kunden kaufen aus Mitleid noch mehr von ihrem Ramsch und du guckst dumm aus der Wäsche. Nein, man müsste etwas machen, was das System ins Wanken bringt. Man muss das System mit seinen eigenen Waffen schlagen."

„Und wie willst du das anfangen?"

„Keine Ahnung, weiß ich auch noch nicht. Aber irgendwas fällt mir schon ein, verlasst euch drauf! Überlegt mal. Morgen fahren wir alle drei nach Nieheim zur Schulung. Keiner von uns interessiert sich für diesen Mist. Aber wir haben eine ganze Woche Zeit, uns was Pfiffiges auszudenken!"

In der Tat stand den dreien einer der zahlreichen Verwaltungslehrgänge bevor, der diesmal in Nieheim stattfinden sollte. Eigentlich hätten alle drei schon längst im Bett liegen sollen, da sie bereits um 8 Uhr in der Frühe antreten mussten. Aber wer wollte jetzt daran denken?

„Von hinten! Auf der Flucht erschossen!" Udo Kröger krallte die Faust um das arme Bierglas. „Wo leben wir eigentlich?"

„In Detmold! Und in Detmold ist nachts um ein Uhr Polizeistunde! Los, raus jetzt! Ich mach Feierabend!" Dieser fast kahlköpfige, dicke und gutmütige Wirt konnte auch resolut sein.

Draußen bot Karl Hofknecht den anderen an, noch zu ihm nach Hause zu gehen. Seine Eltern seien nicht zu Hause, dafür aber noch einige Flaschen Schnaps. Außerdem könne man sich noch ein paar Eier in die Pfanne hauen.

Als ihr Lehrgangskollege Leo Hoffmann sie um kurz nach 6 Uhr einen nach dem anderen von ihren Elternhäusern abholte, staunte er nicht schlecht über die verkaterten Gesichter. Alle drei quälten sich so durch den ersten Lehrgangstag, dass sie am Abend unbedingt etwas Entspannung brauchten. Die fanden sie im *Lindenkrug* bei einigen Bieren. Wieder kam das Thema des gestrigen Abends auf den Tisch. Arnold Berger war es, der schließlich die Sache ins Rollen brachte.

„Hört mal, Jungs! Wir haben doch heute trotz allem ´n bisschen was gelernt über das Einwohnermeldewesen. Zum Beispiel wissen wir jetzt, was eigentlich einen vollwertigen Menschen ausmacht. Und was ist das?" Fragend blickte er Udo Kröger an. Der dachte aber in diesem Moment nur an ein Detmolder Mädchen namens Monika, dem er bereits seit einem Jahr ebenso hartnäckig wie erfolglos den Hof machte.

„Dass alles dran ist, was dran gehört," antwortete Kröger müde und desinteressiert.

„Quatsch! Er braucht einen Eintrag in die Einwohnermeldekartei seiner Gemeinde, einen Personalausweis, eine Nummer bei der Bundesversicherungsanstalt, eine Lohnsteuernummer und so weiter. Viel mehr braucht man nicht, um ein angesehenes Mitglied unserer Gesellschaft zu werden. Und wir, ja wir, können ihm all das verschaffen. Ich habe eine Idee. Wollt ihr sie hören?"

Die beiden anderen schauten sich genervt an, nickten aber brav. Berger war so etwas wie der Wortführer dieser kleinen Gruppe. Man war es gewohnt, dass er sich gelegentlich etwas ‚dicke machte‘.

„Letztens hatte mein Abteilungsleiter mich mal zum Standesamt geschickt, was abholen. Da kam ein Typ, der wollte heiraten. Das ging aber nicht, weil seine ganzen persönlichen

Unterlagen wie Geburtsurkunde und so bei einem der Bombenangriffe auf Berlin verbrannt sind. Jetzt hat er keinen Pass, keinen Beweis dafür, dass er überhaupt geboren ist, überhaupt nichts. Ihn gibt es praktisch gar nicht. Der arme Amtsleiter hat ganz schön rotiert."

„Und, hat er jetzt seine Frau geheiratet oder nicht?" wollte Udo Kröger wissen.

„Ich denke schon. Er hatte jedenfalls seine ganze Verwandtenmischpoke mitgebracht und alle haben eidesstattliche Erklärungen abgegeben, dass sie diesen Mann schon von ganz klein auf kennen und dass er wirklich der ist, der er zu sein behauptet. Weiter habe ich von der Sache nichts mitgekriegt, aber ich denke mal, der ist jetzt schon unter der Haube!"

„Aber was hat das alles mit uns zu tun?"

„'Ne ganze Menge! Stellt euch mal den Spaß vor. Wir erfinden einen Mann! Wir verschaffen ihm einen Namen, einen traurigen Lebenslauf mit Bomben und ausgebrannten Häusern und so. Den schicken wir dann durch die Instanzen, mit Hilfe solcher eidesstattlichen Erklärungen."

„Und wo willst du die herkriegen? Da macht doch keiner mit, das wäre ja verrückt!"

„Ich kenne Leute, denen ist jetzt alles egal, die reden auch nicht mehr darüber. Und Geld wollen sie dafür auch nicht."

„Die möchte ich sehen!"

„Kannst du aber nicht! Die liegen alle unter der Erde. Jungs, kapiert doch! Wir nehmen uns einfach einige Leute vor, die in der letzten Zeit gestorben sind und deren Lebenslauf in etwa zu dem unseres künstlichen Freundes passt. Da können wir ja flexibel sein. Außerdem sitzen wir doch an der Quelle. Wir basteln uns deren eidesstattliche Erklärungen, setzen das richtige Dienstsiegel darunter und erledigt. Merkt kein Mensch!"

Die beiden anderen schauten sich völlig verwirrt an.

„Mann, Arnold!" meinte dann Karl Hofknecht, „du bist noch verrückter als ich dachte!"

1

Frau Feldbusch staunte nicht schlecht. Nun betrat schon der achte ‚Berber' die Sparkassenfiliale am Detmolder Markt. Ebenso wie seine Vorgänger wedelte auch er mit einem nagelneuen Fünfhundertmarkschein.

„Könnse den ma´ wechseln, die in Aldi haben nich chenug Kleingeld."

„Sicher doch," meinte Frau Feldbusch freundlich wie immer, „ich muss aber erst mal kurz nach hinten, heute haben wohl alle nur große Scheine."

Sie nahm den Geldschein und verließ den Kassenraum.

„Komisch," dachte sie bei sich, „alle Penner kommen mit einem Fünfhunderter, alle sind älter als von 1990 und sind nagelneu, obwohl wir mittlerweile das Jahr 2001 haben."

Bei den anderen Scheinen waren die Seriennummern fast fortlaufend gewesen, doch bei diesem Schein war sie aus einer anderen Reihe. Sie überprüfte die Nummer des Geldscheins an Hand der aktuellen Computerlisten. Registriert war der Schein nicht. Aber, dass irgendwo in dieser Geschichte ein ganz dicker Wurm war, daran hatte die erfahrene Kassiererin überhaupt keinen Zweifel. Aufgeregt rief sie bei der Polizei an und teilte ihre Beobachtung mit. Dann ging sie wieder in den Kassenraum. Vor dem Schalter wartete ungeduldig der Besitzer des Scheines. Frau Feldbusch hatte weiche Knie.

„Watt nich in Ordnung?"

„Doch, doch, aber ob Sie es glauben oder nicht, ich musste von der Paulinenstraße Hundertmarkscheine anfordern, Sie sind mindestens schon der Zehnte der hier mit einem Fünfhundertmarkschein steht." Unauffällig legte sie ein DIN A4 Blatt auf die Fächer mit den Geldscheinen.

„Un alles Penner, wa?"

„Na ja," Frau Feldbusch wollte dem Mann nicht zu nahe treten.

„Die sind vom Professor, der hat irgendwie ´ne Erbschaft gemacht, oder so. Jedenfalls is der seit Tagen sturzbesoffen un scheißt mit den Geld rum, als wär et Dreck. Getz licht der irgendwo inne Büsche und pennt. Abba ich bin doch nich blöd. Ich hab dat Geld genommen, die annern auch. Un dat gebe ich getz aus, bevor der wieder nüchtern wird und dann die Kohle womöchlich noch wieda haben will. Ich mache mich ein schönen Tach, dat könnense mich chlauben."

In dem Moment fasste dem Mann jemand auf die Schulter und drehte ihm gleichzeitig den Arm auf den Rücken. Dem ‚Berber' stand der Schmerz im Gesicht. Frau Feldbusch sah in das Gesicht eines Streifenpolizisten, der versuchte sie cool anzugrinsen, wobei er aber eher dämlich wirkte.

Frau Feldbusch bekam ein schlechtes Gefühl. Gerade hatte sie mit dem Mann ein Gespräch geführt und jetzt kam dieser Polizist und behandelte diesen Menschen überzogen rüde. Am Eingang der Bank stand ein weiterer Uniformierter. Er war erheblich jünger als sein Kollege. Dieser hatte dem zerlumpten Mann mittlerweile die Hände auf dem Rücken gefesselt. Die restlichen Besucher der Bank wurden unruhig. Irgend etwas schien nicht in Ordnung zu sein. Stimmengewirr wurde laut. Worte wie Banküberfall fielen. Jemand schrie hysterisch:

„Was ist denn hier los?"

Auch die Bankangestellten wurden unruhig.

Der Polizist Rudolf Volle ließ sich nicht beirren. Der stieß den Gefesselten vor sich her, Richtung Ausgang, ohne noch eine Frage zu stellen, ob er den richtigen Mann festgenommen hatte oder nicht.

„Los, du Penner! Jetzt geht es ab. So was wie dich können wir hier nicht gebrauchen!"

Gerade wollte er die Ausgangstür aufstoßen, als ein ungleiches Paar den Schalterraum betrat. Der eine Mann war jung, groß, schlank, elegant, aber auf gewisse Art leger gekleidet. Er hatte einen Dreitagebart, volles schwarzes Haar und einen „Brilli" im rechten Ohr. Der andere war ca. fünfundfünfzig Jahre, trug einen abgetragenen Anzug, darüber einen ebenso zerschlissenen Sommermantel. Die Krawatte hatte er wahrscheinlich schon bei seiner eigenen Konfirmation getragen. Er besaß schütteres graues Haar und auf der Stirn standen ihm Schweißperlen. Er war völlig außer Atem. Für seine dreißig Kilo Übergewicht war die eben eingeschlagene Gangart um einiges zu schnell gewesen.

„Wachtmeister Volle, was ist denn hier los?" fragte der jüngere der beiden Männer den Polizisten.

„Ach, die Kommissare Braunert und Lohmann sind auch schon da! Haben gerade jemanden verhaftet. Wenn man auf die Kripo wartet wird das ja nie was!" sagte der Polizist mit dem Panzerknackergesicht nicht ohne Stolz und eine gewisse Arroganz.

Kommissar Braunert war der Aufruhr in der Bank nicht entgangen. Er zog die uniformierten Kollegen aus dem Bankraum.

„Und wieso haben sie diesen Mann verhaftet?"

„Äh ja ... em ..." Von der Mischung aus Dummheit und Arroganz, die er noch eben gezeigt hatte, war nur noch die Dummheit übriggeblieben. Sein etwas jüngerer Kollege wollte ihm zur Hilfe kommen.

„Ja, da war doch was mit Falschgeld oder so über Funk gekommen, weiß auch nicht mehr so genau. Wir sofort hin und ..."

Axel Braunert, Kommissar bei der Detmolder Kripo, verdrehte die Augen.

„Ihr wartet hier!" lautete sein kurzer Befehl, dann ging er in die Bank. Das leise gemurmelte, „alte Schwuchtel", von Volle war für den Kommissar nicht mehr zu hören gewesen.

Braunert ging wieder in die Bank. Die immer noch vorherrschende Unruhe beachtete er nicht weiter und steuerte direkt auf Frau Feldbusch zu. Sie war gerade mit einem älteren Herrn im Gespräch. Trotz seiner Größe von nur 1,65 Meter drückte dieser die Personenwaage auf lockere 102 Kilogramm. Sein rundes Gesicht mit den roten Backen und der dicken, leicht geröteten Nase sagte einiges über seine Liebe zum schönen Leben als auch über seinen Blutdruck aus. Seine grauenhafte

Krawatte war viel zu kurz gebunden und hing in Höhe des Bauchansatzes. Als der Mann den Polizisten auf sich bzw. auf Frau Feldbusch zusteuern sah, grinste er verschmitzt und hakte seine Daumen hinter die Hosenträger mit der Lippischen Rose drauf.

„Na, Herr Kommissar, auch schon da?"

„Tja Herr Rodehutskors, wenn mir das Polizist-Sein so ins Blut übergegangen ist, wie Ihnen das Journalist-Sein, dann wechsele ich den Beruf. Denn dann wäre ich schon vor jeder Straftat zur Stelle, mit dem Resultat, dass das Verbrechen keine Chance mehr hätte und ich keinen Feierabend."

Der Zeitungsmann lachte geschmeichelt, kramte einen halben Zigarrenstumpen und einen abgegriffenen Notizblock aus seiner groß karierten Jacke und wartete in aller Ruhe ab. .

Frau Feldbusch machte ihrem Unmut Luft:

„Mussten ihre Leute diesen Mann so behandeln, der hat doch gar nichts gemacht! Nur weil er einen großen Geldschein besessen hat, ist das doch noch lange kein Grund ihn zu behandeln als sei er ein Mörder und ...".

Der Kommissar fühlte sich verlegen. Er hörte sich die Vorwürfe aber kommentarlos an. Nachdem Frau Feldbusch sich einigermaßen beruhigt hatte stellte er ihr die nötigsten Fragen und nahm ihre Personalien auf, um dann wieder zu seinen Kollegen und dem in Gewahrsam genommenen Mann zu stoßen. Diese Gruppe saß beharrlich auf einer Bank am Eingang zum Pastorengarten und wartete auf ihn.

Dort angekommen entschuldigte sich Braunert bei dem Verhafteten für das Vorgehen, erklärte ihm, dass er ihm die Handschellen sofort abnehmen würde und dass es zunächst zur Wache ginge. Den beiden Streifenpolizisten bedeutete er, dass sie sich wieder ihren eigentlichen Aufgaben zu widmen hätten. Er würde im weiteren Verlauf wieder auf sie zukommen. Die beiden verzogen sich denn auch mit unverständlichem Gesichtsausdruck in den Streifenwagen, den sie spektakulär, das Blaulicht rotierte noch, direkt vor der Sparkasse geparkt hatten.

2

Kurz hinter der Strate-Brauerei, am Ende der Fürstengartenstraße, tauchte auf der linken Seite eine elegante, weinbewachsene Naturstein-Villa aus der Gründerzeit auf. Maren Köster lenkte ihren *Opel Tigra* bis direkt vor die imposante Doppeltreppe. Über der Eingangstür hing als Blickfang ein riesiger bunter, sehr merkwürdig aussehender Stuhl. Darunter prangte in großen eleganten Metallbuchstaben der Name des Hauses: *Möbeldesign-Museum*. Hier war sie noch nie gewesen, was nicht weiter verwundert, da dieses Museum erst vor einem halben Jahr eröffnet hat. Sie ging durch die massige Holztür, durchschritt eine große Eingangshalle mit allerlei Hinweisschildern und verschwand dann in einer Tür mit der Aufschrift „Büro Dr. Henry Zimmermann, Museumsleitung".

Hier wurde sie von einer drallen Blondine, so Mitte Dreißig, zurechtgemacht wie vor einem Auftritt in einer *Herzblatt*-Livesendung, fürs erste gestoppt.

„Herr Dr. Zimmermann ist zur Zeit in einer Besprechung. Ich werde kurz fragen, wann er für Sie Zeit hat," säuselte sie wenig freundlich.

„Er hat jetzt Zeit," versetzte die Kommissarin genauso unfreundlich. „Er hat nämlich die Polizei gerufen. Und ich komme nicht hierhin, um in einem Vorzimmer herumzusitzen." Mit diesen Worten drängte sie sich rüde an der wesentlich größeren Blondine vorbei, um unaufgefordert das Büro des Dr. Zimmermann zu betreten.

„Sie können da nicht einfach so reinplatzen, Sie ...!" Die Stimme der Barbie-Darstellerin kippte vor Erregung.

„Sie sehen doch, dass ich das kann!" Maren Köster griff zur Türklinke.

In diesem Augenblick öffnete sich die Tür von innen und Maren Köster prallte mit einem Mann zusammen, der gerade herauskam. Sie trat einen Schritt zurück und schaute zum dem schlanken hochgewachsenen Typ Anfang Fünfzig, hinauf. Der lächelte sie gönnerhaft an. Ihr Gegenüber steckte in einem anthrazitfarbenen dreiteiligen Anzug. Über dem Anzug ein Kopf wie aus einem Hollywoodfilm. Ein urlaubsgebräuntes männliches Gesicht, mit einem vollen, leicht angegrauten Haarschopf und einem Zahnpasta-Lächeln, so dass die sonst so kecke Maren Köster für kurze Zeit keine Worte fand.

„Mein Name ist Dr. Zimmermann, ich leite das Möbeldesign-Museum. Ich nehme an, Sie sind die Vertreterin der Polizei. Kommen Sie rein und setzen Sie sich doch."

Eine Stimme wie Dr. Brinkmann von der Schwarzwaldklinik.

„Fräulein Lukas! Machen Sie uns doch bitte einen Kaffee, ja?" Maren Köster ging ins Büro, nahm einen Stuhl und stellte sich leicht verlegen mit Name und Dienstgrad vor. Dr. Zimmermann zog anerkennend die buschigen Augenbrauen hoch.

„Ich wusste nicht, dass die Detmolder Polizei so schöne Mitarbeiterinnen hat. Jetzt muss ich dem Dieb ja richtig dankbar sein, dass er mir einen solch charmanten Besuch beschert hat."

Maren Köster staunte über sich selbst. In jedem anderen Fall hätte sie bei einer solchen Anmache eher sauer reagiert. „Geschleime", wie sie das immer nannte, mochte sie nämlich eigentlich gar nicht. Aber seltsam, hier und heute gefiel ihr dies alles.

„Vielen Dank, Dr. Zimmermann! Kommen wir doch zur Sache! Sie haben den Diebstahl eines Ausstellungsstückes gemeldet. Um was genau handelt es sich?"

„Also da muss ich schon sagen, der oder die Diebe haben genau gewusst, welche Stücke besonders wertvoll sind. Es handelt sich um eines unserer Prachtstücke. Eine Stahlrohr-Leder-Kombination von Ludwig Mies van der Rohe aus dem Jahre 1930. Wunderschön!"

Darunter konnte sich eine Polizeibeamtin wenig vorstellen. Sie bat Zimmermann um eine etwas genauere Beschreibung des Möbels.

„Es ist eine Liege. Die Konstruktion besteht wie gesagt aus geschwungenem Stahlrohr, überzogen mit 15 schwarzen Leder-Halbrollen. Können Sie sich das vorstellen?" Er lächelte verständnisvoll, als sie den Kopf schüttelte.

„Hier, natürlich haben wir von einem solch wertvollen Stück auch ein Foto. Es wird nur schwer verkäuflich sein, da jeder Fachmann Alarm schlagen wird, wenn es ihm angeboten wird."

„Halten Sie es für möglich, dass der Dieb einfach ein Fan dieses Designers, wie hieß er noch gleich, ist?"

„Mies van der Rohe hieß der Mann. Sicher ist das möglich. Ich zum Beispiel habe auch ein Stück von ihm in meiner Wohnung. Allerdings ein weniger bekanntes und ich habe es bezahlt. Ganz ehrlich!" Er lächelte lausbübisch.

„Seit wann haben sie die Liege vermisst?"

„Seit heute morgen. Wissen Sie, unsere Ausstellungsstükke habe alle ihren eigenen Platz. Dort, wo sie am besten zur Geltung kommen. Dort, wo sie ihre Seele dem Besucher öffnen können, wie ich immer sage. An der Stelle fehlte heute morgen etwas. Das fällt natürlich sofort auf. Ich habe dann umgehend die Polizei angerufen."

Die Kommissarin stellte noch einige Routinefragen. Wer hatte nachts Zugang zu den Räumen? Gab es irgendwo ein zerbrochenes Fenster oder ein geknacktes Türschloss? Hatte er einen Verdacht? Und so weiter. Dann stand sie auf und ließ sich von Zimmermann aus dem Büro führen.

„Darf ich Sie kurz durch unsere kleine aber feine Ausstellung führen? Vielleicht gewinne ich Sie ja als Freundin unseres Hauses!"

Normalerweise hätte sie dies kategorisch abgelehnt. Es war kein Zusammenhang mit ihrer dienstlichen Tätigkeit zu erkennen. Zu ihrer eigenen Überraschung nahm sie das Angebot dankend an.

Zimmermann geleitete sie in einen wirklich beeindruckenden großen Raum, in dem verschiedene Möbelstücke so arrangiert

worden waren, dass der Raum eine gewisse Wohnzimmer-
atmosphäre bekam.

„Der ist aber schön!" Sie ging zu einem kleinen schmalen
Schränkchen von sehr elegantem Schwung und einer skurril-
asymmetrischen Gesamtform.

„Ja, Sie beweisen einen Sinn für das Schöne. Dies ist die
Kopie eines Schrankes im Neo-Rokokostil von Hector
Guimard aus dem Jahre 1900. Das Original steht in Paris, im
Musée des Arts Décoratifs."

Verträumt strich Maren Köster über das helle, stark gema-
serte Holz.

„Tja, so was kann sich eine einfache Polizistin nun mal nicht
leisten," seufzte sie.

„Leisten vielleicht nicht. Aber wenn Sie Interesse an sinnli-
chen Möbelstücken haben, kommen Sie doch jederzeit wieder.
Ich habe lange nicht mehr ein so anregendes Gespräch
geführt."

Jetzt wurde es aber höchste Zeit zu gehen. Sie verabschiedete sich kurz angebunden, ging hinaus, stieg in ihren *Tigra*
und brauste davon.

3

Im Polizeirevier an der Bielefelder Straße angekommen,
machten sich Braunert und sein Kollege Bernhard Lohmann
sofort daran, den ‚Berber' zu vernehmen. Der verhaftete Mann
war völlig fertig.

„Mensch, jetzt sein Sie mal nicht so niedergeschlagen!"
meinte Lohmann freundlich und nahm dem Festgenommenen
die Handschellen ab. Dann kramte er in seiner alten, speckigen Aktentasche und förderte eine Tüte mit Puddingschnecken an das Tageslicht. Er hielt dem Verhafteten das
Behältnis unter die Nase.

„Nehmen Sie ruhig, sind von Hartmann aus der Krummen Straße. Einer der besten Bäcker in ganz Lippe, wenn Sie mich fragen. Kaffee gibt es auch gleich, und dann sieht die Welt schon wieder ganz anders aus. Anschließend unterhalten wir uns ein bisschen und in drei Stunden sitzen Sie wieder auf dem Bruchberg in der Sonne."

Den Obdachlosen jedoch schienen weder die warmen Worte noch die Kuchenteilchen zu interessieren. Er machte einen Eindruck, als stünde ihm nun eine lebenslange Haftstrafe bevor.

„Es wird Ihnen wirklich niemand den Kopf abreißen," versuchte jetzt auch Axel Braunert den Mann zu beruhigen. „Wir ziehen das Verhör zügig durch und dann können Sie wieder gehen. Sie müssen lediglich erreichbar sein, falls später noch Fragen zu klären sind."

Plötzlich brachen bei dem Verhafteten alle Dämme. Die Tränen und der Rotz rannen ihm durch das Gesicht.

„Fünfhundert Mark, Mann, und ich Blödmann chehe inne Spaakasse um se einzutauschen! Dat hätt ich mich doch denken können, dat da wat nich in Ordnung mit is! Hunderttausend Mann in Stadion und wer kricht den Ball an Kopp? Azze! Die andern saufen sich die Hucke voll und ich sitze hier bei die Bullen. Von die fünfhundert Mark seh ich doch nich mal mer ein Schnipselchen. Hätt ich für innen Puff chehen können, aber mit alle Schikane. Mensch, bin ich blöde, fünfzehn Jahre bin ich auf Platte und hab et immer noch nich begriffen!"

Der Mann zog die Nase hoch und wischte den Rest mit seinem linken Ärmel ab. Dann kam der nächste Weinkrampf über ihn. Im Moment war der Landstreicher nicht ansprechbar, da konnten die beiden Polizisten machen was sie wollten.

„Ich hole erst mal Kaffee," meinte Axel Braunert und zog mit einem Tablett Richtung Kaffeeautomat ab, der im Aufenthaltsraum stand.

Hier saßen sechs Streifenpolizisten, als Braunert den Raum betrat.

„Diese dumme Schwuchtel! Dem tu ich bei nächster Gelegenheit erst mal einen rein!" posaunte Wachtmeister Volle gerade. Sechs Augenpaare starrten Braunert an. Der tat als habe er nichts gehört und zog seinen Kaffee. Dann verließ er grußlos den Raum. Die Tür war kaum ins Schloss gefallen, da stand Karl-Heinz Helmer auf und stellte sich direkt vor Volle. Die Nasenspitzen berührten sich fast.

„Du tust hier keinem einen rein! Ist das klar? Und wenn du Braunert in meiner Anwesenheit noch einmal als Schwuchtel bezeichnest, dann gibt´s was auf die Nuss!"

Damit hatte Volle nicht gerechnet. Kleinlaut drückte er sich Richtung Tür.

„Braunert ist nämlich trotz allem ein guter Polizist! Und ein anständiger Kollege! Was man von manch anderem nicht behaupten kann!" rief Helmer Volle hinterher, der dabei war den Raum zu verlassen.

Axel Braunert war Volles Aussage sofort auf den Magen geschlagen. Er spürte, dass ihm schlecht wurde. Verzweifelt versuchte er, sein Schwulsein vor den Kollegen zu verbergen. Doch er hatte den Eindruck, dass es ihm auf der Stirn geschrieben stand. Er war aus Überzeugung Polizist geworden, doch in der letzten Zeit hatte er den Eindruck, dass er hier am falschen Platz war. Schon öfter hatte er sich in der jüngeren Vergangenheit bei dem Gedanken ertappt, die Polizei zu verlassen.

Braunert drückte mit dem Ellenbogen die Türklinke herab und trat wieder in sein Büro, in dem der immer noch flennende Berber und der Puddingschnecken essende Kommissar Bernhard Lohmann saßen.

„Was ist denn mit dir los?" fragte Bernhard erschrocken, „haste was Falsches gegessen? Du bist ja weiß wie die Wand!"

Braunert stellte den Kaffee auf den Tisch und winkte ab: „Schon wieder in Ordnung." Dann verteilte er die Kaffeebecher.

„Es hilft nichts, Herr...? Wie heißen sie eigentlich?" wandte sich Axel Braunert an den Festgenommenen.

Der zog wieder den Rotz hoch und schluchzte: „Arthur! Arthur Neumann."

„Na, sehen Sie," brachte Lohmann sich zwischen zwei Bissen Puddingschnecke ein, „den Namen haben wir ja jetzt schon mal und wo sind Sie geboren?"

„In Blomberg," schniefte der Tippelbruder. Er hatte sich mittlerweile wieder gefasst.

„Sagen Se mal, wat is denn getz mit die fünfhundert Mark, kriege ich die wieder?"

„Ich glaube, da haben Sie Pech", sagte Axel Braunert ehrlich. „Der Geldschein, den Sie besaßen, ist zwar nicht registriert. Wenn Sie nicht schlüssig nachweisen können, woher Sie den Schein haben, bleiben Sie erst mal verdächtig. Jedenfalls glaube ich nicht, dass Sie den Geldschein schnell zurück bekommen oder Anspruch auf Schadensersatz haben. Machen Sie sich da mal lieber keine Hoffnungen."

Diesmal fing der Verhaftete an zu toben und zu fluchen. Den Verlust der fünfhundert Mark konnte er einfach nicht verschmerzten.

„Wissen Se, wann ich dat letzte mal fünfhundert Mark inne Hand gehalten habe? Dat is so lange her, da kann ich mich schon selbs nich mehr dran erinnern und getz hab ich ma einen und dann sowat." Es folgte eine Schimpftirade.

Plötzlich wurde der Penner ganz hektisch.

„Also, wat wollen se wissen? Getz aber schnell, damit wa fertig werden."

Die beiden Polizisten sahen sich verwundert an.

„Was ist denn jetzt los," fragte Kommissar Lohmann verwundert, „erst heulen Sie wie ein Schlosshund und dann können Sie ihre Aussage nicht schnell genug aufs Papier bringen. Das soll einer begreifen."

„Ja, wat meinen se wie schnell die andern ihr Geld verjubelt haben? Wenn ich mich getz ´n bisschen beeile kriege ich wenichstens noch 'n bisschen wat ab. Wenn die besoffen sind , dann sind se großzügiger als wenn se ers mit 'nen dicken Kopp inne Ecke liegen. Also wat wollen se wissen?"

In diesem Moment klingelte das Telefon. Braunert nahm ab, meldete sich und hörte dann gespannt zu. Dann sagte er:

„Schick einen Streifenwagen hin und bringt den Mann her. Aber schickt nicht den Volle, der ist da heute schon einmal unangenehm aufgefallen. Außerdem kann ich mir denken, dass Rodehutskors schon da ist, der hat schon was mitge-kriegt. Ich möchte nicht, das morgen das schlechte Benehmen der Detmolder Polizei in der Heimatzeitung kommentiert wird."

Zu Lohmann gewandt berichtete er: „Schon wieder ein Fünfhundertmarkschein, diesmal in der Volksbank. Ruf mal bei Radio Lippe an und bitte sie, eine Meldung rauszugeben, dass sich Geschäfte, bei denen kleine Beträge mit einem Fünfhundertmarkschein beglichen werden, bei der Polizei melden sollten. Das gleiche gilt für Banken, bei denen Fünf-hundertmarkscheine eingewechselt werden sollen. Und dann versuch mal in Erfahrung zu bringen, wo das Geld herkommt. Ich glaube, da kommt was auf uns zu, das uns über den Kopf wächst. Ich geh nachher mal zum Chef. Meiner Meinung nach schaffen wir beiden das alleine nicht. Da brauchen wir Verstärkung."

Der ‚Berber' wurde immer aufgeregter: „Wat is nun mit Ver-hör, meint ihr, ich will hier Wurzeln schlagen?"

Lohmann verließ den Raum, seine Tüte mit dem Rest Puddingschnecken unter dem Arm. Axel Braunert hob be-schwichtigend die Hände.

„Ist ja schon gut," sagte er und fragte die restlichen Perso-nalien ab und hämmerte sie in den PC.

„Also, dann erzählen Sie mir doch mal, wie Sie an den Geld-schein gekommen sind!"

„Dat hab ich Sie doch schon gesagt! Der Professor, der hat irgend 'ne Erbschaft gemacht und hat den andern und auch

22

mir, also jedem von uns fünfhundert Mark gegeben. Dat is alles und den Rest wissen se ja."

„Hat der Professor auch einen Namen," fragte Braunert weiter.

„Sicher hat der einen Namen, aber da fragen se mich zuviel! Ich kenne den nur als Professor."

„Und wie lange kennen Sie den Professor schon?"

„Och, der läuft mir schon seit Jahren imma mal wieda übern Weg. Man kennt sich ja so auffe Platte. Aber zu tun hatte ich mit dem nix. Dat war eigentlich son richtiges Arschloch, wenn ich dat mal so sagen darf. Ich war ganz verwundert, als der mich diese fünfhundert Mark inne Hand gedrückt hat. Hätt ich gar nich gedacht, dat der so großzügich sein kann. War er ja auch wohl nich, aber dat der ´ne Bank ausgeraubt hat oder so, dat kann ich mir ja nun nich vorstellen."

Braunert grübelte:

„Professor! Wieso nennen Sie ihren Kollegen Professor?"

„Och, dat hat glaube ich nix zu bedeuten. Dat war eben son alten Klugscheißer und darum sagen wa Professor für den. Aber chenau weiß ich dat auch nich. Ich hab mir da nie wat bei gedacht."

„Sie sagten eben, dass Sie ihn eigentlich nich leiden konnten?" fragte Axel Braunert weiter.

„Ne konnt ich auch nich. Die andern aber auch nich. Wenn man mal nich aufpasste, dann soff der dir hinter deinen Rükken den Schnaps wech oder fraß dein Butterbrot auf. Und wenne ihn mal wat aus deine Pulle gegeben has, dann hat er gleich son Hieb chenommen, datte dir gleich ne neue zusammen schnorren musstes."

„Aber er hat Euch allen fünfhundert Mark gegeben. Kam Ihnen das nicht seltsam vor?"

„Seltsam vor, seltsam vor, wenn mich einer fünfhundert Mark gibt, dann frage ich nich lange, dann nehme ich die und sehe zu, dat ich Land gewinne bevor er et sich anders überlegt und se wieda haben will."

Das weitere Gespräch brachte nichts Neues. Bei dem ‚Professor' musste es sich wohl um eine stadtbekannte Detmolder Pennergröße handeln. Braunert wunderte sich, wie wenig er als Polizist über diese Szene wusste.

„Wat is nun, kann ich jetzt abhauen oder wat."

„Ja, Sie können jetzt gehen. Aber Sie müssen sich bis auf weiteres täglich bei uns melden, da Sie keinen festen Wohnsitz haben. Das Detmolder Stadtgebiet dürfen Sie auch nicht verlassen. Doch jetzt müssen Sie nur das Protokoll unterschreiben und dann bekommen Sie von uns noch eine Quittung, dass wir den Fünfhundertmarkschein einbehalten haben. Vielleicht haben Sie ja doch noch Glück und bekommen ihn zurück."

„Ja, und wie komme ich getz inne Stadt?" fragte Neumann.

Axel Braunert entschuldigte sich und sagte, dass er leider laufen oder den Bus nehmen müsse.

Grummelnd erledigte der ‚Berber' die Formalien und machte sich auf den Weg in die Innenstadt.

Axel Braunert setzte sich grübelnd an seinen Schreibtisch. Ein Gefühl von Unbehagen und Überforderung beschlich ihn. Er konnte nicht genau sagen, ob es die Sprüche von Volle vorhin im Sozialraum waren, die ihm dieses Unbehagen bereiteten oder ob dieser seltsame Fall ihn so verunsicherte. Er versuchte die Begegnung mit Volle zu verdrängen und sich auf den Fall zu konzentrieren. Warum verschenkte jemand jede Menge Fünfhundertmarkscheine und dann noch ein Penner, der als Schnorrer und „Sozialschwein" im Milieu bekannt war. Was hatte das für einen Sinn? Er fand keinen Zugang. Braunert kramte einen Stift aus seiner Schreibtischschublade und versuchte die Vorgehensweise zu ordnen. Er kritzelte die nötigen Schritte auf seine Schreibtischunterlage. Zunächst musste er seinen Chef informieren. Er merkte, dass er Kopfschmerzen bekam. In diesem Moment betrat Lohmann den Raum.

„So, ich habe mit Radio Lippe gesprochen. Die Meldung geht schon über den Äther. Die Seriennummer des Geldscheines habe ich an das LKA weitergegeben. Mal sehen, wann die sich melden. Kann ja nicht so lange dauern. Was hältst du von der Sache? Kommt mir ja alles ein bisschen verrückt vor."

Axel Braunert zuckte mit den Schultern und teilte ihm seine Überlegungen mit. Lohmann war mit allem einverstanden. Dann ging er.

4

Axel Braunert zuckte zusammen, als sein Kollege Lohmann eine Stunde später mit ungewohnter Dynamik die Bürotür aufstieß und atemlos hervorsprudelte:

„Hör zu! Mit der Meldung über Radio Lippe wegen der Geldscheine haben wir gewaltig was losgetreten. Bei uns laufen die Telefone heiß. Mittlerweile haben sich acht Einzelhändler gemeldet. Vier weitere Scheine sind bei den Detmolder Banken aufgetaucht. Der Aldi meldet sechs Scheine und beim Allfrisch waren es zwei. Die Banken behaupten zwar, dass diese Scheine nicht als heißes Geld registriert sind, wundern sich aber, dass alle aus dem Zeitraum von vor dem Jahr 1990 sind. Und zu allem Überfluss auch noch so gut wie niegelnagelneu. Völlig jungfräulich! Ich rufe gleich noch mal beim LKA an. Vielleicht wissen die ja mittlerweile was Neues."

Lohmann musste an dieser Stelle erst mal wieder Luft holen. Er war die Treppe zum Büro hochgestürmt, wie er dies bezeichnen würde. Ein unbefangener Beobachter hätte lediglich festgestellt, dass er die Treppe immerhin ohne Zwischenstopp erklommen hatte. Sein zartrosa Oberhemd wies in Höhe des Bauchansatzes große Schweißflecken auf. Einige so groß wie ein lippischer Pickert.

„Aber das Beste kommt noch! Auf dem Marktplatz feiern zwischen siebzig und neunzig Leute ´ne Fete. Obdachlose, städtische Trinker, Punks und so weiter. Die lassen da so richtig die Sau raus. Es haben sich schon etliche Geschäftsleute und Anwohner beschwert. Wir müssen unbedingt was machen. Wenn die alle besoffen sind, brauchen wir mit unseren paar Polizisten nicht anrücken."

Braunert schaute ihn fragend an.

„Was willst du machen?"

„Eigentlich müssten wir eine Hundertschaft Bereitschaftspolizei aus Stukenbrock anfordern. Aber, wer will die Verantwortung übernehmen?"

„Geh doch zum Chef! Der ist ja ganz grell auf Verantwortung und so was. Das ist schließlich ein junger Dynamischer."

Braunert saß etwas abwesend auf seinem Bürostuhl und hatte die Füße auf die herausgezogene zweitunterste Schreibtischschublade gelegt. Das Bild erinnerte Lohmann zwangsläufig an den Kollegen Josef Schulte.

„Erpentrup ist heute pünktlich gegangen. Irgendwas mit dem Umzug seiner Frau, die jetzt wohl auch nach Detmold umzieht. Damit hat das unbeschwerte Strohwitwerleben unseres lieben Chefs auch ein Ende. Und sein Handy hat er wohlweislich abgeschaltet."

„Dann muss Schulte eben entscheiden. Er ist immerhin nach Erpentrup der Ranghöchste."

„Der ist auch nicht aufzutreiben. Aber bei dem wundert es mich nicht. Da ist so was normal."

Plötzlich sprang die Bürotür wieder auf. Wachtmeister Volle trat ein. Völlig unbefangen, als sei vorher nichts gewesen. Affektiert schlug er sich immer wieder mit dem Schlagstock in die geöffnete linke Handfläche.

„Wat is denn nu? Sollen wir uns das besoffene Gesocks jetzt vornehmen oder nicht?"

Braunert und Lohmann wechselten einen schnellen Blick.

„Volle," zischte Lohmann fast heiser, „sieh zu, dass du Land gewinnst. Und wenn du demnächst noch einmal in dieses Büro kommen solltest, dann klopfst du gefälligst und wartest, bis wir dich hereinrufen. Ist das klar?"

Volle starrte ihn kurz perplex an, wandte sich dann aber abrupt um und ging.

Lohmann wischte sich den Schweiß von der Stirn und griff zum Telefon.

„Ist mir jetzt alles egal! Ich rufe jetzt in Stukenbrock an. Die sollen zumindest schon mal ´nen Schwung Leute in Bereitschaft halten, die sie nach Detmold schicken können. Ich denke, wir beiden sollten uns jetzt ein paar besonnene uniformierte Kollegen schnappen und uns in der Stadt sehen lassen. Etwas Polizeipräsenz tut da jetzt wohl not!"

In der Schülerstraße trafen sie die Streifenpolizisten. Zusammen gingen sie zum Marktplatz. Auf den Bänken lagen Betrunkene. Manche schliefen bereits. Im Wasser des Marktplatzbrunnens schwammen Bröckchen von Erbrochenem. Überall lagen leere Bierdosen und Weinflaschen. Die ganze Truppe hatte sich ungeheuer abgeschossen. Einige der torkelnden Männer hatten nagelneue Anzüge an, an denen noch Preisschilder hingen. Ein Notarzt kam gerade mit Blaulicht und Martinshorn auf den Marktplatz gefahren. Und rund um den Platz standen in Scharen die Detmolder Bürger, beobachtend und diskutierend. Die Stimmung unter ihnen war explosiv.

„Wenn jetzt einer ´ne Zigarette anzündet, dann fliegt die ganze Innenstadt in die Luft," murmelte Braunert. „So ´ne dikke Luft hatten wir hier schon lange nicht mehr!"

Sie hörten einen der Geschäftsleute schimpfen:

„Erst hat der mir an der Scheibe runtergekotzt und dann ist er bei mir im Laden zusammengebrochen! Den kriegte ich doch nicht mehr da weg! Der war so fertig, der wäre wahrscheinlich in meinem Laden gestorben!"

Lohmann raunte Braunert hinter vorgehaltener Hand zu:

„Wenn wir hier jemanden schützen müssen, dann die Besoffenen. Die Leute sind ja was auf dem Baum. Dabei sollen die Geschäftsleute doch froh sein. Die haben bei der Orgie bestimmt ein gutes Geschäft gemacht."

Zwei Stunden später hatte sich das Problem auf dem Marktplatz gelöst, ohne dass die Detmolder Polizei hätte großartig eingreifen müssen. Die meisten der Feiernden hatten sich irgendwohin verzogen. Den schaulustigen Bürgern war es mit der Zeit auch zu langweilig geworden. Denn außer, dass die eh schon Betrunkenen versuchten, noch das ein oder andere Bier in sich hineinzuschütten, passierte nichts mehr. So verteilten sie sich mit der Zeit in die angrenzenden Biergärten und Eisdielen.

Lohmann rief in Stukenbrock an. Die Bereitschaftspolizei wollte gerade das Kasernengelände verlassen. Und so konnte er noch rechtzeitig Entwarnung geben. Er schwatzte noch etwas mit dem diensthabenden Polizisten. Lohmann kannte ihn aus anderen Zusammenhängen.

„Na, macht nichts Bernhard," sagte er, „war ne gute Übung für meine Truppe. Wir sind ja nicht mal ausgerückt. Das regeln wir auf dem kleinen Dienstweg. Dann brauchst du nicht mal einen Bericht zu schreiben."

Lohmann war froh, dieser lästigen Arbeit und der eventuellen Diskussion mit Erpentrup entgangen zu sein. Er beobachtete noch wie sich das Gelage langsam auflöste und schickte die Polizisten nach Hause bzw. zurück zum Routinedienst.

„Na, Axel lass uns Feierabend machen. Es reicht für heute. Kommste noch mit einen Schlürschluck trinken? Mir ist jetzt danach. Wir können ja gleich da ins *Brauhaus* gehen."

An sich war Axel Braunert ja froh, Feierabend zu haben. Aber wann war er schon mal von Lohmann eingeladen worden? Solch seltene Glücksfälle muss man einfach ausnutzen.

5

Heute Morgen war sie die Erste. Sie war viel zu früh. Sie hatte die Nacht bei ihrer Tochter in Detmold verbracht und wollte so schnell wie möglich wieder zurück in ihr kleines Häuschen in Bad Meinberg. Der Fahrkartenschalter, etwas euphemistisch *Reisezentrum* genannt, hatte morgens um 04.50 Uhr noch nicht geöffnet. Und an einen dieser Kunden verachtenden Fahrkartenautomaten würde sie nicht gehen. „Soweit kommt's noch!" Wenn die Bundesbahn ihr nicht auf anständigem Wege eine Fahrkarte verkaufen könne, dann würde sie eben ohne in den Nahverkehrszug um 5.01 Uhr Richtung Altenbeken einsteigen. Schlimmstenfalls müsste sie dann im Zug nachlösen, aber bei der kurzen Fahrstrecke bis zum Bahnhof Horn-Bad Meinberg... das geht auch ohne!

Die kleine, komplett von Hut bis zu den Schuhen, inklusive Handtasche, in blassem Beige gekleidete alte Dame warf trotzig den grauen Kopf in den Nacken und durchquerte den kalten, unfreundlichen Zwischenraum zwischen Empfangshalle und den Gleisen. Links eine abweisende Backsteinwand, rechts einige Schaukästen mit Bahnwerbung. Nirgendwo eine Bank. Oma Tölle hatte bereits eine sehr eigene Meinung über die Bahn. Heute morgen fand sie alle ihre Einschätzungen bestätigt. Ächzend erstieg sie rechterhand die steile Treppe hinauf zu den Gleisen. Einmal weil sie als ortskundige Reisende wusste, dass es direkt an ihrem Gleis eine Bank gibt. Zum anderen war's ein zwar noch kühler, aber dennoch schöner Sommermorgen und Oma Tölle hielt zu Recht ihr Immunsystem für leistungsfähiger als das Nahverkehrssystem der Bahn. Nur die Beine waren jetzt, nach der Treppe, etwas wackelig. Sie näherte sich der Bank von hinten, umkreise sie ... und wurde bitter enttäuscht. Die Bank war besetzt! Oder besser, belegt! Da lag ein Mann, ganz eindeutig ein Penner, eingewickelt in seinen alten Mantel und drehte ihr den Rücken zu. Offensichtlich schlief er. Ihre Enttäuschung schlug schnell in Wut um. Sie forderte den Mann lautstark auf, die Bank zu räumen und Platz zu machen für eine alte Dame, die ihr ganzes Leben hart gearbeitet habe und jetzt mit 82 Jahren ein Recht auf eine Ruhebank hätte. Überhaupt sei so eine Bank zum Sitzen und nicht zum Schlafen da und ... Oma Tölle hätte noch lange so weiterschimpfen können. Wäre ihr nicht aufgefallen, dass der Mann überhaupt keine Regung zeigt. Das machte sie sprachlos. Erst vor Wut. Dann vor Schreck.

6

Es war fünf vor halb sieben, als Bernhard Lohmann das Büro betrat. Auch die Aufregung des gestrigen Abends hatte ihn nicht von seinem üblichen Rhythmus abhalten können. Er war bereits in seinem Garten gewesen und hatte die Tomaten gegossen. Nun hockte er an seinem Schreibtisch und kramte die Aufzeichnungen hervor, die er gestern Abend noch gemacht hatte. Er genoss die Ruhe des Morgens. Diese unchristlich frühe Uhrzeit war für ihn völlig normal. Meist verließ der 52-jährige Polizist kurz nach sechs Uhr sein Haus in Lage-Müssen und machte sich mit dem nicht mehr taufrischen beigefarbenen *Opel Vectra* auf den Weg ins Polizeipräsidium. Im Sommer verbrachte er vorher immer noch einige Zeit in seinem Garten um noch dies oder jenes Unkraut zu jäten, den Gartenzwerg zu reinigen oder dem Maulwurf grausame Rache zu schwören.

In der letzten Zeit war es bei ihm zuhause morgens ungemütlicher geworden. Seine zwei fast erwachsenen Töchter bestimmten den Rhythmus im Bad und die Gesprächsthemen am Frühstückstisch. Wenn man hier überhaupt von Frühstück reden konnte. Dieses bestand für seine Töchter aus einer hastig geschlürften Tasse Kaffee und einer Scheibe trockenem Knäckebrot. Für sie war das Wichtigste am Essen das Zähneputzen hinterher. Seine Frau stellte nach wie vor unbeirrt

Morgen für Morgen ihren Liebsten ein komplettes Frühstück auf den Küchentisch und war jedesmal enttäuscht, dass davon so gut wie nichts angerührt wurde. Als Ausgleich dafür erwartete sie wenigstens von ihrem Mann, dass der sich ausgiebig mit ihr beschäftigte. Die Zeitung zum Frühstück, für Lohmann lebensnotwendiger Kult, wurde als Angriff auf die eheliche Gemeinschaft interpretiert und madig gemacht.

Lohmann hatte vor einiger Zeit angefangen, sich diesem morgendlichen Fiasko durch Flucht zu entziehen. Er schnappte sich seine Zeitung, holte unterwegs seine Brötchen, brühte sich mit der dienstlichen Kaffeemaschine den Morgenkaffee und machte es sich am Schreibtisch gemütlich. Den Kaffeeautomaten auf dem Flur nutze er nicht, weil ihm dieser Kaffee nicht mild genug geröstet war. So hatte er bereits, wenn die Kollegen zum Dienst kamen, den Sportteil seiner Zeitung auswendig gelernt, in Ruhe gefrühstückt und erweckte dennoch bei den Kollegen den Eindruck, ein ganz besonders Fleißiger zu sein. Denn, es war wie mit dem Igel und dem Hasen. Die anderen mochten so früh kommen, wie sie wollten... Lohmann war bereits da!

Die Lektüre des Sportteils war vor allem am Montagmorgen ein absolutes Muss. Besonders genussvoll war diese Pflicht, wenn Bayern München am Wochenende verloren hatte. Vor zwanzig Jahren hatte Bernhard Lohmann die Fußballschuhe auf Drängen seiner damals jungen Ehefrau an den berühmten Nagel gehängt. Dabei hatten einige aus dem Verein dem nicht unbegabten Libero noch lange nachgeweint. Eigentlich war er auf dem Höhepunkt seines Könnens für die Landesliga viel zu schade gewesen. Sogar Arminia Bielefeld soll mal bei ihm angeklopft haben. Aber das war für den bodenständigen Lipper nie ein Thema. Und als kurz darauf der erste Bundesliga-Skandal die Republik erschütterte und Arminia Bielefeld als einer der Sündenböcke zwangsabsteigen musste, war der junge Polizist Lohmann froh, damit nichts zu tun zu haben. Seine Freundin Else, die er als 30-jähriger geheiratet hatte, war zuerst stolz auf ihren so sportlichen Freund gewesen. Sie hatte aber bereits nach kurzer Zeit angefangen, an seinem Hobby herumzumäkeln. Als die älteste Tochter im Anmarsch war, gab er kampflos auf und verbrachte von da an seine Sonntagnachmittage mit Kinderwagenschieben und Besuchen bei der Schwiegermutter.

Von seiner sportlichen Figur waren nur die ‚strammen Waden' übriggeblieben. Während Muskeln und die Kopfbehaarung immer weiter zurückgingen, wuchs der Bauch. Mittlerweile brachte er es auf ein Kampfgewicht von 110 Kilo bei einer Körpergröße von 1,76 Meter. Seine Frau, die sich trotz des Schwarzwälder Kirschkuchens ihrer Mutter erstaunlich gut gehalten hatte, zog ihn damit täglich auf. Die wenigen Haare machte er jeden Morgen mit viel Pomade formbar und verteilte jedes einzelne Haar fein säuberlich über die blanke Kopfhaut. Seine jüngere Tochter hatte vor einigen Wochen innerhalb der Familie einen großen Lacherfolg mit der Bemerkung geerntet, sein Kopf sähe aus wie ein unbeschriebenes Notenblatt. Sobald das Wetter dies als Rechtfertigung zuließ, trug er nun eine Kopfbedeckung. Im Herbst und Winter einen braunen Cordhut und im Sommer eine kecke Mütze.

Den Ehering hatte er bereits vor Jahren mit viel Schmierseife von den kurzen fleischigen Fingern gezogen und in eine Schublade seines Nachtschranks verbannt. Mit Vorliebe trug er mausgraue Anzüge und lachsfarbene, grüne oder rosa Hemden.

Der Ersatz für das (Fußball-) Feld der Ehre war seitdem sein Garten, den er mit einer Inbrunst und Akribie pflegte, die seine Frau eifersüchtig werden ließ. Einmal hatte er seiner älteren Tochter erlaubt, auf seinem Rasen eine Gartenparty zu feiern. Noch heute ließ ihn die Erinnerung daran schaudern. Seitdem verteidigte er seinen Garten wie früher seinen Strafraum. Und genauso erfolgreich.

Bernhard Lohmann war gern Polizist. Am liebsten arbeitete er mit Axel Braunert zusammen. Die ruhige höfliche und sachliche Art des Kollegen gefiel ihm. Dass Axel Braunert schwul war, war Lohmann dank der dienstlichen ‚Buschtrommel' bekannt. Aber da es ihm Braunert nie selbst bestätigt hatte, gelang es Lohmann dieses Gerücht einfach zu ignorieren, da nicht sein konnte, was nicht sein durfte. In vielen Dingen dachte Lohmann sehr konservativ. Dies war zum Teil auch der Grund, warum er mit Maren Köster nicht so gut konnte. Eine Frau als Kommissarin war ihm grundsätzlich suspekt. Aber dann noch so eine! Mit dieser Mischung aus großer Klappe, unbestreitbarer fachlicher Kompetenz und schönen Beinen kam er einfach nicht zurecht. Für Frauen hatte er verschiedene Schubladen in seiner Wertewelt. Maren Köster passte in keine davon.

Der dienstranghöhere Josef Schulte war hingegen seiner Meinung nach ein ‚prima Kerl'. Zwar stieß dessen Anarchismus im Dienst auf Lohmanns völliges Unverständnis. Das fand er überflüssig und unsinnig. Aber er wusste aus jahrelanger Zusammenarbeit, dass Schulte im Grunde ein guter Polizist und ein guter Kumpel war.

Heute Morgen las er gerade in der *Heimatzeitung* einen Artikel über eine Niederlage des TBV Lemgo in der Handball-Bundesliga, als Axel Braunert ins Büro kam und wortkarg grüßte. Braunert war morgens nie gesprächig. Lohmann wusste und respektierte dies in der Regel. Heute nicht.

„Hier, guck mal rein! Da steht was drin über die Geldgeschichte. Hat Rodehutskors geschrieben." Mit diesen Worten reichte er Braunert die Zeitung herüber. Dann klingelte das Telefon. Lohmann meldete sich und hörte dann schweigend zu.

„Okay! Die anderen Scheine schicken wir euch noch heute zu. Besten Dank erst mal!"

Zum noch lesenden Braunert gewandt:

„Das war das LKA. Der erste Schein war schon mal ein Fehlalarm. Das Geld müssen wir wohl zurückgeben. Mal sehen, was die anderen Fünfhunderter bringen. Die Kollegen vom

LKA faxen den Bericht gleich rüber. Ich will mich auch mal dran setzen und was zu Papier bringen, damit ich unserem jungen dynamischen Chef gleich bei der Besprechung was zu bieten habe."

Braunert blickte aus der Zeitung auf und sagte:

„Na, da wird sich unser Penner aber freuen, wenn er die Kohle zurückbekommt. Wie heißt er noch gleich?"

„Neumann, Arthur Neumann! Der könnte eigentlich 'ne Runde Puddingschnecken spendieren," sinnierte Lohmann. „Aber der wird wahrscheinlich mit seinen Kumpels das Geld sofort auf den Kopf hauen!"

„Darauf kannst du Gift nehmen! Der wird keine Sekunde zögern und das Geld verbraten. Bevor es ihm noch mal durch die Lappen geht."

Wieder klingelte das Telefon. Am Apparat war Karin Scharfberg aus der Telefonzentrale.

„Herr Lohmann, im Bahnhof ist ein Toter gefunden worden!"

Lohmann stöhnte. Das hörte sich nicht gut an. Dann fiel ihm ein, dass seine Kollegin Maren Köster ganz in der Nähe des Bahnhofs wohnt. Er nahm den Hörer hoch und wählte ihre Privatnummer.

„Hallo Maren! Hier ist Lohmann. Habe ich dich geweckt?"

7

Hauptkommissar Josef Schulte öffnete die Haustür, blinzelte in die Morgensonne und ging schlurfend barfuß, nur mit Unterhemd und Boxershorts, in den ungepflegten Garten. Er brauchte dringend etwas Sauerstoff. Ihm ging es an diesem Morgen schlecht. Sehr schlecht. Gestern war er nach einem kleinen „Warmtrinken" in der Detmolder *Braugasse* nach Hause gefahren. Josef Schulte war aber kein Mann, der halbe Sachen macht. Deshalb zog er noch durch die drei Kneipen seines Heimatdorfes, wo er zum Schluss mit einigen Nachbarn rettungslos ‚versackte'. Da er aber vor einigen Wochen immerhin 44 Jahre alt geworden war, blieb dieser Abend für ihn nicht ohne Folgen.

„Pass auf, Jupp! Du bist auch nicht mehr der Jüngste!" hatte ihn beim Abschied prophetisch sein Zechkumpan Heinz Henke gewarnt. Zu spät, wie sich an diesem sonnigen aber kalten Morgen herausstellte. Und in spätestens einer Stunde musste er zum Dienst.

Schulte versuchte, tief durchzuatmen. Da er aber auch kräftig geraucht hatte (dies tat er nur in Verbindung mit Bier), führte das zu einer heftigen und schmerzhaften Hustenattacke. Dann wurde ihm schwindelig und er ging zu einem Baumstamm, um sich abzustützen.

Plötzlich hörte er ein Winseln hinter seinem Komposthaufen. Langsam watete er durch das taunasse und kniehohe Gras in Richtung des Geräusches. Als er auf eine alte, weggeworfene Apfelsine trat, quetschte das angegammelte Fruchtfleisch durch seine Zehen. Fluchend wollte er umkehren, doch dann hörte er das Wimmern wieder. Sollten sich dort, obwohl er keine Speisereste auf den Kompost warf, Ratten eingenistet haben? In seiner noch alkoholisierten Phantasie malte er sich bereits schaudernd aus, wie einer dieser widerwärtigen Nager in seine Boxer-Shorts sprang und sich in seinen empfindlichsten Körperteilen festbiss.

Vorsichtig bog er die wild wuchernden Triebe eines Flieders beiseite, als er plötzlich ein bedrohliches Knurren hörte. Er sah einen Haufen aus schwarzem Fell, Blut und Fleisch. Jetzt wurde ihm richtig schlecht und er musste sich, nicht zum erstenmal in den vergangenen Stunden, übergeben. Nachdem er die letzten Reste seiner Magensäure in den Flieder gespuckt hatte, drehte er sich wieder um. Der Haufen knurrte wieder. Schulte starrte auf fletschende Zähne. Dieses gewaltige Gebiss wollte er lieber nicht in Aktion sehen. Er versuchte, beruhigend auf das merkwürdige Wesen, das entfernt einem

Hund ähnelte, einzusprechen. Schließlich hatte er Erfahrung mit diesen Tieren. Das Fletschen und Knurren wurde etwas leiser. Als er dem Hund vorsichtig die Hand entgegen streckte, war es sein Glück, dass dieser nur noch über ein Fünkchen Leben verfügte. Unter anderen Umständen läge sie nun fein säuberlich abgebissen neben zwei angefaulten Tomaten. So fing sich Schulte nur ein paar Kratzer ein.

Er zog es vor sich erst einmal in Sicherheit zu bringen. In seinem Wohnzimmer angekommen schloss er vorsichtshalber die Tür zum Garten.

Dann kramte er unter einem Berg alter Zeitungen nach seiner Dienstpistole. Er war sich eigentlich sicher, diese letzte Woche noch dort gesehen zu haben. Er hasste die Knarre und trug sie nur in Ausnahmefällen. Einmal hatte er zwei Tage verzweifelt nach dem Ding gesucht, bis er es in der Schublade zwischen seinen Strümpfen entdeckte. Endlich hatte er sie gefunden, ging zum Schreibtisch und suchte in dem rechten Staufach zwischen Kontoauszügen, Stiften und unbezahlten Rechnungen nach seinem Magazin, das er immer getrennt von der Pistole verlegte. Es dauerte gar nicht lange und er hatte auch die Munition. Mit schussbereiter Waffe trat er nun wieder in den Garten. Was tun? Den Köter gleich an Ort und Stelle erschießen? Viel zu retten war da wohl sowieso nicht mehr. Doch das brachte er nicht fertig, denn eigentlich mochte er diese Viecher. Er durchstöberte den Küchenschrank nach einem alten Plastiktopf. Beim Bücken tanzten ihm Sterne vor den Augen und sein Magen revoltierte wieder.

Er musste sich auf den Küchenboden setzen. Wieder einmal schwor er sich, für den Rest seiner Erdentage keinen Alkohol mehr anzurühren. Vor allem keinen Wacholder. Teufelszeug! Was sollte er jetzt nur tun?

„Drecksköter!"

Schulte robbte sich erneut an den Küchenschrank. Diesmal gelang es ihm den Topf, in dem sich bis vor kurzem noch einige Sahneheringe befunden hatten, herauszufischen. Ächzend

zog er sich an seinem Lieblingssessel hoch, ging hinaus zur
Regentonne, füllte das Gefäß mit Wasser und ging erneut zum
Komposthaufen.

In der einen Hand den Wassertopf, in der anderen die entsi-
cherte Pistole. Wieder knurrte der blutüberströmte Hund, als
Jupp sich ihm näherte. Vorsichtig schob er ihm den Wassertopf hin und zog die Hand schnell wieder zurück. Doch das
Tier war so geschwächt, dass es sich nicht einmal mehr auf-
richten konnte. Mit dem Stiel eines Apfelpflückers, der noch
vom letzten Jahr an dem Apfelbaum stand, schob er den Topf
näher zu dem jetzt winselnden Hund. Der knurrte noch einmal,
bevor er schwerfällig den Kopf hob um zu saufen.

Schulte starrte gebannt auf den Hund und kratzte sich dabei zerstreut, als im Haus sein Telefon schrillte.

„Schulte!" meldete er sich und betrachtete traurig die frischen Fußspuren von Kompostresten auf seinen Terrakotta-
Fliesen.

„Hallo Jupp! Hier Maren Köster, tut mir leid, dass ich dich
stören muss, aber wir haben eine Leiche am Detmolder Bahnhof. Ich bin schon auf dem Weg. Tschüss!"

So was hatte ihm gerade noch gefehlt. Ausgerechnet heute!
Verdammter Mist!

Er trottete ins Badezimmer um sich etwas frisch zu machen.
Sein Schädel dröhnte. Er stieg unter die Dusche und ließ sich
den warmen Strahl auf den Nacken prasseln. Dabei versuchte
er, wenigstens einen klaren Gedanken zu fassen. Was, zum
Teufel, machte er nur mit dem Monsterköter im Garten?

Sollte er den jetzt halbtoten Hund einfach unbeachtet da
liegen lassen und ihn dem Lauf der Natur übergeben? Diesen
Gedanken verwarf er schnell wieder. Als Junge hatte er immer
einen Hund besessen. Das würde er nicht über sein Herz bringen. Er stellte das kalte Wasser an, schrie wie am Spieß und
beeilte sich die Duschkabine zu verlassen. Aufs Rasieren ver-
zichtete er generös. Kramte im Toilettenschrank nach Aspirin
und Vitamin C, warf von jeder Sorte zwei Tabletten in den

Zahnputzbecher, wartete, dass sie sich zersetzten und schüttete den Cocktail hinunter.

Im Auto kramte er sein Handy hervor und rief Bauer Fritzmeier an:

„Tüns, hier Jupp! Wie gesoffen? Hör doch auf! Bei mir im Garten liegt ein halb toter Hund hinterm Kompost. Nein, lass deine Knarre zu Hause, erschießen kann ich den auch selber. Ruf doch mal den Dierkes an, den Tierarzt. Ich erreiche ihn nicht und geh mit ihm mal nachsehen. Du weißt ja wo der Kompost ist. Was? Dein Junge ist krank? Vom Saufen gestern? Ist doch nicht meine Schuld. Tüns, ich muss Schluss machen. Machs chut."

Dann atmete er tief durch und versuchte, sich zu entspannen. Nach einigen Minuten ging es wieder. Er steuerte sein Auto Richtung Detmolder Bahnhof.

8

Kollegin Kösters feuerroter *Tigra* stand bereits auf einem der wenigen regulären Parkplätze auf dem Bahnhofsvorplatz, als ein steinalter, goldfarbener und asthmatischer *Ford Granada* Kombi aus der Paulinenstraße auf den Bahnhofsplatz einbog. Josef Schulte musste feststellen, dass kein Parkplatz mehr zu haben war und parkte seinen Dampfer kurzerhand auf einem der beiden zur Zeit freien Taxiplätze. Seufzend platzierte er ein kleines Schild mit der handgeschriebenen Aufschrift ,Polizei Kreis Lippe' hinter der Frontscheibe. Ob die Taxifahrer dies respektieren würden, wusste er nicht. Es blieb ihm nur die Hoffnung, seinen jahrelangen Weggefährten aus Blech später unbeschädigt wieder anzutreffen.

In der Bahnhofsvorhalle standen eine Menge Leute und steckten die Köpfe zusammen. Schulte bahnte sich ruppig einen Weg durch die Schaulustigen und durchquerte die bereits mit rot-weißem Trassierband abgesperrte eigentliche Bahnhofshalle. Hier sah er seine Mitarbeiterin Maren Köster, die sich angeregt mit einer alten Dame unterhielt. Als sie ihn erblickte, brach sie das Gespräch ab und kam auf ihn zu.

„Da bist Du ja endlich! Wo warst Du denn? Die Spurensicherung ist schon oben!" Dabei wies sie mit dem ausgestreckten linken Arm auf die Treppe, die zu den Gleisen führte. Ihr Tonfall war aggressiv und sie wippte ungeduldig mit den Fußspitzen, die in grünen Pumps steckten. Dann wedelte sie mit der Hand, als wolle sie einen Schwarm Mücken verjagen.

"Mein Gott Jupp, hast Du eine Fahne! In diesem Zustand bist Du doch nicht etwa Auto gefahren?"

Schulte war wie schon oft vom Auftreten dieser Frau irritiert. ‚Eigentlich bin ich ja ihr Vorgesetzter', fiel ihm wieder mal ein. ‚Was maßt dieses verwöhnte Weib sich an?' Aber, diese Frau hatte irgend etwas, dem er nur wenig entgegensetzen konnte. Dabei war sie eigentlich kein Typ für Hochglanzmagazine. Zumindest keine Schönheit auf den ersten Blick. Aber vielleicht auf den zweiten, mindestens aber auf den dritten. Ihre 1,65 m waren in allerbester Verfassung. Sie hatte mittellange feuerrote Haare und Sommersprossen. Ein hübsches Gesicht und Augen ... ja, diese grünen Augen! Sie waren Schultes Problem. Die verfolgten ihn bei der Arbeit ebenso wie in seinen feuchteren Träumen. Aber dann dieses Mundwerk! Das trieb ihn, der selbst weder auf den Mund gefallen, noch Frauen gegenüber besonders gehemmt war, gelegentlich in die Atemnot. „Die macht mich noch fertig!" hatte er kürzlich einem Freund gegenüber erklärt. Um sein Selbstbewusstsein zu schützen, verlegte er sich ihr gegenüber meist auf Ironie und Provokation. Maren Köster, die den Hintergrund nicht erkannte, ging dann stets ab ‚wie eine Rakete'.

Heute jedoch war Schulte wegen seiner körperlichen Schwäche nicht in der Lage, sich mit dieser ‚Giftspritze im Minirock' zu messen. Er brummte nur, erstieg die Treppe, überschaute kurz die Szene und ging auf den ihm bekannten Mann von der Spurensicherung zu. Der blickte kurz zu ihm auf, nickte ihm zu und arbeitete ruhig weiter.

„Tach Heinz!"

„Tach Jupp!"

Kein Zusammentreffen von Schwätzern. Die beiden Männer kannten sich seit Jahren, respektierten sich, aber hatten sich sonst nichts zu sagen.

„Gibt's schon was zu erzählen?"

„Nee!"

„Mmh..."

Schulte schaute sich um. Auf der Bank lag, nun zugedeckt, der tote Mann. Eigentlich wäre es seine Pflicht gewesen, sich die Leiche näher anzusehen, aber an diesem Morgen hätte er sich nur ohnmächtig danebengelegt und so fragte er lieber den Spurensicherer nach Auffälligkeiten des Toten.

„Ist wohl ´n Penner, so wie der aussieht!" Mehr war von Heinz Krause zu diesem Thema nicht zu erfahren und für´s erste reichte ihm diese Auskunft auch. Was blieb zu tun?

Er ging zurück in die Bahnhofshalle. Wieder fiel ihm die kleine alte Dame auf, die bei Maren Köster stand. Er ging zu den beiden, wurde aber, noch bevor er sich der Frau vorstellen konnte, von seiner Mitarbeiterin ausgebremst.

„Dies ist Frau Tölle! Sie hat den Toten gefunden, aber wir haben bereits alles Wesentliche protokolliert. Ich werde Frau Tölle jetzt nach Hause bringen lassen. Sie," in Anwesenheit Dritter siezte sie ihn natürlich, „brauchen sich darum nicht zu kümmern, wir machen das schon!" Freundlich war der Ton nicht.

Schulte schwor sich im Stillen, ihr das alles bei Gelegenheit heimzuzahlen. Aber nicht jetzt, nicht heute. Heute brummte ihm der Schädel und ihm war nach wie vor flau zumute. Eigentlich war er hier überflüssig. Die Spurensicherung machte ihren Job auch ohne ihn. Den Bericht von Heinz Krause würde er spätestens morgen, wie gewohnt knapp und sachlich gehalten, unaufgefordert bekommen. Die einzige Zeugin war bereits von Maren Köster versorgt worden. Was blieb für ihn zu tun?

Der Gedanke an eine Aspirin und an sein Bett wurde immer stärker. Aber er war hier nun mal der ranghöchste Beamte am Tatort und hatte die unglückliche Pflicht, einen Bericht über diesen Fall zu schreiben. Gott sei dank gab es in einer Kleinstadt keine Heerscharen von neugierigen Presseleuten zu befriedigen. Die zuständigen Redakteure der beiden örtlichen Tageszeitungen kannte er persönlich schon lange. Mit denen würde er trotz Kopfschmerzen noch zurecht kommen. Also machte er aus Maren Kösters Ehrgeiz und Bockigkeit für sich das Beste. Er delegierte die örtliche Kompetenz an seine Mitarbeiterin, stieg die Treppe hinunter, ging aus dem Bahnhof, freute sich auf etwas Ruhe und fand drei wütende Taxifahrer vor seinem Auto.

Da Schulte sich außerstande fühlte, die zu erwartende Auseinandersetzung in seinem Zustand zu überstehen, umging er sein eigenes Auto weiträumig. Er forderte einen der vor dem Bahnhof wartenden Streifenwagen auf, ihn zur Wache zu bringen.

9

Trotz des ausgiebigen Frühstücks machte sich bei Bernhard Lohmann bereits um 8.30 Uhr wieder eine gewisse Unterzuckerung bemerkbar. Er verließ sein Büro und zog sich am Getränkeautomaten auf dem Flur vor dem Sozialraum einen Becher Kakao. Als er wieder auf seinen Bürostuhl sackte, stand ihm der Schweiß auf der Stirn. Es würde ein sehr warmer Tag werden.

„Heute schwitze ich auf dem Weg zum Sozialraum mehr als früher bei einem Pokalspiel mit Verlängerung," seufzte er und schlürfte vorsichtig.

Sein Gegenüber, Axel Braunert, lächelte und reichte ihm ein Fax rüber.

„Die Kollegen vom LKA haben sich gemeldet."

Lohmann nahm das Blatt, schob die Brille hoch und las.

„Weiß ich doch schon alles," murmelte er nach einer Zeit. Er lochte das Blatt fein säuberlich und legte es in die entsprechende Akte. Seine Aktenführung war ähnlich penibel gepflegt wie die Rasenkanten in seinem Garten.

„Hast Du eigentlich schon die *Heimatzeitung* gelesen?" Mit diesen Worten schob Lohmann die Tageszeitung zu Braunert rüber. „Manchmal habe ich den Eindruck, dass dieser Rodehutskors mehr weiß als wir und sich köstlich über die unwissenden Bullen amüsiert."

Nachdem Braunert den Artikel über die Festnahme des Obdachlosen in der Sparkasse und die Geldscheinaffäre gelesen hatte, meinte er:

„Was willst Du? Der Mann ist eben tüchtig. Der ist auf seinem Gebiet genau so gut wie wir auf unserem. Außerdem ist er in Ordnung. Im letzten Jahr hat er uns mal einen verdammt wertvollen Tipp gegeben, weißt Du noch?"

Im vergangenen Jahr hatte der Journalist der Kripo durch ein Foto kräftig auf die Sprünge geholfen.

Da fiel Lohmann plötzlich etwas ein.

„Habe ich Dir eigentlich schon erzählt, dass am Bahnhof ein Toter gefunden worden ist? Wahrscheinlich Alkoholvergiftung! War wohl auch ein Penner! Maren ist hingefahren. "

„Wann war das denn?"

„Vor ´ner Stunde etwa. Du warst natürlich noch nicht im Dienst!"

Axel Braunert mochte seinen Kollegen eigentlich gut leiden. Seit einem halben Jahr teilten sie ein Büro und bislang hatte die Zusammenarbeit gut funktioniert. Bloß diese ständigen Anspielungen auf Braunerts Morgenmuffelei nervte ihn.

„Ich rufe Maren mal auf dem Handy an. Vielleicht braucht sie Verstärkung. Wo ist denn eigentlich Jupp Schulte heute Morgen?"

„Keine Ahnung! Ich habe ihn noch nicht gesehen und ich bin schon seit sieben Uhr im Büro!"

Ohne etwas darauf zu erwidern ging Braunert aus dem Raum. Lohmann wendete sich wieder seinen Unterlagen zu. Dann nahm er das Telefon und verlangte von der Zentrale, ihm einen freien Streifenpolizisten zu schicken. Karin Scharfberg versprach ihm, ihr Bestes zu geben.

Kurz darauf steckte Wachtmeister Rudolf Volle sein Panzerknackergesicht durch die Tür. Lohmann winkte ihn wortlos herein und wies ihm den Besucherstuhl an.

Bei sich dachte er: „Ausgerechnet dieser Volltrottel! Aber ich muss wohl nehmen was ich kriegen kann!"

Volle hatte in seiner Jugend ebenfalls Fußball gespielt, allerdings auf wesentlich niedrigerem Niveau als Lohmann. Das hinderte ihn jedoch nicht daran, ständig Lohmann gegenüber den Fußball-Kumpel heraushängen zu lassen. Diese Vertraulichkeit konnte Lohmann nicht ausstehen.

„Na, Libero!" schleimte Volle.

Lohmann raunzte ihn an.

„Volle! Haben Sie Halluzinationen? Wo sehen Sie einen Libero? Ich kann hier nur einen Wachtmeister sehen, der mit einem Kommissar spricht. Die Verhältnisse sind doch wohl klar!"

Volle erstarrte und seine Miene erfror zu einem dümmlichen Grinsen.

„Also, Wachtmeister Volle! Ich habe hier eine Liste von Detmolder Geschäften, in denen gestern mit nagelneuen Fünfhundertmarkscheinen bezahlt wurde. Alle aus der Zeit um 1990. Alles soweit verstanden oder soll ich eine kleine Pause machen? Ich möchte, dass Sie die Geschäfte abklappern, sich die Nummern der Scheine notieren und vielleicht den Namen oder die Beschreibung der Leute, die damit bezahlt haben. Und das Ganze zack, zack! Verstanden? Die Ergebnisse möchte ich heute Abend auf dem Tisch haben."

Volle kritzelte etwas in sein Notizbuch. Er machte erste Anstalten zu gehen, als Lohmann ihn noch einmal ansprach.

„Übrigens, wenn ich sage, so schnell wie möglich, dann heißt das natürlich nicht, dass Sie mit Blaulicht in die Stadt rasen. Und noch was: Seien Sie höflich zu den Geschäftsleuten. Das sind keine Ganoven, das sind brave Bürger, von deren Steuergelder Sie ihre Besoldung bekommen. Wenn ich

Klagen höre, dann schreiben Sie zur Strafe dreimal den
Knigge ab."

Volle unterdrückte die Frage, wer oder was denn dieser
Knigge sei und ging raus.

10

Beim Polizeipräsidium angekommen, wies Schulte die beiden Streifenpolizisten an, einen alten goldfarbenen *Ford Granada* vom Taxistand vor dem Bahnhof zu holen und ‚sicherzustellen'.

„Den Schlüssel habe ich hier, den haben wir einem Verdächtigen abgenommen. Parkt den Wagen hier im Hof und gebt mir
dann den Schlüssel zurück!"

Die beiden Wachtmeister schluckten tapfer ihren Widerspruch runter. Schultes Auto war polizeiweit bekannt. Aber
sie rochen auch seine Fahne, ahnten sein Motiv und wollten
mit einem ansonst verträglichen ‚Hauptkriminalen' keinen Ärger.

Keine drei Minuten waren ihm vergönnt, um mit aufgestütz-
ten Ellenbogen, das Kinn auf den Handflächen, an seinem
Schreibtisch zu dösen. Dann brach das hauseigene Desaster
über ihn herein. Sein Chef, Kriminalrat Thomas Erpentrup, war
ein großer schlanker und sehr eleganter Mann von 38 Jahren.
Etliche Jahre jünger als Schulte also, was Erpentrup ihm stets
als Beweis seiner wesentlich größeren Befähigung auslegte. Er
war der Nachfolger des von Schulte ebenso verabscheuten
Polizeichefs Klaus Olmer. Olmer war vor einem halben Jahr in
den vorgezogenen Ruhestand versetzt worden. Ganz böse
Zungen behaupteten, man habe ihn dazu sehr energisch überredet. Während Olmer wie ein heruntergekommener Ge-
brauchtwagenhändler gewirkt und dadurch nach Schultes
Meinung trotz erwiesener geistiger Armseligkeit immerhin

noch eine menschliche Attitüde gezeigt hatte, war Erpentrup das durchgestylte Abziehbild eines perfektionistischen, zynischen und ausschließlich karriereorientierten Erfolgsmenschen. Schulte hatte noch keine richtige Handhabe gefunden, mit diesem Mann, ohne erkennbare Schwächen, fertig zu werden. Denn, auch dadurch unterschied sich Erpentrup von seinem Vorgänger, dumm war er nun wirklich nicht.

"Guten Morgen Herr Hauptkommisar!" flötete er mit erkennbarer Ironie. "Gibt's etwas, was ich wissen müsste?"

Schulte blickte mit roten Augen müde zu ihm auf. Seiner Meinung nach musste Erpentrup gar nichts wissen.

„Wir haben eine Leiche im Bahnhof gefunden. Einen Penner. Den Bericht kriegen Sie gleich."

„Gut! Ich erwarte Ihren Bericht in einer halben Stunde. Danach habe ich einen Termin und bin für den Rest des Tages nicht mehr zu sprechen. Noch irgendwelche Fragen?"

„Ja! Haben Sie eine Aspirin für mich?"

Nachdem Erpentrup wutschnaubend aus dem Büro verschwunden war, setzte sich Josef Schulte an seinen PC und bemühte sich kurzzeitig redlich um Konzentration für seinen Bericht. Es wollte ihm nicht gelingen. Nicht nur, dass es mit der Konzentration nicht funktionierte. Jetzt ging ihm auf, dass er zwar am Tatort gewesen war, aber eigentlich gar nichts Relevantes mitbekommen hatte. Er hatte sich mit Maren Köster befasst, hatte einen Gruß mit dem Spurenleser gewechselt, hatte sich Sorgen um seinen Kopf, seinen Magen und um sein Auto gemacht. Aber Informationen hatte er nicht abgefragt. Er war einfach, seinem schwächelnden Körper gehorchend, vom Tatort verschwunden. Restloses Versagen!

Nach einigen Minuten geistiger Leere kam einer der beiden Streifenpolizisten ins Büro und warf ihm ein Schlüsselbund auf den Schreibtisch.

„Erledigt, Chef! Aber eins muss ich Ihnen sagen. Der Kerl, dem der Wagen gehört, sollte froh sein, dass die Taxifahrer ihn nicht in die Finger gekriegt haben. Die waren verdammt sauer! Aber, nichts für ungut, Chef. Uns beide geht's ja nichts an. Oder? Bis die Tage, Chef!"

Unverschämt grinsend ging er hinaus.

Kaum war er raus, wimmerte das Telefon.

„Jupp? Bis du's Jupp? Ja, ich bin's. Häh? Ich, Tüns Fritzmeier. Kennsse deinen Nachbarn nich mehr anne Stimme?"

Schulte entschuldigte sich müde wegen dieses Faux pas.

„Du Jupp! Das mit dem Hund läuft. Der Dierkes meint, er kricht ihn wieder hin. Aber er will wissen, wer seine Arbeit denn bezahlt. Dat würde 'n teuren Spaß, meint er. Und oppe den Hund, wenner wieder fit iss, behalten wills. Also, wat soll ich ihm sagen?"

„Weiß ich doch nicht! Was soll ich mit dem Hund? Und bezahlen? Nur weil ich den gefunden habe? Hätte ich ihn einfach liegen lassen sollen? Der Dierkes spinnt wohl! Seit wann knöpft der seinem bestem Kumpel Geld ab?"

„Soll ich ihm das so sagen?"

„Ja, und jetzt lasst mich alle in Ruhe. Ich habe Kopfschmerzen!"

Er knallte den Hörer auf die Gabel. Dann ging er in den Flur, um sich am Getränkeautomaten einen Plastikbecher Kaffee zu ziehen. Noch während er Kleingeld suchte, tauchte mit hochrotem Kopf Erpentrup auf.

„Herr Hauptkommissar! Was muss ich da von Ihnen hören? Sie beschäftigen eine im Dienst befindliche Polizeistreife damit, Ihren privaten PKW zu transportieren? Der auch noch polizeiwidrig abgestellt worden ist? Was denken Sie eigentlich, wer Sie sind?"

So richtig wusste Schulte das in diesem Augenblick wohl auch nicht. Er wusste nur sicher, dass er sofort einen Kaffee brauchte und warf seelenruhig sein Geld in den Schlitz. Der Plastikbecher knallte runter und lief langsam voll.

„Herr Schulte! Eins garantiere ich Ihnen. Das zieht ein Disziplinarverfahren nach sich. Auch für Sie gelten Regeln. Ist das klar?"

Schulte nahm den vollen heißen Becher aus dem Automaten und drehte sich etwas zu schnell in Richtung Erpentrup. Dabei schwappte ein Teil des brühheißen Kaffees über seine Hand. Der Schmerz gab ihm den Rest.

"Leckt mich doch alle am Arsch! Ich hau jetzt ab und leg mich ins Bett!"

Nach zwei Schritten drehte er sich noch einmal zum völlig überraschten Erpentrup um, fuchtelte ihm mit dem ausgestreckten Zeigefinger vor der Nase herum und rief:

„Und Sie, Sie Wichtigtuer, Sie können sich Ihr Disziplinarverfahren hinten rein schieben, wenn's Ihnen Spaß macht."

Mit diesen Worten stürzte er in sein Büro, nahm den Schlüssel vom Schreibtisch, warf sich die speckige Lederjacke über und verließ laut stampfend das Polizeipräsidium.

11

Um halb vier nachmittags rief Maren Köster bei Schulte zuhause an.

„Jupp, was hast du denn gemacht? Erpentrup sucht im ganzen Haus Ohrenzeugen für eure Auseinandersetzung. Der will dich fertig machen. Unterschätze ihn nicht. Der Mann ist zwar 'n mieser Typ, aber blöd ist er nicht!"

„Weiß ich! Aber ich hatte solche Kopfschmerzen und dann macht mich dieser Drecksack wegen so einem Pillepalle an. Da ist mit mir einfach der Gaul durchgegangen. Das war wahrscheinlich ziemlich dumm. Aber, gesagt ist gesagt. Da muss ich jetzt durch und damit Basta!"

„Wie geht's dir denn jetzt?"

„Beschissen!"

„Setz schon mal 'nen Kaffee auf. Ich komme in einer Viertelstunde vorbei. Dann können wir alles besprechen. Ist ja dienstlich. Kann ja keiner was dagegen haben." Sprach's und legte auf.

Josef Schulte fühlte eine Spur von Wärme in sich aufsteigen. Diese Maren! Giftig wie ein Skorpion. Aber wenn's drauf ankam, war sie in Ordnung.

Wenn er jetzt auch noch wüsste, wo er die Kaffeedose abgestellt hatte. Wo zum Teufel war diese verdammte Kaffeedose!

Maren Köster kam pünktlich. Nur Minuten später fand Schulte endlich den Kaffee. Sie durchquerte sein Junggesellenchaos kommentarlos, befreite einen der beiden Stühle von einem Stapel *Lippische Heimatzeitung* und setzte sich an den Küchentisch. Es schüttelte sie leicht, als sie entdeckte, dass die Spüle randvoll mit dreckigem Geschirr war.

„Such dir bitte irgendwo eine saubere Tasse," murmelte er etwas verlegen, während er Kaffeepulver in die Filtertüte schaufelte. Sie suchte und sie fand.

„Übrigens hat Erpentrup noch niemanden gefunden, der euren Zusammenstoß bestätigen will. Er ist unglaublich sauer."

„Ich auch. Aber auf mich selbst. Es ist zum Heulen, aber dieser Kerl provoziert mich allein durch seine Anwesenheit so, dass mir ständig die Galle überläuft. Ich krieg da einfach nicht genügend Distanz. Und irgendwann hat er mich da, wohin er mich haben will. Dann stehe ich vor unserem obersten Dienstherrn und kann meine Degradierung zum Wachtmeister entgegennehmen."

„Ja, das kann ich mir richtig vorstellen. Du steht in der prallen Mittagssonne auf dem Hof der Landesregierung und unter Trommelwirbel reißt dir der Innenminister deine Rangabzeichen und die Orden von der Uniform. Dann bist du ein Geächteter, darfst von jeder Politesse straffrei erschossen werden und ..."

„Schon gut! Du hast vielleicht 'nen schrägen Humor. Aber im Ernst, kannst du dir mich als Wachtmeister in Uniform vorstellen?"

„Nein! Das würde auch nicht funktionieren. Jupp, bei deinem Bauch würdest du in keine der im Besitz des Kreises Lippe befindlichen Uniformen passen. Die müsste erst noch maßgeschneidert werden. Und das wiederum kann sich dein

Dienstherr nicht leisten. Also bleibst du weiterhin Hauptkommisar in Zivil, mach dir keine Sorgen."

Lange schaute Josef Schulte seine Mitarbeiterin an. Das vor gerade mal einer Viertelstunde hochgekommene warme Sympathiegefühl kühlte bereits wieder merklich ab. Zum Glück war der Kaffee jetzt fertig und wärmte auf andere Weise.

„Wie sieht es denn nun mit unserem Fall aus? Wissen wir schon irgendwas?"

Maren Köster holte ein kleines Notizbuch aus ihrer Handtasche und blätterte darin.

„Also wissen ist stark übertrieben. Wir wissen nicht mal genau, ob es ein Fall für die Kripo ist. Es gibt noch keinen Beweis für Gewaltanwendung. Die alte Dame hat den Toten zwar als erste entdeckt, aber mehr weiß sie nicht. Wir wissen praktisch nichts über den Mann, außer dass er wahrscheinlich ein Obdachloser ist. Nach einer ersten groben Schätzung von Hans-Werner Jakobskrüger muss der Mann ungefähr gegen Mitternacht gestorben sein. Die Todesursache ist noch nicht klar. Äußere Verletzungen sind nicht zu erkennen, jedenfalls kein Blut oder so. Nur ein ganz komischer schwarzer großer Fleck an der Innenseite des rechten Armes. Sieht aus wie ein Bluterguss, aber dunkler. Jakobskrüger von der Pathologie muss da analysieren. Dieser Flecken ist bislang der einzige Grund dafür, dass wir als Kripo uns für den Fall interessieren."

„Ist der Mann identifiziert worden?"

„Nein! Wir haben keine Papiere gefunden."

„Was hast du sonst unternommen?"

"So das Übliche. Wir haben das Bahnhofspersonal befragt. Von denen wusste keiner was. Wir haben den Computer nach Vermissten befragt. Nichts. Es sind keine Fingerabdrücke gespeichert. Überhaupt kein Anhaltspunkt bisher. Wenn es sich um einen Neuen in der Obdachlosenszene handelt, werden wir wohl noch einige Zeit brauchen."

„Also kein Grund zur Hektik?"

„Nein, kann man nicht sagen."

In diesem Augenblick klingelte es. Schulte öffnete. Maren Köster konnte die Stimme des Besuchers noch im Wohnzimmer hören.

„Hier hasse dein Hund wieder! Der Dierkes meint, zusammengeflickt wärer getz, aber in Vollpension stecken will er ihn nich. Das könnteste nich bezahlen. So, hier isser!"

„Der spinnt wohl! Was soll ich mit der Töhle? Der Köter fehlt mir gerade noch! Was kann ich denn dafür, dass der sich meinen Vorgarten zum Sterben ausgesucht hat? Nix da, nimm den wieder mit!"

„Nee, Jupp! So nich! Du hass mich angerufen und gesacht, ich soll den Hund zum Tierarzt bringen. Das habbich gemacht. Getz ist Schluss mit lustig. Dat Vieh bleibt hier. Und wenne dat nächste Mal 'n Gefallen von mir wills, dann überlege ich mir dat dreimal. Dat kannse chlauben. Tschüss Jupp!"

Sekunden später.

„Maren! Kannst du mal eben helfen?"

Sie ging zur Haustür und schaute Schulte fragend an. Der wies mit einem Blick auf die Türschwelle. Da lag ein mittelgroßer, stark bandagierter Hund, der leise aber bedrohlich knurrte. Das Tier sah erbärmlich runtergekommen aus und stank.

„Wo hast du den denn her?"

Schulte erzählte den Hergang.

„Heute war wohl nicht unbedingt dein Tag, oder?"

„Nee, das sag man!"

„Aber Jupp, ich packe den Köter nicht an. Der stinkt, der hat garantiert Flöhe oder sonst was und wie der mich anguckt, beißt er zum Dank für alles auch noch. Nein, nein, du kannst von mir alles verlangen, aber das nicht. Außerdem bin ich im Dienst, ich muss los. Die Pflicht ruft. Mach's gut!"

Weg war sie. Einerseits hätte Schulte ja gern gewusst, was er denn hätte alles von ihr verlangen können, anderseits war er wütend auf sie. Und wütend auf seinen Nachbarn, wütend auf den Tierarzt, wütend auf den Hund... . Aber, was konnte das armselige Vieh dafür? Schulte streckte die Hand aus um dem Hund den Kopf zu streicheln. Sofort fletschte dieser die mächtigen Reißzähne.

„Leck mich doch..."

Schulte beschloss, den undankbaren Hund, der sich kaum regen konnte, einfach draußen liegen zu lassen. Er holte eine Schüssel, füllte sie mit Wasser und stellte sie dem Hund hin. Dann breitete er noch eine alte Decke über dem Tier aus und machte die Haustür wieder zu. Mittlerweile war es kurz nach sechs. Zu spät um noch irgendwas Sinnvolles zu beginnen. Der Kaffee hatte die ärgsten Kopfschmerzen besiegt, ihn merkwürdigerweise aber auch müde gemacht. Josef Schulte besann sich seiner Kenntnisse über Homöopathie, gleiches mit gleichem zu vergelten, oder so, und öffnete eine Flasche *Detmolder Pils*. Eigentlich hätte er absolut nüchtern bleiben müssen, da er noch im Dienst war. Aber eine Disziplinarstrafe hatte er sich heute womöglich sowieso schon eingefangen. Was sollte ihm noch passieren? Nur eines zählte: Diesen unglückseligen Tag so schnell wie möglich hinter sich zu bringen. Eine halbe Stunde später lag er im Bett und schlief.

12

Axel Braunert parkte seinen *BMW-Z3* in der einzigen freien Parkbucht auf dem Kaiser-Wilhelm-Platz, überquerte die Paulinenstraße, ließ das SPD-Büro und die kleine Polizeistation rechts liegen und bog dann links in die Mühlenstraße ein. Vor der *Herberge zur Heimat* blieb er stehen und überlegte ein letztes Mal. Sollte er wirklich hineingehen? Er war sich überhaupt nicht sicher, wie er vorgehen sollte. Beim Betrachten des Gebäudes schoss ihm der Gedanke durch den Kopf, dass der Kommandant des Warschauer Ghettos, Jürgen Stroop, der auch als ‚Schlächter des Ghettos' berühmt und berüchtigt wurde, als Kind hier ein- und ausgegangen war. Von seinem Vater hatte Stroop, der für den Massenmord an mehr als siebzigtausend Juden verantwortlich war, vermutlich hier gelernt, wie man effektiv mit denen umging, die am Rande der Gesellschaft standen. Denn sein Vater war der zuständige Polizist, der damals für die Ordnung in der *Herberge zur Heimat* verantwortlich war. Es ist anzunehmen, dass diese ‚Ordnung‘ nicht nur durch Überzeugungsgespräche hergestellt worden ist.

Braunert verscheuchte diese beklemmenden Gedanken und ging dann wieder ein paar Meter in die Richtung, aus der er gekommen war. Er öffnete das Gartentor, um in die *Stadtküche* zu gelangen, die ebenfalls an der Mühlenstraße lag. Als er den Speiseraum betrat, schlug ihm ein Geruchspotpourri von gekochtem Kohl, Schweiß und Zigarettenrauch entgegen. Es herrschte reger Betrieb. Mindestens zwanzig Personen, nicht nur Nichtsesshafte, aßen gerade zu Mittag. Es gab Kasseler mit Rosenkohl und Kartoffeln.

Auf dem ersten Blick schien ihn keiner der Anwesenden zu beachten. Als Braunert genauer hinsah, erkannte er die flüchtigen, aber misstrauischen Blicke der Männer und der zwei Frauen. Er passte sowenig hier hin wie eine Heavy-Metall-Band in die ‚Volkstümliche Hitparade‘. Diese Leute kannten sich aus und sahen ihm den ‚Bullen‘ bereits von weitem an.

Braunert war unsicher. Dies war nun wirklich nicht sein Revier. Er beschloss, auf jede Taktik zu verzichten und einfach drauflos zu fragen. Er setzte sich als Einstieg zu einem Mann von verhältnismäßig zivilem Äußeren, zeigte ihm seinen Dienstausweis und fragte ihn, ob er etwas zu den aufgetauchten Fünfhundertmarkscheinen sagen könne. Der Mann hörte auf zu kauen, starrte ihn kurz an und schob sich dann eine weitere Kartoffel in den Mund. Als er dann endlich, natürlich mit vollem Mund, sprach, konnte Braunert ihn kaum verstehen.

„Komme grade aus Paddaboan. Keine Ahnung, wovon Sie sprechen!" Nach diesen dünnen Worten aß er munter weiter.

Braunert nuschelte ein „schon in Ordnung" und wandte sich dem nächsten Tisch zu. Hier saßen ebenfalls drei Männer, allerdings in weit abenteuerlicherem Outfit. Wieder zückte Braunert seinen Ausweis.

„Kennen Sie einen Mann, der Professor genannt wird?"

Die drei schüttelten die ungekämmten Köpfe und widmeten sich wieder ihrem Teller.

Alle weiteren Befragungen Braunerts endeten im Nichts. Keiner wollte einen Tippelbruder namens Professor je gekannt haben. Braunert fühlte sich hilflos.

Irgendwann gab er auf und ging hinaus. Draußen überlegte er kurz und ging dann in die *Herberge zur Heimat*. Hier traf er nur den Sozialarbeiter an. Am Tage war die Schlafstätte für Nichtsesshafte geschlossen.

Der etwa 40-jährige Mann stellte sich ihm als Norbert Vogt vor. Braunert erklärte ihm sein Anliegen und erzählte von seinem Erlebnis in der *Stadtküche*. Vogt lächelte.

„Das hätte ich Ihnen gleich sagen können! Unterschätzen Sie diese Leute nicht. Auch wenn sie uns als völlig heruntergekommene Versager vorkommen mögen, so haben diese Leute doch ein kitzliges Ehrgefühl, wenn es um sie als Gruppe geht. Ich will nicht behaupten, dass dieses Gefühl einer massiven Bestechung mit reichlich Alkohol standhalten würde. Aber so, beim Mittagessen und dann vor allen anderen einem ‚Bullen', entschuldigen Sie den Ausdruck, Information über einer der Ihren zu geben? Nein, das können Sie nicht ernsthaft erwarten. Aber vielleicht kann ich Ihnen weiterhelfen?"

Braunert hatte nichts dagegen. Vogt ließ sich nicht lumpen.

„Also erst mal muss gestern Abend in der Stadt eine gewaltige Party stattgefunden haben. So besoffen habe ich die Männer schon lange nicht mehr erlebt. Zwei Kerle mussten sogar ins Krankenhaus. Die sind immer noch da."

„Prima," dachte Braunert. „Die beiden können nicht weglaufen, die kann ich einzeln und in Ruhe befragen."

„Und den Professor, den Sie suchen, den kenne ich natürlich. Jeder im Milieu kennt ihn. Er hat einen miserablen Ruf.
Was diese ganze Geschichte, von der Sie da gerade erzählt
haben, eigentlich soll, ist mir auch schleierhaft. Das ist schon
eine verrückte Vorstellung. Diese armen Schlucker kommen in
einen Laden und zahlen großkotzig mit einem Fünfhundertmarkschein! Den sie angeblich auch noch ausgerechnet von
so einem Arschloch wie dem Professor haben wollen. Fast jeder auf der Detmolder Platte ist schon mal von ihm betrogen
worden. Er gilt als Oberschnorrer. Wenn es eine Bundesliga
der unbeliebtesten Menschen in dieser Szene geben würde,
dann hätte der Professor mindestens einen Champions-
League-Platz sicher. Wenn nicht sogar die Meisterschaft. Das
der plötzlich so großzügig geworden sein soll... kaum vorstellbar! Mal davon abgesehen, dass er ja selber nie Geld hatte."

„Kennen Sie auch den richtigen Namen des Mannes?"

„Nein! Viele haben ihre bürgerlichen Namen abgelegt. Ich
kenne Fälle, in denen zwei Penner jahrelang zusammen durch
die Lande ziehen, ohne mehr als den Spitznamen ihres Kollegen zu kennen."

„Können Sie den Professor denn beschreiben?"

„Oh, dass ist schwierig. Ich nehme an, dass er noch gar
nicht so lange auf der Platte ist. Er sieht für einen Nichtsesshaften noch relativ bürgerlich aus. Er lässt sich ab und zu
hier die Haare schneiden, rasiert sich einmal die Woche und
findet auch bei der Kleiderausgabe immer die besten Klamotten. Er scheint sich hauptsächlich in Detmold aufzuhalten.
Seinen Namen hat er wahrscheinlich wegen seines oberlehrer-
haften Auftretens. Seine Kollegen können ihn zwar nicht leiden, haben aber wegen dieser klugen Reden einen gewissen
Respekt vor ihm. Ich habe ihn immer für einen ausgemachten
Klugscheißer gehalten. Ansonsten ist er mittelgroß, hat meist
einen Stoppelbart. Ich kann Ihnen nicht mal sagen ob er noch
alle Haare hat oder welche Haarfarbe. Er hatte immer einen Hut

auf. Und sonst? Ach ja! Er hat eine dicke dunkle Hornbrille auf. Der Mann muss ohne diese Brille blind sein wie ein Maulwurf. Vielleicht kommt sein Spitzname auch daher. Sonst fällt mir im Moment nichts ein!"

Braunert bedankte sich, schrieb sich die Personalien des Sozialarbeiters auf und gab ihm seine Visitenkarte.

„Wenn Ihnen noch was Brauchbares einfällt, lassen Sie es mich wissen! Sie können sich darauf verlassen, dass ich nach Möglichkeit alle Informationen vertraulich behandeln werde."

„Da muss ich auch sehr drum bitten, Herr Kommissar! Wenn in der Szene rauskommt, das ich mit der Polizei zusammenarbeite, kann ich meinen Job an den Nagel hängen. Dann sind schlagartig sieben Jahre sozialpädagogischer Arbeit für die Katz gewesen."

Axel Braunert nickte verständnisvoll und ging dann zurück zu seinem Auto. Jetzt war er immerhin überzeugter als vorher, dass hier etwas oberfaul war. Selbst wenn dieser ‚Professor' irgendwie auf legalem Weg an das Geld gekommen sein sollte, hätte er der Beschreibung zufolge es kaum an seine Ordensbrüder verteilt.

13

Über Oma Tölle konnte sich Maren Köster nur wundern. Diese 1,50 Meter große Sinfonie in Beige hatte vor einigen Stunden eine Leiche entdeckt. Aber wenn die Kommissarin geglaubt hatte, eine unter Schock stehende Greisin vorzufinden, belehrte sie die alte Dame eines Besseren. Sie wirkte aufgekratzt, hellwach, sogar etwas kampflustig. Immer wieder fuhr sie aufgeregt beim Sprechen mit der Zunge über die Lippen. Mit beiden faltigen Händen hielt sie ihre Kaffeetasse fest, als sie in ihrer ‚guten Stube', in der Nähe des Bad Meinberger Kurparkes, der jungen Polizistin am Tisch gegenüber saß.

„Frau Tölle, würden Sie mir bitte noch einmal genau beschreiben, unter welchen Umständen Sie den Toten gefunden haben?"

Wieder dieses aufgeregte Züngeln. Dann sprach sie mit alter aber noch fester Stimme:

„Die Umstände waren gar nicht gut! Es war kalt auf dem Bahnhof. Ich habe gefroren. Wissen Sie, in meinem Alter, da friert man schnell. Außerdem mag ich diesen Bahnhof nicht. Eigentlich mag ich überhaupt keine Bahnhöfe. Außer natürlich den Hamburger Hauptbahnhof! Da war ich früher öfter mal. Das ist noch ein richtiger Bahnhof. Mit dem vielen Glas und der Stahlkonstruktion. Aber so was wie in Detmold? Sagen Sie mal ehrlich. Möchten Sie da ganz früh morgens so mutterseelenallein rumlaufen?"

„Frau Tölle, ich meinte mehr folgendes: Wie lag der Tote, wie sah er aus und so weiter? Waren Sie mit ihm ganz allein?"

„Oh ja! Ganz allein! Da war weit und breit keiner. Ich habe mich auch ein bisschen erschrocken als ich gemerkt habe, dass der tot war. Können Sie mir glauben. Also wie der lag, wollen Sie wissen? Er lag auf der Seite. Die Beine hatte er etwas angezogen, wie ein Kind im Mutterleib. Irgendwie rührend, wenn er nicht so tot gewesen wäre. Aber dafür konnte er ja wohl auch nichts mehr, oder?"

„Lag er auf der linken oder auf der rechten Seite?"

Die alte Frau zögerte und dachte nach.

„Also, da fragen Sie mich was. Aber wenn ich genau überlege, dann... ja, auf der linken Seite lag er, mit dem Rücken zur Banklehne. Spielt das denn eine Rolle?"

„Wahrscheinlich nicht, aber je mehr wir wissen, desto größer sind unsere Chancen, den Fall zu lösen."

Oma Tölle wurde noch aufgeregter.

„Den Fall? Ja, ist denn der Mann umgebracht worden? Ist ja schrecklich!"

„Bleiben Sie ganz ruhig, Frau Tölle. Bis jetzt haben wir noch keinen Grund, so was anzunehmen. Aber es ist immerhin alles etwas merkwürdig und da müssen wir schon sicherheitshalber einige Informationen sammeln. Machen Sie sich aber keine Sorgen, okay?"

„Sie sind gut! Stellen Sie sich mal vor, der Mann ist wirklich umgebracht worden und der Mörder war noch auf dem Bahnhof. Dann hat er mich vielleicht noch gesehen und..." Jetzt erst wurde ihr die mögliche Dimension des Falles bewusst. „...und dann denkt er vielleicht auch, dass ich ihn gesehen habe. Oh Gott, oh Gott!"

Maren Köster musste gegen ihren Willen schmunzeln. Dabei imponierte ihr die alte Dame eigentlich mit ihrer kecken Art. Sie fühlte sich sogar etwas mit ihr seelenverwandt.

„Da kann ich Sie beruhigen. Auch wenn die Untersuchungen noch nicht abgeschlossen sind, können wir doch den ungefähren Todeszeitpunkt bestimmen. Und der lag ungefähr um die Zeit kurz nach Mitternacht. Selbst wenn der Mann umgebracht worden sein sollte, wovon wir ja gar nicht ausgehen, würde kein Mörder bis morgens um fünf Uhr am Tatort bleiben. Nur um zu gucken, wer sein Opfer als erster entdeckt. Das ist völlig ausgeschlossen. Glauben Sie mir!"

Frau Tölle dachte nach. Dann entspannte sich die Miene wieder merklich.

„Gut! Wahrscheinlich haben Sie recht. Sie müssen das ja auch wissen, als Polizistin." Dann folgte sofort ein neues Thema.

„Sagen Sie doch mal. Wie ist das denn so als Frau bei der Polizei? Wissen Sie, als junges Mädchen wäre ich auch am allerliebsten zur Polizei gegangen. Aber das war natürlich damals nicht möglich. Das hat mich ziemlich geärgert und ich ..."

Sie sprang auf.

„Wissen Sie was? Ich hole jetzt noch einen schönen Kaffee und ein paar Kekse, selbstgebacken natürlich. Und dann erzählen Sie mir, wie das so ist als Frau bei der Polizei, ja? Oder haben Sie überhaupt keine Zeit?"

Zeit hatte Maren Köster wirklich nicht, aber dieser Frau konnte sie einfach nicht widerstehen.

„Ein paar Minuten können es schon sein. Ihr Kaffee ist gut und auf die Kekse freue ich mich auch schon!"

14

Polizeirat Thomas Erpentrup saß bereits, wie immer sorgfältig gekleidet und gekämmt, an der Stirnseite des langen Besprechungstisches. Rechts und links an den Längsseiten saßen Maren Köster, Axel Braunert und Bernhard Lohmann. Erpentrup war jetzt, am Mittwoch Morgen um Punkt 8 Uhr, bereits seit zwei Stunden auf den Beinen, hatte wie jeden Morgen bereits gejoggt, geduscht, gut gefrühstückt und ausgiebig die Tageszeitungen gelesen. Erpentrup war ein Morgenmensch.

Josef Schulte hasste Morgenmenschen. Er schaffte es keinen Morgen, auch nur zu frühstücken. Ganz zu schweigen von solchen Kleinigkeiten wie rasieren, kämmen oder ordentlich kleiden. Den ersten Kaffee zog er aus dem Automaten in der Dienststelle, unterwegs holte er sich zwei belegte Brötchen vom Metzger in Hiddesen. Die erste Amtshandlung war in der Regel, sich die *Heimatzeitung* zu krallen und den Schreibtisch mit Brötchenkrümeln zu ruinieren.

Heute hatte er nicht mal dazu Zeit. Er musste nach dem Hund sehen, unter großer persönlicher Gefahr dessen Verband erneuern und Fritzmeier bitten, das Tier den Tag über im Auge zu behalten. Da dieser immer noch sauer war, dauerte dies alles ein bisschen. Was dazu führte, dass er eine Viertelstunde zu spät, mit einem Pappbecher Kaffee in der Hand, zur großen Mittwochmorgenbesprechung kam. Erpentrup nahm demonstrativ keine Notiz von ihm und sprach weiter, als sei Schulte bereits von Anfang an dabei gewesen. Das hatte man ihm im Führungsseminar beigebracht. Bloß den „Zuspätkommer" nicht auch noch mit Aufmerksamkeit belohnen.

Der soll doch sehen, wie er dem Gespräch folgen kann. Und nach dem Eklat von gestern erst recht. Gerade wandte er sich Maren Köster zu, um ihr eine Frage zu stellen, da führte Schulte seinen kochendheißen Kaffee an die Lippen, verbrannte sich die Zunge und spuckte laut fluchend den Schluck auf den hellblauen Teppichboden. Auch der Besprechungstisch hatte einige Tropfen abbekommen.

Erpentrup starrte ihn einige Sekunden entsetzt an.

„Herr Schulte, können wir jetzt auch mit Ihnen rechnen? Es ist spät genug!"

Innerlich fluchte er. Wieder einmal hatte dieser Schulte seinen Auftritt gehabt. Diesen Mann mochte man verabscheuen; ignorieren konnte man ihn nicht. Er zwang sich zur Ruhe und führte dann aus:

„Die aktuelle Situation stellt uns vor folgende Aufgaben: Oberste Priorität hat der mutmaßliche Mord an dem Obdachlosen. Wir sollten diesem Fall in unserer Planung bereits den Status eines Mordfalles zugestehen. Auch wenn wir noch keinen endgültigen Beweis für Gewalteinwirkung haben, denn die Pathologie ist noch nicht so weit, sollten wir auf Grund eigener Beobachtung und Erfahrung einfach mal davon ausgehen und hier ausreichend Zeit und Personal einplanen. Weiter haben wir neben einigen noch nicht abgeschlossenen kleineren Fällen die Geschichte mit den Geldscheinen. Auch hier können wir noch nichts beweisen, aber die Tatsache, dass solche großen Geldscheine in so großer Zahl von Nichtsesshaften als Zahlungsmittel verwendet wurden, spricht eine deutliche Sprache. Das kann so nicht mit rechten Dingen zugegangen sein. Interessanterweise geht es auch hier um das gleiche Milieu. Um Nichtsesshafte. Vielleicht besteht sogar ein Zusammenhang zwischen beiden Fällen. Aber sehen wir erst mal weiter. Aus dem Möbeldesign-Museum hier in Detmold ist ein wertvolles Ausstellungsstück gestohlen worden. Frau Köster hat bereits erste Gespräche geführt.

Wie teilen wir die weitere Arbeit ein? Herr Braunert, Herr Lohmann. Sie haben den Obdachlosen in der Bank festgenommen und verhört. Bitte berichten Sie darüber."

Braunert schaute Lohmann auffordernd an. Der nickte ihm aber nur gönnerhaft zu, ohne Anstalten zu machen, das Wort zu ergreifen. Also hüstelte Braunert verlegen und sprach.

„Stand der Dinge ist folgender. Im Stadtgebiet von Detmold sind mehrere Fünfhundertmarkscheine von Obdachlosen in Geschäften beziehungsweise Banken in Umlauf gebracht worden. Die Scheine sind nicht registriert, stammen also nicht unbedingt aus heißen Beständen. Aber die Sache ist mit Sicherheit nicht koscher. Interessanterweise stammen die Scheine alle aus der Zeit um das Jahr 1990, sind aber offensichtlich noch unbenutzt. Verteilt hat die Scheine ein Obdachloser, der in der Szene als ‚Professor' bezeichnet wird. Seinen richtigen Namen konnten wir noch nicht ermitteln. Ich habe mich in der Nichtsesshaften-Szene umgehört und kann jetzt eine grobe Personenbeschreibung anbieten. Die Beschreibung finden Sie schwarz auf weiß in meinem Bericht. Ich bin davon überzeugt, dass die Männer, die mit den Scheinen auffielen, völlig unschuldig an der Herkunft des Geldes sind. Die haben nur die Gelegenheit ausgenutzt. Das Ganze war ja auch geradezu märchenhaft. Wie die gute Fee! Wir haben über Radio Lippe einen Aufruf an Geschäfte und Banken erlassen, sich zu melden, falls ihnen solche Scheine angeboten werden. Ebenfalls haben wir eine Anfrage ans LKA gestellt, um herauszufinden, ob die irgendetwas mit dieser Geschichte anfangen können. Ich glaube, das war es fürs erste!"

„Was noch wichtig ist," meldete sich jetzt Lohmann zu Wort, „gestern spät nachmittags hat es auf dem Marktplatz Randale gegeben. Rund achtzig Männer, zum größten Teil aus der hiesigen Säuferszene, haben sich da ein Stelldichein gegeben und haben äußerst kräftig gefeiert. Offenbar hatten die Herren viel Geld in Alkohol investiert. Wahrscheinlich war auch das Geld aus dieser dubiosen Quelle. Das prüfen wir aber zur Zeit noch."

„Danke, meine Herren. Bleiben Sie hier am Ball."

Erpentrup machte eine lange bedeutungsschwangere Pause, um die Aufmerksamkeit aller Teilnehmer sicherzustellen.

Dann richtete er einen strengen Blick auf Josef Schulte. Dieser schaute müde zurück.

„Herr Schulte! Ich möchte Sie zu so früher Stunde nicht überfordern, aber vielleicht könnten Sie kurz über den Ermittlungsstand im Fall des toten Nichtsesshaften referieren."

Schulte gähnte etwas zu demonstrativ.

„Nichts lieber als das! Leider war ich gestern Nachmittag durch eine plötzliche Erkrankung nicht in der Lage, die Untersuchung persönlich vorzunehmen. So sehe ich mich im Augenblick auch nicht in der Lage, mit Informationen zu dienen. Ich hatte aber noch rechtzeitig die Kollegin Maren Köster mit der Fortsetzung meiner Arbeit beauftragt. Sie kann sicherlich mehr zum Thema sagen."

Erpentrup drohte zu explodieren, riss sich aber zusammen und gab so emotionslos wie möglich das Wort an Maren Köster. Die junge Frau lächelte, als sie loslegte.

„Um es vorweg zu nehmen, weder die Ergebnisse der Spurensicherung noch die des Pathologen liegen vor. Hans-Werner Jakobskrüger hat mir für heute Nachmittag erste Ergebnisse versprochen. Wir haben also zur Zeit wirklich noch keinen Anlass, von einem Mordfall zu sprechen. Noch kann es sich um einen völlig natürlichen Vorgang handeln. Mit solchen Begriffen wie Mord sollten wir sehr sensibel umgehen, Herr Erpentrup!"

„Dem kann ich voll und ganz zustimmen!" rief Schulte dazwischen. Bevor jedoch Erpentrup seine gute Erziehung vergessen konnte, fuhr Maren Köster schnell fort.

„Was wir definitiv wissen ist lediglich folgendes: Gefunden wurde der Mann, der Kleidung nach ein Obdachloser, ohne irgendwelche Papiere, am Dienstag Morgen von einer alten Frau, die uns wohl überhaupt nicht weiterhelfen kann. Ich habe die alte Dame gestern Nachmittag noch einmal ausgiebig verhört. Da ist nichts für uns zu holen. Es gibt praktisch keine verwertbaren Spuren am Tatort, da natürlich auf einem Bahnsteig keine Schuh- und Fingerabdrücke zu finden sind, die man gebrauchen kann. Die äußere Erscheinung des Mannes ist nicht eben nützlich. Er ist mittelgroß, nicht übermäßig ungepflegt und hatte nichts, aber auch gar nichts in seiner Manteltasche. Nur Krümel. Die hat aber die Spurensuche nicht ernsthaft untersucht, Langeweile haben die ja auch nicht."

„Okay, Frau Köster!" knirschte Erpentrup. „Noch was?"

Als sie verneinte, wandte sich Erpentrup betont beherrscht wieder an Schulte und fragte mit eisiger Stimme, wie denn der Herr Hauptkommissar wohl gedenke, diesen Arbeitstag zu verbringen. Dieser antworte jedoch ganz fröhlich:

„Ich stelle mir vor, dass ich den heutigen Tag damit verbringe, mich im Detmolder Penner-Milieu etwas umzuhören. Bei der Gelegenheit kann ich mich ja auch ein bisschen in Sachen Geldscheine schlau machen. Ich habe ja erst heute davon erfahren."

„Herr Schulte, wenn Sie gestern Mittag nicht Hals-über-Kopf desertiert wären, hätten Sie die Geldaffäre mitbekommen und hätten bereits gestern effektiver arbeiten können. Aber was heißt hier effektiver! Sie haben ja gar nicht gearbeitet! Ich gehe natürlich davon aus, dass Sie mir für den Nachmittag eine Krankmeldung nachliefern. Selbstverständlich werden Sie heute diesen Fall, zusammen mit der Frau Kommissarin Köster, weiter bearbeiten. Die beiden Fälle, die Geldscheine und der Tote, gehören ganz offensichtlich zusammen. Es kann kein Zufall sein, dass beide im selben Milieu angesiedelt sind. Meine Dame, meine Herren, wenn keiner mehr etwas zu sagen hat, schließe ich hiermit die Besprechung."

„Und wer arbeitet jetzt weiter an dem Diebstahl im Möbel-Museum?", fragte Maren Köster keck.

Erpentrup wurde etwas rot, fing sich aber schnell.

„Das können Sie doch noch nebenbei machen, so schwierig kann das doch nicht sein!“, kam die Retourkutsche.

„Aber ich kann doch nicht neben einer Ermittlung in einem Mordfall einen Diebstahl bearbeiten. Das kann doch sicher irgendein Streifenkollege machen.“

„Frau Köster! Sie haben doch gerade gesagt, dass von einem Mord noch gar nicht die Rede sein kann. Was reden Sie denn da? Aber, wenn Sie sich diese Zweifachbelastung nicht zutrauen, kann ich sie auch ganz von dem mutmaßlichen Mordfall abziehen und Kommissar Lohmann beauftragen. Dann hat der eben zwei Aufgaben gleichzeitig. Sie können sich dann voll und ganz auf den Diebstahl konzentrieren. Das sollten Sie doch bewältigen können, oder?“

Maren Köster ballte unter dem Tisch die Fäuste.

„Schon gut! Ich mache beides!“

„Schön! Dann schließe ich hiermit die Sitzung!“

Kurz darauf stieg Maren Köster in ihr Auto. Josef Schulte saß an seinem Schreibtisch, trank den zweiten Kaffee und überlegte, wie er an den verlangten ‚Gelben Schein‘ kommen sollte.

15

Als Josef Schulte seinen Kollegen verkündet hatte, dass er jetzt in die Stadt fahren und dort einige Penner befragen wolle, hatte es ein paar dumme Sprüche gegeben. Lohmann hatte ihm zu seiner „gelungenen Verkleidung“ gratuliert. Er sei für den „Under-Cover-Auftrag“ im Penner-Milieu bestens präpariert. Dabei sah Schulte aus wie immer. Aber was heißt das schon?

Tatsächlich konnte er bei seinen Befragungen feststellen, dass ihm zumindest die Annäherung problemlos gelang. Was ja für einen „normalen“ Polizisten in dieser Szene ja nicht selbstverständlich ist. Wirkte er wirklich so heruntergekommen? Eigentlich war ihm so was reichlich schnuppe. Aber, vielleicht war ja das der tiefere Grund für die offensichtliche Ablehnung durch Maren Köster. Er beschloss, noch am selben Abend sich einmal gründlich im Spiegel zu betrachten.

Es war Viertel vor Zwei, als er über den Detmolder Bruchberg schlenderte. Vor dem orientalischen Imbiss *Kebabadini* saßen zwei vermutlich Obdachlose auf einer Bank. Schulte beschloss, sich erst mal nicht als Polizist vorzustellen. Er ging etwa hundert Meter zurück Richtung Rathaus, kaufte beim *Allfrisch* zwei Flaschen billigsten Wacholder und eine Packung Tabak, steckte beides in eine Plastiktragetasche und schlenderte in leicht gebückter Haltung zurück zu den beiden Männern. Schulte setzte sich auf die noch freie Bank neben den beiden, holte den Tabak heraus und fing unbeholfen an, sich eine Zigarette zu drehen. Das hatte er schon so lange nicht mehr gemacht, dass nach einigen Fehlversuchen die Hände zu zittern anfingen. „Wie bei einem Alkoholiker," dachte er und betrachte seine Hände. Die Kratzspuren durch den Hund waren noch deutlich zu sehen. Alles in allem schien er sehr authentisch zu wirken, denn die beiden Berber neben ihm hatten offenbar schon Witterung aufgenommen und bemerkten mehrfach sehr laut, wie durstig sie seien. Schulte nutzte dies Stichwort, holte die erste Flasche aus der *Alllfrisch*-Tasche und nahm einen tiefen Schluck. Dabei musste er sich gewaltig zusammennehmen, um sich nicht angewidert zu schütteln. Er war ganz bestimmt niemand, der sich grundsätzlich vor Alkohol ekelt. Aber Wacholder? Pfui Teufel ...! So zwang der Polizist sich zu einem genussvollen Stöhnen, als er die Flasche wieder abstellte. Er tat, als bemerke er die zwei gierig herüberlugenden Säufer erst jetzt und hielt mit fragendem Blick die Flasche hoch. Die Männer grinsten einladend, Schulte stand auf und wechselte zur Bank der Penner herüber. Die Flasche fand begeisterte Abnehmer und als der unerkannte Kommissar dann auch den Tabak rumgehen ließ, konnte er sicher sein, zwei wahre Freunde gewonnen zu haben. Der ältere der beiden nannte sich Karl, der etwas jüngere Georg.

Karl trug trotz des schönen Wetters eine Pudelmütze und einen Mantel. Schulte schätzte ihn auf irgendwas um die Fünfzig, war sich aber überhaupt nicht sicher. Georg war höchstens Dreißig und war abstoßend fett. Während Karl in seiner Art irgendwie gewitzt wirkte, sah man Georg an, dass er über die Grundschule nicht nennenswert hinausgekommen war. Nach einigen Minuten harmlosen Geplauder versuchte Schulte, sich mit einem Bonmot an sein eigentliches Thema heranzutasten.

„So eine Bank wie diese ist die einzige Bank, die noch freundlich zu unsereinen ist. Denn," er zeigte auf die Volksbank-Filiale auf der anderen Seite des Platzes, „bei so ´ner Bank wie der da war ich schon lange nicht mehr."

Georg starrte ihn verständnislos an. Karl brauchte einige Sekunden, lachte dann laut und bewies, dass er seinen Witz auch noch lange nicht ertränkt hatte:

„Aber manchmal kommt´s auf´s selbe raus! Bei so ´ner Bank wie unserer hier kommste freiwillig, um zu sitzen. Bei der anderen Bank," jetzt zeigte auch er auf die Volksbank, „kanns dir auch passieren, dasse sitzt. Iss gestern ´nem Ordensbruder von uns passiert. Der sitzt jetzt auch. Aber bei den Bullen!" Er wollte sich förmlich ausschütteln vor Lachen.

Schulte schloss sich seinem Lachen aus ehrlicher Überzeugung an. Nicht, dass dies er übermäßig witzig gefunden hätte, aber immerhin... . Karl war ihm sympathisch. Außerdem war er dankbar, so schnell und problemlos zum Thema gekommen zu sein.

Während Georg jetzt offensichtlich völlig den Faden verloren hatte und sich resigniert wieder dem Rest in der Flasche zuwandte, fragte Schulte:

„Was hat er denn angestellt?"

Es dauerte noch einige Zeit, bis Karl wieder reden konnte.

Er wischte sich die Tränen weg und prustete gewaltig in sein riesiges Taschentuch.

„Gar nix hat er angestellt! Geld wechseln wollte er! Ganz legal. Und dann haben ihn die Bullen mitgenommen. Bei unsereins denken die doch sofort an geklautes Geld."

„War es denn viel Geld?"

„Fünfhundert Mark! Musste dir mal vorstellen! Ein einziger Schein!"

Karl kämpfte mit seiner Rührung und Schulte zeigte sich höchst beeindruckt.

„Fünfhundert Mark? Verdammt noch mal! Die hätte ich auch gern. Wo kriegt man denn so was her?"

Karl schaute ihn plötzlich misstrauisch an.

„Warum willste das denn eigentlich wissen? Biste etwa so´n Sozialmensch? ´N Schtrietwörker oder so was? Die stellen auch immer so dusselige Fragen?"

„Ich und Streetworker?" Schulte lachte laut und mit reinem Herzen. „Seh ich aus wie so´n Sozialer?"

„Ne, Mann. Stimmt. Dafür biste schon viel zu alt. Solange hält das keiner von denen auffer Straße aus. Komm Kumpel! Ich kann doch sehen, dass da noch ´ne Flasche inner Tüte ist. Bist ´n Kerl nach mein´ Geschmack!"

16

Josef Schulte hatte gerade noch den Absprung geschafft. Bei der zweiten Flasche mit Karl und Georg hatte er bereits gemogelt. Dann waren noch einige „Kollegen" von Karl dazu gestoßen, wodurch die Flasche auch ohne Schultes aktiven Beitrag leer wurde. Irgendetwas für die Aufklärung seiner Fälle relevantes erfuhr Schulte auch jetzt nicht. Außerdem war unter den Trinkern ein Mann, an den er eine verschwommene Erinnerung hatte. Irgendwann vor langer Zeit hatte er diesen Mann einmal festgenommen und hoffte jetzt, dass der ihn nicht erkennen würde. Aber keine Sorge! Die tägliche Alkohol-Dröhnung hatte im Gedächtnis des Mannes gewirkt wie die versehentliche Formatierung einer Festplatte. Da war nichts mehr zu aktivieren. Trotz der Mogelei ging Schulte besser zu Fuß den langen Weg von der Innenstadt zum Präsidium. Unterwegs kaufte er eine Packung Kaugummi. Es wäre für Erpentrup ein gefundenes Fressen gewesen, seinen Lieblingsgegner Schulte mit einer Fahne im Dienst zu erwischen. Da würden auch alle Beteuerungen, der Alkohol sei im Sinne der Ermittlungen notwendig gewesen, nichts fruchten.

So war er dann wieder einigermaßen ernüchtert, aber auch körperlich am Ende, als er ächzend an seinem Schreibtisch Platz nahm. Einen so langen Fußmarsch hatte er lange nicht mehr zurückgelegt. Er ordnete gerade seine Unterlagen, als sein Handy wimmerte. Am anderen Ende der Leitung war sein Freund, der Tierarzt Dierkes.

„Hallo Jupp! Was macht dein Monster?"

„Hör mir bloß auf! Das Vieh hätte sich auch zwei Gärten weiter verkriechen können. Jetzt habe ich den ganzen Stress mit dem Köter. Außerdem habe ich im Moment überhaupt keine Zeit, mich um einen Hund zu kümmern. Warum nimmst du ihn nicht?"

„Nein, danke! Ich lebe davon, dass ich solche armen Geschöpfe wieder zusammenflicke, aber nicht davon, dass ich sie in meinen Haushalt aufnehme. Ach, übrigens muss ich dich auf eines hinweisen. Bei der Untersuchung ist mir einiges aufgefallen, was ich deinem Nachbarn nicht unbedingt erzählen wollte. Denn ich glaube nicht, dass er den Mund halten kann. Also, die Verletzungen sehen auf dem ersten Blick aus, aus habe dein, entschuldige, der Hund sich mit einem anderen Hund gebissen. Auf dem zweiten Blick ist mir aufgefallen, dass es sich um feine und sehr glatte Wundränder handelt. Das war kein Biss. Das war auch kein Stacheldraht. Wenn es Glasscherben gewesen wären, hätte der Hund auch Verletzungen an den Pfoten gehabt. Hatte er aber nicht. Es ist ziemlich wahrscheinlich, dass es sich hier um Schnittwunden handelt, die dem Tier mit einem Messer zugefügt wurden. Jetzt bist du baff, oder?"

Das war Schulte wahrhaftig.

„Wer macht denn so was?"

„Das solltest du besser wissen als ich! Schließlich bist du hier der Polizist, oder? Mach mit dieser Information was Du willst. Aber Jupp, ich kenne dich doch. In zwei Wochen ist der Hund wieder fit und dann willst du ihn nie wieder hergeben."

„So, so. Meinst du? Was wolltest du überhaupt. Du wolltest doch nicht nur über den Hund reden, oder?"

„Nein! Auch wenn ältere Leute gern schwatzen. Ich werde nämlich älter. Heute, wenn du es genau wissen willst..."

„Oh, Mann! Stimmt! Hab ich ja völlig vergessen. Gratulation!"

„Schon gut. Also, wenn du heute Abend nichts anderes vorhast, dann komm doch auf ein Bier vorbei."

„Oh, ha! Schon wieder Party? Ich bin erst vorgestern furchtbar versackt. Und heute musste ich sogar im Dienst trinken. Zweimal die Woche stecke ich so einen Schlag auch nicht mehr weg. Außerdem brennen mir gerade die Haare. Ein Toter, merkwürdige Geldscheine und kein Personal. Zu allem Überfluss hat mich mein neuer Chef auch noch auf dem Kieker. Kann sein, dass ich durcharbeiten muss, aber wenn es eben geht, komme ich nachher noch vorbei. Dann können wir auch noch mal über den kaputten Hund sprechen. Und vor allem über die Rechnung! Kannst mir ja zur Sicherheit schon mal ein Butterbrot kalt stellen. Ich kann so einen alten Sack doch nicht allein noch älter werden lassen. Also, bis heute Abend!"

Schulte hatte sich gerade aus dem Automaten einen Kaffee geholt, da platzte Maren Köster in sein Büro. Trotz des zähen Ermittlungsvorganges war sie bester Laune. Das machte den Kommissar misstrauisch. Als er der Sache auf den Grund gehen wollte, zeigte sein Telefondisplay an, dass ein

Gesprächs auf Maren Kösters Apparat angekommen war. Da die Telefone in allen Büros dieser Abteilung zu einer Gruppe zusammengefasst waren, drückte Schulte geistesgegenwärtig auf die Taste „Gespräch übernehmen" und meldete sich mit einem lauten:

„Jou!"

Der Anrufer war hörbar irritiert.

„Entschuldigen Sie, ich wollte eigentlich die Kriminalpolizei sprechen. Da bin ich wohl falsch verbunden."

Schulte klärte den Irrtum mit knappen Worten auf und fragte, wer denn am anderen Ende der Leitung sei.

„Ich hatte heute Morgen Besuch von einer Ihrer Kolleginnen, Frau Köster. Mein Name ist Dr. Zimmermann. Ich bin der Leiter des Design-Museums in Detmold. Würden Sie mich bitte mit dieser Kollegin verbinden?"

Die letzten Worte waren alles andere als verbindlich. Eher eine klare Anweisung. So was mochte Schulte nicht. Er reichte ihr den Hörer und sagte so laut, dass der Anrufer dies auf jeden Fall hören musste:

„Hier ist irgend so ein Lackaffe am Apparat. Zimmermann oder so ähnlich. Der will was von dir."

Maren Köster nahm den Hörer. Eine feine Röte überzog ihr hübsches Gesicht. Zu allem Überfluss machte sie Schulte gegenüber eine Handbewegung, die andeutete, er solle den Raum verlassen. Schulte war sauer. Dies war immerhin sein Büro! Was ging hier vor? Er blieb natürlich sitzen.

In den nächsten zwei Minuten hörte er mit wachsender Empörung von ihr nur Worte wie: „Reizend", „...aber sehr gern" und zum Schluss ein bedrohliches „also dann bis heute Abend!"

„Hach, das finde ich aber gaaanz reizend," äffte Schulte seine Kollegin nach und rückte mit der Hand eine nicht vorhandene Haarlocke zurecht. „Maren, was willst du mit diesem Lackaffen?"

Das hätte er nicht sagen sollen.

„Nur weil sich Dr. Zimmermann, im Gegensatz zu dir, regelmäßig wäscht, saubere Fingernägel hat, nicht ständig flucht und sich wie ein erwachsener Mann kleidet, ist er noch lange kein Lackaffe! Und selbst wenn es so wäre: Was geht es dich an?"

„Oh! Frau Köster steht auf gebildete Männer! Würdest du so freundlich sein und mir das Glas reichen? Bitte sehr und danke sehr! Und Bussi hier und Bussi dort. Hei tei tei! Bei dem geschwollenen Gerede kommt der doch nicht zum Wesentlichen!"

Maren Köster schwankte einige Sekunde zwischen dem Verlangen, ihm den schweren Bürotacker an den Kopf zu werfen oder den ganzen Schreibtisch umzuwerfen um ihn darunter zu begraben. Dann zwang sie sich zur Ruhe.

„Mein lieber Josef," flöte sie süß. „Jetzt will ich dir mal einen kleinen Unterschied deutlich machen. Eine deiner größten Leidenschaften, neben den zahlreichen Frauen, die du alle sehr glücklich gemacht hast, natürlich, ist doch das gute Essen. Oder? Du bist doch der größte Genießer des Lipperlandes. Stimmt's?"

Schulte wusste nicht recht, wie er dies alles wechseln sollte.

„Stimmt!" sagte er dann. „Essen ist die Erotik des Alters!"

„Jupp, mir ist aufgefallen, dass du immer dann, wenn dir ein Essen nicht besonders gut schmeckt, einen ganz bestimmten Satz aus deiner ostwestfälischen Heimat sagst. Und wie geht dieser Satz?"

Schulte kratzte sich verlegen den Hinterkopf, sagte aber nichts.

„Dann sag ich es dir. Du sagst dann immer: Wer's mach...?"

„Jau," nickte Schulte. „Stimmt!"

„Und was sagst du, wenn es dir so einigermaßen gut schmeckt?"

Wieder verweigerte Schulte die Antwort.

„Du sagst: Kann man wohl essen!"

Schulte war widerwillig beeindruckt von ihrer Beobachtungsgabe.

„Und was ist die absolute Superlative? Der ultimative Kick? Dein höchstes Lob? Du schwärmst dann: Kannste nix von sagen!"

Schulte war fast schon gerührt. Das stimmte alles. Dies waren die Standardsprüche aus seiner Warburger Heimat. Er hätte nie gedacht, dass er sie so auffällig benutzen würde.

„Okay, stimmt alles. Und was willst du mir jetzt damit sagen?"

Sie schaute ihn einige Zeit still und fast etwas wehmütig an.

„Na ja, wenn schon bei deiner größten Leidenschaft, dem Essen, deine sprachliche Ausdrucksfähigkeit derart überschaubar ist, was ist dann von dir bei den etwas weniger leidenschaftlichen Vergnügungen, zum Beispiel der Liebe, von dir an Höhenflügen zu erwarten? Was sagst du nach einer guten Nummer? Hä? Sagst du: Au, jau eh? Oder grunzt du einfach nur?"

Schulte starrte sein Gegenüber verdattert an. Plötzlich hatte die Kollegin einen harten Zug um den Mund.

„Verstehst du nicht? Dieser Mann, den du einen Lackaffen nennst, hat mich ins Theater eingeladen. Von dir wäre ich allenfalls in Rudis Bratwurstbude eingeladen worden. Du bist ungefähr so sensibel wie dein heruntergekommener Köter. Deine Proleten-Sprüche lösen bei einer Frau nur Vorfreude auf die Wechseljahre aus. Und wenn dann mal ein Mann wirklich was von Frauen versteht, dann nennst du ihn einen Lackaffen. Du bist doch bloß neidisch! Du Dorftrottel!"

Sie stürzte zur Tür und verließ wutschnaubend den Raum. Dabei knallte sie die Tür ins Schloss, dass Schultes Füllfederhalter vom Schreibtisch rollte, auf dem Fußboden zersprang und hunderte kleiner blauer Tintenspritzer hinterließ.

Schulte sprang auf, riss die Tür wieder auf und schrie auf den Flur hinaus:

„Hau doch ab zu deinem geschniegelten Wixer!"

Von Maren Köster war nichts mehr zu sehen. Auf dem Flur stand jedoch Klaus Erpentrup, der angewidert sein Gesicht verzog.

17

„Also, friedlich eingeschlafen ist der nicht!"

Hans-Werner Jakobskrüger, der Gerichtsmediziner des Landgerichts Detmold, schien trotzdem irgendwie vergnügt. Schulte weniger. Denn diese kurze aber bestimmte Aussage bedeutete für ihn vor allem eins: Die nächsten Tage würden stressig!

„Es kann natürlich sein, dass er zu besoffen war um etwas zu spüren. Ich nehme es sogar an, denn seine Lage auf der Bahnhofsbank machte nicht den Eindruck von Verzweiflung und Todeskampf. Außerdem war noch immer reichlich Alkohol im Blut. Aber..." hier machte Jakobskrüger eine wichtigtuerische Kunstpause, „da war eben auch noch ganz was anderes im Blut. Etwas, was da normalerweise gar nicht hingehört."

Schulte wartete.

„Ja, willst du denn gar nicht wissen, was das war?"

„Natürlich will ich das wissen! Also, was war außer Alkohol noch in seiner Blutbahn?"

Jakobskrüger schien befriedigt.

„Ja, Blut natürlich! Jede Menge. Aber es war auch eine gewisse Menge Salzsäure drin, und die gehört da nun mal nicht hin, oder? Die hat übrigens auch die Gefäße stark angegriffen. Und diese Salzsäure ist ziemlich sicher in die rechte Armvene injiziert worden, als der Mann völlig betrunken auf der Bank lag. Da ist nämlich dieser schwarze Fleck auf der Haut, sieh mal her..."

Schulte schauderte. Dieses ‚Sieh mal her' bedeutete nichts anderes für ihn, als der Leiche sehr nahe kommen zu müssen. Und auch nach zwanzig Dienstjahren bei der Kripo waren dies immer noch Situationen, an die er sich einfach nicht gewöhnen konnte.

„Siehst du? Das muss ganz einfach gewesen sein. Der Mann lag da. Eben den rechten Ärmel hochgestreift und rein mit der Spritze. Anscheinend hatte der Mörder auch etwas

Ahnung von Medizin, auf jeden Fall hat er eine Stelle getroffen, die für sein Vorhaben sehr günstig war."

„Und du meinst, das sei Salzsäure gewesen?"

„Ja, leicht verdünnte Salzsäure."

„Den genauen Zeitpunkt des Todes hast du auch schon?"

„Ich möchte mich noch nicht hundertprozentig festlegen, aber ich würde sagen, zwischen Mitternacht und ein Uhr. Kannst du damit was anfangen?"

„Keine Ahnung! Das wird sich irgendwann im Laufe der Ermittlungen herausstellen. Übrigens, du bist doch Mediziner. Ich habe zuhause einen völlig entkräfteten Hund in der Küche liegen. Hast du hier nichts zum Aufpäppeln? Tabletten vielleicht, oder ´ne Spritze oder sonst was?"

Jakobskrüger schaute ihn lange an.

„Falls du es noch nicht gemerkt hast, du befindest dich hier in der Pathologie. Unsere Kunden werden in aller Regel nicht mehr aufgepäppelt. Das würde nichts mehr bringen. Verstehst du? Aber ich gebe dir einen guten Tipp. Die Polizei hat doch bestimmt einen Keller, in dem sie die ganzen beschlagnahmten Drogen aufbewahrt, oder? Geh doch einfach dahin, klau dir ´ne große Packung ‚Ecstasy' und gib sie deinem Hund. Du wirst staunen, wie gut der dann wieder zurecht ist."

Schulte zog die Nase hoch und ging hinaus in den Sommerabend.

18

Als Kommissar Lohmann an diesem Abend nach Hause kam, wunderte er sich. Normalerweise machte er sich abends einige Butterbrote und trank dazu eine Flasche Bier. Da weder seine Frau noch seine beiden Töchter nach 18 Uhr irgendetwas aßen, war es völlig normal, dass er sich mit seinem armseligen Abendessen ins Wohnzimmer vor den Fernseher setzte und *Al Bundy* schaute. Wenn er nicht allzu laut schmatzte, hatte auch seine Frau keine Einwände. Während er aß, bügelte sie.

Heute war alles anders. Der Küchentisch war für ein Abendessen gedeckt. Seine Frau stand mit rotglühenden Wangen am Herd und rührte in mehreren Töpfen. Als sie ihn nach einigen Sekunden bemerkte, lächelte sie ihn nervös an.

„Zieh Dich schnell um! Wir bekommen gleich Besuch. Becci stellt uns gleich ihren neuen Freund vor!" Dabei wischte sie sich mit dem Ärmel den Schweiß von der Stirn. „Er studiert auch!"

Als wäre allein das schon ein Grund besonders gut zu kochen, rührte sie weiter in ihren Töpfen, als hinge das Familienglück davon ab.

Umziehen wollte sich Lohmann aber nicht, dass fand er reichlich übertrieben. Schließlich geht man als Kriminalkommissar nicht gerade im Blaumann zur Arbeit. Aber er erbot sich gern, schon mal zwei Flaschen Wein zu entkorken. Dabei versuchte er sich den Freund seiner Tochter Rebecca, die vor einigen Wochen zwanzig Jahre geworden war, vorzustellen. Rebecca hatte im letzten Herbst ein Studium an der Universität Paderborn begonnen, wohnte aber noch immer zu Hause. Was sie studierte, hatte Lohmann noch immer nicht richtig begriffen. Er hatte nur verstanden, das sie im Endergebnis Lehrerin werden wollte. Wahrscheinlich war ihr Freund ein Studienkollege. Irgendein blasser weltfremder Jüngling, der ebenfalls ins Lehramt wollte. Vermutlich unterernährt wie sie selbst.

Eine halbe Stunde später, Frau Lohmann war mit dem Kochen so gerade und mit den Nerven völlig fertig, klingelte es. Lohmann straffte seine zwei Zentner, öffnete die Haustür und staunte.

Vor ihm stand ein Paar, was ungleicher kaum sein konnte. Links seine kleine zierliche, blonde Tochter. Rechts ein schwarzer Riese. Schwarz die Schuhe, schwarz der Anzug und genauso schwarz das Gesicht! Er blickte etwas verlegen auf den erheblich kleineren Lohmann nieder.

Bevor Lohmann den Mund wieder zubekam, hakte seine Tochter den Mann unter und stellte ihn munter lächelnd vor.

„Papa, das ist Benjamin! Er kommt aus Togo!" Und zu ihrem Freund gewandt:

„Benny, das ist mein Vater! Ist er nicht süß?"

Immer noch verlegen lächelnd streckte der Afrikaner eine riesige rechte Hand in Lohmanns Richtung, die dieser zögernd ergriff.

„Guten Abend, Herr Lohmann!" Sein Deutsch war guttural, mit stark rollendem R, aber im Großen und Ganzen gar nicht schlecht.

„Mein Name ist Benjamin Olympio. Ich freue mich, bei Ihnen sein zu dürfen."

Mittlerweile hatte sich Frau Lohmann die Schürze abgebunden und war an die Tür gekommen. Freundlich begrüßte sie Tochter samt Begleiter und bat beide ins Haus. „Sonst wird noch das Essen kalt!"

Lohmann, der immer noch kein Wort gesagt hatte, trottete hinter ihnen her, setzte sich an den Tisch, füllte sein Weinglas auf und nahm erst mal einen großen Schluck Grauburgunder vom Kaiserstuhl. Während seine Frau wie aufgezogen durch die Küche wuselte um Jacken aufzuhängen und um angestrengt Small-Talk zu halten, war Lohmann völlig benommen. Ihm fiel absolut nichts zu sagen ein. Um keine peinliche Situation aufkommen zu lassen, redeten Frau und Tochter, die Lohmanns Schwächephase wohl bemerkten, um so mehr. Dann wurde erst mal gegessen. Frau Lohmann fragte ihre Tochter zwischendurch, wie und wann sie denn ihren neuen Freund kennen gelernt habe. Rebecca erzählte von einer Afrika-Veranstaltung in der Uni vor etwas mehr als zwei Monaten, bei der Benjamin einen Stand mit Büchern hatte. Da sei er ihr aufgefallen. ‚Kein Wunder', dachte Lohmann. Zu übersehen war dieser 1,95 Meter Mann mit seinen Catcher-Schultern ja auch nicht. Aber deswegen hätte sie ja nicht gleich was mit ihm anfangen müssen.' Aber das dachte er nur. Gesagt hatte er immer noch nichts. Doch genau das wurde langsam Zeit, wollte er nicht als grob unhöflich gelten.

„Sie kommen aus Togo? War das nicht mal eine deutsche Kolonie?"

Seine Tochter blickte ihn entrüstet an, aber Olympio antwortete freundlich:

„Ja, das stimmt! Aber das war Gott sei Dank nicht lange. Nur zehn Jahre. Dann wurde Togo von Frankreich und England beherrscht. Seit 1960 sind wir zwar unabhängig, aber bereits seit vielen Jahren eine Diktatur! Unser Land ist leider keine Erfolgsstory."

„Benny ist übrigens schon seit fünf Jahren in Deutschland!" warf sich Rebecca für ihn ins Zeug. „Er hat eigentlich noch nie in Togo gewohnt, hat aber die Staatsbürgerschaft. Das Ganze ist ziemlich kompliziert und ich habe das alles überhaupt noch nicht verstanden!"

Lohmann schaute den schwarzen Mann fragend an. Der antwortete zögernd und sehr ernsthaft.

„Ja, ich bezeichne mich als Einwohner von Togo. Aber Tatsache ist auch, dass meine Familie seit 1963 in Ghana wohnt. Da ich selbst erst 28 Jahre alt bin, habe ich natürlich noch nie in Togo gelebt. Meine Familie musste 1963 fliehen. Unser Familienoberhaupt war bis dahin Sylvanus Olympio, der demokratisch gewählte Staatspräsident von Togo. Er war ein Ur-Onkel von mir. In dem Jahr wurde er ermordet. Alles spricht dafür, dass der heutige Diktator Eyadéma ihn höchstpersönlich erschossen hat. Seitdem lebt mein Clan in Ghana und kämpft für die Freiheit meines Landes!"

Die letzten Worten hatte er laut und sehr emotional gesprochen und damit eine etwas beklommene Atmosphäre geschafften, die Frau Lohmann sofort mit dem Auftragen des Desserts auszubügeln versuchte.

Vorübergehend gelang dies auch, aber eben nur vorübergehend. Denn nachdem alles aufgegessen, der Tisch abgeräumt und die Küche wieder hergerichtet war, saßen alle vier im Wohnzimmer der Familie Lohmann. Herr und Frau Lohmann im Sessel, er ein Glas Wein, sie ein Gläschen Eierlikör. Die beiden jungen Leute saßen, eng zusammen, auf dem Zweiersofa und suchten nach dem passenden Einstieg für den Höhepunkt des Abends. Als sich kein geeigneter Übergang fand und sie der Meinung war, es würde endlich Zeit, nahm Rebecca sich ein Herz.

„Wir müssen euch übrigens noch etwas ganz Wichtiges erzählen. Ich bin in der zehnten Woche schwanger!"

19

Schulte saß zu diesem Zeitpunkt an seinem Schreibtisch und kramte in seinen Unterlagen. Er war unzufrieden mit sich. Es war ihm noch nicht gelungen, richtig in den neuen Fall einzusteigen. Der Stress mit dem neuen Chef, der Ärger mit dem Hund und sein problematisches Verhältnis zur Kollegin Maren Köster hatten ihn so in Anspruch genommen, dass seine eigentliche Arbeit darunter gelitten hatte.

Ein ungetrübtes Verhältnis zu seinen Vorgesetzten hatte er eigentlich noch nie gehabt. Das lag zum Teil an seiner eigenen sehr speziellen Art. Er war nun mal ein Mensch, der seinen Freiraum immer und überall benötigt und ihn auch einfordert. Nur selten finden sich Vorgesetzte, die dies richtig deuten und einen solchen Mitarbeiter, wenn er denn fachlich so unbestreitbar kompetent ist wie Schulte, erfolgreich arbeiten lassen, indem sie ihn „an der langen Leine" führen. Weder Klaus Erpentrup noch sein Vorgänger Olmer waren so. Während ihm die ständigen Auseinandersetzungen mit Olmer noch ein diebisches Vergnügen bereitet hatten, ganz einfach, weil er diesem Mann intellektuell haushoch überlegen war, nahm ihn das Kräftemessen mit dem neuen Chef körperlich und seelisch mit. Erpentrup kämpfte einfach in einer ganz anderen Liga als Olmer. Er war nicht nur clever, sondern auch fest entschlossen, Schulte, in dem er den Hauptkonkurrenten im Kampf um die Position des Platzhirschen sah, aus dessen Position zu drängen. Und wenn Josef Schulte auch nicht sonderlich ehrgeizig war, so gefiel ihm doch die Arbeit und auch an Detmold hatte er sich gewöhnt und wollte hier bleiben. Ihm blieb nichts anderes übrig, als in Deckung zu gehen, Erpentrup möglichst keine Angriffspunkte zu geben und seinerseits darauf zu warten, dass dieser seine Deckung entblößte. „Alles kommt zu dem, der warten kann!" war denn auch seine Devise in diesen schwierigen Tagen.

Vorübergehend amüsierte ihn der Gedanke, für die beiden Flaschen Schnaps bei Erpentrup Spesen zu verlangen.

Er rieb sich müde das unrasierte Kinn und schob einen Apfelgrieben vom Vortag und einen Stapel alter Aufzeichnungen zur Seite. Ein Teil der Blätter segelte wie Herbstlaub auf den Fußboden und bedeckte die Brötchenkrümel, die bereits seit dem Frühstück dort lagen. Auf der so geschaffenen freien Arbeitsfläche breitete er einen Haufen bekritzelter Papierschnipsel, abgerissener Zeitungsränder, ein beschriebenes Tempo-Tuch und ein paar weitere Zettel aus. Es war eben seine typische Art, sich überall und jederzeit auf irgendetwas Notizen zu machen. Leider fand er diese dann oft nicht wieder. Die Schuld dafür gab er in der Regel aber nicht sich selbst, sondern der Putzfrau oder dem grausamen Schicksal an sich. Heute jedoch hatte er einiges vor sich liegen.

Es gab einen Haufen Fünfhundertmarkscheine. Von verschiedenen „Pennern" unters Volk gebracht. Einer von ihnen war tot auf dem Bahnhof gefunden worden. Mittlerweile gab es keinen Zweifel mehr daran, dass der Mann ermordet wurde. Gab es zwischen den Geldscheinen und dem Toten einen Zusammenhang? Beide Fälle hatten irgendwie mit dem Detmolder Penner-Milieu zu tun. Konnte das Zufall sein?

Woher kam das Geld? Ein Haufen Fragen und noch hatte er nicht mal den Anfang des Knäuels gefunden. Noch einmal ordnete er seine Zettel, las den Bericht des Pathologen konzentriert durch, fand aber keine nützlichen Hinweise. Von der Spurensuche gab es noch gar keine Meldung. Was machten die eigentlich den ganzen Tag? Schulte schaute auf seine Uhr. Fünf nach Neun! Verdammt spät! Er griff zum Telefon und rief Anton Fritzmeier, seinen Nachbarn und Vermieter, an.

„Hallo Anton! Was macht der Köter?"

„Alles in Ordnung. Hat auch ´n bisschen gefressen. Iss sogar raus innen Charten zum pinkeln chekrochen. Der arme Deubel!"

„Na prima! Bei mir wird es heute spät. Kannst du noch mal nach dem Biest gucken?"

„Sach ma, Jupp! Willsse dat Tier nich innen Tierheim bringen? Sons geht mich dat Biest noch hinter meine Hühner her! Ich sach dir nur eins: Ich hab immer noch meine Schrotflinte im Haus. Aber heute Abend guck ich noch mal. Will mal nich so sein. Aber nur, weil du ´s biss."

„Anton, du bist der Beste! Wenn ich dir morgen auch noch einen Einkaufszettel bringen dürfte? Ja? Ich hab nichts mehr im Kühlschrank. Ich verspreche dir, dafür auch alle Verbrecher zu fangen, damit du in Ruhe schlafen kannst. Ist das nichts?"

Noch bevor Fritzmeier wirkungsvoll protestieren konnte, legte Schulte den Hörer auf. Irgendwie spürte er, dass sein Freund Dierkes recht behalten würde mit seiner Prophezeiung. Er würde wohl halb gezwungen, halb freiwillig auf dem Hund sitzen bleiben.

Im Aktenordner *Postausgang* hatte Schulte für besonders kalte Tage oder sonstige Härtefälle eine noch nicht angebrochene Flasche Calvados Gran Reserva gebunkert. Die wollte er Dierkes schenken. Er klemmte sich die Flasche unter den Arm, verließ sein Büro und ging hinaus in einen milden Frühsommerabend. Stieg in seinen alten goldfarbenen Granada, ließ die Fensterscheiben herunter und genoss die Fahrt zu seinem Sandkastenfreund. Dieser hatte nach dem gemeinsamen Abitur in Warburg Tiermedizin studiert, eine lippische Bauerntochter geheiratet und betrieb nun mit ihr auf dem schwiegerelterlichen Hof eine Tierarztpraxis, in der alles behandelt wurde, von der Wüstenrennmaus bis zum belgischen Kaltblüter. Der Hof lag auf halber Strecke zwischen Bad Meinberg und Brüntrup und es war nicht einfach, den Weg dorthin zu finden. Obwohl Schulte schon einmal dort gewesen war, musste er auch heute verdammt aufpassen, um die richtige Abzweigung zu finden und nicht aus Versehen in Reelkirchen, Höntrup oder Fissenknick zu landen. Irgendwann war er da und Dämel, der riesige Hund seines Freundes schlug an, als er den goldfarbenen Granada auf den Hof rollen sah. Schulte mochte Hunde und Hunde mochten Schulte. Dämel auch. Und so wies Schultes Hose Dreck- und Schleimspuren auf, als er ins Haus trat. Auf dem Hof war seinem Polizistenblick nicht ergangen, dass hier etliche Edelkarossen versammelt waren. Sein Granada war eindeutig der „Underdog" in dieser illustren Runde.

„Bist Du sicher, dass ich hier richtig bin?" fragte er leicht verstimmt seinen Jugendfreund nach der Begrüßung. „Ich habe immer Schwierigkeiten, mit Blaublütern Konversation zu betreiben. Ich beherrsche einfach den Pluralis Majestatis nicht. Das habe ich damals in Warburg auf der Penne nicht gelernt. Du etwa?"

„Lass Dich von den dicken Autos nicht blenden," schmunzelte Dierkes. Es sind nur ein paar Leute aus der Nachbarschaft da und ein paar Frauen von Lisas Frauenstammtisch. Aber Jupp, die sind alle verheiratet. Nur damit Du es gleich weißt."

Frauenstammtisch! Auch das noch. Noch widerwilliger trat Schulte ins Wohnzimmer, blickte in die Runde und erstarrte zur Salzsäule, als er die Staatsanwältin, Frau Müller-Stahl, in der Polster-Sitzecke sah.

„Ach, Du Scheiße! Was macht die denn hier?" schoss es ihm durch den Kopf. „Heute Abend gibt's nur Mineralwasser. Auf keinen Fall nach dem Ärger mit Erpentrup auch noch irgendwas Dummes zur Staatsanwältin sagen. Volle Konzentration ist gefordert!"

„Guten Abend, Herr Schulte!" begrüßte ihn die Staatsanwältin freudig und wies auf einen freien Sitzplatz neben ihr. Unsicher setzte sich Schulte so weit von ihr weg, wie es die Höflichkeit zuließ.

„Ich wusste gar nicht, dass Sie zu den Freunden dieses Hauses zählen, Herr Schulte!"

„Das geht mir umgekehrt genauso, Frau Müller-Stahl. Also ich bin sicher einer der ältesten Freunde des Hausherrn. Wir haben bereits im Sandkasten miteinander gespielt. Sagen Sie bloß, Sie haben auch mit Lisa die Förmchen geteilt?"

Die Staatsanwältin lachte.

„Jetzt wollen Sie mir aber gewaltig schmeicheln. Ich bin doch ein paar Jahre älter als Lisa. Nein, wir kennen uns über den Detmolder Frauenstammtisch."

Schulte war erleichtert, als Dierkes ihn in die Küche zum Büfett rief. Einmal, weil er lange nichts Ordentliches mehr gegessen und die anderen Gott sei Dank noch gewaltige Mengen übriggelassen hatten. Zum anderen war ihm die Gesellschaft der Staatsanwältin nicht geheuer. Zu Dierkes sagte er leise:

„Hättest mich auch vorwarnen können! Hätte ich gewusst, dass die Frau hier ist, wäre ich wahrscheinlich gar nicht gekommen. Oder hätte mir zumindest ein sauberes Hemd angezogen und die Nägel saubergemacht."

Dierkes lachte, drückte Schulte eine Flasche Bier in die Hand und ließ ihn mit dem Büfett allein. Eine Situation, die Schulte in den nächsten Minuten schamlos ausnutzte. Nachdem er den obligatorischen Rülpser auch noch in der Stille der einsamen Küche hinter sich gebracht hatte, ging er wieder zu seinem Platz an der Seite der Staatsanwältin zurück. Im Vorbeigehen gelang es ihm noch, die hübsche Ehefrau seines Freundes kräftig in den Arm zu nehmen.

Es blieb nicht beim Mineralwasser, trotzdem hielt sich Schulte an diesem Abend mit Alkohol sehr zurück. Es entwickelte sich ein recht nettes Gespräch mit der Staatsanwältin über dieses und jenes. Die Nachbarn gefielen ihm auch ganz gut, vor allem, als nach etwa einer Stunde herauskam, dass Schultes Nachbar Anton Fritzkötter in diesem Kreise durchaus kein Unbekannter war. Was nicht so sehr erstaunte, denn es befand sich ein noch aktiver und drei ehemalige Bauern unter ihnen. Auch die Frage, wie Schulte denn mit ihm klarkäme, meinte dieser:

„Einen besseren Nachbarn kann man sich nicht vorstellen. Anton kauft für mich ein und wenn es sein müsste, würde er sogar noch meine Wäsche zur Reinigung bringen. Aber an meine Unterhosen lasse ich keinen ran!"

„Und Du wohnst allein in dem Haus?" fragte einer der jüngeren interessiert. „Keine Frau? Darum kommst Du wahrscheinlich auch mit Vater und Sohn Fritzkötter so gut zurecht. Eine Frau würde in dieser Männerwirtschaft nur stören."

„Oh, von Frauen hat unser Freund Jupp erst mal genug," dröhnte der inzwischen reichlich angetrunkene Dierkes dazwischen. „ Er hat vor rund zwanzig Jahren mal auf einem Schützenfest zwei Frauen geschwängert. Dafür muss er noch heute bezahlen. Seitdem lebt er im Zölibat!"

Dierkes schüttelte sich vor Lachen. Schulte fand das gar nicht witzig. Wieso musste dieser Idiot hier vor der Staatsanwältin diese alte Geschichte auspacken?

Verlegen rutschte er auf der Polstergarnitur herum. Plötzlich spürte er eine Hand auf seinem rechten Oberschenkel.

„Herr Schulte, ich wusste gar nicht, dass Sie so ein Draufgänger sind," sinnierte seine Sofanachbarin lächelnd. Ihre Hand ließ sie seelenruhig auf seinem Oberschenkel liegen. Schulte ließ dies weniger ruhig. Was sollte das alles? Irritiert schenkte er sich ein neues Glas Wein ein und fragte, ob sie auch noch etwas wolle. Sie nickte und rutschte noch etwas näher an ihn heran, damit auch ja kein Tropfen danebenginge. Ihr sinnliches Parfüm war jetzt nicht mehr zu ignorieren, ihre Hand auch nicht.

„Und jetzt spielen Sie den einsamen Wolf?

Schulte dachte bei diesen Worten unwillkürlich an den Hund zu Hause und wechselte das brenzlige Thema.

„Ich würde eher sagen, ich habe einen einsamen Wolf. Und zwar zu Hause!" Er erzählte ihr von dem zugelaufenen Tier. Hier glättete er etwas, hier übertrieb er ein wenig und brachte am Ende eine recht amüsante Geschichte zustande, die in der Runde gut ankam. Während seines Beitrags zur allgemeinen guten Laune spürte er immer wieder wie unabsichtlich wirkende Berührungen, vernahm den Duft des teuren Parfüms. Unter anderen Bedingungen war Josef Schulte weder ein Lustverächter noch ein Feigling und wäre einer solchen Situation offensiv begegnet. Eigentlich gehörte er in erotischen Dingen eher zur Abteilung Attacke. Heute war das anders. Die Frau, die hier neben ihm saß und ihn vor aller Augen „anmachte", war ihm dienstlich zwar nicht unmittelbar, aber doch indirekt vorgesetzt. Das hemmte ihn, obwohl die Staatsanwältin ihn als Frau durchaus reizte. Aber schon morgen würde er ihr eventuell einen Bericht über den Fortgang der Ermittlungen vorlegen und sich für deren schleppenden Fortschritt rechtfertigen müssen. Wie sollte das zusammenpassen? Nein, hier galt es, einen klaren Kopf zu bewahren. Schulte stand abrupt auf und sagte zu Dierkes:

„Ich habe morgen einen harten Tag! Kannst Du mir bitte ein Taxi bestellen?"

„Darf ich mich Ihnen anschließen? Ich glaube, wir haben die gleiche Richtung!" Hiermit machte die Staatsanwältin Schultes Fluchtplan zunichte. „Ich bin schließlich Lipperin und wenn ich 'ne Mark sparen kann, dann mache ich das auch!"

Es dauerte zwanzig Minuten, bis das Taxi kam. Schulte hatte ausgiebig Zeit, die Staatsanwältin genauer zu betrachten. Sie war eine attraktive Frau, da gab es nichts auszusetzen. Zwar war sie zwei oder drei Jahre älter als Schulte, aber es war noch alles in bester Verfassung.

Ihr naturblondes Haar trug sie schulterlang, das „kleine Schwarze" war keineswegs gewagt und stand ihr wunderbar. Wieder und wieder trafen sich ihre Blicke.

Als das Taxi auf den Hof fuhr, hakte sie sich unbekümmert bei ihm unter und das ungleiche Paar schlenderte hinaus.

Schulte versucht einen letzten Trick. Er öffnete ihr galant die Beifahrertür, ließ sie einsteigen und setzte sich selbst auf die Rückbank.

Bei Schultes Zuhause angekommen, war sie es, die zu seiner großen Überraschung dem Taxifahrer das Geld gab und ohne zu fragen einfach mit ausstieg.

„So, dann wollen wir uns mal dein Monster angucken!"

Schulte staunte. Einmal über die Tatkraft dieser Frau, zum anderen über ihre Ausdrucksweise, die er völlig falsch verstand.

„Mit Monster meine ich natürlich deinen Hund! Wo ist er denn?"

Der Übergang vom Sie aufs Du war so unbefangen vollzogen worden, dass Schulte einfach sprachlos war und die Haustür aufschloss.

20

Sofort erklang ein tiefes Knurren. Selbst Schulte schreckte kurz zurück. Nicht so Frau Müller-Stahl, die den erstaunten Hund ebenso im Handstreich nahm wie vorher seinen derzeitigen Besitzer.

In wenigen Sekunden mutierte der Killer zum Schoßhündchen und leckte ihr die Fingerspitzen.

„Na. mein Kleiner? Wie heißt du denn?"

„Monster!" brummte Schulte.

„Ach, ja?"

Während sie sich mit dem Hund beschäftigte, räumte Schulte schnell ein paar Kleinigkeiten vom Fußboden und vom Küchentisch weg, indem er alles hastig in einen Schrank warf und den verschloss.

Frau Müller-Stahl betrachte Schultes Wohnung mit einer Mischung aus Entsetzten und Galgenhumor, enthielt sich aber jedes Kommentars, was Schulte dankbar registrierte.

Er legte eine CD von Bryan Adams in die Stereoanlage und kochte Kaffee.

Da es sich um eine wunderbar laue Sommernacht handelte, setzten sie sich auf eine Bank in Schultes Garten. Oder besser, in Schultes Grünzone. Von Garten konnte hier kaum die Rede sein. Er zündete ein Windlicht an. Minutenlang saßen beide nebeneinander auf der Bank und lauschten der Musik und den Fröschen in Schultes Gartentümpel.

Urplötzlich und wie von Geisterhand arrangiert verschmolzen beide zu einem ersten und leidenschaftlichen Kuss.

Stunden später wurde Josef Schulte von ungewohnten Geräuschen geweckt. Verschlafen nahm er die Silhouette einer Frau wahr, erkannte ihren Duft wieder.

„Ich muss los! Danke für die wunderschöne Nacht. Aber jetzt muss ich meine beiden Jungs zur Schule bringen!"

Nach einem letzten Kuss verließ sie die Wohnung. Schulte sah auf die Uhr. Es war drei Minuten nach Fünf.

21

„Es war einfach göttlich!" schwärmte Maren Köster gerade, als am frühen Donnerstag Morgen Josef Schulte wie gewohnt etwas zu spät zur Besprechung eintraf. Diesmal war es aber nur eine interne Besprechung der Fahndungsgruppe, ohne Teilnahme des Polizeichefs Erpentrup. Schulte war nach dem nächtlichen Erlebnis allerbester Laune.

„Was heißt hier, es war göttlich?" witzelte er. „Ich bin doch gerade erst hereingekommen!" Mit diesem völlig misslungenen Scherz setzte er sich an seinen gewohnten Platz am Tischende, der ihm als Gruppenleiter zustand. Der Spurensicherer Heinz Krause, Braunert, Lohmann und eben Maren Köster warteten ab, bis Schulte die Besprechung eröffnete.

„Also Kollegen, wie sieht's denn aus? Kriegen wir ihn oder kriegen wir ihn nicht? Was meint Ihr?"

Die anderen rieben sich verwundert die Augen. Was war heute Morgen in diesen bekennenden Morgenmuffel gefahren? Vielleicht war er ja gedopt.

„Also Jupp," kam leise Lohmann ins Spiel, „ich will dir ja deine gute Laune nicht nehmen, aber ich kann zur Zeit keinen Fortschritt der Ermittlungen erkennen. Diese Welt wird eben immer verrückter und wir sitzen mitten drin!"

Wumm!!! Das war nicht der fröhliche Morgenmensch Lohmann! An diesem Donnerstag Morgen waren offenbar einige Rollen vertauscht.

„Also ich fange mal an," bestimmte Schulte den Verlauf. „Ich habe mich gestern Morgen nach der großen Besprechung in der Innenstadt mit einigen Obdachlosen unterhalten. Alle wussten im Großen und Ganzen Bescheid über die Geldscheingeschichte. Aber keiner konnte mir irgendwelche brauchbaren Hinweise geben. Im Fall des Toten ergaben meine Fragen ebenfalls nichts. Dann war ich aber auch noch in der Pathologie. Hans-Werner Jakobskrüger ist sich absolut sicher, dass hier ein Mord verübt wurde. Seiner Meinung nach ist das etwa folgendermaßen passiert. Der Mann, also das Opfer, hat sich, sternhagelvoll, auf die Bank gelegt und ist eingeschlafen. Irgendwann, laut Jakobskrüger zwischen Mitternacht und ein Uhr morgens, ist dann jemand gekommen, hat ihm den Ärmel des rechten Armes hochgeschoben und ihm dann in die Vene eine Spritze mit verdünnter Salzsäure verpasst. Der Einstich ist kaum zu erkennen. Wir suchen also jemanden, Mann oder Frau, der an verdünnte Salzsäure rankommt, was leider nicht allzu schwierig sein dürfte, und der ein gewisses Geschick im Umgang mit Spritzen hat. Jakobsmeier meint, der Stich sei einigermaßen professionell ausgeführt worden. Vielleicht sollten wir bei unseren Nachforschungen mal im Hinterkopf behalten, dass es sich vielleicht um einen Krankenpfleger, eine Krankenschwester oder einen Arzt handeln könnte. Außerdem ist der Tote 1,82m groß, hat graue Augen und rötlich-blondes Haar. Die Statur ist eher bullig, ein massiver Knochenbau, aber vernachlässigte Muskulatur. Er hatte ca. 20 Kilo Übergewicht. Soviel von der Pathologie. Den Bericht der Spurensicherung bekommt ihr gleich vom Fachmann selbst. So, Kollege Lohmann, was war denn bei dir so los?"

Lohmann schreckte aus seinen Gedanken auf. Einige Sekunden lang dachte er ernsthaft daran, den anderen von seinem „Problem Schwiegersohn" zu erzählen, erinnerte sich dann aber daran, worum es bei dieser Besprechung ging.

„Also, wir sind auch nicht viel weiter gekommen. Es gibt nach wie vor keinen Anhaltspunkt dafür, dass die Geldscheine aus einer heißen Quelle stammen. Wir können nicht völlig ausschließen, dass irgendein mysteriöser Geldsack eine soziale Ader entdeckt hat und nun sein Geld verschenkt. Gestern habe ich einen Beamten losgeschickt, der noch einmal alle Einzelhändler befragen soll, ob sie irgendetwas über die Scheine und deren Herkunft wissen. Bisher habe ich noch keine Antwort bekommen."

„Wen hast du denn losgeschickt?" fragte Schulte, „muss ich wissen wegen des Protokolls!"

„Volle!"

„Oh Gott!" stöhnte Axel Braunert. „Dann wundert es mich, dass noch keine Beschwerden von Detmolder Geschäftsleuten hier eingegangen sind."

„Was sollte ich denn machen? Es war kein anderer da!", maulte Lohmann. „Besser Volle als gar keiner, oder?"

„Na, ja!" Braunert hatte da seine Zweifel.

Schulte brach hier ab und fragte:

„Heinz, was hat die Spurensicherung herausfinden können?"

Heinz Krause war zwar ein wichtiges, aber alles andere als übergewichtiges Mitglied der Detmolder Kripo. Er wog bei seinen 1,84 m keine siebzig Kilo und wirkte auch in seiner ganzen Erscheinung wie ein fastender Bußprediger. Was ihm an Gewicht und Temperament fehlte, hatte er an Einsilbigkeit umso mehr. Wenn er allerdings was sagte, hatte das meist Hand und Fuß. Er atmete tief durch, sah in die Runde, räusperte sich umständlich und fing dann an.

„Viel gibt es nicht! Fangen wir mit Fingerabdrücken an. Wie man sich denken kann, hat es praktisch keinen Zweck, auf einem Bahnsteig nach Fingerabdrücken zu suchen. Da muss der Täter nicht mal Handschuhe getragen haben. Wir haben derart viele Abdrücke gefunden, dass wir gar nicht erst versucht haben, diese auszuwerten. Auch die Untersuchung des Bahnsteigs nach irgendwie verdächtigen Gegenständen hat nichts erbracht. Ich habe dennoch mehrere Müllsäcke mit Gegenständen aller Art sichergestellt. Die Auswertung wird noch einige Zeit dauern und die Erfolgschancen sind mehr als dürftig. Kurz und gut: Die gesamte Tatortumgebung bietet uns praktisch keinen einzigen Anhaltspunkt!"

Für kurze Zeit gab es betretenes Schweigen. Dann fuhr Krause fort:

„Aber etwas Interessantes ergab die Durchsicht der Kleidung des Toten. In seinem linken Schuh, es waren derbe Wanderschuhe, fand ich unter der Einlegesohle eine größere Menge der mittlerweile so bekannten Fünfhundertmarkscheine. Eingewickelt in eine Plastiktüte vom *Allfrisch*. Das war allerdings auch das einzig Frische an diesen Schuhen."

Wieder langes, aber diesmal angespanntes Schweigen.

„Was kann das bedeuten?", fragte Schulte in die Runde.

„Das kann bedeuten, dass der Täter genau diese Geldscheine beim Toten vermutet hat. Er hat sie dann bloß nicht gefunden. Wer kommt denn auch darauf, dem die Schuhe auszuziehen?"

„Das würde dann aber bedeuten, dass der Täter höchstwahrscheinlich aus dem Milieu des Opfers kommt, also wahrscheinlich auch ein Obdachloser ist, oder?" fragte Krause, der jetzt in Schwung gekommen war. „Denn normalerweise vermutet niemand Geld bei einem Nichtsesshaften!"

„Nicht zwangsläufig," warf Schulte ein. „Aber es spricht eine Menge dafür!"

Noch einmal kehrte Ruhe ein. Alle dachten angestrengt nach. Alle? Nein, Bernhard Lohmann schien an der Diskussion überhaupt nicht beteiligt zu sein. Irgendetwas drückte ihm aufs Gemüt.

Dann meldete sich Axel Braunert leise zu Wort.

„Heinz, wie viele Scheine waren das denn genau?"

„Acht!"

Schulte pfiff durch seine Zahnlücke, bevor Braunert weiter reden konnte.

„Ordentlich! Das sind ja immerhin viertausend Mark! Für einen Nichtsesshaften ein stattliches Vermögen. Was mir nun auffällt ist folgendes: Wenn der mysteriöse Spender so vielen aus der Szene je einen Fünfhundertmarkschein gegeben hat, wieso hat er denn diesem einen so viel mehr gegeben?"

„Vielleicht ist ja der Tote der Spender gewesen und die acht Scheine waren der Rest von seinem Geld!" mutmaßte Maren Köster.

„Aber warum sollte ein Nichtsesshafter", Axel Braunert verwendete als einziger diese formal richtige Bezeichnung, „wenn er schon irgendwie zu Geld gekommen ist, dies fast völlig verschenken? Wo sollte das Geld denn überhaupt herkommen? Legal kann es kaum sein. Es sei denn, er hat im Lotto gewonnen."

„Das kann nicht sein", wandte Schulte ein. „Bedenkt bitte, dass diese Scheine größtenteils aus dem Jahre 1990 stammen. Die Lottogewinne werden aber mit neuem Geld ausgezahlt."

„Kann ich nicht beurteilen, ich habe noch nie gewonnen," schmunzelte Heinz Krause. „Aber vielleicht hat er mal irgendwann eine Bank überfallen und spielt jetzt so eine Art Robin Hood. Ist doch möglich, oder?"

„Nichts ist unmöglich!" seufzte Lohmann und versank gleich wieder in seinen Dämmerzustand.

„Das könnte durchaus sein. Aber warum sind die Scheine so alt? Er hat doch garantiert nach so einem Bruch nicht über zehn Jahre gewartet?" fragte Schulte. „Und aus privaten Beständen werden die Scheine wohl auch nicht sein, dann wären sie gemischter."

Wieder meldete sich Axel Braunert zu Wort. Wieder sehr leise.

„Und wenn der Tote nun gar nicht der Geldgeber wäre? Sondern vielleicht so eine Art Kurier? Der für einen anderen die Scheine unter die Leute bringen sollte und sich einen Rest für die alten Tage zurückbehalten wollte?"

„Du meinst, dass der echte Spender vielleicht nicht erkannt werden wollte?" Maren Köster dachte weiter. „Das wäre gut vorstellbar. Aber dass jemand, der so mit Geld um sich wirft, seinen Kurier wegen vergleichsweise läppischer viertausend Mark umbringt... ist das wahrscheinlich?"

Wieder schwiegen alle kurz.

„Der Mord würde einen gewissen Sinn ergeben, wenn er nicht direkt wegen der viertausend Mark ausgeführt wurde, sondern um einen gefährlich Mitwisser aus dem Weg zu räumen", grübelte Schulte. „Und ein gefährlicher Mitwisser wäre so ein Kurier schon. Diese Überlegung macht mir aber Angst!"

Alle schauten ihn überrascht an.

„Ja, Kollegen. Wenn jemand einen anderen umbringt, damit er nichts ausplaudern kann, dann muss da auch irgendwas im Hintergrund sein, was über so einen Robin-Hood-Streich hinausgeht. Dann ist da nicht nur vor zehn Jahren eine Bank überfallen worden. Ein großer Bruch kann es sowieso nicht gewesen sein, dann hätten wir die Scheine schon identifiziert. Da ist dann irgendwas anderes gelaufen. Etwas wahrscheinlich weitaus Kriminelleres. Das wiederum würde bedeuten, dass wir es hier mit einem ganz anderen Kaliber von Täter zu tun haben könnten, als wir bislang geglaubt haben. Könnt Ihr mir folgen?"

Alle nickten beflissen und Schulte dozierte weiter.

„Wenn ihr einverstanden seit, nehmen wir folgendes mal als Arbeitsthese an: Wir gehen jetzt zuverlässig davon aus, dass die beiden Fälle, der Mord und die Geldschein-geschichte, in einem Zusammenhang stehen. Jemand, vermut-lich der Mörder des Obdachlosen, hat durch eine kriminelle Handlung einen großen Haufen Geld zusammengerafft. Er wartet aus einem uns nicht bekannten Grund jahrelang und lässt dann in Detmold über einen Boten eine ganze Menge dieser Scheine verteilen. Warum er das tut, wissen wir eben-falls nicht. Da der Bote ihm gefährlich werden könnte, bringt er ihn um. Funktioniert diese These soweit?"

Wieder nickten alle.

„Noch eins! Die Großzügigkeit dieses Menschen lässt ver-muten, dass die erbeutete Summe ziemlich hoch sein musste. Wir sollten also zweizügig ermitteln: Die erste Richtung unter-sucht das Umfeld des Toten so intensiv wie möglich. Die zweite Richtung versucht herauszufinden, wann und wo in den letzten zehn Jahren in Deutschland eine größere Geld-summe gestohlen worden und seitdem nicht wieder aufge-taucht ist. Das wird mühselig, aber nur so können wir der Sa-che näherkommen. Okay?"

Sie einigten sich darauf, dass Braunert und Schulte das per-sönliche Umfeld des Opfers und das Duo Lohmann und Köster sich um die Scheine kümmern solle.

Dann fiel Schulte noch etwas ein.

„Ach ja! Wir haben ja noch einen Fall! Den Fall Möbel-design-Museum. Die Kollegin Köster hatte sich ja ausgespro-chen gern bereit erklärt, diesen Fall zu bearbeiten. Hat sie denn auch schon Erkenntnisse gewonnen? Wie ich gehört habe, ist sie bereits mit den Recherchen über die Person des Museumsleiters sehr weit gekommen, stimmts?"

Maren Köster schluckte diszipliniert ihren Widerspruch runter und antwortete so sachlich, wie es ihr möglich war:

„Josef, wir können ruhig ganz offen reden! Bevor du gekom-men bist, habe ich den Kollegen bereits erzählt, dass ich ge-

stern Abend mit Herrn Dr. Zimmermann im Theater war.
Du rennst offene Türen ein! Ich bin bereits geoutet!"

Jetzt war es an Schulte, kräftig zu schlucken.

„Aber natürlich habe ich, völlig unabhängig vom Theater-
besuch, an diesem Thema gearbeitet. Wir haben alle Dienst-
stellen im Regierungsbezirk und in den angrenzenden Städten
informiert. Wenn irgendwo die Beute auftaucht, dann wissen
die Bescheid. So, zu den Spuren des Einbruchs: An der
Haupteingangstür ist nicht manipuliert worden. Wohl aber an
einem Fenster an der Rückseite des Hauses. Das Fenster wurde aufgebrochen, allerdings nicht sehr geschickt. Fußspuren
oder Fingerabdrücke gab es keine, oder Heinz?"

Heinz Krause schüttelte den Kopf.

„Die Art und Weise, in der das Fenster geöffnet wurde, lässt
darauf schließen, dass wir es zwar mit einem Täter zu tun haben, der über einen gewissen Kunstverstand verfügt, der aber
wohl kein Profieinbrecher ist. So, und jetzt noch mal zur Person
des Herrn Dr. Zimmermann: Soweit ich den Fall beurteilen
kann, steht Herr Dr. Zimmermann nicht unter Verdacht, er ist
nicht mal als Zeuge irgendwie beeinflussbar. Was also spricht
dagegen, mit diesem Mann ins Theater zu gehen? Dienstliche
Vorbehalte können es ja wohl nicht sein. Oder geht es hier um
etwas ganz anderes? Ist es vielleicht eher was Persönliches?
Was meinst du, Jupp?"

Schulte schüttelte sich.

„Von mir aus kannst du ins Theater gehen, mit wem du
willst! Hauptsache du erwartest nie von mir, dass ich mir diese
verkleideten Tunten anschaue. Da ziehe ich jede miefige
Eckkneipe vor!"

Lohmann und Krause grinsten. Axel Braunert schaute eher
betreten vor sich hin. Maren Köster jedoch lächelte pfiffig
und flötete:„Schau an! Dem Fuchs hängen die Trauben zu
hoch!"

22

Schulte saß auf seinem Schreibtisch. Er war unentschlossen und das machte ihn konfus. Eigentlich hatte er wahrhaftig genug zu arbeiten, andererseits stand sein Auto noch immer bei seinem Freund Dierkes auf dem Hof. Immer, wenn er versuchte, seine Gedanken zu ordnen, um endlich zu einem Entschluss zu kommen, spukte ihm die Staatsanwältin durch den Kopf und machte alle klaren Strukturen zunichte. Die letzte Nacht steckte ihm seelisch und körperlich noch in den Knochen. Das steckte er mit seinen 44 Jahren nicht mehr so einfach weg!

Weder eine durchwachte Nacht noch ein leichtfertiges erotisches Abenteuer. Früher hätte er sich über ein solches spontanes Erlebnis gefreut und hätte es in vollen Zügen genossen. Heute schossen ihm solche krausen Gedanken durch den Kopf, wie: Wie oft werde ich so was in meinem Alter noch erleben? Und: Wo soll das Ganze hinführen? Kann das denn gut gehen?

Zum Glück schrillte das Telefon.

„Jupp! Bist du es? Hier ist Willi Potthast aus Paderborn. Kennst Du mich noch? Hab ja lange nichts mehr von dir gehört."

Willi Potthast war einer der ältesten Bekannten von Schulte. Sie hatten sich am ersten Tag ihres Polizistendaseins kennen gelernt. Potthast war mit ihm zusammen Polizist geworden, hatte alle Lehrgänge und das Studium an der Fachhochschule für Verwaltung mit ihm durchgezogen. Sie hatten ein paar Jahre in Paderborn zusammengearbeitet und sogar kurzzeitig zusammen in einer Wohngemeinschaft gelebt. Ein gemeinsames Hobby war damals die Liebe zu *Arminia Bielefeld*. Wie oft hatten sie zusammen auf der *Alm* Auf- und Abstieg gefeiert und beweint? In den letzten Jahren hat die Arminiabegeisterung allerdings bei beiden heftig nachgelassen.

Dass ihre politischen Ansichten meilenweit auseinander lagen, hatte sie nie gestört. Damit hatten beide umzugehen gelernt. Nur Potthasts verbissene Schützenvereinstätigkeit konnte Schulte nicht ohne Hohn und Spott hinnehmen. Eine Häme, die Willi Potthast wirklich krumm nahm.

„Willi Potthast! Der glücklichste Holzgewehrträger des ganzen Hochstifts! Was verschafft mir die Ehre?"

„Ich kann ja auch gleich wieder auflegen. Dann kannst du sehen, wie du mit deinem Fall Möbeldiebstahl zurechtkommst. Also, was ist nun? Willst du hören, was ich zu erzählen habe oder nicht?"

Schulte verdrehte die Augen.

„Klar will ich das hören! Ich weiß doch, dass du keiner bist, der sich nur wichtig machen will. Wenn du dich bei mir meldest, dann hast du auch was auf der Pfanne, oder?"

So, dachte Schulte. Das hätten wir auch wieder repariert.

„Sag mal, Jupp! Bist du überhaupt für den Fall zuständig? Macht das nicht die junge Dame, die gestern hier angerufen hat? Körner, oder so ähnlich?"

„Die ist gerade sowieso nicht da. Das kannst du mir auch alles erzählen. Keine Sorge!"

Das war glatt gelogen. Doch bei diesem Fall könnte ein Informationsvorsprung der Kollegin Köster gegenüber von Vorteil sein. Das war weder fair, noch kollegial, noch effektiv. Aber für ihn vorteilhaft und manchmal muss man eben ein Schwein sein.

„Okay, Jupp! Ich mach ja alles für dich, wie du weißt. Auch Verbrecher fangen. Also, ich denke, wir haben den Kerl erwischt, der bei euch die Liege aus dem Museum geklaut hat. Jedenfalls hat uns heute Morgen ein Antiquitätenhändler angerufen. Du weißt schon, der bei der Kulturwerkstatt. Der hat uns darauf hingewiesen, dass ihm so eine Liege zum Kauf angeboten worden sei. Da dieses Möbelstück aber wohl in Kunst-Kreisen bekannt ist, kam das dem Händler mulmig vor und er hat so getan, als wenn er das gute Stück erst mal in aller Ruhe prüfen müsste. In der Zwischenzeit hat er uns angerufen. Wir sind natürlich sofort hin und konnten den Verkäufer noch an Ort und Stelle mitnehmen. Soweit erst mal zufrieden?"

„Hört sich verdammt gut an, Willi! Erzähl weiter!"

„Nichts weiter! Wir sind noch dabei, den Mann zu verhören. Wenn du Lust hast, komm doch eben vorbei!"

Schulte überlegte nur kurz. Eigentlich ging der Fall ihn nichts an. Aber, wenn man es genau nahm, war er immerhin als Fahndungsleiter eine Art Vorgesetzter von Maren Köster. Was sollte einen Vorgesetzten hindern, selbst den Fall vorrübergehend zu übernehmen, wenn es opportun erschien?

„Okay, Willi. Ich bin in einer Stunde da!"

Erneutes Telefonklingeln hinderte Schulte daran, sich um einen Dienstwagen zu kümmern. Verärgert griff er zum Hörer und meldete sich.

„Hallo, hier ist Wilma, Wilma Müller-Stahl!"

Schulte schluckte. Wilma hieß sie also, jetzt wusste er endlich ihren Vornamen.

„Wie geht's denn so?" fragte sie.

„Na ja, ich bin noch ein bisschen müde," antwortete Schulte verlegen aber wahrheitsgemäß.

„Wie wäre es denn heute mit einem gemeinsamen Mittagessen im *Detmolder Hof*? Anschließend können wir uns dann ja mit einem Taxi zur Familie Dierkes bringen lassen und unsere Autos abholen."

Schulte war es nicht wohl bei dem Gedanken, der Frau gegenüber zu treten, mit der er die letzte Nacht verbracht hatte.

„Ich schaffe das heute Mittag nicht! Sie wissen ja, der Mord, und eben habe ich noch einen Anruf bezüglich des aus dem Museum gestohlenen Stuhls bekommen. Ehrlich gesagt weiß ich gar nicht was ich zuerst oder zuletzt machen soll," versuchte sich Schulte aus der Affäre zu ziehen.

„Lieber Josef! Nach einer solchen Nacht finde ich es durchaus angebracht, dass wir uns duzen." Schulte wurde rot. „Wenn du keine Zeit hast zu Dierkes zu fahren, okay! Aber zu dem Mittagessen möchte ich Dich gerne einladen. Den Wunsch musst du mir erfüllen. Dann können wir ja auch die Fälle noch einmal durchsprechen. Dazu sind wir ja letzte Nacht nun mal nicht gekommen."

„Tut mir wirklich leid, es geht absolut nicht. Ich muss gleich unbedingt nach Paderborn, um den Stuhldieb zu verhören. Vielleicht klappt es mit einem gemeinsamen Essen ja morgen. Ich komme zu dir ins Büro und hole dich ab."

Das erste ‚du' war ausgesprochen! Schulte fühlte sich erleichtert.

„Ich freue mich, Josef," säuselte die Staatsanwältin, „Also dann bis Freitag!"

Sie legte auf und Schulte öffnete das Fenster. Es war ihm irgendwie warm geworden.

Dann forderte er endlich einen Dienstwagen an und versuchte, sich erneut auf seine Fälle zu konzentrieren. Penner kamen an Geld aus ungeklärter Quelle. Ein Toter am Bahnhof, ebenfalls jemand aus dem Obdachlosenmilieu da könnte es Querverbindungen geben. Dann wird ein angeblich wertvoller Stuhl aus einem Detmolder Museum gestohlen, der wie sich jetzt andeutet, eine Kopie seien könnte. Der Museumsfall war sicher als eigenständiger Fall zu behandeln. Pikant an dem Museumsfall war jedoch, dass seine Kollegin Maren Köster in Begriff war sich in den Direktor desselben zu verlieben. Vielleicht hatte Amors Pfeil auch schon getroffen. Schulte ging zum ersten Mal durch den Kopf, dass er Maren Köster den Fall so schnell wie möglich entziehen musste. Das würde ebenfalls Ärger geben. Seinen neuen Chef Erpentrup konnte er vergessen. Bevor er den zu Rate ziehen würde, quittierte er lieber den Dienst. Lohmann stand, aus für Schulte unbekannten Gründen, auch neben sich. Ebenfalls ein Ereignis, das nur alle zehn Jahre einmal vorkam. Blieb Axel Braunert, mit dem musste er die ganze Geschichte noch einmal durchsprechen. Das nahm er sich für heute Abend vor.

Schulte wuchtete sich von seinem Schreibtischstuhl hoch, überquerte den Flur, klopfte an die Bürotür von Kommissar

Braunert und öffnete gleichzeitig die Tür. Der Raum war leer. Schulte fluchte. Es war zum Verrücktwerden, in den letzten Tagen lief hier aber auch gar nichts mehr zusammen. Schulte kam sich vor wie ein Einzelkämpfer. Missmutig ging er zurück in sein Büro. Zog sich seine alte braune Wildlederjacke an und machte sich auf den Weg zum Parkplatz, nachdem er sich bei seiner Sekretärin Frau Hansmeier abgemeldet hatte.

23

Eine halbe Stunde später hetzte Josef Schulte mit einem Dienstwagen, einem grün-weißen *VW Passat*, die Gauseköte hinauf und wieder hinunter. Von allen Rennstrecken Ostwestfalen-Lippes war dies eindeutig seine Lieblingsstrecke. Diese Mischung aus landschaftlichem Reiz und Anspruch an die Kurventechnik des Fahrers hatte ihn schon immer fasziniert. Schlimmstenfalls konnte er vor jeder Kurve das Martinshorn einschalten. Auch in diesem Punkt war Josef Schulte noch immer nicht richtig erwachsen geworden. Kurz hinter der Gaststätte *Kreuzkrug* hatte der Spaß dann ein Ende. Ab hier ist die Straße dann wieder völlig normal. Wäre ab Schlangen die B1 nicht voller LKW gewesen; Schulte hätte einen neuen persönlichen Rekord aufgestellt. So brauchte er noch fast zwanzig Minuten, bis er vom Heinz-Nixdorf-Ring in Paderborn in die Riemekestraße abbog. Die Polizeihauptwache befand sich seit einigen Jahren in einem großen roten Klinkerneubau im oberen Bereich dieser Straße an der Ecke Rathenaustraße. Mit dem alten Polizeigebäude an der Ferdinandstraße verbanden ihn nostalgischere Gefühle. Hier hatte er seine Paderborner Dienstjahre verbracht. Im Riemeke, wie das ganze Viertel genannt wird, hatte er gewohnt, eingekauft und sich seine Stammkneipe auserwählt. Damals hieß die Gaststätte in dem kleinen alleinstehenden Fachwerkhaus an der Fürstenbergstraße noch *Schädock*. Sein damaliger Wirt tritt heute unter dem Namen *Stani* als Kabarettist in Paderborn und Umgebung von einem Fettnäpfchen ins andere. Seine Lieblingsfigur ist der sogenannte *Schütze Greitemeier*. Klare Sache, dass Schulte diesen Kabarettisten mochte und Potthast ihn aus vollem Herzen verabscheute.

Als Schulte schließlich in das Büro des Hauptkommissars Willi Potthast trat, stand dieser auf und klopfte ihm herzhaft auf die Schulter.

„Schön, dass du hier bist, Jupp! Was hältst du davon, wenn wir nach dem Verhör noch kurz zu Lopez gehen, ´n bisschen was essen?"

Mit Lopez meinte er das spanische Restaurant *Torremolinos* in der Geroldstraße, das seit den gemeinsamen Jahren einer ihrer erklärten Lieblingstreffpunkte war.

„Danke, Willi! Aber das schaffe ich heute nicht mehr. Wenn du wüsstest, was ich für eine Woche hinter mir habe. Ich gehe echt auf dem Zahnfleisch."

Er skizzierte kurz und knapp die Ereignisse der letzten Tage. Potthast pfiff anerkennend durch die Zähne.

„So, so! Mit ´ner Staatsanwältin treibst du es jetzt! Man kann ja von dir sagen was man will, Jupp, langweilig wird es mit dir nie!"

Dann grinste er Schulte kumpelhaft an.

„Aber ich habe auch eine Überraschung für dich! Also einmal hat der verdächtige Möbeldieb so gut wie gestanden. Aber das schönste kommt noch: Der Antiquitätenhändler schwört Stein und Bein, das diese so berühmte Liege nicht das Original sein kann. Das Original sei aus dem Jahre 1930. Das Ledermaterial sei aber nie und nimmer so alt. Er behauptet, das es sich hier um eine zwar sehr gut gemachte Kopie, aber eben nur um eine Kopie handelt. Aber soweit ich weiß, sucht ihr das Stück als Original, stimmts?"

Schulte schluckte. So schnell konnte er die Tragweite dessen, was er gerade gehört hatte, kaum erfassen. Die vom Museum genannte Schadenssumme war ja enorm. Wenn es sich wirklich um eine Kopie handelte, würde das nicht nur bedeuten, das der Schaden signifikant niedriger sein müsste. Es würde auch bedeuten, und das verschlug Schulte bald den Atem, das hier nichts anderes als Betrug vorlag. Betrug seitens des Museums! Der göttergleiche Dr. Zimmermann ein Betrüger? Kaum zu fassen!

„Ist es denn auch wirklich die Liege aus dem Museum? Bist du dir da ganz sicher?"

„Ich denke schon. Aber wenn du willst, kannst du den Mann, er heißt übrigens Hansschmidt, gern selber verhören. Er sitzt schon für dich bereit."

Nachdem Schulte den mutmaßlichen Dieb eine halbe Stunde verhört hatte, gab es für ihn keinen Zweifel mehr. Die angeblich so wertvolle Liege war aus dem Möbeldesign-Museum in Detmold gestohlen worden. Sicher, die Einschätzung eines einzigen Antiquitätenhändlers hatte nicht den Stellenwert eines amtlichen Exposés, aber das konnte man ja schnell nachholen. Er sorgte dafür, das die beschlagnahmte Liege schnellstens nach Detmold überführt wurde und bestellte auch gleich von Paderborn aus einen anerkannten Gutachter. Die nachträgliche Rechtfertigung dafür würde er sich aber noch durch die Staatsanwältin, Frau Müller-Stahl, holen müssen. Aber das war ein ganz anderes Thema. Aufgedreht fuhr er durch den Paderborner Feierabendverkehr zurück nach Detmold.

24

Axel Braunert las gerade in einem Gutachten, das ein namhafter Sozialwissenschaftler im letzten Jahr über Obdachlosigkeit und ihre Folgen im Auftrag des NRW-Innenministers zum Nutzen der nordrhein-westfälischen Kriminalpolizisten verfasst hatte. Braunert stammte aus gutbürgerlichen Familienverhältnissen. Der bereits vor Braunerts fünfzehnten Geburtstag verstorbene Vater war Rechtsanwalt, die Mutter Ärztin. Kindheit und Jugend waren wohlversorgt und behütet in Detmold abgelaufen. Nach dem Abitur entschied er sich sofort für die Polizeilaufbahn, das ersparte ihm die Bundeswehr. Es gab keinen erkennbaren Bruch in seiner Biografie. Alles war glatt gelaufen. Dass er mit Anfang Zwanzig nicht mehr um die Erkenntnis herumkam, schwul zu sein, war der einzige Moment, in dem Lebensplanung und Wirklichkeit nicht deckungsgleich verliefen.

Grenzerlebnisse, wie Missbrauch, Schulabbruch, schlechte Einflüsse, Scheidung oder Arbeitslosigkeit waren ihm völlig fremd geblieben. Daher fiel es ihm schwer, sehr schwer, sich dem Milieu der Verlierer, der Nichtsesshaften auch nur theoretisch anzunähern. Von allen Mitgliedern der Detmolder Fahndungsgruppe war er wohl am wenigsten geeignet, sich mit der Biografie eines ‚Penners‘ vertraut zu machen. Aber Axel Braunert war weder ignorant noch faul und so mühte er sich redlich um einen Einstieg.

Irgendwann ging leise die Tür auf und Bernhard Lohmann trat ein. Müde fragte er:

„Hast du Jupp irgendwo gesehen?"

Als Braunert ihm mitteilte, dass Schulte in Paderborn gerade den Möbeldieb verhörte, schien das den übergewichtigen Kollegen weder zu wundern noch zu beeindrucken. Er fiel nur matt auf seinen Bürostuhl, legte beide Füße auf den Schreibtisch und starrte aus dem Fenster. Braunert grinste und las weiter. Als er Minuten später von seinem Buch aufblickte, hatte sich nichts verändert. Noch immer starrte Lohmann

Löcher in den strahlend blauen Detmolder Nachmittags-himmel.

„Sag mal! Was ist denn los? Fühlst du dich nicht gut?"

Lohmann muffelte nur unverständliches Zeug.

„Hat dich einer geärgert? Ich vielleicht sogar? Also wenn das so war, dann nicht mit Absicht, das kannst du mir glauben!"

„Nein! Du hast damit nichts zu tun. Mach dir keine Gedanken."

Da Lohmann nicht bereit schien, irgendwelche Aussagen über seinen schon während der Besprechung am Morgen auf-fälligen Gemütszustand zu machen, griff Braunert zu einem Trick, der meistens gut funktioniert.

„Okay, dann geht's mich ja auch nichts an!" Damit versenk-te er sich demonstrativ wieder in seinen Text.

Nach zwei Minuten hielt es Lohmann nicht mehr aus.

„Das ist aber auch alles ´ne Scheiße!" Wütend nahm er die Füße vom Tisch und drehte sich Braunert zu. „Da denkst du, du hast dein Leben im Griff, es ist alles in bester Ordnung und dann kommt so einer dahergelaufen und meint, er könnte alles umschmeißen! Einfach so, weil es ihm so in den Kram passt!"

„Hat einer deine Gartenzwerge umgeworfen? Den Kerl wür-de ich fertig machen!", provozierte Braunert weiter.

„Gartenzwerge? Ach ...!" Lohmann machte eine wegwerfen-de Handbewegung. „Wenn´s nur das wäre!"

Jetzt wurde Braunert wirklich neugierig, aber auch ernst. Hier musste einer dem armen Lohmann wirklich übel mitge-spielt haben. Und der redete jetzt plötzlich wie von selbst.

„Es war alles so prima! Ich habe meinen Job bis zur Rente völlig sicher, meine Frau arbeitet seit zwei Jahren wieder halb-tags. Die kleine, unser Susanne, geht noch zum Gymnasium. Die große, unser Rebecca, studiert in Paderborn. Uns geht es gut, das Einkommen stimmt, zu Hause ist es verhältnismäßig ruhig, seitdem Rebecca weg ist. In spätestens sechs Jahren wollte ich in Rente gehen und mich endlich mal richtig um meinen Garten kümmern. Und jetzt das ...!"

„Was?"

„Opa werde ich, verdammt noch mal! Aber kein richtiger Opa, also kein normaler! Ach, ist doch alles Scheiße!"

Braunert war jetzt reichlich verwirrt.

„Wie, du wirst Opa, aber kein richtiger? Was soll das heißen?"

Lohmann starrte ihn verzweifelt an.

„Was soll´s! Dir kann ich es ja erzählen. Du bist ja auch nicht... also du bist ja auch ´n bisschen anders als andere. Versteh mich nicht falsch, aber so ein bisschen exotisch bist du ja auch!"

Bevor Braunert Zeit hatte, sauer zu reagieren, fuhr Lohmann fort.

„Unser Rebecca ist schwanger! Von ´nem Schwarzen!!! Und heiraten wollen sie auch!!!"

Axel Braunert verkniff sich mit großer Disziplin ein lautes Lachen.

„Aber dann ist doch alles in Ordnung! Wenn die beiden Glücklichen auch noch heiraten wollen, dann freu dich doch! Opa werden ist doch bestimmt was ganz Großartiges!"

„Ach, es gibt so nette Jungs bei uns in Lage. Und Becci ist doch so´n hübsches Mädchen. Du kennst sie doch. Die hätte doch keinen Schwarzen nehmen müssen! Sag doch mal selbst!"

„Müssen nicht! Aber wenn sie ihn will, dann wird sie schon ihren Grund haben. Was hast du denn gegen den jungen Mann. Kann er sich nicht benehmen?"

„Doch! Da gibt es nichts dran auszusetzen. Aber es ist einfach, weil..., ach du weißt schon!"

„Lieber Kollege! Ich hätte nicht gedacht, dass du ein Rassist bist. Bei Volle würde mich so eine Einstellung ja nicht wundern, aber du bist doch ein gebildeter Mensch. Da kann man im Jahre 2001 wohl mit zurecht kommen!"

„Rassist? Ich?" Wieder eine wegwerfende Handbewegung.

„Völliger Quatsch! Von mir aus kann jeder heiraten, wen er oder sie will. Ist mir doch egal! Aber sie hätte ihn ja wenig-

stens mal vorher, ich betone vorher, bei uns vorstellen können. Dann hätten wir uns in Ruhe ein Urteil bilden können
und..."

„Und dann hätten die beiden so lange gewartet, zusammen
ins Bett zu gehen, bis ihr grünes Licht gegeben hättet,
stimmt´s? Mensch, Bernhard! Wo lebst du denn?"

Lohmann stand auf und drehte Runden im Büro.

„Was verstehst du denn schon davon? Ist einfach alles
Scheiße!"

„Was sagt denn deine Frau dazu?"

„Das ist ja das Allerschlimmste. Die freut sich auch noch!
Die Frauen sind völlig verrückt!"

Braunert lachte.

„Jetzt hast du gerade geredet wie Jupp Schulte!"

„Und jetzt will ´se auch noch, dass wir beiden Alten zusammen ´nen Tanzkurs machen. Damit wir auf der Hochzeit auch
ordentlich tanzen können. Stell dir das mal vor! Ich und tanzen! Und dann auf einer afrikanischen Hochzeit! Soll ich halb-
nackt, nur mit einem Bastrock bekleidet, im Kreis um den
Medizinmann herumhopsen und den Regentanz machen?
Dafür muss ich doch vorher keinen Foxtrott oder Walzer lernen. Das kann ich auch so!"

103

25

Um viertel vor drei Uhr hatte Axel Braunert einen Termin in der Pathologie. Vor gut einer Stunde hatte er den Sozialarbeiter der *Herberge zur Heimat* angerufen und ihn gebeten, ebenfalls dort vorbeizukommen und den Toten vom Bahnhof einmal anzuschauen. Wenn einer in der Lage und vor allem auch Willens war, diesen zu identifizieren, dann er. Braunert hatte sehr vorsichtig angefragt. Es ist wahrhaftig nicht jedermanns Sache, sich Tote anzuschauen. Auch wenn es, wie in diesem Fall, so etwas wie eine staatsbürgerliche Pflicht gab. Aber Norbert Vogt hatte nach kurzem Zögern zugestimmt.

Der Pathologe Hans-Werner Jakobskrüger war wie immer allerbester Laune. Für ihn schien es keinen fröhlicheren Platz auf dieser Welt zu geben als den Leichenkeller. Als Schulte ihn einmal nach den Gründen fragte, kam als Antwort: „Wenn ich hier unten ganz allein bin mit meinen Toten, dann weiß ich genau, dass es keinem anderen hier auch nur annähernd so gut geht wie mir! Wer kann das schon von seiner Umgebung sagen?" Jakobskrüger war bei den Kripoleuten durchaus angesehen, aber es galt als verbrieft, das dieser fachlich über jeden Zweifel erhabene Mann einen ‚kleinen Hau´ hatte.

Sowohl Braunert als auch Norbert Vogt schluckten beklommen, als Jakobskrüger fröhlich pfeifend die Gefrierwand betrat, eine der Schubladen öffnete, den Toten vom Bahnhof aufdeckte und „Voila!" rief.

Vogt brauchte keine zehn Sekunden, um sich seines Urteils sicher zu sein.

„Das ist der Professor! Überhaupt kein Zweifel! Kann ich jetzt gehen?"

Braunert geleitete ihn hinaus, während Jakobskrüger bedauernd wieder die Schublade schloss.

„Ich bin Ihnen sehr dankbar für diesen Besuch!", meinte Braunert.

„Aber ich muss Sie bitten, noch das entsprechende Formular zu unterschreiben. Sie haben immerhin eine wichtige Aussage gemacht. Wissen Sie was? Ich habe sowieso noch eine ganze Reihe Fragen an Sie als Fachmann. Wenn Sie noch etwas Zeit haben, lade ich Sie zum Kaffee in die Cafeteria ein. Okay?"

Der Sozialarbeiter war einverstanden.

„Sie haben uns ein großes Stück weitergeholfen!" begann Braunert. „Jetzt müssen wir nur noch herausfinden, wer dieser Professor wirklich war. Ich kenne mich in diesem Milieu überhaupt nicht aus. Deshalb frage ich Sie: Wie kommen wir an das Umfeld dieses Mannes ran? Uns liegen keinerlei Papiere oder sonstige Anhaltspunkte über diesen Mann vor. Alles war wir haben, sind Beschreibungen seines Charakters!"

Vogt kraulte sich das unrasierte Kinn.

„Tja, verdammt schwierig! Undercover-Ermittlung wäre natürlich eine Möglichkeit. Aber dafür haben Sie wahrscheinlich hier in Detmold nicht die ausgebildeten Leute. Außerdem würde das viel zu lange dauern. Ich kann Ihnen auch nur so ein paar Eindrücke wiedergeben. Aber betrachten Sie diese bitte als rein subjektiv. Ich garantiere für nichts!"

„Okay! Nur raus damit! Wir brauchen jeden Hinweis!"

„Also! Nach meinem Gefühl stammte dieser Mann aus dem Bereich südliches Ostwestfalen. So vom Dialekt her. Dumm war der nicht. Irgendwann und irgendwo hat der Professor mal ´nen kräftigen Schluck Bildung mitbekommen. Die hat er ja dann bei jeder Gelegenheit ausgespielt. Daher ja auch der Name Professor. Ja, was gibt es noch zu sagen? Sein Tonfall war nicht nur belehrend und besserwisserisch, er hatte auch was ... ja, was Militärisches! Die ganze Mixtur war jedenfalls unangenehm, verdammt unangenehm!"

„Glauben Sie, dass wir irgendwo ein Foto von dem Mann auftreiben können? Haben Sie so was nicht in Ihren Archiven? Müssen sich die Leute bei Ihnen eigentlich ausweisen?"

Vogt lachte.

„Nein! Das würde nicht funktionieren! Obwohl die meisten einen Ausweis haben. Den brauchen sie ja auch, sonst landen sie bei der nächsten Polizeikontrolle im Knast. Der Professor wird auch Papiere gehabt haben. Wahrscheinlich hat sein Mörder sie ihm weggenommen, um die Identifizierung zu verzögern. Das stelle jedenfalls ich mir als Laie so vor!"

„Tja!" Braunert lachte. „Manchmal kann man wirklich vermuten, dass die Kriminellen uns Polizisten absichtlich die Arbeit erschweren wollen. Wie kann man so nachtragend sein? Aber im Ernst: Wenn es kein Foto des lebenden Professors gibt, dann werden wir eines vom toten Professor machen und mit neuester Technik so zu einem Phantombild bearbeiten, dass der gute Mann aussieht wie das blühende Leben. Ohne ein Foto werden wir nicht weiterkommen. Ich werde Sie dann noch mal bitten, einen Blick auf das Phantombild zu werfen um die Ähnlichkeit zu bestätigen. Dann geht das Bild in die Presse und dann sehen wir weiter!"

Die beiden Männer trennten sich. Braunert bestieg sein Auto, einen vier Jahre alten mittelblauen BMW Z3, klappte das Verdeck runter und fuhr bei herrlichstem Sonnenschein zur Kreispolizeibehörde.

Kurz vor Feierabend war das Gröbste auf den Weg gebracht. Ein Polizeifotograf hatte den toten Professor noch einmal fotografiert. Dann wurde aus diesem Foto ein Phantombild erstellt. Der so umgängliche Sozialarbeiter Norbert Vogt musste noch einmal dran glauben und das Bild begutachten. Nach einigen kleineren Korrekturen gab er das Phantombild frei und es ging per ISDN an die regionale Presse, nachdem auch Polizeirat Erpentrup seine Zustimmung gegeben hatte. Noch während der Übermittlung rief Braunert die ihm bekannten Redakteure an und bat um schnellstmögliche Veröffentlichung. Einen entsprechenden Text werde er umgehend per Fax nachliefern.

Nach diesem langen Tag freute sich Braunert auf seinen wohlverdienten Feierabend. Nur noch einmal kurz zu Lohmann ins Büro, um mit ihm eine Manöverkritik abzuhalten. Aber dann nichts wie raus aus dem Polizeipräsidium. Für heute reichte es! Er hatte am Wochenende Bereitschaft, ein Grund mehr, jetzt zu verschwinden.

26

So, der Polizeiwagen war wieder ordentlich auf dem Hof des Detmolder Polizeipräsidiums eingeparkt. Jetzt fragte sich Schulte, wie er denn wieder an seinen eigenen *Ford Granada* kommen könne. Der stand ja immer noch bei seinem Freund Detlev Dierkes. Als er in Gedanken versunken Richtung Büro ging, wäre er beinah mit Karl-Heinz Helmer, einem Freund und Kollegen, den er aus der Zeit der Polizeischule kannte, zusammengestoßen.

„Hey, Jupp! Du bist ja völlig vergeistigt. Was´n los? Haste Liebeskummer?" Schulte winkte ab.

„In meinem Alter hat man Rückenschmerzen oder Blasenschwäche, aber keinen Liebeskummer! Nein, ich tüftele gerade daran, wie ich wieder an mein Auto kommen kann. Das steht bei einem Bekannten in der Nähe von Blomberg."

„Gestern ´n bisschen viel getrunken, was? Hör zu! Ich muss gleich sowieso nach Blomberg, ich nehme dich mit und dann kannst du deine alte Möhre abholen. Okay?"

„Großartig! Da gibt es nur ein kleines Problem: Ich habe erst vor kurzem einen gewaltigen Einlauf vom Chef bekommen, weil ich ein Dienstfahrzeug für private Zwecke missbraucht haben soll. Wenn ich dabei noch mal erwischt werde ... es wäre zwar nicht die erste Abmahnung meines Lebens, aber das muss ja nicht sein!"

Helmer lachte.

„Mensch, mach dir nicht ins Hemd! Ich habe doch in Blomberg noch was zu erledigen. Irgendwas findet sich schon. Anschließend habe ich Feierabend und ich fahre nach Hause. Wo ist das Problem?"

„Ja, ihr Streifenhörnchen habt es gut! Geregelte Arbeitszeiten, Super-Bezahlung ..."

„Halt bloß die Klappe, sonst kannst du zu Fuß laufen! Los, steig ein!"

Auf dem Weg nach Brüntrup sprachen die beiden Männer nicht viel. Schulte, weil er über den Museumsfall nachdachte und Helmer, weil er einfach kein großer Redner war.

Kurz darauf war Schulte wieder zurück in Detmold. Da in seinem Büro keine Zettel mit wichtigen Nachrichten lagen, ging er gleich weiter ins Büro von Lohmann und Braunert. Lohmann haderte gerade wieder mit der ganzen Welt im Allgemeinen und mit Tanzlehrern im Besonderen. Axel Braunert hörte mit der ihm eigenen stoischen Ruhe und Höflichkeit zu. Da sich Lohmann durch Schultes Eindringen nicht aus dem Redefluss bringen ließ, setzte sich dieser auf den Besucherstuhl und goss sich ohne zu fragen aus Lohmanns nagelneuer Thermoskanne einen Kaffee ein. Lohmann benutzte nämlich nicht, wie alle anderen, den Kaffeeautomaten, sondern hatte stets seinen eigenen, magenschonenden, Kaffee in einer Thermoskanne dabei. Das fiel Lohmann dann doch auf und er wandte sich Schulte zu.

„Na Jupp! Erst mal ´nen Kaffee schnorren?"

Schulte winkte ab.

„Lass gut sein, alter lippischer Geizhals! Ich muss mit euch beiden über den Museumsfall sprechen. Ich war heute in Paderborn. Unser Kollege Potthast hat den Dieb der kostbaren Liege geschnappt."

„Na prima!" freute sich Braunert. „Endlich mal ein kleiner Erfolg! Ich dachte schon, das gäbe es gar nicht mehr!"

Wieder winkte Schulte ab.

„Es scheint, dass unser kleiner Dieb eine Fälschung gestohlen hat. Mit anderen Worten: Der feine Museumsdirektor ist entweder ein Trottel... oder ein Betrüger!"

Die beiden starrten Schulte mit offenem Mund an. Braunert fand als erster die Sprache wieder.

„Komm, Jupp! Deine Schwierigkeiten mit Maren sind uns bekannt. Aber jetzt gehst du zu weit! Nur weil Maren diesen

Zimmermann anziehend findet, was ich gut verstehen kann, ist er noch lange kein Krimineller. Vorsicht, der Schuss kann auch nach hinten losgehen!"

Schulte stand kurz vor der Detonation, riss sich aber zusammen.

„Was glaubt ihr beiden Knallköppe eigentlich, warum ich hier bin? Um über Marens Beziehungskisten zu reden oder Bernhards dünnen Kaffee zu trinken? Nee, kommt! Hört auf, mich in irgendwelche Schubladen zu stecken, die ihr gerade aufgezogen habt. Es gibt hier ein sehr ernsthaftes ermittlungstechnisches Problem. Seht ihr das nicht?"

Die beiden sahen nichts.

„Dann sag ich es euch. Erstens: Maren kann an diesem Fall nicht eine Sekunde länger arbeiten. Sie ist schlicht und einfach befangen! Zweitens: Ich kann mich in die Museumsgeschichte auf gar keinen Fall reinhängen. Bleibt also nur einer von euch beiden übrig. Wenn Bernhard sich nicht ausdrücklich aufdrängt, dann wirst du wohl der Glückliche sein, mein lieber Axel!"

Er knallte Braunert die Akte auf den Schreibtisch und sagte:

„Ich möchte, dass du die sofort durcharbeitest. In einer Stunde stehst du bei mir auf der Matte. Dann werden wir alles weitere besprechen!"

„Aber ich bin eigentlich schon auf dem Weg nach Hause..."

Doch Schulte war schon aus dem Büro gestürmt und hatte die Tür hinter sich zugeknallt. Zwei Sekunden später steckte er noch einmal den Kopf herein.

„Und sieh zu, wie du der Dame das Ganze schonend beibringst!"

Die beiden Männer schauten sich verwundert an.

„Was ist denn mit dem los?" fragte Lohmann. „Solche Chefallüren hat der doch sonst nicht!"

Braunert schüttelt verblüfft den Kopf, verabschiedete sich von seinem schon sicher geglaubten Feierabend, zog die Akte zu sich heran und begann zu lesen.

27

Maren Köster drückte auf den Knopf der Hausklingel. Kurze Zeit später meldete sich eine Stimme.

„Zimmermann! Sie wünschen?"

„Hallo!", versuchte sie es mit ihrer Sonntagsstimme, wobei sie sich bemühte, betont locker zu klingen.

„Maren, meine Liebe! Schön, dass du da bist! Komm doch kurz herein. Ich bin gleich so weit."

Es ertönte ein Summton. Maren Köster drückte die Tür auf und betrat die Eingangshalle. Der Raum wirkte sehr hell. Die Wände waren ganz in Weiß gehalten, der Boden mit schwarzen und weißen Fliesen gekachelt. Auffällig drapiert standen zwei futuristisch gestaltete Sitzmöbel vor einem großen Fenster, durch das man in einen parkähnlichen Garten sehen konnte.

‚Hier am Bandelberg stehen doch wirklich ausgesprochen schöne Häuser', dachte die Kommissarin und durchschritt die Halle.

Obwohl sie in den letzten Tagen schon öfter in diesem Haus gewesen war, überkamen sie doch jedes Mal leichte Beklemmungen. Irgendwie war es wohl eine Idee Reichtum zuviel, mit dem sie hier konfrontiert wurde.

Die auf der rechten Seite des Raumes sich öffnende Tür riss sie aus ihren Gedanken. Dr. Zimmermann eilte ihr entgegen, nahm ihre Hand und hauchte einen Kuss darauf.

„Maren, meine Schöne! Was hältst du davon, wenn wir es uns bei mir etwas gemütlich machen?", übernahm er gleich die Initiative. „Ich rufe beim *Detmolder Hof* an, oder beim *Speisekeller im Rosental* und lasse ein paar Kleinigkeiten kommen. Wir essen nett zusammen, plaudern ein bisschen, lassen uns überraschen was der Abend noch so bringt."

Maren hatte nichts Grundsätzliches dagegen einzuwenden. So folgte sie ihrem Gastgeber durch die eben geöffnete Tür. Sie querten den Raum in das daran anschließende Zimmer. Nach wenigen Schritten standen sie in einem im Jugendstil eingerichteten Esszimmer. Es war eine dezente Kammermusik zu hören.

„Ludwig van Beethoven! Adagio molto espressivo für Violine, Sonate in a-Moll, Opus 30, Nr.1", erklärte Zimmermann. „Magst du Beethoven, liebste Maren?"

Sie kam sich klein und dumm vor. Wenn sie ehrlich sein sollte, war ‚Für Elise' so ungefähr das Einzige, was sie von ihm kannte. Sie hörte lieber Bryan Adams, Marius Müller-Westernhagen oder Phil Collins. Dies zu sagen verkniff sie sich jedoch und beeilte sich mit der Antwort:

„Oh doch, Henry! Sehr schöne Musik!"

Was war nur los mit ihr? Wieso spielte sie das Mäuschen? Klar, sie fühlte sich wohl in der Nähe dieses Mannes. Er war gebildet, aufmerksam, charmant. Aber wo blieb sie? Dieser Mensch konnte einen Raum ganz allein ausfüllen. Alles neben ihm war bestenfalls Dekoration.

Wut über sich selbst stieg in ihr auf. Sie hatte sich so auf diesen Abend gefreut. Hatte das Polizeipräsidium früh verlassen, obwohl noch eine Menge Arbeit auf ihrem Schreibtisch lag. Die Kollegen würden sicher noch ein paar Stunden in ihren ungemütlichen Büros verbringen. Doch jetzt, wo sie Zimmermann wieder sah, fühlte sie sich klein und unbedeutend.

„Liebste Maren, geht es dir nicht gut?", wurde sie aus ihren Gedanken gerissen.

Maren machte eine Handbewegung, als wolle sie etwas wegwischen.

„Nein, nein! Alles in Ordnung! Nur meine Arbeit nimmt mich im Moment über die Maßen in Anspruch!"

Er ging zu einer Anrichte, auf der er bereits eine Flasche Rotwein dekantiert hatte. Der Direktor trug zwei Bordeaux-Weingläser und die Karaffe mit dem guten Tropfen zum Tisch. Ein Glas stellte er vor Maren Köster. In seines schenkte er einen guten Schluck und probierte.

„Ein Barolo Cru le Rocche, von Bruno Giacosa. Jahrgang 1978. Ich habe von diesem Wein 1985 vierzig Flaschen für zweiundvierzig Mark das Stück gekauft. Ein wahrer Glücksgriff. Ich wusste, das von diesem großartigen Wein nur 6440 Flaschen abgefüllt wurden. Le Rocche di Castiglione Falletto ist seit langem eine hoch berühmte Barolo-Lage und der Name Bruno Giacosa spricht für sich und diesen ausgezeichneten Tropfen," schwärmte der Museumsdirektor. „Aber jetzt muss er getrunken werden."

Dr. Zimmermann hielt sein Glas gegen das Licht.

„Ein brillantes Granatrot."

Er roch daran und war völlig verzückt:

„Ein ausgesprochen charakteristisches Bukett! Anhaltend, üppig, komplett und voll."

Nun trank er einen guten Schluck und ließ den Wein in alle Winkel des Mundes fließen. Sein Gesicht nahm einen geradezu verklärten Ausdruck an.

„Die gleiche Harmonie, die in der Nase zu finden ist, setzt sich am Gaumen fort, dazu kraftvoll, sehr körperreich, aber nicht zu hart."

Jetzt schenkte er Maren Köster auch ein Glas ein und sich selbst nach.

Die Kommissarin bekam eine Gänsehaut. Die Härchen auf ihren Armen richteten sich auf. Sie schüttelte sich. Ihr Unwohlsein stieg. Von alledem bemerkte Dr. Zimmermann jedoch nichts, da er zu sehr mit der Huldigung des Weines, und letztlich mit sich selbst, beschäftigt war.

Plötzlich ertönte erneut die Haustürglocke. Zimmermann sah auf die Uhr.

„Seltsam, wer mag das sein? Ich erwarte niemanden und den Catering-Service habe ich noch nicht angerufen."

Er verließ den Raum, um zu öffnen.

Maren Köster bemerkte, dass sie Kopfschmerzen bekam. Sie musste dieses Haus verlassen, hier gab es keinen Raum für sie. Ihr wurde übel.

In diesem Moment betrat Zimmermann wieder das Zimmer. In seiner Begleitung befand sich ein großer, elegant gekleideter Mann, mit einer sportlichen Figur. Das Alter war schwer zu schätzen, musste aber irgendwie zwischen Mitte Vierzig und Mitte Fünfzig liegen.

„Liebste Maren, darf ich dir Arnold Berger vorstellen? Ein guter Freund von mir, gleichzeitig Mäzen und Förderer unseres Museums."

Er ging auf die Kommissarin zu, die Hand auf die Schulter seines Begleiters gelegt. Da bemerkte er die Veränderung bei ihr.

„Maren, du bist ja ganz blass! Was ist mit dir?"

„Mir ist übel. Ich muss an die Luft."

An den Gast gewandt sagte sie:

„Entschuldigen Sie bitte, Herr Berger."

Maren Köster ging zielstrebig zur Tür des Zimmers.

Zimmermann folgte ihr.

„Möchtest du dich etwas hinlegen?"

„Danke Henry, ich möchte nur nach Hause, ich weiß auch nicht, was mit mir los ist. Bitte bemüh dich nicht. Ich muss jetzt allein sein."

Sie verließ den Raum und stand eine Minute später auf der Bandelstraße. Die Kopfschmerzen waren wie weg geblasen und das Haus erschien ihr von außen wieder wunderschön.

28

An diesem Freitag Morgen trafen im Büro Lohmann/ Braunert zwei brummige, wenig ausgeschlafene Männer zusammen. Lohmanns Problem war im wesentlich immer noch das Alte.

Axel Braunert hatte eine undankbare Aufgabe vor sich, die ihn ziemlich belastete. Auf Anweisung von Josef Schulte sollte er seiner Kollegin, mit der er ja auch privat befreundet war, beibringen, dass sie ab sofort von dem Museumsfall suspendiert war. Warum musste er das eigentlich machen? Das war doch eindeutig eine Führungsaufgabe. Seit wann war Schulte denn so feige? So kannte ihn niemand im Detmolder Polizeipräsidium.

Die ganze Nacht hindurch hatte Braunert ein Szenario nach dem anderen durchgespielt. Mal warf sie mit dem Brieföffner nach ihm, mal vergoss sie bittere Tränen. Beides war für ihn furchtbar gewesen.

Die beiden Männer hatten in Phasen schlechter Laune oder Streit das Schreibtischaufräumen als Ritual etabliert. Diese Tätigkeit, so sinnlos sie sein möchte, verschaffte beiden die Begründung, nicht miteinander reden zu müssen. An diesem Morgen platzte Maren Köster in diese düstere Runde.

Sie blickte kurz von einem zum anderen.

„Wie seid ihr beiden Sauerpötte denn heute drauf?"

Braunert räusperte sich. Bei aller Vorsicht war er jemand, der ungern etwas auf die lange Bank schob.

„Maren, hast du mal fünf Minuten Zeit für mich? Ich muss etwas mit dir besprechen!"

„Klar, jederzeit! Leg los!"

„Können wir in dein Büro gehen?"

Sie war nun völlig verdattert.

„Seid ihr jetzt alle durchgeknallt? Was soll denn diese Geheimnistuerei? Sag schon, was los ist!"

Braunert fasste sie am Arm und zog sie sanft aus dem Raum und über den Flur in das Büro, welches sie sich mit einer Kollegin von der ‚Sitte' teilte. Das Büro war zu Braunerts Freude leer. Lohmann war ihm dankbar für diese Geste. Er hasste Peinlichkeiten, obwohl er durchaus auch einen Hang zur Neugier hatte. Braunert drückte seine Kollegin auf ihren Sessel, blieb selbst stehen, allerdings mit dem Rücken zu ihr.

„Schulte war gestern in Paderborn. Die Kollegen dort haben den Täter, der die Designerliege gestohlen hat, gefasst."

„Hä? Wieso macht Schulte das? Das ist doch mein Fall!"

„Maren! Jetzt lass mich mal kurz ununterbrochen reden. Schulte hat mir diesen Fall übertragen. Ich habe mich nicht danach gedrängt und ich bin auch nicht glücklich damit.

Aber ich muss Jupp recht geben. Du wirst mir gleich zustimmen. Hör zu!"

Er berichtete von der nachgemachten Designerliege und von der Vermutung, dass der Museumsleiter, Dr. Zimmermann, in dieser Geschichte stärker involviert sein könne, als dieser bisher zugegeben hatte. Und merkte auch an, dass sie ja wohl nicht gut gegen ihr derzeitiges ‚Verhältnis' ermitteln könne. Maren Köster sah das ganz anders. Schulte hielt sie für befangen.

„Diese Drecksau! Dem reiße ich noch irgendwas ganz wichtiges ab! Als wenn ich nicht Dienst und Schnaps auseinander halten könnte!"

Sie war ernstlich empört. So etwas war ihr noch nie unterstellt worden. Braunert versuchte, die Emotionen zu dämpfen.

„Maren, auch wenn du mich jetzt hasst. Aber Jupp hat recht! Es ist nicht sinnvoll, dass du weiterhin ausgerechnet diesen Fall betreust. Denk mal an die Öffentlichkeit! Wenn die Presse spitz kriegt, dass eine Kommissarin mit einem Verdächtigen ins Bett geht, was meinst du, was dann los ist? Außerdem musst du Jupp zugute halten, dass er dies alles auf dem ‚kleinen Dienstweg' geregelt hat. Lohmann und ich sind die einzigen, die davon etwas mitbekommen haben. Schulte hat sich völlig korrekt verhalten. Daran beißt die Maus keinen Faden ab!"

Maren Köster schnappte nach Luft.

„Korrekt wäre es gewesen, wenn er nicht dich vorgeschickt hätte, sondern vorher mit mir gesprochen hätte. Dieser Feigling!"

„Maren, sei ehrlich! Du hättest ihm doch deinen Brieföffner zwischen die Rippen gerammt, oder?"

Sie sackte auf ihrem Stuhl zusammen und drückte ein paar Tränen weg. Dann bat sie den Kollegen, sie kurz allein zu lassen. Noch bevor Braunert gehen konnte, wimmerte das Telefon und sie nahm den Hörer ab. Es meldete sich ein Professor Dr. Bödefeld von der FH-Lippe, Fachbereich Innenarchitektur.

115

„Gestern habe ich von Ihrer Dienststelle den Auftrag bekommen, die Echtheit eines Möbelstückes zu prüfen." Umständlich beschrieb er das Objekt. „Ich bin zu dem Ergebnis gekommen, dass es sich um eine Kopie handelt. Wenn Sie Wert darauf legen, können Sie ja einen weiteren Experten zu Rate ziehen. Ich empfehle Ihnen da den Direktor des Möbeldesign-Museums, Herrn Dr. Zimmermann. Das ist ein ausgewiesener Fachmann."

Er versprach, den schriftlichen Bericht umgehend zu schikken und legte auf.

Für einige Sekunden saß Maren Köster still hinter ihrem Schreibtisch, den hübschen Kopf gesenkt. Dann blickte sie ruckartig auf.

„Okay! Wahrscheinlich ist es wirklich besser so! Aber mit diesem Weichei Schulte rede ich trotzdem kein Wort mehr!"

„Ich halte es für vernünftig, wenn Bernhard und ich zu Dr. Zimmermann ins Museum fahren und die Angelegenheit in aller Ruhe mit ihm besprechen. Sollte er wider Erwarten nicht kooperativ sein, müssten wir die Angelegenheit eben an die große Glocke hängen, mit Hausdurchsuchungsbefehl und all dem Pi Pa Po", erläuterte Axel Braunert, als er mit Lohmann und Köster eine halbe Stunde später die Lage erörterte. Maren Köster hatte sich bereits wieder im Griff und zeigte sich als die starke Frau, die sie vermutlich auch war.

„Maren kann sich ja dann der Sache mit den Geldscheinen annehmen", griff Lohmann das Gespräch auf. „Wir kommen in dieser Frage im Moment kein Stück weiter. Ich habe eine Anfrage an alle Banken vorbereitet. Die sollen uns alle Nummern der Geldscheine rausgeben, die aus dem Jahre 1990 stammen. An die Presse solltest du dich in dieser Sache auch noch einmal wenden und sieh mal im Archiv nach, ob 1990 Straftaten begangen wurden, die unserem Fall zugeordnet werden könnten."

Sie war einverstanden.

„Okay!", sagte Axel Braunert, „Lass uns mal los! Sollen wir mit meinem Auto fahren?"

„Auf keinen Fall! In diese Eierfeile kriegen mich keine zehn Pferde. Meinst du, ganz Lippe sollte über mich lachen, nur weil die Feuerwehr deine Autotür vergrößern musste, damit ich problemlos aussteigen konnte?", protestierte Lohmann. „Z3! Wie kann man sich nur so ein Auto kaufen? Hätte ich dir damals schon sagen können, dass das nix is. Kannste ja nicht mal 'nen Kollegen mitnehmen in der Kiste. Geht doch nix über 'nen schönen Opel oder 'nen VW!"

29

Fünfzehn Minuten später parkte Lohmann sein Auto in der Fürstengartenstraße. Die beiden Polizisten betraten das Museum und fragten am Eingang nach Dr. Zimmermann.

„Der möchte die nächste halbe Stunde nicht gestört werden. Er führt gerade einige wichtige Telefonate", säuselte die Blondine am Eingangsschalter.

Bei solchen Auftritten spielte gern Lohmann den ‚Harten'. So antwortete er in barschem Ton:

„Sagen Sie ihm, die Telefonate müssten warten." Dabei fuchtelte er ihr mit der Polizeimarke vor dem Gesicht herum.

Die Frau befand sich in einer sichtlich unangenehmen Situation. Sie kannte den Zorn ihres Chefs, wenn seine Anweisungen nicht befolgt wurden. Doch sie verließ ihren Platz und verschwand durch eine Tür. Nach zwei Minuten kam sie auf dem gleichen Weg zurück. Sie wirkte noch verzweifelter.

„Der Herr Direktor hat jetzt wirklich keine Zeit. Er bittet Sie, es in einer Stunde noch einmal zu versuchen."

Lohmann kochte.

„Entweder der Herr Direktor ist in einer Minute hier und nimmt uns in Empfang oder ich hole ihn!"

Braunert legte seinem Kollegen beschwichtigend die Hand auf die Schulter. Doch dieser hatte anscheinend nicht die Absicht, sich zu beruhigen.

„Was ist jetzt?", blaffte er die junge Frau an.

Diese wurde immer fahriger. Wieder stand sie von ihrem Platze auf.

„Kommen Sie bitte!"

Die Polizisten folgten ihr über einen Flur zu einer Tür, auf sie ganz kurz zeigte, bevor sie sich schnell wieder in ihren Kassenraum zurück zog.

Lohmann klopfte. Fast gleichzeitig ertönte hinter der verschlossenen Tür eine ungehaltene Stimme:

„Fräulein Lukas! Ich sagte ihnen doch bereits, dass ich nicht gestört werden möchte. Also bitte!"

Lohmann drückt die Türklinke herunter und trat ein.

„Tut mir leid, aber wir können im Moment auf ihre Wünsche keine Rücksicht nehmen."

„Was soll das! Wer sind Sie?"

Wieder schwenkte Lohmann seine Polizeimarke.

„Es geht um ihre gestohlene Liege!"

„Bearbeitet diesen Fall nicht Frau Köster?"

Dr. Zimmermann verstand die Welt nicht mehr.

„Und wir beide!", antwortete Lohmann und zeigte mit seinem fleischigen Zeigefinger zwischen sich und Axel Braunert hin und her.

„Davon weiß ich ja gar nichts", entgegnete der Museumsdirektor überflüssigerweise.

„Jetzt wissen Sie´s!", kam Lohmanns Antwort.

„Jetzt werden Sie mal nicht frech, Herr ...?"

„Lohmann! Und das ist Kommissar Braunert."

Lohmann wies mit dem Daumen hinter sich.

„Übrigens, Herr Dr. Zimmermann. Wir haben den Täter, der das Möbel gestohlen hat."

Zimmermann starrte die beiden Polizisten an. Dann quälte er sich ein „Das ist ja wunderbar", ab.

„Können wir uns einen Moment setzen?", schaltete sich Axel Braunert jetzt in das Gespräch ein.

„Ja, selbstverständlich! Kommen Sie!"

Dr. Zimmermann war wie ausgewechselt. Er führte sie zu einer Bauhaussitzgruppe, designed von Breuer. Und bot ihnen einen Platz an. Lohmann verzog etwas unwillig die Miene. War aber dann äußerst überrascht, wie bequem die Sessel waren.

Nachdem die drei Männer sich gesetzt hatten, begann Axel Braunert mit dem Verhör.

„Herr Dr. Zimmermann, wir müssen noch ein paar Formalitäten klären. Bitte beantworten Sie uns noch ein paar Fragen."

„Aber natürlich! Bitte fragen Sie."

„Haben Sie den Diebstahl der Versicherung gemeldet?"

„Selbstverständlich, das war das Erste, was ich tat, nachdem ich den Diebstahl bei der Polizei angezeigt habe."

„Dann haben Sie jetzt ein Problem!", blaffte Lohmann den Museumsdirektor an.

Wieder übernahm Axel Braunert den beschwichtigenden Part.

„Komm, Bernhard! Lass uns sachlich bleiben."

Lohmann tat etwas brüskiert.

„Was heißt hier sachlich? Dieser Mann ist ein Versicherungsbetrüger! Hier gibt es nur eine Möglichkeit: Verhaften und mit aufs Revier!"

Lohmann kramte nach seinen Handschellen. Abermals legte Braunert beschwichtigend seine Hand auf Lohmanns Arm.

Der Museumsdirektor war sichtlich blass geworden, als er Lohmanns Handschellen zu sehen bekam.

Völlig entgeistert echote er:

„Verhaften? Wieso wollen Sie mich verhaften?"

„Weil Sie ein Betrüger sind!", Lohmann hatte wirklich nicht seinen besten Tag.

„Na ja", beschwichtigte Axel Braunert wieder. „Es ist in der Tat so, dass es sich bei der von uns sichergestellten Liege um eine Kopie handelt. Da liegt natürlich der Schluss nahe, dass

119

Sie bewusst versucht haben, bei der Versicherung einen Betrug zu begehen."

„Was heißt hier Versuch?", fuhr ihm Lohmann ins Wort, „du bist mal wieder viel zu gutgläubig. Lass uns den Mann festnehmen und alles weitere klären wir dann bei uns im Präsidium!" Wieder bewegte sich Lohmann mit den Handschellen auf Dr. Zimmermann zu.

Dem wurde ganz anders. Er versuchte seine Fassung wieder zu finden.

„Moment meine Herrn, man kann doch über alles reden. Jetzt, wo Sie es sagen, fällt es mir wieder ein. Bei dem Stuhl, also bei dem, den Sie gefunden haben, handelt es sich wirklich um eine Kopie. Das hatte ich in der Aufregung völlig vergessen. Bitte, versetzen Sie sich in meine Lage! Ich gehe am helllichten Tage durch mein Museum und plötzlich fällt mir auf, dass eines unserer wertvollsten Stücke fehlt. Bedenken Sie den Schreck! Ich hatte in dem Moment völlig vergessen, dass ich das Original vor einiger Zeit aus bestimmten Gründen ausgetauscht habe. Sie werden sicher verstehen, dass man in einer solchen Situation schon einmal etwas hektisch und unbedacht reagieren kann, oder?"

Dr. Zimmermann rang sich die Hände und richtete sie flehend Richtung Braunert.

„Verstehen?!", schnauzte Lohmann.

„Es hört sich schon ein bisschen merkwürdig an," antwortete Braunert ruhig, „das müssen Sie zugeben, Herr Dr. Zimmermann."

„Ja, ja! Es hört sich merkwürdig an. Ich gebe es zu, aber bitte, versetzen Sie sich in meine Lage. Ich habe es vergessen. Wirklich! Sie müssen mir glauben!"

Zimmermann war verzweifelt.

„Herr Zimmermann, ich mache ihnen jetzt einen Vorschlag. Wir haben keinen Durchsuchungsbefehl. Trotzdem öffnen Sie uns jede Tür, zu jedem Raum, zu jedem Schrank und beantworten jede Frage wahrheitsgemäß. Danach entscheiden wir dann, wie wir mit der Sache umgehen."

„Axel, also wirklich! Du immer mit deiner Gutherzigkeit. Was soll das alles? Die Sache liegt doch klar auf der Hand. Wir nehmen diesen feinen Herrn Direktor in Untersuchungshaft. Einen Hausdurchsuchungsbefehl haben wir doch in fünf Minuten. Ein Telefongespräch mit der Staatsanwältin und die Sache ist geritzt!"

Lohmann machte Anstalten nach dem Telefon zu greifen.

„Halt, halt, Moment!", Zimmermann kam Lohmann zuvor. Er legte die Hand auf den Hörer, „natürlich können Sie alle Räume einsehen. Jeder Zeit, sooft Sie wollen. Ich kenne Frau Müller-Stahl! Bitte, ersparen Sie mir diese Blamage."

„Also gut!", entschied Axel Braunert, „dann sagen Sie uns zunächst einmal, wieso Sie Kopien ausstellen?"

„Die meisten Möbel, die Sie in unserem Museum sehen, sind natürlich keine Kopien, sondern Originale. Nur die besonders wertvollen Stücke sind zum Teil ausgetauscht worden. Die eigentlichen Stücke stehen jedoch in einem geeigneten Raum hier im Museum. Das sind reine Vorsichtsmaßnahmen. Sie müssen sich das einmal vorstellen! Besucher fassen die Möbel an. Kinder klettern auf ihnen herum. Möbel sind etwas anderes als Bilder. Die Menschen sehen sich die Stücke nicht nur an, nein, es ist sogar schon vorgekommen, dass eine Person auf einem Stück lag und die Bequemlichkeit erprobte." Zimmermann litt sichtlich, als er sich dieses Ereignis wieder in Erinnerung rief.

„Würden Sie so freundlich sein und uns die Originale zeigen?", fragte Lohmann nun höflich, aber bestimmt.

„Selbstverständlich!"

Der Museumsdirektor ging zu seinem Schreibtisch, öffnete die Schublade und entnahm ihr einen Schlüsselbund.

„Bitte kommen Sie!"

Kurze Zeit später öffnete er eine Stahltür und betrat einen temperierten, abgedunkelten Raum. In ihm befanden sich ca. fünfzehn Liegen, Sessel und Stühle. Auch das Original der *Mies van der Rohe*-Liege stand unter den Exponaten.

121

Die Polizisten sahen sich die Möbel an und täuschten Sachkenntnis vor. Zimmermann war schnell klar, dass die beiden Beamten es wohl kaum merken würden, wenn er ihnen Ikea-Möbel unter das Sortiment gemischt hätte.

„Sind dies alle ausgetauschten Originale?", kam wieder die sehr bestimmte Frage von Lohmann.

Die eben noch innerlich an den Tag gelegte Überheblichkeit wich augenblicklich. Unsicherheit stellte sich ein.

Dr. Zimmermann wurde verlegen.

„Bitte beantworten Sie meine Frage!", Lohmann wurde bestimmter.

„Drei Möbelstücke stehen in meiner Wohnung" druckste der Direktor.

„So, und da werden sie nicht im Rahmen ihrer ursprünglich gedachten Bestimmung genutzt?", kam die verärgerte Frage von Lohmann. „So Funktionsfremdes wie Draufsetzen, Drauflegen und so?"

„Wo denken Sie hin? Das würde nie passieren. Im übrigen stehen sie nur dort, weil in diesem Raum hier Platzmangel herrscht."

Dieses Argument war derart unglaubwürdig, dass die beiden Ermittler Mühe hatten, den Museums-Direktor nicht auszulachen. Beide blieben aber sachlich.

„Die sehen wir uns später an", antwortete Lohmann in seiner bestimmten Art.

„Können wir die Expertisen über die Möbel sehen und die Herkunftsnachweise?", fragte er weiter.

„Selbstverständlich! Bitte kommen Sie!"

Wieder wurden die beiden Polizisten in das Büro von Zimmermann geführt. Er hängte ein Bild ab. Hinter ihm befand sich ein Safe. Sekunden später hatte er die Nummernkombination eingetippt und ihn geöffnet. Der Direktor entnahm dem Tresor drei Aktenordner. Beim Herausnehmen fielen einige Geldscheine zu Boden. Sofort bückte sich Lohmann mit einer Schnelligkeit danach, die Braunert ihm nie zugetraut hätte.

Der Polizist hielt drei Fünfhundertmarkscheine in der Hand. Intuitiv sah er auf das Druckdatum. Es handelte sich um Scheine vom 1. Oktober 1990.

Lohmann war mit einem Schritt am Safe und hielt einen Augenblick später weitere Scheine in der Hand.

„Woher stammt dies Geld", fragte er.

Dr. Zimmermann zuckte mit den Schultern.

„Anonyme Spende! Zehntausend Mark, ich bekam sie letzte Woche mit der Post!"

„Verarschen Sie mich nicht!", schnauzte Lohmann. Plötzlich war sein Ärger echt.

„Ich schwöre es Ihnen!", entgegnete Zimmermann kleinlaut.

„Ganz ruhig Bernhard!" schaltete sich Braunert wieder ein.

Lohmann setzte sich, ohne um Erlaubnis zu fragen, an den Schreibtisch Zimmermanns und notierte auf seinem vergilbten Notizblock die Zahlen der Geldscheine.

„Wir sind noch nicht fertig, Herr Zimmermann. Das schwöre ich Ihnen!" presste Lohmann durch die zusammengebissenen Zähne.

Der sonst so weltgewandte und selbstsichere Museumsdirektor glich einem Häufchen Elend, als Axel Braunert ihm die Ordner abnahm.

30

Es war ein schöner Frühsommertag, doch dafür hatte Schulte heute gar keinen Sinn. Er versuchte Klarheit in seine Ermittlungsarbeit zu bringen und so schlenderte er grübelnd die Bielefelder Straße hinunter, hielt auf die Bachstraße zu, ging dann durch die Moltkestraße und hielt sich Richtung Kaiser-Wilhelm-Platz, der sich vor dem alten Landtag und heutigen Gerichtssitz erstreckte.

Er hatte heute ein Versprechen einzulösen. Gestern hatte ihm die Staatsanwältin die Zusage abgerungen, mit ihr essen zu gehen. Schulte war für seine Verhältnisse ungewöhnlich früh dran. Zum Warten hatte er jedoch keine Lust. Also ging er gleich ins Gerichtsgebäude und steuerte nach kurzer Unterredung mit dem Justizbeamten, der den Eingang bewachte, zielsicher zum Büro der Staatsanwältin. Er klopfte an die Tür und betrat das Büro.

Sichtlich erfreut über den Besuch nahm Frau Müller-Stahl ihre Lesebrille von der Nase und kam auf ihn zu. Er war erleichtert, als sie ihm nur die Hand zum Gruße reichte und keine Anstalten machte, auf persönlichere Begrüßungsrituale zurückzugreifen.

„Josef, schön dass du da bist! Aber so früh habe ich dich gar nicht erwartet. Macht aber nichts, ich habe nur noch ein kurzes Gespräch mit deinem neuen Chef. Dann können wir los!"

„Na, dann gehe ich mal lieber rüber zum *Café Heidsiek* und warte dort. Auf Erpentrup habe ich im Moment wirklich keinen Bock!"

In diesem Moment klopfte es. Eine halbe Sekunde später steckte der Polizeirat seinen Kopf zur Tür hinein. Sein Gesichtsausdruck changierte von überrascht zu blöde.

„Eine Sekunde bitte!" sagte die Staatsanwältin, „Herr Schulte und ich sind gerade fertig."

Erpentrup hatte das Überraschungsmoment überwunden und so sagte er selbstbewusst:

„Keine Eile, Frau Müller Stahl! Das was ich mit Ihnen zu besprechen habe, können wir auch bei einem netten Mittagessen erledigen. Darf ich Sie dazu einladen?"

„Das ist ja nett von ihnen, Herr Erpentrup. Leider muss ich Ihnen einen Korb geben, ich habe mich schon mit Ihrem Hauptkommissar verabredet."

Erpentrup konnte es kaum fassen. Da zog diese Frau, immerhin eine Staatsanwältin, also nicht ungebildet, diesen groben Klotz der Gesellschaft mit ihm vor.

„Wir können alles Weitere auch später besprechen," schlug Schulte vor. „Dann muss Herr Erpentrup nicht warten. Ich weiß doch, was ich meinem Chef schuldig bin."

„Also, Herr Polizeirat! Dann kommen Sie herein und lassen Sie uns gleich an das Eingemachte gehen," forderte die Staatsanwältin den immer noch verblüfften Erpentrup auf. Sie bot ihm einen Sitzplatz an, während Schulte mit einem gewissen Grinsen in Richtung seines Chefs den Raum verließ.

Schulte hatte sich gerade die zweite Tasse eingeschenkt, da betrat die Staatsanwältin schon das Cafe.

„Was hast du denn mit deinem Chef angestellt? Der scheint dich ja nicht gerade zu lieben!" begrüßte sie ihn.

Er zuckte mit den Achseln.

„Wieso, hat er so was gesagt?"

„Nein, das gerade nicht. Aber ich hatte das Gefühl, dass er von dir nicht gerade begeistert ist."

„Dieses Gefühl habe ich leider auch und die Folgen habe ich in den letzten Tagen schon hautnah zu spüren bekommen. Ich werde den Eindruck einfach nicht los, dass dem Erpentrup meine Nase nicht passt. Aber wenn zwei das Gleiche denken, darf man sich was wünschen."

„Na jedenfalls habe ich deine Qualitäten erst mal in höchsten Tönen gelobt!"

Schulte starrte die Staatsanwältin mit offenem Mund an.

„Als Polizist natürlich!" fügte diese hinzu.

„Klar," nickte Schulte, „was sonst."

„Komm, Josef! Lass uns was essen gehen. Ich habe einen Bärenhunger."

Schulte ließ den Rest Kaffee stehen und schob einen Zehnmarkschein unter die Untertasse. Sie verließen das Café und schlenderten über den Bruchberg. Frau Müller-Stahl plauderte mit dem Kommissar, als wären sie seit Jahren befreundet. Vor dem Damenbekleidungsgeschäft *Vaupel* blieben sie kurz stehen und besahen sich die Auslage. Die Situation schien so alltäglich, als würden sie diesen Weg schon seit Jahren immer einmal gemeinsam gehen. Schulte war dankbar, dass sich die Staatsanwältin nicht auch noch bei ihm unterhakte.

„Sag mal Josef. Ich habe den Eindruck, dass du immer noch Probleme hast, mich zu duzen?"

Schulte kratzte sich am Kopf:

„Merkt man das?"

„Also, was ist? Hast du Probleme mit mir?"

„Nein, ja. Na ja, ich gehe halt nicht jede Nacht mit einer Staatsanwältin ins Bett. Besonders schwierig wird es dann, wenn man am nächsten Tag wieder zusammenarbeiten muss. Ich weiß einfach nicht, wie ich mich verhalten soll."

„Wir sind uns eben ein bisschen näher gekommen. Wir haben gemeinsame Freunde. Wir verstehen uns ganz gut und (...) warum sollen wir dann so tun, als würden wir uns nur in unseren Büros und rein dienstlich begegnen? Darüber hinaus: Wenn mir was nicht passt oder du mir zu nahe kommst, dann sage ich dir das schon. Nichts anderes erwarte ich von dir."

Schulte ging schweigend neben der Juristin her, die wieder kurz stehen blieb und in die Schaufensterauslage seines Lieblingsbuchladens *Kafka und Co* schaute. Während Frau Müller-Stahl sich die Bücher ansah, linste Schulte über die Schulter Richtung *Bäckerei Hartmann* und erwartete, das sein Kollege Lohmann jeden Moment, mit einem Zentner Puddingschnecken bewaffnet, heraus trat.

Gemeinsam gingen sie weiter. Überquerten die Lange Straße und betraten den *Detmolder Hof*. Seit einiger Zeit war das Bistro dort ein Ort, an dem sich Schulte recht gern aufhielt. Was ihn im übrigen selbst wunderte, denn eigentlich stand er mehr auf *Neuer Krug* und *Braugasse*, doch dieses Restaurant war eben was ganz anderes, musste er sich eingestehen. Sie betraten den Gastraum, wo beide von dem Kellner begrüßt wurden. Da es ein schöner Sommertag war, entschieden sie sich jedoch, nach draußen zu gehen. Sie teilten ihren Entschluss dem Maitre mit und suchten sich einen schönen Platz in der Sonne. Es wurden im Rahmen der *Österreichischen Wochen* besondere Gerichte aus diesem Land angeboten. Schulte entschied sich für einen Salat mit Schwammerl und gebratenem Tiroler Speck. Die Staatsanwältin bestellte sich eine Möhrensuppe mit Kürbiskernen und ebenfalls einen Salat. Da es Freitag Mittag war und beide nach dem Essen ihr wohlverdientes Wochenende antreten wollten, bestellten sie sich einen *Grünen Veltliner* und eine Flasche Wasser dazu.

Nachdem sich der Kellner mit der Bestellung Richtung Küche auf den Weg gemacht hatte, kam Frau Müller-Stahl zur Sache.

„Okay, ich glaube, ich muss dir mal was erklären. Ich bin mit dir ins Bett gegangen. Das war nicht schlecht. Wie du weißt, bin ich verheiratet. Meinen Mann sehe ich zwar nur alle Jubeljahre mal. Jetzt ist er gerade wieder für drei Monate in den Staaten, aber ich bin trotzdem nicht gewillt meine Ehe aufs Spiel zu setzen. Aber wie ich sie führe, ist einzig und allein meine Sache. Das geht nicht mal meinen Mann etwas an. Ich habe es aufgeben mit ihm darüber zu reden. Der sieht die Kultur oder Unkultur unserer Ehe nämlich nur aus seiner Sicht. Um noch einen draufzusetzen: Du passt mir im Moment gut in mein Lebenskonzept, ohne dass ich eine Beziehung oder sonst was mit dir anfangen möchte. Ich kann mir gut vorstellen, ab und zu mal mit dir essen zu gehen. Ich kann mir auch vorstellen, jeden erdenklichen sonstigen Spaß mit dir zu haben. Ich kann mir sogar vorstellen, nie wieder mit dir ins Bett zu gehen und andererseits auch morgen schon. Ich mache mir keine Gedanken darüber. Wenn du das akzeptieren kannst und dazu in der Lage bist, hinzunehmen, dass... na, sagen wir, wir die ein oder andere nette Stunde miteinander verbringen, habe ich nichts dagegen. Über die Ausgestaltung mache ich mir keine Gedanken und ich suche auch keinen neuen Mann."

Schulte kratzte sich am Kopf. Ihm war selten eine Frau mit solchen klaren Vorstellungen und nonkonformen Ansichten begegnet. Romantisch war diese Frau nicht! Er selbst hatte sich auf ein Leben als einsamer Wolf eingestellt. Aber das schloss ja gelegentlichen Spaß nicht aus. Also zuckte er mit den Schultern und sagte:

„Lassen wir es auf uns zukommen."

Schulte wollte gerade noch zu einer Erklärung ansetzen, da brachte der Ober auch schon das Essen. Diese Unterbrechung nutzte Frau Müller-Stahl, um das Thema zu wechseln.

„Was ist denn nun mit dem Mord? Habt Ihr da schon eine Spur oder irgendwelche Hinweise? Hat der Tod des Berbers etwas mit der Fünfhundertmarkschein-Geschichte zu tun? Gib mir doch mal einen Überblick."

„Also, wenn ich ehrlich sein soll, habe ich selbst noch keinen Überblick. Ich weiß nicht, wo ich anfangen soll und komme mir vor wie ein Anfänger. Darüber hinaus hapert es einfach auch in der Zusammenarbeit. Maren Köster schwebt auf Wolke Sieben. Die hat sich in diesen überkandidelten Museumsdirektor verguckt. Axel Braunert arbeitet zwar systematisch und zuverlässig wie immer, aber der hat auch irgend ein Problem. Das merke ich genau. Diese Museumssache könnte noch ziemlich pikant werden. Ich habe Maren Köster den Fall entzogen und Lohmann und Braunert damit betraut. Mal sehen, was dabei heraus kommt. Alles in allem habe ich das Gefühl es läuft einfach nichts zusammen. Du würdest mir eine Freude machen, wenn wir nicht von der Arbeit reden. Falls etwas Gravierendes passiert, werde ich dich sofort unterrichten."

Um vom Thema abzulenken stellte er die Frage:

„Wie verbringst du das Wochenende?"

„Ich werde mich wohl auf ein paar Flohmärkten herum drükken. Ich brauche ein paar alte Bilderrahmen. Vielleicht werde ich ja fündig."

„Bei meiner Mutter stehen bestimmt zwanzig von den Dingern auf dem Boden. Wenn du willst, können wir ja bei Gelegenheit mal vorbeifahren und sehen, ob du den ein oder anderen Rahmen gebrauchen kannst."

Kaum hatte er es ausgesprochen, erschrak er sich über diesen gewagten Vorstoß. Doch die Staatsanwältin griff das Angebot sofort auf.

128

„Wenn, dann morgen Nachmittag. Dann habe ich Zeit. Ich wäre froh, wenn ich endlich etwas finden würde. Denn ich habe die ungerahmten Bilder schon lange in meinem Zimmer stehen. Da muss endlich was passieren."

Das Gespräch plätscherte so dahin und Schulte wusste, wie er seinen Samstag Nachmittag verbringen würde.

Eine Stunde später zahlten sie ihre Rechnung. Die Staatsanwältin verabschiedete sich mit den Worten:

„Dann bis morgen! Wir können ja noch kurz telefonieren!" Dann gingen sie ihrer Wege.

31

Es war kurz vor Vier, als die beiden Polizisten mit einem Stapel Akten das Museum verließen.

„Mensch Bernhard, du hast dem Zimmermann aber zugesetzt"

„Wieso, guter Bulle, böser Bulle! Hat doch mal wieder astrein funktioniert. Aber mal ehrlich. Weißt du, was unsere Maren an diesem arroganten Arschloch findet?"

Axel Braunert zuckte mit den Schultern und stieg ins Auto.

Sie fuhren zurück zum Präsidium. Kurze Zeit später betraten die beiden Polizisten ihr Büro. Lohmann war vom Donner gerührt. Auf seinem Stuhl saß sein Schwiegersohn und seine Tochter. Sie küssten sich innig.

„Becci! Bisse denn total verrückt geworden? Wat macht ihr denn hier?"

„Ich wollte Benjamin mal zeigen, wo und wie du arbeitest. Da dachten wir, wir besuchen dich einfach mal. Du kannst ihm ja noch das Präsidium zeigen. Dann gehen wir anschließend ins *Italia* zum Essen. Mama wollte direkt dahin kommen."

„Präsidium zeigen! Das geht jetzt nicht! Sag mal, wie seid ihr eigentlich hier rein gekommen?"

„Dein Kollege Volle hat uns die Tür aufgeschlossen. Der war total freundlich, ganz anders als sonst. Der war sogar total interessiert. Er hat gefragt, was ich jetzt so mache und wer Benjamin ist. (...)"

Lohmann öffnete den Mund, machte mit der Hand eine wegwerfende Bewegung und sagte gar nichts mehr.

32

Es gibt Tage, die schreien nach Aktivität. Schon im Bett kitzeln einen die ersten Sonnenstrahlen wach. Man schaut aus dem Fenster in einen wolkenlosen lachenden Himmel. Die Vögel zwitschern einem zu: Komm raus! Einfach schrecklich!

An diesem Samstagmorgen war alles genau so, wie Josef Schulte sich einen dienstfreien Samstag vorstellte. Er wurde geweckt durch einen merkwürdig winselnden Ton und durch ein Druckgefühl in der Blase, ausgelöst durch das leise aber stetige Rieseln eines echten lippischen Landregens. Zurück aus dem Bad öffnete er das Schlafzimmerfenster, streckte den Kopf raus, spürte den Nieselregen und freute sich.

Schulte liebte solche Tage. Jede Form von Gartenarbeit war ausgeschlossen, Autowaschen unsinnig und es gab tausend Gründe, nicht sportlich zu sein.

Die Wohnung aufräumen hatte sowie keinen Sinn.

Oh ja, er wusste genau, was er heute machen würde. Für solche herrlichen Regentage hatte er sein Josef-Schulte-Spezialprogramm. Er zog sich betont nachlässig an und wusch sich kurz durchs Gesicht. Jeder Versuch, die Haare zu einer Frisur zu überreden, war von vornherein zum Scheitern verurteilt. Also ließ er es.

Unten in der Küche fiel ihm plötzlich auf, dass der winselnde Ton stärker geworden war. Der Hund! Den hatte er schon wieder vergessen. Kurz nach Mitternacht hatte dieses Desaster auf vier Beinen ihm lecker in die Küche gepinkelt. Voller Wut hatte Schulte den Hund samt einer alten Decke vor die Tür gesetzt und vorsätzlich ignoriert, dass es kurz darauf leicht zu regnen anfing. Das arme Vieh hatte die ganze Nacht draußen im Regen, wenn auch unter einem Vordach, gelegen. Schulte öffnete die Haustür und erschrak. Das Tier war völlig durchnässt. Die Decke lag irgendwo im Garten. So sah der Hund fast wieder so erbärmlich aus wie am Tage seiner Ankunft. Schultes Gewissen schlug heftig und er überlegte, wie er dem Monstrum was Gutes tun könne. Dann fiel ihm ein, dass er kein Hundefutter im Haus hatte. Zuerst legte er eine weitere alte Decke neben seinen weißen Kohleofen. Im Kühlschrank entdeckte er eine Dose Fisch, deren Verfallsdatum seit einem Monat überschritten war. Die geöffnete Dose hielt er erst dem Hund vor die Nase, ging dann zurück in die Küche und lockte so das Tier herein. Nachdem die Fischdose leergeleckt war, legte der Hund sich auf die Decke, stank wie ein ganzes Rudel seiner Artgenossen und schaute Schulte fragend an.

„Was mach ich denn jetzt mir dir, hm?"

Keine Antwort.

Josef Schulte war jedoch niemand, der sich allzu lange mit Sentimentalitäten aufhielt. Er stellte dem Hund wieder die Schüssel mit Wasser hin, beschloss, im Laufe des Tages Hundefutter zu kaufen und fand, dass er für heute seine Pflicht der armen Kreatur gegenüber getan hatte.

Er warf sich seine speckige Regenjacke über, steckte Geld und Zigaretten und, nach kurzem Ringen mit sich selbst, auch sein Handy ein und ging aus dem Haus. Sein *Ford Granada* sprang sogar problemlos an. Auch der mochte Regenwetter.

Schulte fuhr nach Detmold. Mittenrein! Er stellte das Auto auf dem Kaiser-Wilhelm-Platz ab, ging Richtung *Landesmuseum*, am Restaurant *Spieker* vorbei, ließ den Schlossgraben links liegen und ging in die Bruchstraße. Am Ende dieser Fußgängerzonenstraße pulsierte das Leben. Es war Wochenmarkt! Trotz Regenwetter waren Hunderte von Detmoldern auf den Beinen, um frisches Gemüse, eingelegte Oliven, leckeren Käse, Blumen und knackige Würste zu kaufen. Schulte liebte diesen Wochenmarkt. Er kaufte in der Regel wenig, schaute sich aber alles an, feilschte hier und da und ließ sich einfach nur vom Trubel rund um den Rathaus-Brunnen treiben.

Sein Favorit war der große Käsestand. Und das nur zum Teil wegen der wirklich beeindruckenden Auswahl. Er hätte dem Mann hinter der Käsetheke stundenlang zusehen und zuhören können. Es war ein reines Vergnügen zu erleben, wie sich hier Fachkompetenz und Witz trafen. Nie hatte Schulte erlebt, dass einer der Käufer in der stets langen Warteschlange ungeduldig geworden wäre. Was ihnen hier an Unterhaltung geboten wurde, war die Zeit wert.

Irgendwann war's dann selbst ihm genug. Er schlenderte die Lange Straße hoch, bog dann kurz in die Krumme Straße ein und verschwand in der Buchhandlung *Kafka & Co.* Nach einem kleinen Schwätzchen mit dem Inhaber kaufte er seinen wöchentlichen Krimi und ging zurück in die Lange Straße. Es war jetzt halb zwölf. Allerhöchste Zeit für einen weiteren Höhepunkt dieses gelungenen Vormittags. In einer kleinen unscheinbaren Seitengasse wartete er geduldig vor einem winzigen aber weit über Detmold hinaus berühmten Würstchenstand mit dem schönen Namen *Rudolffs Rostbratwurst.* Erstaunlich schnell kam er vorwärts, die drei Herren in dem winzigen Stand arbeiteten immer mit einer unfassbaren Effektivität und in einem Tempo, das allein das Zuschauen ein reines Vergnügen ist. Er bestellte sich die Spezialität des Hauses, eine Currywurst, ungewöhnlich serviert in einer Acrylglasschale. Nicht ganz stilecht, aber abwaschbar und daher umweltfreundlich. Okay, die Currysauce ist auch nur heißgemachter Ketchup mit Curry, aber die Wurst ...! Diese Wurst sucht immer noch ihresgleichen in Ostwestfalen-Lippe. Da spritzt einem kein Fett entgegen wie bei einer Krakauer. Die schmeckt auch nicht wie feuchte Mullbinde. Nein, in einer leckeren, perfekt gegrillten Pelle steckt eine würzige Bratwurst von einer Konsistenz, die man straffrei mit ‚al dente' beschreiben kann. Wunderbar!

So, und jetzt zum ultimativen i-Tüpfelchen! Vor der VHS bog er links in ein schmales Gässchen und stieg nach ein paar Metern die Treppe zum Restaurant bzw. Gaststätte *Braugasse* hinunter. In diesem kuschelig gemütlichen, aber kein bisschen kitschigen Kellergewölbe servierte der Patron ein speziell für ihn gebrautes helles trübes *Detmolder Naturtrüb*. Und wenn er Abends alle Gäste mit Speis und Trank gut versorgt wusste, dann spielte er auch schon mal auf der Drehorgel und sang dazu Schunkellieder. Alles durchaus geeignet, einem durchnässten und frustrierten Polizisten gehörig die Seele zu erwärmen. Die umfangreiche, den Schwerpunkt aufs Rustikale setzende Speisekarte hob Schulte sich für ein andermal auf. Heute packte er nur seinen Krimi auf den Tisch, wollte das erste *Naturtrübe* an die Lippen setzen, es laufen lassen und genießen.

Da winselte plötzlich sein Handy. Er rang mit sich, wankte zwischen Lust und Pflicht. Doch, wie immer, siegte das Telefon. Seufzend nahm er den kleinen schwarzen Störenfried ans Ohr.

„Herr Hauptkommissar? Hier spricht Hermann Rodehutskors von der *Heimatzeitung*! Kennen Sie mich noch?"

Schulte bejahte dies trotz der Störung recht freundlich. Im letzten Jahr hatte Rodehutskors ihnen bei einem anderen Fall den entscheidenden Hinweis geliefert. Die Detmolder Fahndungsgruppe war ihm also zu Dank verpflichtet.

„Wir haben doch gestern für Sie das Foto des ermordeten Obdachlosen veröffentlicht, nicht wahr? Mir ist dazu jetzt was eingefallen. Vielleicht kann es Ihnen irgendwie nützen. Haben Sie Zeit, eben mal in der Redaktion vorbeizukommen?"

„Nein! Habe ich nicht! Aber ich mache Ihnen einen Vorschlag: Sie sind doch auch ein gemütlicher Mensch. Ich sitze hier als Privatperson gerade ganz lecker beim ersten Bier in der *Braugasse*. Wenn Sie kurz rüberkommen, gebe ich auch einen aus. Sie wissen schon, eines von diesen guten Naturtrüben...!"

Rodehutskors war überredet. Fünfzehn Minuten später war er da.

Und wie er da war! Es gibt Menschen, die ganz allein mit ihrer körperlichen und mentalen Präsenz einen Raum füllen können. Hermann Rodehutskors war ein glänzendes Beispiel dieser Gattung. Dieser altgediente Journalist, der nur noch wenige Jahre bis zur Rente überstehen musste, wälzte seine träge Biomasse so laut ächzend und schwitzend in die Gaststube, dass ihn einfach keiner der dort Anwesenden ignorieren konnte. Das machte auch gar nichts, denn dort kannte ihn sowieso jeder. Rodehutskors war nicht nur sehr beleibt; er war auch sehr beliebt. Denn wenn er auch im Laufe seiner Zeitungsjahre manchem Detmolder kräftig auf die Füße getreten hatte, war er doch ein ehrlicher Kämpfer, ein anständiger Mensch und vor allem ein fröhlicher Zechkumpan. So einen mag man in Ostwestfalen!

Ebenso wie Josef Schulte hatte auch Hermann Rodehutskors keinen Ekel davor, schon um die Mittagszeit Bier zu trinken. Und erst nach einem kräftigen Schluck vom *Naturtrüben* war er bereit, zur Sache zu kommen. Er wischte sich den Schaum von den dicken Lippen und seufzte wohlig.

„Ja! So kann man es wohl aushalten! Nicht wahr?"

Das fand Schulte eigentlich auch. Trotzdem war er nun neugierig, was dem älteren Herrn denn auf er Seele lag.

„Also, zu Ihrem Penner! Ich kenne den Mann schon seit langem. Leider, muss ich sagen. Denn das ist, oder besser, das war kein besonders sympathischer Zeitgenosse. Vor ungefähr zwei Jahren, so etwa im September 1999, kam dieser Kerl das erste Mal zu mir in die Redaktion. Er war der Meinung, dass sich die Detmolder Polizei und die Justiz gegen ihn verschworen habe. Damals hatte er ein paar Wochen gesessen, wegen was weiß ich nicht mehr. Nun wollte er jedenfalls die ganze brutale Wahrheit über die Justiz und ihre Handlanger, genauso drückte er sich aus, der Öffentlichkeit mitteilen. Er legte mir ein handgeschriebenes Skript vor, in dem seiner Meinung nach alle Beweise enthalten sein sollten. Da stand was drin von Unterdrückung, von Klassenjustiz und so weiter. Aber das Ganze war dermaßen wirr, dass ich davon natürlich nichts gebracht habe. Das hat den Mann aber nicht davon abgehalten, mir in schöner Regelmäßigkeit auf die Bude zu rücken. Irgendwann fing er an, mich zu beschimpfen. Ich sei auch nur ein Büttel der Justiz und so was. Bis ich ihn zuletzt rausgeworfen habe und unser Verleger ihm Hausverbot erteilt hat. Das war vor rund einem Jahr. Danach habe ich ihn nicht mehr gesehen. Was mir aber an dem Mann aufgefallen ist, abgesehen von seiner aggressiven Art, war dieses Politische an ihm. Ich meine, dass ist doch bei solchen Leuten, also bei den Pennern, nicht unbedingt selbstverständlich, oder?"

Schulte überlegte. Nein, selbstverständlich war so was wirklich nicht. Er würde sofort am Montag bei Dienstbeginn mit Axel Braunert darüber sprechen und dann würden sie weitersehen. Einstweilen hatte sich Rodehutskors nun wirklich ein weiteres Bier, diesmal ein *Detmolder Kellerbier*, redlich verdient und Schulte zögerte keine Sekunde, davon gleich zwei zu bestellen. Beide Männer verbrachten noch eine geruhsame Stunde in dieser gemütlichen Gaststätte. Dann musste Rodehutskors nach Haus und Schulte zu seinem Hund.

Als er kurz darauf seine Haustür aufschloss, schlug ihm ein bestialischer Gestank entgegen. Besonders edel roch es bei Schulte ja auch sonst nicht, aber so was hatte er noch nie erlebt. Schön verteilt lagen in seiner Wohnküche auf den alten Holzdielen kleinere oder größere Flecken Erbrochenes. Direkt vor der Tür lag der Hund und blickte ihn traurig an. Schulte war einige Sekunden sprachlos.

„Du verdammtes Drecksvieh!!! Das ist doch alles nicht wahr! Ich mach den Köter fertig!"

Er drehte um und rannte wieder raus. Erst mal Luft holen. Dann war er fest entschlossen, wieder ins Haus zu stürmen, den Hund an seinem Halsband rauszuzerren und ihm mit dem

135

alten Pumpenschwengel, der seit Jahren im viel zu hohen Gras vor der Haustür dahinrostete, den Rest zu geben.

Das Reinstürmen klappte auch. Das Herauszerren am Halsband auch. Als er aber den Pumpenschwengel in der Hand hielt, fiel seine Wut wie ein Kartenhaus in sich zusammen. Diese Augen! Dieser resignierte Blick, der nichts mehr vom Leben erwartete. Nein!

Er ließ das arme Tier draußen liegen, ging zu seinem Schuppen, holte einen derben Straßenbesen, durchquerte die verseuchte Küche und begann das Erbrochene in Richtung Haustür zu fegen.

Nach einer halben Stunde erinnerten nur noch die feucht-schimmernden Dielen und die infernalische Geruchsmischung aus Erbrochenem und Desinfektionsmittel an das Desaster. Schulte wischte sich den Schweiß aus der Stirn und ging rüber zu seinem Nachbarn Anton Fritzkötter.

„Watt wills du denn hier? Trau sse dich noch hierhin?"

„Anton, hass' ma 'ne Zigarre für mich?"

„Watt iss datt denn? Rauchsse widda? Wirsse endlich widda vanünftig?"

Schulte erzählte dem alten Mann von seinem Missgeschick. Fritzkötter gab ihm völlig recht, dass nur der Duft einer guten Zigarre das Raumklima wieder retten könne und er erklärte sich gleich bereit, der guten Nachbarschaft wegen eine mitzurauchen. Nach den Zigarren und zwei Flaschen Bier machte sich Josef Schulte daran, seinen Schuppen freizuräumen und dem Hund dort ein Lager zu bereiten. Fürs erste jedenfalls. In ein paar Tagen würde er dann weitersehen. Fritzkötter versprach, ab und zu mal nach dem Hund zu sehen, wenn Schulte wieder im Dienst sei. Den kleinen Streit hatte er offenbar längst vergessen. Nein, nachtragend war Anton Fritzkötter nicht. Und „Schulten Jupp" war ja „im Chrunde 'n chuten Kerl".

33

Kurz nach drei bog Josef Schulte um die Ecke Paulinenstraße/Gerichtsstraße. Es regnete immer noch und Schulte zog den Kopf zwischen die Schultern. Er traf die Staatsanwältin vor der Eingangstür des ehemaligen Lippischen Landtages. Sie hatte noch einiges im Büro geregelt und war bester Laune.

„Hallo Jupp!", begrüßte sie ihn. „Ich freue mich, dass du wirklich Wort gehalten hast. Meinst du wirklich, dass deine Mutter noch alte Bilderrahmen hat? Und wenn ja, wird sie mir auch zwei, drei verkaufen?"

„Klar, bei ihr auf dem Boden stehen immer jede Menge alter Bilder herum. Meine Mutter kann einfach nichts wegschmeißen. Aber dafür verschenkt sie um so lieber. Ich bin sicher, wir finden das Richtige. Sollten dir die Rahmen nicht gefallen, können wir immer noch bei Alfons Holtgreve vorbei gehen. Vielleicht kann der dir den Gefallen tun und die Bilder rahmen."

„Alfons Holtgreve, wer ist das denn?"

„Das ist ein alter Kumpel von mir, Künstler. Sogar ein sehr erfolgreicher. Der rahmt auch Bilder. Na, wir werden sehen."

Sie gingen zu Schultes Auto. Beinahe hätte sie sich bei ihm untergehakt. Doch diesen Anblick wollte sie ihren Bekannten aus der Detmolder Bürgerschaft nicht gönnen.

Schulte hatte seinen goldfarbenen *Granada* auf dem Parkplatz der Sparkasse geparkt. Das Auto war innen genauso wenig sauber wie außen. Er öffnete das Auto und beförderte ein paar Coladosen, die im Fußraum lagen, in den hinteren Teil seines Wagens. Etwas verlegen wischte er mit dem Ärmel über den Beifahrersitz. Mit leicht skeptischem Blick stieg seine Begleiterin ein. Immerhin hatte er den Hund nicht auch noch auf dem Rücksitz.

„Wo hast du denn deinen Hund gelassen?"

„Den habe ich meinem Nachbarn anvertraut. Er hat sich

bereit erklärt, ihn mit mir zusammen zu betreuen. Wenn das klappt, werde ich ihn wohl behalten, es sei denn der Besitzer meldet sich noch."

Schulte schlug den Weg über Horn, Altenbeken und Wille-badessen ein. Von unterwegs aus telefonierte er mit seiner Mutter und kündigte sein Kommen an.

„Nee Junge, hätte sse doch was gesagt, dann hätte ich noch Kuchen gebacken. Aber ich mach einfach Eiserkuchen. Vielleicht hat Nachbars Änne ja noch ´n bisschen Sahne."

„Ach Mama, lass doch! Es ist wirklich nicht nötig", versuchte Schulte seine Mutter zu beschwichtigen. Doch er wusste eigentlich schon vorher, dass er sich im Grunde jedes Wort sparen konnte. Wenn Besuch kam, gab es Kuchen. Basta! In einer halben Stunde würden warme Waffeln mit Sahne und heißen Kirschen auf dem Tisch stehen und der Kaffeeduft würde durchs Haus ziehen.

Also sagte er: „Tschüss!", schaltete sein Handy aus und konzentrierte sich auf den Straßenverkehr.

Diese Gelegenheit nutzte die Staatsanwältin:

„Josef, jetzt erzähl doch mal wie es mit den Fällen steht!"

Schulte räusperte sich.

„Fangen wir mal mit dem Einfachsten an. Die Angelegenheit Museum. Wie sich die Sachlage darstellt, hat unser Zimmermann einen Teil der echten Möbel, dabei handelt es sich ohne Zweifel um die wertvollsten Stücke der Sammlung, gegen gute Kopien ausgetauscht. Die Originale haben wir in einem gesonderten Raum des Museums gefunden. Einige standen in seiner Wohnung. Er hat gesagt, er habe diese Maßnahme ergriffen um die Originale vor dem gemeinen Volk zu schützen."

„Das hat er doch nicht wirklich gesagt?", kam es ungläubig über die Lippen der Staatsanwältin.

„Jedenfalls sinngemäß."

„Ich habe den Eindruck, du kannst Dr. Zimmermann nicht leiden."

„Da liegst du nicht ganz falsch! In meinen Augen ist dieser Mann ein arrogantes Arschloch."

Die Staatsanwältin war zwar anderer Meinung, war sich aber sicher, dass sie mit einer Gegenrede Schultes Sichtweise nicht ändern würde.

„Also, Dr. Zimmermann hat die Originale sicher aufbewahrt", kam sie wieder zur Sache.

„So kann man es auch nennen. Sicherheitsverwahrung! Schutzhaft! Jedenfalls behauptet er, bei dem gestohlenen Möbel sei ihm in der Aufregung durchgegangen, dass es sich um eine Kopie handelt."

„Klingt doch plausibel! Oder nicht?"

„Na, ich würde ja auf Versicherungsbetrug tippen. Doch ich stehe mit meiner Meinung wohl ziemlich alleine da", antwortete Schulte leicht verärgert. „Der Fall ist jedenfalls für die Polizei erledigt. Den Rest klären die Gerichte."

„Und wie sieht es mit dem Mord aus?"

„Viel Neues gibt es hier nicht. Wir kennen den Namen des Toten noch nicht, aber die Todesursache. Meines Erachtens hat das Mordmotiv etwas mit den Fünfhundertmarkscheinen, die er in Umlauf gebracht hat, zu tun. Aber das ist eben nur eine These von mir."

Schnittig überholte er eine Fahrzeugschlange, die von einem Traktor mit Anhänger angeführt wurde. Der alles andere als moderne *Granada* dürfte sich dabei einen kräftigen Schluck Benzin gegönnt haben.

„Bleiben noch die Geldscheine. Die Nummern der uns vorliegenden Geldscheine sind alle nicht registriert. Lohmann oder Maren Köster haben gestern noch mal ein Rundschreiben an alle lippischen Banken losgelassen, mit der Bitte uns die Nummern der Geldscheine des Jahres 1990 zu melden, die sich im Bankenbestand befinden. Viele werden das nicht mehr sein, vermute ich. Zusätzlich steht heute, wie du vielleicht gelesen hast, noch einmal ein ähnlicher Aufruf an die Bevölkerung in der Zeitung."

„Seltsame Geschichte", sagte die Staatsanwältin nachdenklich.

Schulte lenkte seinen Granada in einen Kreisverkehr.

„Jetzt noch den Burggraben herunter und dann sind wir da!"

In der Warburger Altstadt angekommen steuerte er sein Fahrzeug in eine schmale Seitengasse. Parkte es und stieg aus.

„Das ist ja ausgesprochen nett hier, Josef."

„Wie man es nimmt", entgegnete Schulte ohne weiter auf das Thema einzugehen.

Er öffnete die Haustür eines vorbildlich restaurierten Fachwerkhauses. Im gleichen Augenblick kam ihnen eine kleine, etwas nach vorn gebeugte und ganz in schwarz gekleidete alte Frau entgegen. Es umgab sie ein Duft von frisch gebackenem Kuchen.

„Josef! Schön, dass du auch mal wieder vorbeikommst."

Sie umarmte ihren Sohn, der dies hilflos über sich ergehen ließ.

„Ich sehe meine Enkel ja öfter als dich und die sind schon selten hier. Komm erst mal rein!"

Die Staatsanwältin hatte sich so um die Hausecke postiert, dass Schultes Mutter sie gar nicht wahrgenommen hatte. Jetzt trat sie einen Schritt vor. Die alte Frau Schulte starrte sie irritiert an.

„Übrigens Mama, das ist Frau Müller-Stahl. Unsere Detmolder Staatsanwältin", versuchte Schulte die Situation zu regeln.

Die alte Frau wischte sich sicherheitshalber ihre Hände an der Schürze ab und begrüßte sie dann.

„Was führt Sie denn in unser schönes Warburg?"

Dann führte sie die beiden Besucher in die *gute Stube*. Auf dem großen alten Wohnzimmertisch war das Zwiebelmusterservice gedeckt. Über die Kaffeekanne war ein mützenähnlicher gehäkelter Kaffeewärmer gestülpt. Ein gewaltiger Berg frischer Waffeln lag auf einem Teller und löste bei Schul-

140

te wohlige Erinnerungen an seine Kindheit aus. Das Wohlbefinden währte nur kurz.

„Nein, Josef, wie du wieder aussiehst! Kauf dir doch mal ein paar ordentliche Sachen zum Anziehen. Immer diese alten Nietenbuchsen und diese speckige Lederjacke. Unser Warburger Kriminalkommissar sieht immer so ordentlich aus. An dem kannst du dir mal ein Beispiel nehmen. Der hat mir übrigens gesagt, dass in Warburg eine Stelle frei würde, da könntest du dich doch drauf bewerben", redete sie unaufhörlich auf ihren Sohn ein.

Dieser machte schon einen leicht genervten Eindruck.

„Mama, das ist eine Kommissar-Stelle. Ich bin Hauptkommissar."

„Hauptkommissar! Davon hast du mir ja gar nichts erzählt. Na, wenn das Nachbars Änne hört, die kommt aus dem Staunen nicht mehr heraus. Aber dann musst du dir doch endlich mal ein paar vernünftige Sachen zum Anziehen kaufen. Was sollen denn die Leute denken? Hauptkommissar und denn so alte gammelige Klamotten. Ich muss nächste Woche sowieso inne Stadt. Dann gehe ich mal bei Wilkes rein und gucke was es so gibt. Was haste noch für 'ne Größe? Vielleicht kann ich ja mal 'n paar Sachen zurück legen lassen und dann komm ´se nächstes Wochenende noch mal wieder und probiers´ mal was an."

Wenn es irgendwo ein Mauseloch gegeben hätte, Schulte wäre hineingesprungen. Die Staatsanwältin schmunzelte still in sich hinein.

Schulte wechselte das Thema:

„Frau Müller-Stahl sucht ein paar alte Bilderrahmen. Wir haben doch jede Menge davon auf dem Boden stehen. Ich wollte dich mal fragen, ob sie sich ein paar aussuchen kann."

„Och, die alten Dinger, die sind doch alle nichts mehr! Aber wenn sie welche haben will, kann sie die alle mitnehmen. Jetzt trinken wir aber erst mal Kaffee."

„Setzen Sie sich doch Frau Müller-Stahl. Josef, hilf mir mal eben. Die heißen Kirschen und die Sahne stehen noch in der Küche. Ich habe auch noch etwas Vanilleeis in der Truhe."

141

Nachdem alle Köstlichkeiten verzehrt waren stiegen Schulte und die Staatsanwältin die Bodentreppe hinauf um sich die Schätze anzusehen, die seine Familie in den letzten zweihundert Jahren gehortet hatte.

Truhen, alte Schränke, Stühle. Stapelweise vergilbte Zeitungen und Bücher füllten die Räume unter dem Dach.

In einer Ecke des Bodens standen mindestens zwanzig alte Bilder und zum Teil leere Rahmen. Die Lithographien, die vor achtzig Jahren die Wohnzimmer schmückten, vom röhrenden Hirsch, bis zum Hirtenknaben, über den ein Engel seine schützende Hand hielt, waren hier gestapelt.

„Hier steht ja ein Vermögen an Antiquitäten", staunte die Staatsanwältin.

„Fast alles Möbel von meinen Vorfahren. Tischler und Sargschreiner, selbst gebaut. Vielleicht stehen hier auch noch ein paar antike Särge rum. Hoffentlich ohne Leichen!", witzelte er.

Die Staatsanwältin knuffte ihm in die Seite. Sie zog einen Zettel mit den Maßen und einen kleinen Zollstock aus der Tasche und begann die Rahmen zu vermessen.

Schulte setzte sich auf einen Stapel alter Zeitungen der *Freien Presse* von Anno Dunnemals. Nahm die oberste herunter und fing an zu lesen.

Nach einiger Zeit fragte er: „Kennst du einen Peter Hille?"

„Ja, den Namen habe ich schon mal gehört, muss irgend so ein Dichter gewesen sein. Wieso?"

„Ich habe hier eine Zeitung vom 19.03. 1958. Da wollte man in Warburg eine Straße nach ihm benennen. Aber die *Titchenbürger* haben sich erfolgreich gewehrt."

Schulte las vor:

Warburgs Stadtväter sind immer noch böse auf Peter Hille

Warburg (FP) Der Fall „Peter Hille", durch den sich die Warburger Stadträte bereits vor Wochen nicht gerade mit Ruhm bekleckert haben, bewegt die Gemüter wieder einmal. Damals hatten die Stadtväter einen Antrag das Heimatpflegeausschusses abgelehnt, im Zuge der Umbenennung von Straßen auch eine Straße nach dem Namen des deutschen Dichters zu nennen, der in Warburg einmal das Gymnasium besuchte. Begründung der Ablehnung: „Peter Hille habe sein Leben nicht so beschlossen, wie es eines Menschen würdig" sei.

Auf der letzten Stadtverordnetenversammlung nun setzte sich der stellv. Bürgermeister P. Jacob unter Punkt „Verschiedenes" mit einem Artikel des Oberstudienrates Dr. Mürmann auseinander, der inzwischen sein Amt als Ortsheimatpfleger aus Protest gegen die Anti-Hille-Einstellung des Stadtrates nieder gelegt hat. Der stellv. Bürgermeister meinte, dass er mit einem auswärts wohnenden Studienrat über den Dichter Peter Hille gesprochen habe. Der Studienrat habe ihm gesagt, dass Goethe ja sogar „20 Frauen unglücklich gemacht" habe und dass „wir dagegen reine Stümper" seien.

Die Ratsherren quittierten diese Erzählungen mit Lachen. Sicherlich dachten sie in diesem Augenblick nicht daran, dass in einem Zimmer des Rathauses seit Jahren eine Büste Peter Hilles verstaubte, die damals auf offiziellen Wunsch von einem Bildhauer geschaffen worden war, aber bis zur Stunde an keinem ihr angemessenen Platz aufgestellt worden ist. Die Freie Presse war Vorläufer der heutigen *Neuen Westfälischen Zeitung* bis 1969

„Mensch, der alte Mürmann! Bei dem bin ich auch noch zur Schule gegangen. Hätte ihm gar nicht zugetraut, dass der sich für seine Überzeugung so aus dem Fenster hängen würde.

Ich hätte mich früher bei ihm im Unterricht doch ein bisschen mehr zusammennehmen sollen." Schulte machte eine Verbeugung, zog den nicht vorhandenen Hut und sagte: „Meine Hochachtung Herr Dr. Mürmann." Dann wandte er sich an die Staatsanwältin:

„Na, hast du was Geeignetes gefunden?"

„Ja, drei passende Rahmen habe ich."

„Wolltest du nicht vier haben?"

„Ja, aber der vierte hat so außergewöhnliche Maße. 30 cm x 170 cm. Ich dachte mir schon, dass ich einen Rahmen mit solchen Abmessungen hier nicht finden würde."

„Wir gehen nachher noch bei Holtgreves vorbei. Vielleicht kann Alfons dir weiter helfen. Anschließend können wir ins Altstädter Rathaus einen Happen essen gehen. Da gibt es einen guten Italiener, das *La Traviata*."

Sie schleppten die Fundstücke nach unten und verstauten sie im Auto. Anschließend versuchte die Staatsanwältin vergeblich, der alten Frau Schulte Geld für die Rahmen zu geben. Diese wehrte sich jedoch mit Händen und Füßen. Erst als Jupp fünfzig Mark nahm und sagte:

„Kannst du ja heute Abend in den Klingelbeutel stecken!", wechselte das Geld die Besitzerin.

34

Obwohl es auf ein verregnetes Wochenende hinauslief, hätte Axel Braunert sich etwas anderes vorstellen können als in seinem Büro zu hocken und arbeiten. Aber er hatte nun mal Wochenenddienst.

Axel hatte vor einiger Zeit einen Mann in Berlin kennen gelernt, der ihm sehr sympathisch war. Ab und zu unternahmen sie seitdem am Wochenende etwas gemeinsam. Braunert dachte an seinen Freund. Dieser war in Begriff, in der Hauptstadt eine Politkarriere zu machen, obwohl er sich offen als

Schwuler geoutet hatte. Bislang hatte ihm das noch nicht geschadet. Sein Beispiel veranlasste Braunert über seine Situation nachzudenken. Er war immer noch der heimliche Schwule. Zwar wusste alle Welt Bescheid, doch er selber hatte sich noch nicht zu dem Schritt durchringen können, mit seiner Homosexualität offensiv umzugehen. Wahrscheinlich wäre er dann weniger verletzlich als jetzt. Seitdem Braunerts Bekannter seine Karriere intensiv betrieb, hatte er wenig Zeit für sein Privatleben. Doch an diesem Wochenende hatte er keine Termine gehabt und wäre gerne ins Lippische gekommen, um mit dem Polizisten etwas zu unternehmen. Doch dieser hatte eben Stallwache zu schieben. Nix zu machen!

Die Klopfzeichen an seiner Bürotür rissen ihn aus seinen Bedanken.

„Ja bitte!"

Die Tür öffnete sich. Durch den Türspalt steckte Maren Köster ihren Kopf.

„Axel, darf ich dich kurz stören?"

„Sicher Maren, komm doch herein! Was treibt dich an deinem freien Wochenende in die heiligen Hallen der Detmolder Polizei?"

„Ich muss mit dir noch einmal über die Aktion im Museum gestern reden. Ich habe nicht die Absicht, auf Grund der Vorfälle Henry die Beziehung aufzukündigen. Aber ich will auch nicht so tun, als sei nichts gewesen. Sei bitte so gut und erzähl mir, wie es gestern gelaufen ist."

Braunert schob seine Aufzeichnungen zur Seite und berichtete Maren vom Verlauf des gestrigen Einsatzes. Als er Geldscheine im Tresor erwähnte, fiel ihm auf, dass Lohmann zwar die Nummern der Scheine fein säuberlich in sein Notizbuch eingetragen hatte. Er jedoch, veranlasst durch den unerwarteten Besuch seiner Tochter und seines Schwiegersohnes, das Polizeipräsidium geradezu fluchtartig verlassen hatte. Bei diesem überhasteten Aufbruch hatte er versäumt, die Nummern der Scheine zurück zu lassen.

‚Na ja,' dachte sich Braunert, ‚Lohmann ist ein gewissenhafter Kollege, da wird uns schon nichts durch gehen.' Also fuhr er in seinem Bericht fort.

„Wenn ich mir das so anhöre, sind da ja doch ein paar Ungereimtheiten," musste Maren Köster am Ende des Berichtes zugeben. „Aber mal eine andere Sache, wie findest du Henry?"

„Na ja," druckste Axel herum, „er sieht gut aus und ist gebildet und..."

„Komm Axel! Red nicht um den heißen Brei herum. Wie findest du ihn?"

„Wenn du mich so fragst. Ich finde ihn arrogant und selbstherrlich. Der Mann ist so von sich eingenommen, neben dem hat keine andere Person Raum. Er ist ein Narziss wie er im Buche steht. Du hast mich gefragt!" Er versuchte, die Aussage etwas zu entschärfen. „Aber das ist nur mein flüchtiger Eindruck!"

Maren Köster rollten zwei Tränen über die Wangen. Der Kollege reichte ihr ein blütenweißes, frisch gebügeltes Taschentuch. Nach dem sie sich einmal kräftig geschnäuzt hatte, nahm sie ihren Kollegen in den Arm, hauchte ihm einen Kuss auf die Wange und sagte:

„Danke für deine Offenheit!"

Dann schnäuzte sie sich noch einmal und verließ den Raum.

35

Schulte öffnete die Tür zu Holtgreves Atelier. Hier saß dieser mit zwei Nachbarn und trank mit ihnen das wohlverdiente Feierabendbier. Alfons stand sofort auf und begrüßte sie.

„Jupp! Hätte ich gewusst, dass du mich heute besuchst, hätte ich zur Feier des Tages unser Festbier, das Warburger Urtyp, eingekauft."

Schulte stellte die Staatanwältin vor. Anschließend wurden die Besucher mit Warburger Pils versorgt. Auch nicht schlecht! Sie saßen anschließend in der Runde, als würden sie schon seit Jahren dazu gehören.

Es wurde über Gott und die Welt geredet. Alfons Holtgreve zeigte der Staatsanwältin seine Bilder. Die war so begeistert, dass sie natürlich eines kaufte. Von Schulte wusste er, dass es sich bei ihm um einen hoffnungslosen Kunstbanausen handelte. Den gewünschten Bilderrahmen versprach Alfons zu bauen und ihn bei nächster Gelegenheit nach Detmold zu schaffen.

Langsam meldete sich bei Schulte der kleine Hunger und so machte er den Vorschlag, die Straßenseite zu wechseln, um es sich beim Italiener gemütlich zu machen.

Alfons Holtgreve konferierte gleich nach dem Eintreten in das Lokal mit dem Chef persönlich. Dieser bot sich an, ihnen ein besonderes Menü zu kochen, das sie nicht auf der Karte finden würden.

Kurze Zeit später stand eine Flasche *Cordo bianco* auf dem Tisch. Eine junge Dame brachte geröstetes Weißbrot, das mit Knoblauch eingerieben und mit einem erstklassigen Olivenöl beträufelt war. Im Anschluss wurde Rucola an Parmesan gereicht. Anschließend Gnocci in Salbeibutter und zu guter Letzt gegrillter Seeteufel.

Nach dem obligatorischen Grappa fragte die Staatsanwältin:

„Josef, kannst du eigentlich noch fahren?"

„Nee, daran habe ich jetzt gar nicht gedacht. Aber wenn du

nichts dagegen hast, können wir bei uns, ich meine im Haus meiner Mutter schlafen."

„Meinetwegen, meine Kinder sind dieses Wochenende unterwegs. Ich habe heute keinerlei Verpflichtungen mehr."

„Wie wäre es, wenn wir noch einen Espresso trinken und anschließend noch in den *Spiegel* gehen? Vielleicht ist mein Bruder Christian dort!", schlug Holtgreve vor.

Sie zahlten, lobten das ausgezeichnete Essen, dann zogen sie ein paar Häuser weiter zur nächsten Kneipe, wo sie vom Wirt Heimfried Müller begrüßt wurden.

An einem Tisch saß Christian Holtgreve mit seinem Freund Winni Volmert und dessen Frau Lena. Man begrüßte sich, setzte sich dazu, schwatzte und ließ sich das Bier schmecken. Plötzlich fiel Schulte wieder der Zeitungsartikel über Peter Hille ein. Er erzählte davon und Winni Volmert wusste einiges über die Person des Dichters zu berichten. Peter Hille war in Warburg einige Jahre zum Marianum gegangen, wo heute auch eine Büste von ihm steht. Hier hatte man es jedoch nicht geschafft, seinen krausen Geist geradezubügeln. So verließ er irgendwann die Schule. Er lebte in Hamm, Münster und später in Berlin. Gehörte zur Berliner Boheme. Kam unter anderem mit Erich Mühsam zusammen, hatte ein intensive Beziehung, geradezu eine Symbiose zu Else Lasker-Schüler. Die ebenfalls, so berichtete Winni Volmert, Historiker und eingefleischter, ja begeisterter Warburger, auch verwandtschaftliche Beziehungen zu Warburg hatte. Die Großmutter väterlicherseits wurde 1793 in Warburg geboren. „Na jedenfalls zog dieser Peter Hille", erzählte Winni weiter, „durch die Welt, schrieb ‚vordadaistische' Gedichte unter anderem auf Ränder von Zeitungen, verfasste Geschichten und Romane. Er starb schon gesundheitlich geschwächt nach einem Zusammenbruch auf einer Bahnhofsbank in Berlin-Zehlendorf wenige Tage nach der Einlieferung in ein Krankenhaus. Das war 1904."

„Wenn wir schon über Dichter reden", meldete sich nun Christian Holtgreve zu Wort, „wisst ihr denn, dass Lena und

Winni ein Büchlein über den Heinrich Urban geschrieben haben? Das war ein Altstädter Unikum von dem noch viele Ulkgeschichten in Warburg kursieren."

Schulte wusste es natürlich nicht und so ging Winni los um eins für ihn zu holen. Nachdem auch diese Sache besprochen war, legte der Wirt den Altstadtbahnhofblues auf und die gesamte Truppe stimmte mit ein.

Als Schulte und die Staatsanwältin später zu seinem elterlichen Haus wankten, hakte sich Wilma Müller-Stahl endlich bei ihm unter.

„Sag mal Josef. Wo schlafe ich eigentlich?"

„Na, bei mir natürlich!"

Josef Schulte öffnete leise die Tür zu seinem Jugendzimmer. An der Wand hing ein Bild von Che Guevara, eins von Günter Netzer, der gerade im vollen Lauf einen Ball führte und ein Led Zeppelin-Starschnitt. Das Bett war nicht breiter als einen Meter.

Als Schulte und die Staatsanwältin am Frühstückstisch saßen, hing der Haussegen schief. Wortlos goss Mutter Schulte den Kaffee ein. Sie war anscheinend überhaupt nicht begeistert, dass ihr Sohn die Nacht mit der Staatsanwältin in einem derart schmalen Bett verbracht hatte.

Als Wilma Müller-Stahl die Küche kurz verließ, zischte Mutter Schulte ihrem Sohn zu: „Früher hätte man mit Steinen nach uns geworfen!"

Dieser antwortete lapidar:

„Das war ja auch in der Steinzeit."

36

Der Sonntag Mittag war diesig und für die Jahreszeit etwas kühl. Aber es hatte aufgehört zu regnen. Josef Schulte betrachtete den Hund, während er ein bescheidenes Mittagessen hinunterschlang. Er hatte am frühen Morgen bei seiner

Mutter so reichhaltig gefrühstückt, dass er jetzt keinen großen Hunger verspürte. Die Staatsanwältin hatte er vor dem Gerichtsgebäude abgesetzt und war gleich nach Haus gefahren.

Das Tier hatte sich enorm verändert seit dem gestrigen Morgen. Munter strich der Hund durch Schultes Wohnung, schnüffelte hier, kratzte da. Alles in allem machte er einen so kräftigen Eindruck, das Schulte beschloss, einen Spaziergang mit ihm zu wagen. Und sei es nur als Versöhnungsversuch. Er ging rüber zu Fritzmeier und lieh sich von dem ein Hundehalsband und eine Leine aus. Dann überredete er den Hund eine Weile, bis der in seinen *Granada* sprang. Auch das klappte schon recht gut. Schulte fuhr dann über Horn und bog kurz vor Leopoldstal rechts ab Richtung Silberbachtal. Als er auf dem Parkplatz der an diesem Tag völlig einsamen *Silbermühle* hielt, überlegte er, wann er wohl das letzte Mal hier gewesen war. Es musste bereits einige Jahre her sein. Verändert hatte sich aber nichts. Er ging mit seinem Hund rechts an dem Restaurant vorbei und stieg bergauf. Immer wieder musste er einen kleinen Stop einlegen, weil er nicht sicher war, ob der Hund den steilen Aufstieg zum Gipfel des *Lippischen Velmerstot* schaffen würde. Aber das Tier zeigte sich erstaunlich gut erholt. Nach gut einer halben Stunde standen beide auf den Gipfelfelsen und bewunderten die Aussicht, die allerdings an diesem Tag durch den leichten Nebel getrübt war. Unten im Tal, zwischen Leopoldstal und Sandebeck, hörte Schulte das Brummen eines großen Spanplattenwerkes. Wie so viele Velmerstot-Touristen fragte sich auch Schulte, was die Verantwortlichen geritten haben musste, ausgerechnet in diesem Naherholungsgebiet eine solch belastende Fabrik zu genehmigen. Dann fiel Schultes Blick auf den noch etwas höheren Gipfel des *Preußischen Velmerstot* mit seinen militärischen Bauten. Vor einigen Jahren hatten die Holländer, die dort oben eine Station zur militärischen Flugsicherung unterhielten, den Berg für immer verlassen. Seit dieser Zeit stehen die Gebäude auf dem Berggipfel leer. Schulte setzte sich in diese Richtung in Bewegung, um sich das alles mal aus der Nähe anzuschauen. Er stieg dazu erst mal etwas tiefer durch die wunderschöne Heidelandschaft, ließ den Wanderweg nach Sandebeck links liegen und stieg kurz darauf einen steilen Trampelpfad auf der linken Seite hoch. Der Hund fand hier eine Unmenge von Wildspuren und er zog so stark an der Leine, dass Schulte ihn einfach losmachte. Es war ja weit und breit kein Mensch in der Gegend. Warum also nicht? Nach etwa zwanzig Höhenmetern stand er vor einem mehr als mannshohen Maschendrahtzaun. Dahinter konnte er ein großes Gebäude mit Flachdach erkennen, rechts davon stand noch ein Wachturm. Zwischen Zaun und Gebäude wucherte Unkraut und wuchsen bereits kleine Bäume. Die Szenerie wirkte im Dunst malerisch aber auch etwas unheimlich. Zehn Meter weiter rechts war in großes Loch in den Maschendrahtzaun geschnitten worden. Schulte schmunzelte. Als Junge hätte er es sich auch nicht nehmen lassen, hier oben herumzustreifen. Und einen Seitenschneider hätte er auch bei seinem Vater gefunden. Plötzlich kam ein Kaninchen aus dem Wald und starrte Schulte und den Hund an. Beide Tiere starteten gleichzeitig. Das Kaninchen sprintete den Weg am Zaun hoch, verschwand durch das Loch ins Innere der alten Kasernenanlage. Der Hund raste hinterher. Schulte schrie aus Leibeskräften:

„Monster! Komm zurück, du Mistvieh!"

Aber Sekunden später war weder vom Kaninchen noch vom Hund irgendwas zu sehen. Was sollte er jetzt machen? Er konnte doch den Hund nicht allein da rumstreunen lassen. Nachdem er noch mehrmals gerufen hatte, zwängte er sich kurzentschlossen ebenfalls durch das Loch im Zaun und betrat das Ruinenfeld. Meterhohe Disteln verhinderten ein raschen Fortkommen. Schulte fluchte kräftig und verwünschte wieder einmal den Tag, an dem dieser Hund ausgerechnet ihm zugelaufen war. Irgendwie erinnerte ihn die schrille Szenerie an eine alte verlassene Dschungelstadt. In der Tat waren diese Kasernengebäude auf dem besten Wege, ähnlich zuzuwachsen. An einer Wand des großen flachen Gebäudes fand er aufgesprayte Nazi-Symbole. Hatten etwa Rechtsradikale das Loch in den Zaun geschnitten? In einem Unterstand beim Wachturm lag Asche auf dem Betonboden. Hier war vor höchstens einer Woche ein Feuer gemacht worden. Schulte wurde neugierig. Was ging eigentlich hier oben vor? Wurde dies Gelände als Abenteuerspielplatz von Nazis missbraucht? Übten die hier den Häuserkampf? Möglich war alles. Es war allerdings nicht möglich, den Hund zu entdecken. Also ging Schulte weiter, er hielt sich rechterhand. Plötzlich hörte er den Hund anschlagen. Aber auf eine aggressive Art, die Schulte noch nicht bei diesem Tier gehört hatte. Dann polterte etwas, als wenn eine Eisenstange gegen Beton knallt. Im selben Augenblick heulte der Hund laut auf. Schulte begann in die Richtung zu laufen. Nachdem er um zwei weitere Gebäude, allerdings kleinere, herumgelaufen war, sah er fünfzig Meter vor sich das hohe Eingangstor. Dahinter stand ein ockerfarbener Geländewagen, ein *Nissan Patrol*, in den gerade ein dunkel gekleideter Mann sehr hastig einstieg und sofort losbrauste. Schulte konnte gerade noch erkennen, dass der Wagen ein Paderborner Kennzeichen hatte. Die ehemals gut ausgebaute Straße führt schnurgerade bergab Richtung Veldrom. Der Geländewagen war in wenigen Sekunden verschwunden. Schulte blieb außer Atem stehen und verschnaufte. Links vom, natürlich verschlossenen, Eingangstor war ebenfalls ein größeres Loch im Drahtzaun. Da kam der Hund hinter einer Gebäudeecke auf ihn zu. Er hinkte leicht; Schulte konnte aber keine Verletzungen feststellen. Wahrscheinlich hatte der Mann wirklich mit einer Eisenstange oder etwas ähnlichem nach dem Hund geworfen. Vermutlich ein neugieriger Spaziergänger wie er selbst, der Angst vor freilaufenden großen Hunden hat, redete sich Schulte ein. Leicht lächelnd verließ er zusammen mit seinem *Monster* die geisterhafte Ruinen-Ku-

lisse und stieg langsam wieder bergab in Richtung Natur-
freunde-Haus. Schon nach hundert Metern hörte das Hinken
auf. Es war jetzt um die Mittagszeit, der Nebel hatte sich etwas
gelichtet und es war auch wieder wärmer geworden. Von dort
aus liefen die beiden weiter zurück zur *Silbermühle*, die mittlerweile geöffnet hatte. Schulte setzte sich an einen Tisch auf
der Terrasse am Teich und bestellte sich ein Weizenbier.

37

Der Montag Morgen sah einen grantigen Bernhard
Lohmann. An diesem Morgen war er noch früher als gewöhnlich im Büro. Aber obwohl er bereits alle Zeitungen gelesen
und ausgiebig gefrühstückt hatte, wurde seine Stimmung
nicht besser. Und das, obwohl sein Verein, der SuS Lage, am
Sonntag das Lokalderby gegen Horn-Bad Meinberg gewonnen hatte.

Nun saß er zusammen mit Axel Braunert und Maren Köster
im seinem Büro. Die junge Frau war übrigens keinen Funken
besser gelaunt als Lohmann, so dass sich Braunert von der
üblen Stimmung anstecken ließ.

„Das geht doch schief!", jammerte Lohmann. „Seine ganze
Verwandtschaft hat er eingeladen. Alle sollen mitfeiern! Von
denen kann doch keiner Deutsch! Soll ich auf der Hochzeit
meiner Tochter vielleicht in irgendeiner Zulu-Sprache reden?"

„Die Zulus leben in Südafrika, Bernhard. Soweit ich das alles
verstanden habe, kommt dein Schwiegersohn aus Ghana oder
Togo. Ich denke, mit Französisch kommst du bei denen gut
über die Runden," meinte Braunert.

„Ja glaubst du denn, ich könnte Französisch? Woher soll ich
das denn können? Mann, oh Mann! Das wird was geben!"

„Wie war denn deine erste Tanzkursstunde?" frotzelte
Maren Köster.

„Ah, hör mir damit auf! Meine Frau ist ganz begeistert von
dem Tanzlehrer. So ein schmieriger Schönling! Einen Schritt

vor, einen zurück... heitütei..., wie kann ein richtiger Mann sich für so was hergeben? Immer, wenn ich was falsch gemacht habe, und ich habe oft was falsch gemacht, kam diese Tunte, schnappte sich meine Frau und zeigte mir, wie man es richtig macht. Vera war natürlich entzückt! Ich glaube, die hat sich über jeden Fehler von mir gefreut."

Minutenlang herrschte Schweigen. In diesem Moment schaute Karin Scharfberg zur Tür herein.

„Es ist acht Uhr! Der Chef wartet schon auf euch im Besprechungsraum!" flötete sie gutgelaunt.

„Dazu habe ich heute überhaupt keine Lust," brummte Lohmann, stand aber widerwillig auf und ging mit den beiden anderen aus dem Büro.

Schulte kam wie gewohnt eine Viertelstunde zu spät. Er bekam gerade noch die Sätze von Erpentrup mit: „Ich kann mir gar nicht vorstellen, dass Dr. Zimmermann so ein krummes Ding drehen wollte. Ich bin mir sicher, dass sich der Museumsfall noch zur Zufriedenheit von Dr. Zimmermann aufklären wird."

Schulte meldete sich zu Wort, doch Erpentrup wollte das Thema wechseln.

„So, nun zu unserem Mordfall! Hat da jemand neue Erkenntnisse gewonnen? Was ist überhaupt in den letzten Tagen unternommen worden? Herr Braunert, bitte!"

„Ja," Braunert druckste herum. „Viel haben wir nicht vorzuweisen. Immerhin ist der Tote jetzt eindeutig identifiziert und wir konnten ein Phantombild überregional an die Öffentlichkeit geben. Davon versprechen wir uns Hinweise auf die Person des Toten. Da so gut wie keine Spuren zurückgeblieben sind, können wir nur so einen Schritt weiter kommen. Bislang sind allerdings keine wirklich vielversprechenden Hinweise aus der Bevölkerung gekommen."

Schulte meldete sich zu Wort.

„Wir können jetzt etwas mehr zum Wesen des Ermordeten sagen. Der Mann scheint wirklich ein ungewöhnlicher Penner gewesen zu sein. Er..." Schulte erzählte der Runde von den Beobachtungen des Hermann Rodehutskors.

Erpentrup schien trotzdem unzufrieden zu sein.

„Das war alles? Herr Braunert, wir haben uns am Mittwoch Morgen zuletzt besprochen. Seitdem sind immerhin komplette drei Arbeitstage vergangen. Finden Sie die Ergebnisse nicht auch ein bisschen dünn? Herr Schulte! Was ist mit Ihnen? Eigentlich sollte Frau Köster den Fall des Möbelmuseums allein bearbeiten. Erinnern Sie sich daran? Mir erschließt sich der Sinn nicht, dass Sie auf eigene Faust große Teile der Ermittlung in einem untergeordneten Fall übernehmen und den ermittlungstechnisch weitaus schwierigeren und auch wichtigeren Fall geradezu lustlos abhandeln. Sie sind hier der verantwortliche Fahndungsleiter. Wie vereinbaren Sie Ihr Verhalten mit Ihrer Funktion? Ich will Ihnen allen mal was sagen: Heute Nachmittag um 16 Uhr habe ich eine Pressekonferenz anberaumt. Und Sie, Herr Hauptkommissar, werden neben mir der Presse Rede und Antwort stehen. Ich werde es nicht hinnehmen, dass sich die Detmolder Kriminalpolizei blamiert. Bis heute Nachmittag erwarte ich etwas mehr Futter, meine Damen und Herren! Legen Sie sich ins Geschirr! Guten Morgen!"

Damit ließ Erpentrup seine Mitarbeiter betroffen zurück. Es fällt niemandem leicht, von einem Vorgesetzten abgekanzelt zu werden. Anderseits mussten ihm alle vier widerwillig zugestehen, das in der Tat bislang noch nicht erfolgreich gearbeitet wurde. Das lag zum einen daran, dass polizeiliche Ermittlungen anderen Gesetzmäßigkeiten unterliegen als die meisten anderen Tätigkeiten. Das lag aber auch daran, dass, vielleicht mit Ausnahme von Axel Braunert, alle zu sehr Privates mit Dienstlichem vermischt hatten.

Plötzlich schlug Josef Schulte mit der flachen Hand auf den Besprechungstisch.

„Verdammt! Ich kann den Kerl zwar nicht leiden, aber er hat recht! Wenn wir heute Nachmittag nicht mehr zu bieten haben, zerreißen uns die Pressefuzzis in der Luft. Und auch die haben damit recht! Wir haben wirklich nicht professionell gearbeitet. Ich selbst war der größte Versager. Wir müssen endlich den Arsch hoch kriegen! Axel, wir beide kümmern uns jetzt ausschließlich um den Mordfall. Bernhard, den Fall Möbelmuseum schaffst du allein, oder? Maren, ich denke, in diesem Fall bist du etwas zu persönlich involviert. Auch wenn du jetzt sauer bist: Ich möchte, dass du den Museumsfall Bernhard überlässt und uns alle anderen noch ausstehenden Fälle von den Füßen nimmst. Alle einverstanden?"

„Einverstanden?" Maren Köster hatte beide Hände in die zarten Hüften gestützt und starrte ihren Fahndungsgruppenleiter mit hochrotem Kopf an. „Schmeiß mich doch gleich raus! Das sind ja Gestapomethoden! Du willst mich doch nur aus dem Weg haben, um in Ruhe deinen privaten Vernichtungsfeldzug gegen einen Mann zu führen, der dir in jedem Punkt haushoch überlegen ist! Du...!"

„Schluss jetzt!" Schulte kehrte nur äußerst selten und dann sehr ungern den Vorgesetzten heraus. Jetzt schien ihm dies jedoch zwingend notwendig zu sein. „Das war eine Dienstanweisung. Die wird nicht diskutiert, klar? Maren, du bist in diesem Fall innerhalb einer ganzen Woche keinen, aber auch gar keinen Schritt weitergekommen. Dazu scheint der Fall zu einem mittelschweren Skandal zu werden. Hier kann ich nur einen Kollegen einsetzen, der völlig frei vom Verdacht der persönlichen Befangenheit ist. Das trifft bei dir nicht zu. So, und nun an die Arbeit!"

Maren Köster schnappte noch einige Sekunden nach Luft, dann drehte sie sich abrupt um und stürzte aus dem Besprechungsraum. Nach einer Minute Schweigen fragte Axel Braunert:

„War das nötig, Jupp? Das hat sie nicht verdient! Okay, sie hat hier wirklich keine Bäume ausgerissen und ich gebe dir recht, das sie in diesem speziellen Fall nicht die richtige Besetzung ist. Aber musstest du ihr das so hart sagen?"

„Nicht verdient? Hast du vergessen, was sie mir an den Kopf geworfen hat? Privater Vernichtungsfeldzug! Als wäre ich so ein amerikanischer Schweine-Cop, der Amok läuft. Mit Männern kann man wohl so umgehen, was? Aber wenn unsereins mal so einer feinen Lady die Meinung sagt, dann wird sie plötzlich sensibel. Das ist hier die Kripo und nicht der Waldorf-Kindergarten!!!!"

Damit ging auch er aus dem Raum. Zurück blieben ein schadenfroh grinsender Bernhard Lohmann und ein ratloser Axel Braunert.

38

Josef Schulte hatte bereits seit einer halben Stunde an seinem Schreibtisch gebrütet. Wütend versuchte er sich selbst zu disziplinieren, aber es war für einen Mann seines Temperamentes nicht leicht, Emotionen aus dem Feld zu schlagen und sich ausschließlich um dienstliche Fragen zu kümmern. Immer wieder erschien Maren Kösters Bild vor seinem geistigen Auge. Und wieder und wieder gelang es diesem Phantombild, ihn von seinem gedanklichen Weg abzubringen.

‚Eigentlich erstaunlich', dachte er. Da hatte er gerade erst mit einer ganz anderen Frau eine Nacht verbracht und es schien sich eine nette kleine Beziehung anzubahnen. Müsste er da nicht gerechterweise von dieser Frau träumen? Aber nein! Nicht die Staatsanwältin spukte in seinem Hirn herum. Es war ganz klar und unverwechselbar die so widerborstige Kollegin! Schulte zerdrückte einen Fluch, ballte die Fäuste und wandte sich wieder dem Fall zu. Was hatte der Journalist am Samstag alles erzählt? Rodehutskors hatte gesagt, dass der ‚Professor' vor drei Jahren das erste Mal zu ihm gekommen sei und sich über die Detmolder Justiz beschwert habe. Musste dann nicht folgerichtig in den Justizakten aus 1998 irgendetwas zu finden sein? Höchste Zeit, Beziehungen spielen zu lassen. Er rief die Staatsanwältin, Frau Müller-Stahl, an und erklärte ihr seinen Wunsch, die entsprechenden Akten einsehen zu dürfen. Das war weiter kein Problem.

Minuten später brauste Schulte die Bielefelder Straße Richtung Innenstadt herunter, bog am Alexanderplatz links ab in die Hermannstraße und fand sogar in der Gerichtsstraße einen freien Parkplatz. Die Archivmitarbeiterin des Amtsgerichtes wusste bereits Bescheid. Frau Müller-Stahl hatte ihr Schultes Kommen angekündigt. Die Akten lagen daher schon zur Einsicht vor.

„Soviel zum Thema Beziehungen", schmunzelte Schulte und machte sich an die Arbeit. Sein größtes Problem bestand darin, dass er den Namen des ‚Professors' nicht wusste. Und in den Akten würde er ganz bestimmt nicht mit seinem Spitznamen auftauchen. Also musste er nach einem Fall fahnden, der zu dem gesuchten Mann passte. Er fand bereits im Frühling 1998 mehrere Anklagen wegen unerlaubter Bettelei, Ladendiebstahls und anderer Kleinigkeiten. Die Angeklagten waren Obdachlose und die Strafen waren jeweils sehr milde ausgefallen. Wären diese Fälle Grund genug gewesen, sich derart aufzuregen wie Rodehutskors es beschrieben hatte? Wohl kaum. Also weiter! Irgendwann, nach etwa drei Stunden, war das Jahr 1998 durchgeforstet und Schulte hatte nichts gefunden. Was tun? Hatte Rodehutskors phantasiert? Da wurde ihm plötzlich klar, wo die Ursache liegen konnte. Wenn der ‚Professor' im Jahr 1998 sich über den Justizterror beschwert hatte, dann war er wahrscheinlich gerade aus dem Knast entlassen worden. Also war er eventuell im Jahr davor verurteilt worden. Das hieß für Schulte nichts anderes, als das Jahr 1997 auch durchzusehen. Er ließ sich die Akten bringen. Dann schaute er auf die Uhr. Es war jetzt 14.30 Uhr. Um 15.30 Uhr würde er hier verschwinden müssen, denn um 16 Uhr musste er die Pressekonferenz abhalten. Ran an die Akten!

Nach einer Stunde angestrengten Suchens hatte Schulte endlich gefunden, was er suchte: Im August 1997 war ein Mann, der in der Akte als Obdachloser klassifiziert war, wegen Landfriedensbruch angeklagt und zu einem Jahr Gefängnis verurteilt worden. Der Angeklagte hatte sich mit zwei Polizisten geprügelt, als diese versucht hatten, ihn zur Ruhe zu bringen. Die Mann hatte vor dem Eingang zum Detmolder Schloss randaliert. Er hatte die Schloss-Touristen aufgefordert, dieses ‚Symbol der Versklavung der Landbevölkerung‘, dieser ‚Kathedrale des blutsaugenden Adels‘ nicht zu besuchen, oder wenn, dann wenigstens in den Innenräumen Feuer zu legen. Bei seinem Bemühen, auf die Schlossbesucher einzuwirken, war er offenbar auch handgreiflich geworden. Gleich drei Touristen hatten dabei leichte Schäden davongetragen. Bestraft worden war er aber für die Prügelei mit den Polizisten. Das passte alles auf Rodehutskors' Beschreibung! Das musste der Gesuchte sein! Der Name des so lange Gesuchten war Udo Kröger. Amtlich geschätztes Alter Ende Vierzig. Ohne festen Wohnsitz. Nicht im Besitz eines Personalausweises. Der Angeklagte habe keinerlei Angaben über seine Person gemacht.

Schulte sah wieder auf die Uhr. Es war mittlerweile 15.50 Uhr. Hastig notierte er alles Notwendige, bedankte sich bei der Archivarin, sprang in sein Auto und raste polizeiwidrig zurück zur Kreispolizeibehörde, unterbrochen von mehreren roten Ampeln. Im großen Besprechungsraum fand er die bereits wartenden Pressevertreter und einen schlechtgelaunten Chef vor. Erpentrup blickte demonstrativ auf seine *Breitling*-Armbanduhr.

„Peinlich, Herr Schulte! Sie sind fast zehn Minuten zu spät! Ich habe bereits ohne Sie angefangen!"

Schulte dankte seinem Schöpfer, dass er nun wenigstens mit einem Namen aufwarten konnte. Als er diesen ganz locker den hungrigen Presseleuten vorwarf, blickte Erpentrup doch recht überrascht drein. Für Schulte ein kleiner Triumphzug. Seine Laune stieg gleich um einige Grad an.

Nach der ansonsten nicht weiter aufregenden Pressekonferenz nahm er den auch anwesenden Hermann Rodehutskors zur Seite und bedankte sich bei ihm für den Hinweis.

„Womit habe ich eigentlich die Aufmerksamkeit des bekanntesten lippischen Journalisten verdient?" fragte Schulte. „Sie befassen sich doch sonst nicht mit Polizeiarbeit sondern mit..., ja womit eigentlich?"

„Mit allem, was mir gefällt!" trompete Rodehutskors fröhlich. „Und im Augenblick gefällt mir diese Pennergeschichte. Also habe ich die jungen Schnösel alle zu Kaninchenzuchtvereinen, zu den Briefmarkensammlern und in die Schulausschüsse delegiert und mich selbst hierhin geschickt. Das ist das Privileg des Alters. Ich bin zwar nicht der Chefredakteur, aber zwei Jahre vor meiner Rente genieße ich so was wie Narrenfreiheit in der Redaktion!"

In seinem Büro angekommen, rief er Axel Braunert an und bat ihn zu einem kurzen Gespräch. Er erklärte dem jüngeren Kollegen, was er am Nachmittag herausgefunden hatte. Sie hatten den Namen des Ermordeten und damit würden sie auch, über kurz oder lang, die Person restlos identifizieren können. Das war nur eine Frage der Zeit, eine reine Fleißaufgabe. Hier brauchte Schulte Hilfe. Und eine Menge Kaffee aus dem Automaten.

Um neun Uhr am Abend hatten die beiden gefunden, was sie suchten. Da sie sich bei der Suche nicht auf den Kreis Lippe beschränken konnten, hatten sie eine Unmenge von Personaldaten durch die Computer laufen lassen. Erstaunlich, wie viele Udo Kröger es in Deutschland gibt. Es galt dann erstens abzugleichen, ob das geschätzte Alter in etwa stimmen konnte. Dann musste ja bei einem Obdachlosen die Biografie irgendwann im Nebel verschwinden. Also fielen auch alle, die nach wie vor einen festen Wohnsitz hatten, durchs Raster. Schließlich entschied Josef Schulte:

„Das ist er! Genau der!"

Er las vor:

„Hör zu, Axel! Der Mann heißt Udo Kröger, ist 1952 in Lemgo geboren. Hatte von 1971 bis 1976 einen Zweitwohnsitz in Göttingen, dann den ersten Wohnsitz in Paderborn.

Als Beruf war damals sowohl in Göttingen als auch in Paderborn Student angegeben. Danach gibt es keine Eintragung mehr. Laut Personalausweis ist der Mann 1,82 m groß und hat graue Augen. Keine besonderen Kennzeichen. Was meinst du?"

Axel Braunert verglich die Angaben mit der Beschreibung des Pathologen, überlegte kurz und entschied dann:

„Ich denke, er ist es! Stimmt alles. Das bringt uns einen Riesenschritt weiter!"

Schulte rieb sich das unrasierte Kinn.

„Na, ja! Riesenschritt? Unsere Aufgabe besteht in erster Linie darin, den Täter zu fassen und nicht darin, das Opfer zu identifizieren. Aber du hast natürlich recht. Das war ein wichtiger Schritt. Jetzt müssen wir nur noch hoffen, dass es sich um eine Beziehungstat handelt und nicht um einen Raubmord. Denn bei dem spielt die Person des Opfers keine große Rolle. Aber weißt du was? Das können wir alles morgen klären. Für heute reicht es! Feierabend! Morgen ist auch noch ein Tag!"

Braunert lächelte fein.

„Hast du noch ein Date?"

Schulte blickte ihn mürrisch an.

„Ein was? Ein Date? Was ist das denn? So ein Quatsch! Mir ist doch dieser Hund zuhause zugelaufen. Den muss ich unbedingt von meinem Nachbarn wieder abholen. Sonst wird der sauer."

Wieder lächelte Braunert auf seine kultivierte Art.

„Auf jeden Fall noch viel Vergnügen heute Abend und einen schönen Gruß an den Hund. Bis morgen!"

Misstrauisch blickte ihm Josef Schulte hinterher. Dann nahm er seine Lederjacke von der Garderobe und verließ sein Büro. Als er gerade den langen Flur verlassen wollte, bemerkte er noch Licht im Büro von Lohmann und Braunert. Erstaunt schaute Schulte nach, wer da noch so fleißig war. Am Schreibtisch saß Bernhard Lohmann, beide Füße auf dem

Schreibtisch. Die Schuhe hatte er ausgezogen. Lohmann schien bedrückt zu sein.

„Mensch, Bernhard! Was machst du denn noch hier? Hast du soviel zu tun?"

Lohmann zuckte mit den Schultern und seufzte.

„Wenn ich ganz ehrlich sein soll, dann habe ich einfach keine Lust, nach Hause zu gehen. Hab im Moment ´n bisschen Stress mit meiner Frau."

„Wegen des Tanzkursus?" fragte Schulte durchaus mitfühlend.

„Wegen dem auch! Aber im Moment ist eben zu Hause vieles nicht so, wie ich es gern hätte."

„Immer noch wegen deines schwarzen Schwiegersohnes?"

Lohmann zerknüllte ein Blatt Papier und warf es in den Papierkorb.

„Ja! Jetzt wohnt er auch noch ständig bei uns! Das erste, was ich morgens sehe, ist sein grinsendes schwarzes Gesicht. Der Kerl ist auch noch Frühaufsteher. Und das letzte, was ich abends sehe, ebenfalls. Wenn ich ins Bett gehe, sitzen die beiden noch in unseren Fernsehsesseln, gucken in unseren Fernseher und trinken meinen Wein. Ich gehe dann ins Bett. Einmal, weil ich morgens früh raus muss. Zum anderen, weil ich keine Lust mehr auf intellektuelles Gequatsche habe. Die agile, leistungsfähige Jugend hält dann noch durch. Und wenn ich dann gehe, weiß ich genau, dass die beiden denken: Gott sei dank! Endlich haben wir das Wohnzimmer für uns! Ich fühle mich nicht mehr zu Hause. Mir kommt das vor wie in einem Wohnheim, in dem ich der Heimdepp bin. Das kannst du dir alles gar nicht vorstellen. Wenn du abends nach Hause kommst, dann kannst du die Füße hochlegen, dir ein Bier aufmachen und den Herrgott einen guten Mann sein lassen. Ich muss zu allem ein freundliches Gesicht machen. Um Himmelswillen nichts anmerken lassen. Man will doch nicht als intolerant gelten. Wir sind doch moderne, aufgeklärte Menschen. Alles Scheiße! Meine Ruhe will ich! Nur meine

Ruhe. Wenn ich mich nach Feierabend in meinem Feinripp-
unterhemd und ´ner Flasche Detmolder vor den Fernseher
setze, dann ist das mein gutes Recht. Dann will ich keine Tochter oder Ehefrau sehen, die mich strafend anguckt und mich
daran erinnert, dass wir schließlich Besuch haben."

Schulte war überrascht. Dass Lohmann so angeschlagen
war, hätte er nicht gedacht.

"Außerdem mache ich mir Sorgen um Rebecca! Das kann
doch nicht gut gehen! Die haben doch da unten eine ganz
andere Kultur. Das ist doch ´n ganz anderer Menschenschlag.
Wie soll denn das klappen? Sag doch selbst!"

"Was soll ich sagen? Dass eine weiße Frau zu schade ist für
einen Afrikaner? Willst du das hören? Soll ich das sagen?
Mein lieber Bernhard: Guck dich doch mal um. E s gibt tausen-
de solcher Ehen in Deutschland. Das scheint doch im großen
und ganzen zu klappen. Ungefähr so wie andere Ehen auch.
Mal ganz ehrlich, vielleicht ist das ja ein kleiner Trost für dich:
Wäre dir so ein Schwiegersohn wie ich vielleicht lieber? Hä?"

Lohmann schaute ihn überrascht an. Dann, endlich, lächelte er.

"Nee! Weiß Gott nicht! Denn schon lieben ´nen Schwatten!"

39

Schulte hatte es geschafft. Feierabend und noch keine
achtzehn Uhr. Er hatte an diesem Abend vor, wieder zu seinem
Freund Dierkes zu fahren. Einmal, um den Hund noch einmal
untersuchen zu lassen. Ein anderer Grund war, dort ein
Abendessen zu schnorren. Auf Fritzmeier konnte er nicht zählen, denn diesem hatte einer seiner Bullen den Fuß verletzt
und er spielte den Invaliden. Zuhause parkte er seinen *Granada*, stieg aus und rief nach seinen Hund. Fritzmeier hatte zwischen zwei Bäumen ein Drahtseil gespannt, an das er eine lange Laufleine eingehakt hatte und so konnte das schwarze

Monster sich fast im gesamten Garten aufhalten. Um sich vor Wind und Wetter zu schützen konnte er in den Schuppen. Hier hatte Fritzmeier ihm in einem Korb mit alten Decken ein Lager bereitet.

Kaum hatte er gepfiffen, da kam das Tier angestürmt. Winselte, sprang an ihm hoch, rannte los, brachte einen zerbissenen alten Tennisball. Fesselte ihn mit seiner Leine und kläffte freudig.

‚Komisch', dachte Schulte, jetzt habe ich das Tier noch nicht mal zwei Wochen. Doch es ist so, als wäre er schon immer hier. Wenn ich mir überlege, was für eine jämmerliche Kreatur vor einigen Tagen in meinem Garten gelegen hat und was das jetzt wieder für ein Kraft- und Energiebündel ist, dann kann man nur zu dem Schluss kommen, dass ich wirklich einen robusten Hund habe'.

„Aber hässlich bist du wie die Nacht."

Der Hund saß vor ihm, wedelte mit dem Schwanz, schien ihn anzugrinsen und bellte wieder übermütig, als wollte er sagen: „Na und? Du bist auch keine Schönheit!"

Schulte streichelte ihm über den Kopf und befreite ihn von seiner Leine. Er fuhr, mit dem Hund auf dem Beifahrersitz, über Heiligenkirchen Richtung Horn. Hier angekommen bog er nach rechts ab und kam bei der Gaststätte *Waldschlösschen* auf die B1. Danach ging es Richtung Blomberg. Hinter Bad Meinberg meldete sich seine Blase und er nahm sich vor, den nächsten Parkplatz anzufahren.

Kurz darauf war es soweit. Er erreichte einen kleinen Parkplatz, auf dem zwei Wohnmobile standen.

Zwei Frauen steckten erwartungsvoll die gut frisierten Köpfe aus den Seitenfenstern der beiden Wohnmobile. Eine der beiden erkannte Schulte, den sie noch aus besseren Zeiten in Erinnerung hatte. Sie war damals die Starprostituierte eines Puffs in Sennelager gewesen und Schulte hatte seine ersten Gehversuche als junger Kriminaler, damals bei der Paderborner Sitte, gemacht.

„Wer ist das denn? Der Schulte mal wieder auf Verbrecherjagd? Oder willst du etwa mal wieder `ne gute Nummer schieben?"

Schulte erkannte die Frau nun auch und stieg aus dem Auto aus „Nee! Lass mal, Elsa, muss nicht sein. Wie geht's denn so?"

„Siehst du doch! Eine abgetakelte, nicht mehr ganz knackige Nutte, die auf ihre alten Tage versucht, die nötigen Groschen zum Überleben zusammen zu kriegen."

Auch Elsa hatte ihr Auto verlassen und hielt Schulte eine Packung *Rothhändle* entgegen. Sie selbst steckte sich eine davon in ein Mundstück.

„Danke Elsa, aber ich habe schon vor einigen Jahre aufgehört zu rauchen."

„Wie? Nicht mehr bumsen, nicht mehr rauchen? Jetzt sag bloß, du trinkst auch keinen mehr!"

„Ein Laster muss der Mensch doch haben."

Die Frau aus dem anderen Auto war nun auch ausgestiegen und kam auf die beiden zu. Im Gegensatz zu Elsa, welche die Vierzig schon überschritten hatte, handelte es sich bei ihr um eine hübsche Rothaarige, die vielleicht mal gerade zwanzig Jahre hinter sich gebracht hatte.

„Na komm, Schulte! Wenn du schon von erfahrenen Frauen nichts hältst, wie wäre es denn dann mit unser Olga, der Schönheit aus Polen!"

„Du, im Moment habe ich andere Sorgen. Lass wirklich gut sein. Außerdem ist meine älteste Tochter ungefähr genau so alt wie Olga, das allein würde die Sache für mich schon unmöglich machen."

Die Anspielung auf die Tochter überging Elsa und antwortete: „Ich hab schon in der *Heimatzeitung* gelesen, auf dem Detmolder Bahnhof ist ein Toter gefunden worden. Und lass mich raten. Du bist jetzt derjenige, welcher versucht den Mörder zu finden."

In dem Moment wurde die nur angelehnte Autotür aufgedrückt und Schultes Hund kam schwanzwedelnd auf sie zu.

165

„Mensch, wo hasse den denn aufgegabelt? Das iss doch Loddel! Der Hund von Nataschas Zuhälter. Die Natascha steht sonst auch immer hier auf den Platz. Der Wiener, der Idiot, hat sie mal wieder so vermöbelt, dass sie erst mal für ein paar Wochen ausgefallen ist."

Als der Hund den Namen Loddel hörte, hob er aufmerksam den Kopf.

„Siehste! Der kennt den Namen. Das ist einwandfrei der Kampfhund von dem Wiener!"

Schulte dämmerte es. Jetzt konnte er sich auch vorstellen, wieso der Hund halb tot bei ihm im Garten gelegen hatte. Er war vermutlich in einen Kampf verwickelt gewesen und hatte nur knapp überlebt.

„Jetzt fällt mir das auch wieder ein! Ich glaube, das war vorletzten Sonntag. Da haben diese bekloppten Luden wieder so einen Hundekampf veranstaltet. Die Kerle sind da richtig heiß drauf. Wie gekniffen. Nee, also ich könnte mir so was ja nicht angucken. Aber für die ist das wie Weihnachten. Jedenfalls muss der Loddel wohl ein guter Kämpfer gewesen sein. Aber an dem Tag hatten sie da so ein Riesenvieh. Mastiff? Gibt's das? Auf jeden Fall hat der unseren Loddel total auseinander gepflückt. Hab ich alles später gehört."

„Ja, und dann?"

„Dann hat der Wiener sich natürlich geärgert, aber wie! Er hat gerufen: Wenn der Köter nicht kämpfen kann, dann soll er eben verrecken! Oder so ähnlich. Wahrscheinlich hat er viel Geld verloren bei dem Kampf. Irgendwie ist unser schwatter Deubel aber getürmt. Vorher hat er dem Wiener noch ziemlich korrekt in die Wade gebissen. Bist schon ein Guter, was?"

Dabei streichelte sie dem Hund über den Kopf.

Schulte war schockiert.

„Du willst doch nicht etwa sagen, hier bei uns in Lippe werden Hundekämpfe durchgeführt?"

„Doch! Kannst Du mir glauben! Die treffen sich immer in so Scheunen oder auf abgelegenen Bauernhöfen und dann geht das da rund. Ich höre da ja immer nur von. Wann die das machen und wo, das erzählen die mir ja nicht."

„Den Wiener, den kenne ich gar nicht. Ist der neu hier?"

„Na, ja! So ein gutes Jahr gibt es den hier schon. Ist aber `n echtes Schwein, kannste mir glauben."

„Hast du seine Adresse?"

Sie blickte ihn überrascht an.

„Bist du verrückt? Wie stellst du dir das denn vor? Ich werde dir doch nicht die Adresse von so einem miesen Typen geben. Wenn der das rauskriegt, dann..., dann bin ich geliefert!"

„Keine Angst! Ich bin diskret!"

„Das sagen die Bullen alle. Und dann plötzlich stehe ich vorm Gericht und muss vor aller Welt wiederholen, was ich hier erzählt habe. Nee, hätte ich mal besser gar nichts erzählt!"

Dabei blickte sie immer wieder zu ihrer Kollegin. Schulte gewann den Eindruck, dass sie durchaus bereit war, ihm Näheres zu erzählen, wollte aber nicht, dass die andere Frau dies mitbekam. Wem konnte eine Frau in ihrer Position denn heute noch trauen?

„Okay, Elsa. Da muss ich wohl mit leben. Aber weißt du was? Ich würde dich ein anderes Mal gerne besuchen, wenn ich mehr Zeit habe. Kannst du mir nicht deine Telefonnummer geben?"

Elsa seufzte. Ihr war klar, dass Schulte nicht wegen ihrer erotischen Qualitäten zu ihr kommen würde, sondern um Auskünfte über die Hundekämpfe zu erhalten. Die Sache machte ihr Sorgen.

„Schulte, ich warne dich! Wenn die Kerle mich oder unsere kleine süße Olga hier den Kötern zum Fraß vorwerfen, dann rücken dir sämtliche Nutten aus Lippe auf die Bude und schneiden dir deinen Heini ab. Schwör ich dir!"

Josef Schulte beteuerte noch mehrfach seine allerbesten Absichten und verzog sich mit dem Hund ins Auto.

Mit gespielter Lässigkeit kurbelte er die Seitenscheibe runter, tippte sich militärisch an die Stirn und sagte:

167

„Ich werde ganz diskret vorgehen. Versprochen! Du hörst von mir." Warf dann den Motor an und fuhr mit durchdrehenden Reifen vom Parkplatz.

Jetzt, wo er wieder im Auto saß und sich klar darüber wurde, von welcher unglaublichen Tierquälerei Elsa ihm gerade berichtet hatte, packte ihn die kalte Wut. Am liebsten hätte er alles sausen lassen und wäre sofort dieser Sache nachgegangen.

Doch dazu war im Moment keine Zeit. Wenn er jetzt mit dieser Hundekampfgeschichte um die Ecke käme würden ihn seine Kollegen für verrückt erklären. Doch wenn sie den oder die Mörder des Professors gefasst hätten, dann würde er sich diesen *Wiener* greifen. Dem würde er das Fell über die Ohren ziehen.

40

Am Dienstag Morgen kam Schulte seit Tagen erstmals wieder pünktlich zum Dienst. Ihn hatte, spät aber immerhin, jetzt endlich das Jagdfieber gepackt.

Er räumte seine Schreibtischoberfläche frei und stellte dann eine Aufgabenliste für diesen Tag zusammen. Wichtig war jetzt, mehr über die Person Udo Kröger zu erfahren. Nur so hatten sie eine Chance in den Motivbereich des Täters einzudringen. Er rief Axel Braunert zu sich und besprach mit ihm den Tagesablauf. Braunert würde die Biografie Krögers anhand der Aktenlage recherchieren, die Familie des Toten ausfindig machen und mit ihr Kontakt aufnehmen. Schulte selbst würde noch einmal ins Detmolder Pennermilieu eintauchen.

Um ca. 10 Uhr stieg er in seinen Ford Granada und fuhr Richtung Innenstadt. Auf Höhe der Fachhochschule hatte er eine Idee. Er bog rechts ab in die Gutenbergstraße, dann wieder rechts in die Hans-Hinrichs-Straße und dann über den Berg in Richtung Hiddesen.

Zuhause packte er den Hund ins Auto und fuhr wieder zurück in die Detmolder Innenstadt. Er parkte auf dem Kaiser-Wilhelm-Platz und ging mit dem Hund in die Fußgängerzone. Er spazierte einige Zeit herum und bog dann in die schmucke Gasse *Unter der Wehme* ein. Auf halber Höhe, in etwa gegenüber dem Sterbehaus von Grabbe, ging er durch ein Tor auf einen kleinen Spielplatz und dann weiter in einen parkähnlichen Bereich. Er schlenderte den schmalen Fußweg entlang, der umsäumt war von Rhododendron und kam dann auf einen kleinen Platz mit vier Bänken. Dort saßen zwei fröhliche Zecher, Karl und Georg, die Schulte gleich wiedererkannten und die ihn freundlich begrüßten. Nicht umsonst hatte Schulte den Hund mitgenommen. Damit schlug er zwei Fliegen mit einer Klappe. Einmal bekam der Hund etwas Auslauf, zum anderen wirkte er selbst mit diesem zerzausten Tier an der Leine im Milieu der städtischen Trinker noch authentischer. Um nicht allzu sehr aufzufallen, hatte er heute keine Flasche mitgebracht. Die drei unterhielten sich eine ganze Weile über Gott und die Welt. Georg war zu dieser Uhrzeit noch ganz gut bei Kräften und so war er durchaus in der Lage, einen Teil des Gespräches mitzugestalten. Vorsichtig lenkte Schulte das Thema auf den toten Obdachlosen.

„Der arme Kerl hat ja wirklich Pech gehabt!" meinte Karl mit seiner rauen Stimme und zog laut und mitfühlend die Nase hoch. „Hat der Mann mal ´n bisschen Geld inner Tasche und schon bringen ´se ihn um!"

„´n bisschen Geld ist gut! Der hatte ´ne ganze Menge davon!" gluckste Georg.

„Wie? Was?" staunte Schulte. „´n Berber mit Geld inner Tasche? Wo gibt´s das denn?"

Karl schaute ihn fragend an.

„Du weißt aber auch gar nichts! Das wissen doch alle. Der Mann, der Tote, also der war ja kein Unbekannter bei uns. Den ham´ wir immer nur Professor genannt. Weil er so schlau war. Und weil er immer alles besser wusste. ´n richtigen Klug-

scheißer war das. Und geizig dazu. Eher hätte dein Hund mal
´ne Runde geschmissen als er. Kannste glauben! Auf einmal
hatte der Kerl Geld. Aber so richtig viel! Und hat das auch
noch großzügig an seine Kollegen verteilt. Ich dachte, ich
spinne! Wir beiden, Georg und ich, haben natürlich mal wieder
nichts abgekriegt. So´n Scheiß! Na, auf jeden Fall hat da wohl
einer den Hals nicht vollgekriegt und hat den Professor abge-
murkst. So einfach ist das!"

„Hm," brummte Schulte und nahm ein Schluck aus Karls
Flasche. „Du meinst also, dass einer von euch den Professor
um die Ecke gebracht hat?

„Ja sicher! Das ist doch so klar wie Weizenkorn. Wer
wusste denn sonst von dem vielen Geld?"

„Stimmt! Hat der Professor denn mal erzählt, woher er das
ganze Geld hatte?"

„Nee! Hat er nicht. Da hat ihn aber auch keiner so richtig
nach gefragt. Waren alle froh, wenn sie was abgekriegt haben
und denn war gut. Außerdem hat keiner den Professor freiwillig irgendwas gefragt. Wenn du dem ´ne Frage gestellt hast,
hat der zwei Stunden drauflosgeredet. Wie ´n Buch! War ein
schlauer Kopf, der Professor. Schlau, aber ´n Scheißkerl war er
auch."

„Das stimmt, ehrlich!" fand auch Georg.

Schulte nahm einen weiteren, allerdings sehr kleinen
Schluck und reichte die Flasche an Georg weiter, der weitaus
offensiver den Kampf mit dem Alkohol anging.

„Gab es denn überhaupt keinen, mit dem der Professor ein
bisschen befreundet war? Auf jeden Topf passt doch ´n
Deckel, oder nicht? Selbst die größten Arschlöcher haben
Freunde!"

Karl schaute ihn lange und sehr misstrauisch an.

„Sag mal, Kumpel, du fragst dauernd so komische Sachen.
Mit dir stimmt doch was nicht, oder? Wenn du kein Sozialer
bist, dann bist du ´n Bulle. Von ´ner Zeitung biste nicht, die

haben nicht so viel Geduld. Aber dass du keiner von uns bist, das habe ich im Urin. Also..."

„Was soll denn das? Jupp ist doch in Ordnung! Der ist bloß noch neu! Nächstes Jahr sieht der genauso aus wie wir und säuft auch genauso. Lass ihn mal in Ruhe !", brauste Georg jetzt auf.

Josef Schulte kratzte sich am Hinterkopf. Dann legte er sein gewinnendstes Lächeln auf.

„Karl hat Recht! Ich bin ein Bulle! Ich bin bei der Kripo hier in Detmold und untersuche den Mord an dem Mann, den ihr den Professor nennt. Ich weiß, dass ihr einem Polizisten freiwillig nicht weiterhelfen würdet, also dachte ich, ich versuch es mal so. Bin doch wohl nicht so ein guter Schauspieler wie ich dachte. Tja, so isses!"

Karl blickte ihn wütend an, Georg staunte nur.

„Aber eins muss ich noch klarstellen: Ich habe mich gerne mit euch unterhalten! Das meine ich ganz ehrlich. Wenn ich euch das nächste Mal in der Stadt treffe, fände ich es schön, wenn wir dann auch noch ein paar Worte wechseln würden, okay?"

Karl brummte leise was von: „...dann muss er schon eher aufstehen. Mit mir nicht..." und so weiter.

Es ging noch eine Weile hin und her, bis Karl irgendwann mal sagte:

„Tja, was soll´s? Der Professor war zwar ´n Drecksack, aber er war auch einer von uns. Und ich will, dass der, der ihn umgebracht hat, in den Knast kommt. Wo kommen wir denn hin, wenn wir Berber da nicht mehr zusammenhalten? Da könnten ja alle mit uns machen, was sie wollen. Nee, nee! Weißt du was, Kumpel? Es wäre zwar besser gewesen, du hättest gleich gesagt, wo die Musik spielt, aber wie gesagt, im Großen und Ganzen bist du ja nicht unsympathisch. Und dein Hund sieht wirklich aus wie einer von uns. Immerhin! Also, was meinst du, Georg? Helfen wir ihm oder nicht?"

Georg hatte wenig Skrupel.

„Für mich kein Problem. Aber eins sage ich dir," wandte er sich an Schulte. „Das kostet einen, aber nicht zu knapp!"

Die drei unterhielten sich noch einige Zeit, wobei Georg kräftig weitertrank und in der Folge den Gesprächsfaden immer mehr verlor. Karl erzählte viele Episoden vom ‚Professor', die aber Schulte nicht viel weiterbrachten.

Ziel der Recherchen war ja, im Leben des Ermordeten Schnittstellen zum Täter zu finden. Doch wenn der Tote auch als ‚Professor' eine lokale Größe im Milieu war, als Udo Kröger war er ein Nobody.

Als Schulte schon aufgeben wollte, erinnerte sich Karl an einen ‚Kollegen' der sich eine Zeitlang mit dem ‚Professor' eine Unterkunft geteilt hatte.

„...wie hieß der denn noch? Watte mal! Ich komm noch drauf!"

Doch so sehr Karl auch grübelte, er kam nicht auf den Namen, versprach aber, sich sofort bei Schulte zu melden, wenn ihm der Name wieder einfallen würde. Schulte gab ihm das Versprechen einer reichen Belohnung, seine Büronummer und eine alte Telefonkarte, auf der noch rund 12 Mark waren. Der Umgang mit der Telefonkarte war Karl geläufig. Er bemerkte schmunzelnd, dass er eine Zeitlang gefälschte Varianten dieser Dinger an Schüler verkaufte, bis der grassierende Handy-Wahn dieser verdienstvollen Tätigkeit den Markt geraubt hatte.

Schulte nahm seinen Hund an die Leine, grüßte nochmals und machte sich auf den Weg zu seinem Auto.

Zwei Stunden später, Schulte verspeiste gerade ein Schinkenbrötchen, ging sein Telefon. Karin Scharfberg aus der Telefonzentrale kündigte ein Gespräch an.

„Da ist einer dran, also der hat vielleicht ´ne Stimme! Wie ein explodierender Steinbruch. Ich lege jetzt auf!"

Während Schulte noch über den fast poetischen Geräuschvergleich staunte, überrumpelte ihn Karl mit der Mitteilung:

„Hallo Kumpel! Wat meinsse, wer hier dran ist? Du, ich weiß wieder Bescheid! Also, den Namen von dem Kollegen weiß ich wieder. Das war der Hans! Ich weiß auch, wo du den finden kannst. Wenne willst, bringe ich dich hin!"

Klar wollte Schulte. Und wieder fuhr er in die Stadt, wieder hockte der Hund im Heck des alten *Ford Granada* Kombi. Allein im Büro lassen konnte er ihn noch nicht. Bei der Vorstellung, dass Erpentrup Schultes Büro betreten und von dem Hund angefallen würde, musste er leise lachen. Besser, er ließ da nichts anbrennen. Schwierigkeiten hatte er ohne den Hund genug.

Er traf sich mit Karl vor dem Gericht. Ein Gebäude, welches Karl sowohl von außen als auch von innen bekannt war.

„Verlockend ist der äußere Schein...der Weise dringet tiefer ein!" zitierte er dazu Wilhelm Busch. Schultes Respekt vor diesem erstaunlichen Penner wuchs immer mehr.

Zusammen gingen die beiden Männer, der eine völlig heruntergekommen, der andere nur mäßig, Richtung *Herberge zur Heimat*. Der Hund war im geräumigen Auto geblieben. Kurz vor dem Ziel bestand Karl darauf, dass sie getrennt in das Gebäude gehen sollten, da es seinem ,guten Ruf schaden' würde, einen Polizisten anzuschleppen.

Schulte hatte nichts dagegen, ließ Karl vorgehen und ging die letzten fünfzig Meter allein.

In der zu dieser Tageszeit fast völlig leeren *Herberge zur Heimat* angekommen, ging er wie zufällig auf den bereits wartenden Karl zu und sprach ihn an. Karl führte ihn in einen kleinen Raum. In dem saß ein Mann um die Fünfzig, im milieuüblichen Outfit. Von eher kleiner und zierlicher Statur erwiderte er Schultes Gruß mit wachem Blick und einem beeindruckenden Selbstbewusstsein. Dieser Mann hatte auch schon mal bessere Tage gesehen. Aber seine Stimme ließ keinen Zweifel an seinem Abstieg mehr zu. Schulte musste wieder an Karin Scharfbergs „explodierenden Steinbruch" denken. Wieder einmal fragte er sich, was eigentlich zu dieser Stimmverformung führte. Das Schlafen auf Parkbänken in kalten Novembernächten, der Alkohol, die Zigaretten oder alles zusammen?

Karl ließ es sich nicht nehmen, die beiden Männer einander vorzustellen.

„So Hans, das ist Jupp! Jupp is ´n Bulle! Aber ich glaube, er ist für einen Bullen noch ganz in Ordnung. Er will herausfinden, wer den Professor fertiggemacht hat."

Dann wies seine Hand auf den Obdachlosen.

„So, und das ist Hans. Hans ist einer von uns. Früher war er mal Inscheniör oder so was. Manchmal ist er genau so ´n Klugscheißer wie der Professor einer war, aber nicht so ´n Arsch!"

Der Mann blickte Schulte etwas misstrauisch an. Es dauerte einige Minuten, bis Karls munteres Geplapper das meterdicke Eis geschmolzen hatte. Dann begann der Mann zu sprechen.

„Ich hieß früher mal nicht nur Hans. Sondern Hans Moormann. Genaugenommen Dr. Hans Moormann. Ich war wirklich mal so was wie ein Ingenieur. Chemiker war ich, sogar mit Doktortitel. Das heißt, eigentlich bin ich das ja immer noch Dr. Moormann. Einen akademischen Titel verliert man ja nicht, weil man auf der Straße lebt. Du kannst jede Nacht in einem Rattenloch pennen und tagsüber dein Essen aus den Abfalleimern klauen. Du bleibst trotzdem ein Herr Doktor. Ist das nicht Klasse?" Er lachte nervös.

Schulte hakte hier ein.

„War der Professor auch Akademiker?"

„Der? Ich glaube nicht. Der hat ewig lange studiert, aber soweit ich weiß, hat er nichts auf die Reihe gekriegt. Angeblich Prüfungsneurose. Ich habe ihn immer für einen faulen Sack gehalten. Große Klappe und kriegte den Arsch nicht hoch! ´n Sprücheklopfer war er! Und was für einer! Der hat alles in Grund und Boden geredet. Mann, was hat mich der Kerl genervt!"

Schulte war überrascht.

„Aber waren Sie nicht mit ihm befreundet?"

Hans Moormann bedachte ihn mit einem langen mitleidigen Blick.

„Befreundet? Mit dem? Ach du Scheiße! Ich glaube, Kumpel, du hast keine Vorstellung davon, wie das ist, wenn einer wie ich so abstürzt. Das geht von heute auf morgen. Heute noch in der Schickimicki-Glitzerwelt mit Champagnerglas und Lachshäppchen und morgen mit Flachmann auf der Parkbank. Du verlierst alles. Fast alles. Was bleibt ist dein Verstand und deine Bildung. Das kann dir keiner nehmen. Zumindest solange, bis der Alkohol das auch ruiniert hat. Kannst du dir vorstellen, wie wichtig das für einen Mann sein kann, sich mit einem anderen auf einem gewissen Bildungsniveau unterhalten zu können? Nicht nur über den Suff zu stammeln? Das wird irgendwann eine Frage der Selbstachtung. Und man kann von dem Professor sagen, was man will. Auch wenn er ein Arsch war. Er wusste, was ich meine, wenn ich über bestimmte Dinge gesprochen habe. Ihm musste ich das nicht erst erklären oder vielmehr ins Fäkaldeutsche übersetzen. Das tat gut! Das brauchte ich so dringend wie Essen und Trinken. Deshalb war ich viel mit ihm zusammen. Nicht wegen seiner charakterlichen Stärken. Wahrhaftig nicht!"

Schulte war gegen seinen Willen beeindruckt. Von weitem und oberflächlich betrachtet glichen sich diese ‚Penner' wie ein Ei dem anderen. Beim näheren Hinschauen jedoch gab es anscheinend eine Menge zu entdecken.

„Okay! Ihnen brauch ich es ja nicht erst groß zu erklären. Wenn wir den Mörder des ‚Professors´ finden wollen, brauchen wir dringendst ein paar Anhaltspunkte aus seinem Leben. Mit wem hatte er zu tun? Wie kam er an das ganze Geld? Mit wem hat man ihn zuletzt gesehen? Wann und wo? Hat er irgendwas gesagt, dass uns weiterhelfen kann?"

Moormann dachte nach. Er war ernsthaft bereit zu helfen, das konnte Schulte spüren. Die Triebfeder hierfür war vermutlich weniger der Gerechtigkeitssinn als vielmehr die Tatsache, dass er mal wieder eine Bedeutung hatte. Seine Rolle als kompetenter Zeuge schmeichelte dem verwundeten Ego.

„Also, kennen gelernt habe ich den Professor vor rund drei Jahren. Im Knast! Ja, hier in der Justizvollzugsanstalt in Detmold. Er war für ein ganzes Jahr verknackt, ich nur für acht Monate. Ich glaube, er saß, weil er sich mit zwei Polizisten geprügelt und beim Detmolder Schloss randaliert hatte. Nach seinen Erzählungen war es aber eine Kompanie durchtrainierter GSG 9 – Kämpfer und irgendwie hat er bei seiner Randale die Sicherheit des ganzen Landes in Frage gestellt. Er war manchmal ein gottverdammter Angeber. Eigentlich war er ein stinknormaler Penner, aber er verkaufte sich anderen gegenüber als eine Art Guerilla-Kämpfer, so was wie Che Guevara fürs Lippische. Immer hatte er diesen Politikfimmel. Dabei war das ja völlig grotesk in seiner Situation. Seine Imperialisten waren die Angestellten des Sozialamtes. Er war der Revoluzzer. Mir kam er immer vor wie Don Quichotte. Und reden konnte der! Spaß verstand er aber gar nicht. Wenn du mal einen dummen Witz über seine großartigen Vorträge gemacht hast, oh wei...!"

Der Mann lächelte versonnen in sich hinein. Er genoss seine Erinnerungen.

„Wissen Sie, ich habe mich nie für Politik interessiert. Aber soviel habe ich verstanden: Der Professor muss irgendwann mal, wahrscheinlich als Student, Mitglied einer Gruppe gewesen sein, die sich KBW oder so ähnlich nannte. Das war irgendwas kommunistisches, aber mehr die chinesische Richtung. Jedenfalls hat er viel von Mao geredet. Na ja, ich habe da nie so genau zugehört. Auf die Dauer waren seine Vorlesungen nämlich reichlich langweilig. Immer die selben Sprüche! Ich behaupte jedenfalls, ohne was von Psychologie zu verstehen: Der Professor hat in einer Art Scheinwelt gelebt! Der war gar nicht richtig auf der Erde. Nicht, dass er verrückt gewesen wäre. Nein! Aber er hatte sich seine eigene Realität zusammengeschustert. Und in dieser Realität war er der Rächer der Witwen und Waisen, der geborene Revolutionär. Wir, also die Menschen, die wie er auf der Straße lebten, waren seine Hilfstruppen. Was wollte er immer aus uns machen? Ich hab den Ausdruck vergessen, schade..."

„Kader? Hat er vielleicht von Kadern gesprochen?" Auch Schulte hatte seine Erfahrungen mit dogmatischen Linken gemacht.

„Richtig! Die meisten von uns haben ihn einfach reden lassen. Andere haben ihn ausgelacht, aber nur einmal, denn der Professor konnte ziemlich mies werden. Für ihn gab es nur zwei Kategorien: Du bist für mich oder du bist gegen mich! Zwischentöne kannte er nicht, da war er gnadenlos. Wie gesagt: Sympathisch war er nicht!"

Der Moor(mann) schien seine Schuldigkeit getan zu haben, denn er lehnte sich zurück, verschränkte die Arme hinter dem Kopf und blickte Schulte müde an.

„Das war schon recht interessant, was Sie da zu berichten haben." Schulte versuchte, sich seine Enttäuschung nicht anmerken zu lassen, denn das bisher Gesagte nützte ihm recht wenig. „Aber was war mit dem Geld. Darüber muss er doch einfach was gesagt haben, wenn er wirklich so ein Angeber war. So einer schmeißt doch nicht mit Geld um sich und kann dann die Klappe halten. Das gibt es nicht! Das hat bisher nur Helmut Kohl geschafft. Großes Ehrenwort!"

Schulte lachte, blickte aber sowohl bei Moormann als auch bei Karl in leere, verständnislose Gesichter. Der Witz war nicht angekommen. Die beiden hatten offenbar keinen Bezug mehr zum politischen Alltag.

Der heruntergekommene Doktor der Chemie versuchte wirklich, sich zu konzentrieren. Schulte merkte ihm die Anstrengung an. Dann kicherte Moormann etwas albern.

„Natürlich hat er viel darüber geredet. Ständig hat er irgendwelche Andeutungen gemacht. Hat von seinem guten Freund gesprochen, der irgendeinem reichen Sack eine Unmenge Geld abgenommen hat und das Geld jetzt unter den Armen verteilt, aber verständlicherweise unerkannt bleiben will. So eine Art Robin Hood. Das hörte sich schon alles ein bisschen verrückt an. Aber, warum eigentlich nicht? Warum hätte dieser große Unbekannte sonst soviel Geld springen lassen sollen? Ich meine, um Bestechung konnte es nicht gehen. Was hätten wir ihm schon nützen können? Und die Kollegen, die was bekommen haben, die haben nicht lange gefragt. Die haben das Geld genommen und zugesehen, dass sie es so schnell wie möglich ausgeben, bevor der Professor es sich anders überlegt. Was hätten Sie denn gemacht?"

„Gegenfrage: Was haben Sie gemacht? Haben Sie auch einen Schein abbekommen?"

Der Blickkontakt brach ab. Moormann setzte sich aufrecht hin und verschränkte die Arme vor der Brust. Er sagte aber kein Wort.

„Keine Angst! Das Geld nehme ich Ihnen nicht weg. Ich bin Untersuchungsleiter bei einem Mordfall und ermittle nicht wegen der Geldangelegenheit. Wahrscheinlich ist doch von dem Geld sowieso nichts übriggeblieben, oder?"

Das war eigentlich als ‚Eselsbrücke' gedacht, wirkte aber aus einem ganz anderen Grund belebend auf den Befragten. Wieder das verletzte Ehrgefühl.

„Für was halten Sie mich? Ich bin nicht einer von diesen Trotteln, die nicht von zwölf bis Mittag zählen können! Das sind doch komplette Idioten. Da haben sie mal richtiges Geld in der Hand und was machen sie? Laufen zum nächsten Aldi, kaufen sich Tüten voll Schluck und lassen sich drei Tage voll laufen. Dann ist das Geld weg und das Jammern fängt wieder an. Nein! Ich habe beide Scheine gut aufgewahrt. Ja, zwei Scheine habe ich! Tausend Mark! Wissen Sie, was das für mich bedeutet? Das ist der Grundstock für meine Altersversorgung. Das kann ich doch nicht versaufen. Und wenn ihr Bullen mir das bisschen Sicherheit wegnehmen wollt, dann werde ich alles abstreiten. Ihr werdet nie beweisen können, dass ich die beiden Scheine habe. Ist das klar?"

Schulte schluckte.

„Machen Sie sich da keine Sorgen! Wenn Sie vernünftig mit mir zusammenarbeiten, verspreche ich, dass sich niemand für die tausend Mark interessiert. Aber ein bisschen was muss ich noch für meine Toleranz zu hören kriegen, okay?"

Moormann murmelte ein leises „Arschloch", schien aber doch beruhigt zu sein. Wieder folgte eine lange Konzentrationsphase.

„Was ich noch sagen kann, ist nicht viel. Okay, er hat oft von diesem reichen Freund gesprochen. Er hat immer angedeutet, dass dieser Freund so heißt wie irgendein Schriftsteller. Aber ich war früher Chemiker, kein Germanist. Mit Schriftstellern habe ich mich schon zu besseren Zeiten nicht ausgekannt. Irgendwas mit Wille oder Stille oder so. Aber er hat nie einen kompletten Namen genannt, das schwöre ich. Aber ich bin sicher, dass er diesen Freund bereits seit längerer Zeit kannte. Länger jedenfalls als mich."

Er fuhr mit den Fingern durch das dünne Haar. Moormann war kurz vor der Erschöpfung.

„Noch was: Ich bin ziemlich sicher, dass der Professor noch nicht lange in Detmold lebte. Vorher hat er in Paderborn gelebt. Da wette ich meinen Arsch drauf! So, mehr weiß ich nun wirklich nicht. Reicht das?"

Erwartungsvoll blickte er den Polizisten an. Schulte lächelte ihn an und sparte nicht mit Lob.

„Sie haben mir gewaltig geholfen. Besten Dank! Wissen Sie was? Ich habe heute noch nichts Ordentliches gegessen. Ich lade euch beide ein zur einer kräftigen Currywurst und 'ner guten Dose Bier von Rudis Rostbratwurstbude ein. Okay?"

Josef Schulte und die beiden Penner unterhielten sich gerade angeregt als sie bei *Sonntag* um die Ecke bogen und Schulte plötzlich entsetzt einem sehr eleganten Paar gegenüberstand.

Maren Köster stand vor ihm, ein großgewachsener, gutgekleideter Dandy hatte den Arm um ihre Schultern gelegt. Sie blickte nicht minder entsetzt auf Schulte. Der Mann musste Dr. Zimmermann sein, das war Schulte schlagartig klar. Noch bevor er irgendein Wort rauskriegte, sprach Zimmermann:

„Maren, kennst du diesen Menschen?"

Sie druckste etwas herum.

„Ja, das ist mein Chef!"

Zimmermann riss die romantischen Augen auf und fing lauthals an zu lachen.

„Ich wusste ja, dass die Polizei schlecht bezahlt wird. Aber das es so schlimm um unsere Beamten steht, hätte ich nicht gedacht!"

Bevor Schulte dem wesentlich größeren Mann sein Knie in dessen Weichteile rammen konnte, trat Karl fröhlich vor, klopfte dem Schönling jovial auf die Schulter und sagte:

„Seid ihr beiden auch Bullen? Ihr seid ja alle richtige Humoristen! Los, kommt doch mit ´ne Currywurst essen. Mein Kumpel Jupp gibt einen aus!"

Zimmermann blickte ihn so offensichtlich angeekelt an, dass Schulte nicht anders konnte: Jetzt musste er, eigentlich gegen seinen Willen, dröhnend loslachen. Karl und Moormann stimmten begeistert in das Gelächter ein. Zimmermann schaute pikiert um sich, zog dann Maren Köster an sich und beide verschwanden mit hochrotem Kopf Richtung Karstadt.

41

Anton Fritzmeier war immer ein passionierter Jäger gewesen. Eine Leidenschaft, die ihm stets heftige Diskussionen mit Josef Schulte einbrachte. Früher war er viele Jahre Mitpächter der Niederwildjagd gewesen, in der auch seine Felder lagen. Doch für eine Treibjagd war er mittlerweile zu alt. Außerdem sah er nicht mehr gut genug um einen sicheren Schrotschuss bei einem vorbei flitzenden Hasen anzubringen. Doch auf die Ansitzjagd wollte er nicht ganz verzichten. Er hatte sich auf seinen alten K98 noch einmal ein teures Fernglas montieren lassen, mit dem er seine Sehschwäche ausgleichen konnte.

Jedes Jahr bekam er von einem Jagdfreund, dessen Revier am Hermannsdenkmal lag, einen Bock frei. Dieses Jahr hatte er schon viele Abende angesessen, doch die Göttin der Jagd war ihm nicht hold gewesen.

In der Heidentaler Dorfkneipe sah er sich verstärkt spöttischen Fragen nach seinem Bock ausgesetzt.

Mittlerweile nagte das fehlende Jagdglück und die dummen Fragen seiner Mitjäger an seinen Nerven. Womöglich dachten sie, er sei zu alt oder zu blind. Er würde es ihnen schon zeigen! Wenn er ihnen den strammen Sechser, den er schon öfter beobachtet hatte, der ihm aber nie vor die Flinte gekommen war, präsentieren würde.

Heute war Vollmond und gutes Wetter. Also packte er sich sein *Landwirtschaftliches Wochenblatt* in den Rucksack, nahm seine Büchse und fuhr mit seinem Trecker die Straße zum Hermannsdenkmal hinauf. Die fluchenden Motorradfahrer, die fast das gleiche Ziel hatten wie er, aber hinter seinem Traktor in die Bremsen gehen mussten, störten ihn nicht weiter.

‚Wenn mir einer von denen auf die Ackerschiene nagelt, wird er schon merken was er von der Raserei hat‘, dachte er bei sich.

Oben am Hermann angekommen, bog er links ab Richtung Heiligenkirchen und nach hundert Metern wieder rechts in einen Waldweg.

‚Sonn Trecker ist doch wat anderes wie sonn albernen Geländewagen', ging es ihm durch den Kopf, als er so über den Waldweg tuckerte und durch eine tief Pfütze fuhr.

Nach ein paar hundert Metern ließ er sein Fahrzeug mitten auf dem Waldweg stehen und brummelte vor sich hin:

„Hier hat sowieso keiner mehr wat zu suchen."

Dann schlug er sich links in die Büsche und erreichte über einen feinsäuberlich geharkten Pirschweg seinen Hochsitz.

Unten an der Leiter verschnaufte er. Dann sah er die Leiter mit den zwanzig Sprossen an.

„Anton, du biss doch verrückt! Warum tu sse dir dat noch an?"

Dann quälte sich ächzend nach oben. Er öffnete das Schloss, schob den Riegel zur Seite und hatte sein Ziel endgültig erreicht.

Fritzmeier betrat das Innere der Kanzel, stellte seinen Karabiner in die Ecke, packte sich seine Zeitung und sein Fernglas aus und machte es sich auf dem Sitz gemütlich. Er legte sich eine alte Decke, die schon auf dem Hochsitz gelegen hatte, über die Knie. Dann lud und sicherte er seine Waffe. Nachdem er sie wieder weg gestellt hatte, nahm er sein Fernglas und peilte die Lage. Es war nichts zu sehen. Also widmete er sich seiner Lektüre. Ab und zu sah er durchs Glas und las dann wieder eine Seite. Das ging so lange, wie das Licht zum Lesen ausreichte. Als es dann zu dämmern begann, legte er die Zeitung neben sich auf die Bank und beobachtete angestrengt das Gelände. Zwischendurch schloss er kurz die Augen. Erst um intensiver lauschen zu können, später um einen erholsamen Sekundenschlaf zu halten. Plötzlich hörte er ein Geräusch. Vor ihm links in der Dickung raschelte es. Anton war sofort hell wach. Er lauschte angestrengt. Wieder war das Knacken von kleinen Zweigen zu hören.

‚Rehwild kann dat nich sein´, dachte er sich. ‚Dat is zu laut'. Aufgeregt tastete er nach seinem Fernglas und sah angespannt in die Richtung. Plötzlich trat ein Tier aus, sicherte und hüpfte über die Lichtung. Anton Fritzmeier rieb sich die Augen. Sah wieder durch das Glas. Er konnte es nicht fassen. Nie wieder Alkohol! Schwor er sich und blickte erneut in die Richtung des Tieres. Auf der Lichtung knabberte ein Känguru an den frischen Waldkräutern.

Anton Fritzmeier kramte hastig seine Utensilien zusammen und repetierte die Patronen aus seiner Büchse. Das Tier, durch die plötzlichen Geräusche gestört, sprang ab und verschwand im Wald. Fritzmeier zitterte am ganzen Körper, als er wieder auf seinem Trecker saß. Ein Känguru, das glaubte ihm keiner! Wenn er das erzählen würde, machte er sich zum Gespött der Leute. Was sollte er nur tun? Er war ratlos.

Eine halbe Stunde später hatte er seinen Hof erreicht. Bei Schulte war noch Licht. Der Bauer ließ seinen Trecker, immerhin sein Ein und Alles, achtlos auf dem Hof stehen und stürmte zu seinem Nachbarn und Mieter. Hier angekommen, klingelte er Sturm. Sekunden später öffnete Schulte die Tür.

„Mensch, Anton! Was ist denn mit dir los? Ist jemand hinter dir her?"

Fritzmeier fuchtelte nur aufgeregt mit den Armen in der Luft herum und sagte etwas von Känguru.

Jupp fasste den aufgeregten Bauern am Ärmel und zog ihn in seine Küche.

„Hier trink erst mal ein *Detmolder*, du bist ja völlig aus dem Häuschen."

Der Bauer griff nach der Flasche und ließ sich auf einen Stuhl fallen. Er erhob sich jedoch sofort wieder ächzend und zog ein jetzt verknicktes Taschenbuch unter seinem Hintern hervor. ‚Fürstliches Alibi! Ein Regional-Krimi aus Lippe', las er.

„Wat is dat denn für´n Schiss?"

Achtlos warf er das Buch aufs Sofa. Dann nahm er einen

kräftigen Schluck aus seiner Bierflasche. Danach wurde er entspannter.

„Stell dir vor, Jupp! Ich sitze heute auf ´n Hochsitz und da hör ich et rascheln und wat höppelt auf de Lichtung? Ein Känguru."

Schulte sah ihn mit offenem Mund an.

„Dat darf ´se doch keinen erzählen!"

„Ne Anton, das lass auch mal lieber. Sonst nehmen sie dir deinen Führerschein, deinen Jagdschein und was du sonst noch so hast, ab!"

„Jupp, aber et war so! Chlaub mir doch!"

„Kann ja sein, aber deshalb kommst du trotzdem in die Klapsmühle, wenn du das im Dorf erzählst."

Fritzmeier war verzweifelt. Er leerte mit zwei kräftigen Zügen seine Flasche Bier und Schulte tauschte die leere gegen eine volle aus.

„Du chlaubst mir auch nich!"

„Doch Anton, aber ich gebe dir nur den guten Rat, mach dich nicht zum Gespött der Leute!"

Der Bauer fühlte sich unwohl. Er trank noch zwei Flaschen Bier mit Schulte und dann ging er, immer noch kopfschüttelnd, nach Hause.

Anton Fritzmeier war Frühaufsteher. Schon um halb sechs machte er sich auf den Weg um sich seine *Heimatzeitung* zum Frühstück zu holen. Er schenkte sich eine Tasse Kaffee ein, dann schlug er die Seite der Stadt Detmold auf. Der alte Bauer las wie gewöhnlich lange und ausgiebig. Plötzlich stach ihm eine unscheinbare Überschrift ins Auge:

‚Känguru entlaufen!'

Hastig las er den dazugehörigen Text:

Vor zwei Tagen bekam der Vogelpark in Heiligenkirchen zwei neue Tiere, Es handelte sich um zwei Buschkängurus die der Inhaber von einem befreundeten Tierpark bekam. Doch schon einen Tag später musste dieser feststellen, dass das neue Heim der Tiere nicht mit Känguru gerechten Zäu-

184

nen ausgestattet war. Diese hatten nämlich kurzer Hand die für sie niedrige Hürde genommen und hatten sich auf einen Ausflug in die lippischen Wälder aufgemacht. (...)

Fritzmeier schoss das Adrenalin ins Blut. Er hatte doch keinen Lattenschuss! Das würde er Schulte beweisen. Er schnappte sich die Zeitung und stürmte über die Straße. Der Fahrer des gerade vorbeifahrenden Molkereifahrzeuges musste alle Bremskraft aufbieten um den aufgeregten Bauern nicht zu überfahren. Doch Anton Fritzmeier kümmerte sich nicht weiter um den hupenden LKW. Er stürzte in Schultes Garten und malträtierte die Hausschelle mindestens mit ebensolcher Akribie wie am Vorabend. Im Haus bellte der Hund, bis ein völlig zerknitterter Schulte an der Tür auftauchte.

„Was ist denn los? Bist du ausgeraubt worden?"

Der Bauer wedelte aufgeregt mit der Zeitung.

„Hier lies mal, ich bin nicht verrückt! Ich habe wirklich ein Känguru gesehen. Hier steht es schwarz auf weiß!"

Schulte starrte den Bauern an.

„Und ob du verrückt bist! Wegen so einer Scheiße weckst du mich? Das hättest du mir auch noch heute Abend erzählen können."

Schulte drehte sich um , ließ den aufgeregten Bauern stehen, wo er stand und schlurfte wieder Richtung Bett. Auf dem Weg dort hin tippte er sich mehrfach an den Kopf und brummelte vor sich hin. Ließ sich auf sein Nachtlager fallen und bedeckte den Kopf mit einem Kissen.

„Jäger!", dachte er. „Typisch!"

42

Es war, wie immer, sieben Uhr am frühen Morgen, als Jakob Visser aus seinem Wohnwagen stieg. Er schaute in den Morgennebel und freute sich auf einen schönen Sommertag. Gestern hatte es am späten Nachmittag leicht, aber anhaltend geregnet. Da aber die Tage davor warm und niederschlagsfrei gewesen waren, war der Boden bereits wieder abgetrocknet.

Seit zwei Jahren verbrachte Jakob Visser die Sommermonate in seinem Wohnwagen auf dem weitläufigen Parkplatz der Externsteine. Er hatte eine Absprache mit dem *Felsenwirt* getroffen, nach der er die sanitären Einrichtungen dieses großen Gastronomiebetriebes nutzen durfte. Im Gegenzug half Visser gelegentlich als Kellner aus, was er mit viel Vergnügen und mit großem Charme erledigte. Ja, er war ein Filou, ein Herzensbrecher alter Schule, wie sein Landsmann Johannes Heesters. Wie die meisten Holländer verabscheute auch Visser diesen Johannes Heesters herzlich. Schließlich hatte dieser, als Holland von Nazi-Deutschland besetzt war, für die Besatzer den Hampelmann gemacht. Dennoch fühlte Jakob Visser eine gewisse Seelenverwandtschaft mit diesem alten Schwerenöter. Auch Visser kleidete sich stets äußerst sorgfältig, legte allergrößten Wert auf gute Manieren und gute Parfüms und fand immer die richtigen Worte und Gesten, wenn er einer Frau gegenübertrat.

Jakob Visser war nun 64 Jahre alt. Bis vor drei Jahren hatte er sein Leben in der niederländischen Kleinstadt Weert in der Nähe von Eindhoven verbracht. Er war mäßig glücklich verheiratet gewesen. Seine Frau hatte ihn nie gestört, aber auch nicht begeistert. Als sie vor vier Jahren überraschend starb, stand Visser dennoch vor dem Nichts. Jetzt erst wurde ihm brutal klar, was ihm seine Frau all die Jahre bedeutet hatte, wie viel Sicherheit und Stütze sie ihm gewesen war. Er kam nicht über ihren Tod hinweg und fand sich nicht in seinem neuen Leben als alleinstehender älterer Herr zurecht. Er vernachlässigte sich selbst und ebenfalls seinen Beruf als Elektroingenieur. Jeden Tag sah man ihn allein und traurig vor dem Grab seiner Frau stehen und Selbstgespräche führen. Er wurde krank und musste frühzeitig in Rente gehen. Nun hielt ihn gar nichts mehr davon ab, sich ständig auf dem Friedhof herumzutreiben. Es wäre wahrscheinlich sehr schnell auch mit ihm zu Ende gegangen, hätte ihn nicht eines Tages sein Arzt und Freund, Henk de Kuiper, mal kräftig zur Brust genommen.

„Jakob, deine Frau ist tot. Das ist schlimm für dich, aber es ist nun mal so! Du bist auch nicht mehr der Jüngste, allzu viel Zeit hast du auch nicht mehr. Mach noch was daraus! Wenn du weiterhin deine Zeit auf dem Friedhof verbringst, kannst du auch gleich damit anfangen, schon mal dein eigenes Loch zu graben. Das wird dann nämlich bald nötig sein. Pass mal auf: Ich werde mich in Zukunft um das Grab deiner Frau kümmern. Du kaufst dir jetzt, wie jeder gute Holländer, einen Wohnwagen. Dann ziehst du durch die Welt und genießt deine Rente. Klar?"

Gesagt, getan. Im Herbst zog Jakob Visser mit seinem Wohnwagen nach Italien und verbrachte den Winter auf einem Campingplatz in Kalabrien. Im Frühjahr zog er wieder nordwärts und durchquerte Frankreich und Deutschland. Als er im September die Externsteine und deren Umland kennen lernte, zog er zwar über den Winter wieder nach Süditalien, war aber bereits fest entschlossen, den nächsten Sommer im Lippischen zu verbringen. Denn dieser Standort hatte seine Stärken. Da waren zum einen die unbestreitbaren landschaftlichen Reize der Umgebung. Aber vor allem gab es mit Bad Meinberg, Bad Driburg, Bad Lippspringe etliche Kurorte in der Nähe. In all diesen Kurorten war ein geradezu verzweifelter Überschuss an älteren und lebenslustigen Damen zu verzeichnen. Jakob Visser fand hier seine späte Berufung. Er war in der Lage, diese Frauen glücklich zu machen. Er war der Star beim Tanztee, denn er sah für sein Alter blendend aus, konnte äußerst charmant plaudern und einfach göttlich tanzen.

An diesem Morgen war alles wie immer. Er spazierte gemächlich an der Gastwirtschaft *Felsenwirt* entlang in Richtung Externsteine. Dort angekommen, setzte er sich auf eine Bank gegenüber den Felsen und betrachte fasziniert die Lichtreflexe der frühen Morgensonne auf den blanken Steinen. Versonnen wanderte sein Blick weiter nach rechts zum Teich.

Plötzlich erstarrte er. Wie elektrisiert stand er auf und ging näher an den Teich heran. An der Stelle, an der das angestaute Wasser durch ein Rost in ein Rohr floss, trieb...eine Frau!

43

Eine Stunde später kam die Detmolder Kripo in Person der beiden Frühaufsteher Bernhard Lohmann und dem Spurensicherer Heinz Krause. Schulte, Braunert und Köster hatte man zwar informiert, sie waren aber zu so früher Stunde noch nicht im Büro.

Lohmann sah die Externsteine zum ersten Mal ohne den sonst üblichen Touristenrummel. Wäre da nicht eine Leiche im Wasser gewesen, er hätte sich an dieser fantastischen Atmosphäre begeistern können. Die Externsteine im morgendlichen Dunst, das ist schon ein ganz besonderes Erlebnis.

Heinz Krause wies sofort zwei junge Wachtmeister an, das Gebiet um den Teich großräumig abzusperren. Das beinhaltete auch die Felsen. Dann kontrollierte er die engere Umgebung des Fundortes, machte Fotos und bereitete alles vor, die tote Frau aus dem Wasser zu holen. Endlich kamen auch Braunert und Köster. Schulte folgte weitere zehn Minuten später. Nach einem kurzen Blick auf die Leiche und die Umgebung gab er Anweisung, mit der Bergung zu beginnen. Als Krause und seine Helfer die tote Frau an Land gezogen und nach gründlicher Untersuchung der Rückenpartie umgedreht hatten, stöhnte der noch immer anwesende Jakob Visser laut auf und sackte etwas zusammen. Maren Köster ging mitfühlend zu ihm.

„Sie müssen sich das hier nicht antun. Wenn Sie wollen, bringe ich Sie jetzt zur Gaststätte, dort gibt es bestimmt einen kräftigen Kaffee für Sie. Einverstanden?"

Visser lächelte jetzt schief.

„Bedankt, Mevrouw! Maar ik... oh Verzeihung, ich muss ja

Deutsch mit Ihnen sprechen. Es ist nicht, was Sie denken. Dass ich keine Leiche sehen kann. Wissen Sie, ich bin ein alter Mann und habe schon viel in meinem Leben gesehen. In den fünfziger Jahren war ich Soldat in Indonesien, während des Befreiungskrieges. Da musste ich viele Leichen sehen. Nee, das ist es nicht. Es ist nur... weil es eine Frau ist. Wissen Sie, meine Frau ist vor ein paar Jahren gestorben. Diese Frau hier ist ungefähr im selben Alter. Das hat mich doch etwas getroffen, godverdomme...!"

Maren Köster lächelte ihn so nett an, wie sie es morgens um knapp 8 Uhr vermochte. Sehr viel wird das nicht gewesen sein, aber ihr Bemühen war zu erkennen.

44

Drei Stunden später saßen die gleichen Beamten, verstärkt durch ihren Chef Erpentrup, im kleinen Besprechungszimmer der Kripo zusammen. Heinz Krause gab gerade eine erste grobe Einschätzung ab.

„Ich denke, die Frau ist ungefähr Mitte bis Ende Fünfzig. Irgendwelche Papiere hatte sie nicht bei sich, wir haben auch in der Umgebung bislang noch nichts gefunden. Wir wissen also nicht, wer sie ist. Den Todeszeitpunkt schätze ich ganz grob auf Mitternacht. Das sind natürlich alles nur Schätzungen, genaueres kann dazu nur Hans-Werner Jakobskrüger sagen. Aber in einem bin ich mir ziemlich sicher: Die Frau ist nicht erschossen, nicht erstochen und nicht erdrosselt worden. Sie ist mit großer Wahrscheinlichkeit von dem Felsen direkt ins Wasser gestürzt..."

„Oder gestürzt worden!" ergänzte Schulte.

Krause blickte ihn irritiert an.

„Oder gestürzt worden, richtig! Aber das glaube ich nicht. Wir haben nämlich oben auf dem Felsplateau komische Sachen gefunden. Jemand hat da oben versucht, mit Grillkohle ein kleines Feuerchen zu machen. Wir haben eine komisch bemalte Schale mit noch nicht angezündeter Grillkohle, eine halbvolle Papiertüte mit dem Rest Grillkohle und ein Säckchen mit seltsam riechenden Kräutern gefunden. Und jetzt denkt mal daran, wie diese Frau gekleidet war. Fällt euch da was zu ein?"

Die anderen blickten sich ratlos an. Dann meinte Maren Köster:

„Sie war auffällig bunt gekleidet. Wenn ich so darüber nachdenke, muss ich Heinz zustimmen. So wie die Frau angezogen war, könnte sie eine dieser esoterisch angehauchten älteren Frauen sein, die sich von Rohkost ernähren, ihre Pullover selber stricken und bei Vollmond auf der Blockflöte spielen. Wenn das stimmt, ist es natürlich auch nicht völlig undenkbar, dass sie um Mitternacht auf die Externsteine steigt und ein Feuerchen macht. Vielleicht ist sie dabei abgestürzt. Oder sie ist freiwillig gesprungen. Das ist alles gut vorstellbar. An den Externsteinen passiert so was häufiger."

Erpentrup rieb sich das sorgfältig rasierte Kinn.

„Haben Sie, Herr Krause, auf diesem Plateau irgendwelche Kampfspuren entdecken können? Oder Fußspuren am Rand des Plateaus, außerhalb des Geländers? Wenn ich mich nämlich recht an meinen letzten Besuch dort oben erinnern kann, ist das Plateau ringsum umgeben von einem eisernen Geländer. Also rein zufällig abstürzen kann man da kaum."

„Woher weißt du eigentlich, dass die Grillkohle von der Frau mitgebracht worden ist? Vielleicht liegt die da schon länger rum." Auch Lohmann war ein kritischer Geist, konnte aber Heinz Krause nicht aus der Ruhe bringen.

„Ich habe ja gesagt, dass ein Teil der Kohle in einer Metallschale lag. Da es gestern Nachmittag bis in den frühen Abend hinein leicht geregnet hat, hätte in der Schale ein Rest Regenwasser sein müssen. War aber nicht, die Kohle war so trocken wie meine Kehle. Also ist die Kohle irgendwann gestern Nacht da hoch gebracht worden. Logisch?"

„Na ja! Es ist wahrscheinlich, aber dadurch noch nicht absolut sicher," konterte Lohmann.

„Okay!" mischte sich Schulte ein. „Wir ermitteln hier in zwei Richtungen: Erst mal müssen wir die Identität der Frau feststellen. Axel, ich möchte, dass du das übernimmst. Gleichzeitig sollte Heinz mit seinen Leuten versuchen, oben auf dem Felsplateau Spuren zu suchen, die auf ein Fremdeinwirken hinweisen oder auf einen freiwilligen Absturz. Ein Unglück kann ich mir hier ebenfalls nicht vorstellen. Dazu ist dieser Felsen zu gut abgesichert. Was wir aber noch gar nicht besprochen haben, sind die vier Fünfhundertmarkscheine. Das macht diesen Fall, selbst wenn es sich nur um einen Selbstmord handeln sollte, äußerst brisant. Wir müssen sofort abklären, ob diese Scheine zu den bereits bekannten Serien passen. Bernhard sollte das übernehmen. Ich selbst mache in der Pennersache weiter."

„Und was mache ich?" fragte Maren Köster leicht angesäuert. „Ich habe zur Zeit keinen konkreten Auftrag."

Schulte grinste bösartig.

„Richtig! Du bist ja auch noch da. Was machen wir denn mit dir? Herr Erpentrup, haben Sie vielleicht für die junge Dame eine sinnvolle Beschäftigung?"

Erpentrup war sichtlich verwirrt.

„Ich denke, Frau Köster ist in den Fall Möbeldesign-Museum involviert. Da gibt es doch sicher genug zu tun, oder?"

„Der Hauptkommissar hat es für richtig befunden, mich wegen Befangenheit von dem Fall abzuziehen," säuselte Maren Köster ironisch.

Erpentrup blickte mehrmals fragend von ihr zu Schulte und wieder zurück.

„Herr Schulte, kommen Sie bitte anschließend in mein Büro! Ich glaube, wir beiden sollten mal ein Gespräch unter vier Augen führen. Die anderen bitte ich, jetzt an die Arbeit zu gehen. Es gibt viel zu tun!"

Das anschließende Vier-Augen-Gespräch folgte sofort. Erpentrup war erstaunlich sachlich. „Herr Schulte, was ist los in Ihrer Abteilung? Frau Köster ist doch eine integre und qualifizierte Mitarbeiterin, oder? Wieso ist Sie vom Fall abgezogen worden?"

Schulte überlegte nicht lange.

„Weil sie auf gut deutsch ein Verhältnis mit dem Museumsleiter hat. Und der gilt nach dem aktuellen Stand unserer Erkenntnisse als verdächtig. Dadurch ist sie nach meiner Meinung befangen und musste von dem Fall abgezogen werden!"

Erpentrup überlegte kurz.

„Herr Schulte, mal unter uns: Was haben Sie mit Frau Köster? Oder besser, was hätten Sie gern mit ihr?"

Schulte schluckte verblüfft. Mit allem hatte er gerechnet, aber nicht damit, dass ausgerechnet Erpentrup ihn dermaßen durchschauen würde. Er war hin und her gerissen zwischen heftiger Abneigung und unfreiwilliger Bewunderung. Dieser Erpentrup war offenbar ein verdammt scharfer Beobachter.

„Ich verstehe nicht ganz, was Sie meinen," versuchte er noch etwas Zeit zum Überlegen zu gewinnen. Doch Erpentrup schnitt ihm kurzerhand mit einer heftigen Handbewegung das Wort ab.

„Ich will hier nicht um den heißen Brei herumreden, Herr Schulte. Wenn Sie echte Bedenken wegen Befangenheit haben und Sie Frau Köster deshalb von dem Fall abziehen, gebe ich Ihnen recht und garantiere Ihnen volle Rückendeckung. Wenn hier aber Persönliches im Spiel sein sollte und ich den Eindruck gewinne, dass Sie Ihre Rolle als Vorgesetzter missbrauchen, garantiere ich Ihnen eine Abmahnung. Entscheiden Sie selbst! So, das war es. Viel Erfolg bei Ihrer Arbeit!"

Mit diesen Worten nahm er den Telefonhörer hoch und gab dadurch Schulte zu verstehen, dass die Audienz vorüber sei. Völlig platt ging dieser ihn sein eigenes Büro. So was hatte er noch nicht erlebt. Normalerweise hatte er das letzte Wort bei Auseinandersetzungen   mit seinen Vorgesetzten. Bei Erpentrup kam er einfach nicht zum Zuge. Wo hatte dieser Mann nur seine Schwachstelle? Fünf Minuten dachte er angestrengt nach, dann siegte sein westfälischer Dickschädel und er entschied sich, Maren Köster weiterhin von dem Fall Museum zu entbinden und sie, auch gegen ihren Willen, im Mordfall einzubinden. Zur Not würde er das immer noch mit der größeren Bedeutung dieses Falles begründen können. Schlimmstenfalls würde er vorzeitig in den Ruhestand gehen müssen. Na und? Seine Unterhaltsverpflichtungen näherten sich dem Ende. Eine seiner beiden Töchter, war mit ihrem Studium bald soweit und die andere hatte bereits eine feste Anstellung als Verwaltungsangestellte. Da würde er doch wohl mit der Frührente auskommen können. Wenn alle Stricke rissen, konnte er immer noch viel Geld verdienen, indem er Krimis über Detmold schrieb. So schwer konnte das doch nicht sein! Das hatten schon ganz andere geschafft! Frisch gestärkt durch diesen Entschluss, rief er Axel Braunert und Bernhard Lohmann und, nach einigem Überlegen, auch Maren Köster zu sich, um das weitere Vorgehen zu besprechen.

Er machte es kurz und sachlich.

Um keine Koalition gegen sich selbst zu fördern, mussten Axel Braunert und Maren Köster getrennt arbeiten. Dass die beiden auch außerdienstlich befreundet waren, war ihm bestens bekannt. Die Gefahr, dass er ihre Partei ergriff, war nicht von der Hand zu weisen und barg ein gewissen Gefahrenpotential für das Ermittlungsteam. Also verteilte er die Aufgaben so:

Axel Braunert kümmert sich um den Fall des Museums, Maren Köster besorgt sich Verstärkung aus einem anderen Dezernat und bearbeitet damit den Fall der toten Frau. Bernhard Lohmann und er selbst blieben am Fall des toten Berbers. wobei sich Lohmann vor allem um die Kontakte zum LKA kümmern soll. Schon deshalb, damit ihm dieser zur Zeit ‚auf einem anderen Stern' lebende Kollege nicht vor den Füßen herumstolperte. Schulte ermittelte sowieso lieber allein. Niemand widersprach, auch Maren Köster nahm ihren Auftrag schweigend zur Kenntnis und ging anschließend.

45

Oh ja, wütend war sie schon. Und wie! Maren Köster fühlte sich zutiefst gekränkt. Alles mögliche hatte man ihr in ihrer Laufbahn als Polizistin schon vorgeworfen. Aber Befangenheit einem Verdächtigen gegenüber? Sie? Natürlich, sie hatte ein kleines Techtelmechtel mit Dr. Zimmermann. Aber der war doch schließlich Opfer und nicht Täter. Was fantasierte Schulte sich da zusammen? Eine Sauerei war das von ihm. Eine Riesensauerei! Aber sie würde es ihm schon zeigen. Sie war eine verdammt gute Polizistin. Und das würde sie Schulte und allen anderen beweisen. Und so stürzte sie sich mit einer selbst für ihre Verhältnisse ungewöhnlichen Energie in den ihr übertragenen Fall.

Als erstes durchstöberte sie die aktuellen Vermisstenmeldungen. Da passte nichts. Also telefonierte sie mit Heinz Krause, erbat sich von ihm ein Foto der Toten und rief dann Hermann Rodehutskors an. Der sagte sein Kommen für 17 Uhr zu. Dann fuhr sie raus Richtung Externsteine. Beim Felsenwirt aß sie eine Kleinigkeit und machte sich dann zu Fuß auf zu der mysteriösen Felsengruppe, die immer noch abgesperrt war und in der immer noch der Spurensuchtrupp von Heinz Krause nach brauchbaren Hinweisen forschte. Mittlerweile waren auch zwei Taucher eingetroffen, die den Teich durchsuchten. Sie betrachtete die Männer mit einer Mischung aus Bewunderung und Frösteln. Die Vorstellung, in dunklem, moderigen Wasser zu tauchen und dort, wenn es denn sein musste, irgendwelche aufgeschwemmten Leichenteile rauszuholen, erschien ihr einfach schauderhaft. Heute jedoch ging es nicht um Leichenteile, sondern um irgendwelche Gegenstände, die etwas über die Identität der Frau und eventuell über die Todesumstände erzählen konnten. Die Taucher waren besonders angewiesen worden, nach einem Portemonnaie oder einer Brieftasche zu suchen. Eine verrückte Anweisung, dachte sie. Denn der Teichboden war mit einer dicken Schlickschicht bedeckt, in der ein Portemonnaie wohl kaum zu finden sein würde. Und in der Tat wurde alles mögliche, aber nichts Brauchbares gefunden. Um kurz vor 17 Uhr beendete Heinz Krause die gesamte Suchaktion und gab den Bereich der Steine wieder frei.

Sofort strömte ein ganzes Rudel Touristen darauf zu, erklomm schwer atmend die beiden begehbaren Felsen, staunte über das Sonnwendloch und die schöne Aussicht und philosophierte über die Bedeutung der Felsgruppe in grauer Vorzeit. Anschließend traf man sich beim *Felsenwirt*. Die Kinder bekamen ihr Eis und tobten dann auf dem Spielplatz, während Vater seine Bratwurst mit einem Weizenbier runterspülte und Mutter glücklich in das Abendrot blinzelte.

Im Polizeigebäude angekommen, wartete Hermann Rodehutskors bereits auf sie. Sie gab ihm zwei Fotos der Toten und bat ihn, diese in die morgige Ausgabe zu bringen. Verbunden mit der Aufforderung an die Leser, sich bei der Polizei zu melden, falls sie irgendetwas zur Person der Verstorbenen beizutragen hätten. Rodehutskors versprach alles und machte sich auf den Weg. Noch einmal setzte sie sich an den PC und ging die jetzt aktualisierten Vermisstenmeldungen durch. Wieder passte nichts. Sie wurde unsicher. Zur Zeit gelang ihr aber auch gar nichts. Ihr fehlte dringend ein berufliches Erfolgserlebnis. Um 19.45 Uhr rief Dr. Zimmermann bei ihr an und bat sie um ein Treffen. Wo, das solle sie entscheiden. Schnell überlegte sie, wo sie garantiert nicht auf Jupp Schulte treffen würden. Das war nicht so einfach, denn dieser Kneipengänger aus Leidenschaft trieb sich einfach überall rum. Sie entschied sich für den *Spieker* an der Ameide. Sie mochte die Atmosphäre und die Küche dieses gemütlichen Lokals. Schultes Geschmack war da eher deftiger und so stand kaum zu befürchten, dass er ihnen dort den Abend verderben würde. Sie hatte kaum aufgelegt und wollte sich gerade für den Feierabend bereit machen, da klingelte das Telefon erneut. Am Apparat war der Betreiber des Ausflugslokals

195

Felsenwirt an den Externsteinen, der unbedingt einen hoch-rangigen Kriminalpolizisten sprechen wollte. Maren Köster machte ihm klar, dass sie immerhin Kommissarin sei. Das sollte doch reichen. Der Mann entschuldigte sich und erklärte:

„Es geht vermutlich um die tote Frau! Eigentlich möchte ich jetzt meinen Laden abschließen, aber hier sitzt noch mein Dau-ergast, der Herr Visser, den Sie ja heute früh kennengelernt haben... bitte? Ja, genau der. Er hat die Frau entdeckt. Und jetzt hat er irgendwas auf dem Herzen und traut sich nicht, die Polizei zu informieren. Ganz nüchtern ist er nicht mehr aber ich denke, er hat wirklich etwas mitzuteilen und Sie täten ihm einen Gefallen, wenn Sie kurz vorbeikommen könnten. Geht das?"

Maren Köster war gleich Feuer und Flamme und sagte so-fort ihr Kommen zu. Vor Aufregung vergaß sie ihr „Date" mit Zimmermann, stieg in ihren roten Flitzer und raste über Hiddesen, Heiligenkirchen nach Horn. Hinter Holzhausen bog sie rechts ab, bis sie fluchend vor den Schranken des Park-platzes stand und nicht weiterkam. Als sie noch überlegte, ob sie die Schranken durchbrechen oder ihren Wagen einfach stehen lassen und zu Fuß weitergehen solle, sah sie einen bär-tigen Mann um die Fünfzig auftauchen, der ihr lachend eine der Schranken öffnete und dann den Kopf in ihr geöffnetes Fenster steckte.

„N´Abend! Ich bin der Felsenwirt. Herr Visser ist jetzt in sei-nem Wohnwagen und wartet auf sie." Mit diesen Worten wies er ihr den Weg zu dem einsam dastehenden Wohnwagen und verabschiedete sich.

Jakob Visser sah ziemlich fertig aus. Er hatte ganz offen-sichtlich einiges getrunken, hielt sich aber ganz wacker und lallte auch nicht. Nach einigem Hin und Her kam er dann auf den Punkt.

„Ik ben bekent met deze Vrouw! Gestern Nachmittag, ik saß heel rustig am Tisch bij mijn Caravan, kam sie hier vorbei und wir kamen in´s Gespräch. Es war eine sehr nette Frau und wir haben uns fast zwei Stunden unterhalten. Sie kam oft zu den Felsen. Ik denk, sie war so´n betje esoterisch. Maar, erg nett! Heute morgen, das war so ... shocking! Als ich sie erkannt habe. En dan heb ik bij mij gedacht, dat het heel gefaarlijk is voor mij, om to zeggen, dat ik met haar bekent ben. Sie verstehen?"

Maren Köster verstand ihn gut, trotz seiner merkwürdigen Mixtur aus Deutsch und Holländisch.

„Wenn uns gestern jemand zusammen gesehen hat und heute Morgen liegt deze Vrouw dood in het Water, ganz in der Nähe, was soll man da denken? En dan heb ik gedacht: Kop dicht! Nichts erzählen."

„Und warum erzählen Sie es mir jetzt doch?"

Er schaute sie lange, nicht ohne Wohlgefallen, an.

„Weil das alles raus muss! Ich war immer ein ehrlicher Mann und will das auch bleiben! Ich habe mit dem Tod dieser Frau nichts zu tun, dat mag U beloven."

Maren Köster zögerte etwas mit der nächsten Frage.

„Gehen Sie denn davon aus, dass es sich hier um ein Verbrechen handelt? Wir haben zumindest noch keinen Beweis dafür. Die Frau kann Selbstmord verübt haben oder es kann sich um einen Unfall handeln. Was macht Ihnen denn Sorgen?"

Visser wartete wieder einige Minuten. Dann lächelte er etwas und sagte:

„Das war kein Unfall und das war auch kein Selbstmord. Ich habe mich mit einem Ihrer Leute unterhalten. Er erzählte, die Frau hätte Feuer gemacht. In einer Metallschale mit Grillkohle. Aber, und das weiß ich genau, die Frau hatte nichts davon mit, als sie bei mir saß. Sie hatte auch keine Tasche oder einen Rucksack mit. Nichts! Sie hatte nicht einmal Feuer! Als ich sie nach Feuer gefragt habe, weil ich mir eine Zigarre anstecken wollte, hatte sie keines. Da stimmt doch was nicht, oder?"

Das musste Maren Köster zugeben.

„Außerdem wirkte die Frau nicht, als wenn sie kurz darauf Selbstmord machen wollte. Wissen Sie, ich bin ein alter Mann und habe schon viel gesehen. Ich war mal... halt, das habe ich Ihnen schon mal erzählt, oder? Jedenfalls traue ich mir so ein bisschen Menschenkenntnis und Lebenserfahrung zu. Diese Frau war nicht auf dem Weg zum Selbstmord!"

„Ihre Beobachtungen sind äußerst wertvoll. Ich bin Ihnen sehr dankbar. Wenn Sie jetzt auch noch den Namen der Frau wüssten, wäre ich richtig glücklich."

Visser lachte. In den letzten Minuten war viel Stress von ihm abgefallen und es kam wieder Glanz und Lebenslust in seine alten Augen.

„Was denken Sie von mir? Wenn ein Mann wie ich sich zwei Stunden mit einer netten Frau unterhält, dann weiß er auch den Namen. Monika heißt sie! Sie wohnt in Lemgo. Aber ich habe Sie nicht nach ihrem Nachnamen und nach ihrem Alter gefragt. Das macht ein Gentleman nicht! Wissen Sie, dass Sie sehr schöne Augen haben?"

Maren Köster war sprachlos. Eben hatte noch ein gebrochener alter Mann vor ihr gesessen, jetzt strahlte sie ein gutgelaunter Charmeur alter Schule an. Als er ihr anbot, draußen vor dem Wohnwagen noch gemeinsam mit einer Flasche besten Champagners den milden Sommerabend ausklingen zu lassen, sagte sie sofort zu. Es war jetzt bereits 22.20 Uhr. Zimmermann war jetzt sowieso schon sauer, es kam nicht mehr drauf an. Sie zündete sich eine Zigarette an und sah zu, wie der fröhliche Greis elegant die Flasche entkorkte.

46

Als Maren Köster am nächsten Morgen leicht verkatert ins Büro kam. lagen bereits vier Anrufe von Lemgoer Bürgern vor. Beim Frühstück hatte sie schon gesehen, dass Hermann Rodehutskors Wort gehalten und das Foto der Toten veröffentlicht hatte. Von den vier Anrufern war einer als Totalausfall zu bewerten, da er die Frau schon öfter als Hexe auf ihrem Besen um die Externsteine fliegend gesehen zu haben behauptete. Die drei anderen identifizierten sie als Monika Schiller, wohnhaft in Lemgo. Sofort machte sich Maren Köster an die Arbeit und recherchierte in diese Richtung. Schon bald ergab sich ein klares Bild. Monika Schiller war 52 Jahre alt, unverheiratet, von Beruf Gymnasiallehrerin für Deutsch und Musik.

Die Kommissarin forderte den Kollegen Lohmann auf, mit ihr zusammen die Wohnung der Frau Schiller zu durchsuchen. Vorher hatte sie bereits Karin Scharfberg gebeten, beim Einwohnermeldeamt nach möglichen nahen Verwandten der Toten zu forschen und diese zu benachrichtigen. Sie meldete sich und Lohmann bei Schulte ab und die beiden fuhren los. Das schöne Sommerwetter war an diesem Vormittag einem leichten lippischen Landregen gewichen. Es duftete schwer nach feuchter Erde, aus den Wiesen stieg Nebel auf.

'*...und aus den Wiesen steiget der weiße Nebel, wunderbar!*' kam Maren Köster das alte Volkslied in den Sinn. Ein Gedanke, den sie sogleich wieder abschüttelte. Sie war gedemütigt worden und hatte eine Rechnung zu begleichen. Nichts anderes zählte jetzt!

Mit der Wohnungstür hatte Lohmann keine Probleme und kurz darauf standen sie in der sehr exotisch anmutenden Wohnung der Monika Schiller. Das Wohnzimmer war voll mit afrikanischen Masken, Trommeln und Teppichen. Lohmann wurde sofort an seinen Schwiegersohn und alle damit verbundenen Probleme erinnert. Das Bad war eine einzige grüne Pflanzenhölle. Während die Wohnung Lohmann nur chaotisch erschien und ihm Kopfschmerzen bereitete, wirkte sie auf Maren Köster äußerst sinnlich und merkwürdig erregend. Eine Sinnlichkeit, die durch den dezenten, aber die Wohnung dominierenden Geruch schwerer tropischer Düfte verstärkt wurde. Ihr Unterbewusstsein beschloss, ihrer eigenen Wohnung ab sofort ebenfalls einen Hauch von Exotik zu verpassen und der kühlen Designerkultur ein Schnippchen zu schlagen. Zimmermann wäre entsetzt gewesen, dies zu erfahren.

„Was suchen wir eigentlich?" fragte Lohmann mürrisch, als wäre er zum erstenmal bei einer solchen Aktion dabei. Er fühlte sich hier nicht wohl und wollte so schnell wie möglich wieder hier raus.

„Alles, was uns einen Schritt weiter bringt, Bernhard! Das können sowohl Kontoauszüge als auch Liebesbriefe sein. Lass uns mal schauen!"

Mit dem Einfühlungsvermögen einer verwandten Seele fand Maren Köster nach kurzer Zeit einen kleinen Rattankoffer mit der privaten Korrespondenz der Monika Schiller. Da jetzt nicht die Zeit war, diese komplett durchzuforsten, nahm sie den ganzen Koffer kurzerhand mit. Im Wohnzimmer fanden sie nichts von Bedeutung. In der Küche stand ein großer Kühlschrank, an dessen Außenwand mit Magneten viele Zettel angebracht waren. Zu Maren Kösters Überraschung hingen da auch einige Zeitungsausschnitte. Es war da der Bericht der Lippischen Heimatzeitung über den Leichenfund am Detmolder Bahnhof. Aber auch zwei Beiträge über die Geldschein-Affäre! Das Zusammentreffen erstaunte die beiden Polizisten. Lohmanns Lethargie war sofort wie weggeblasen. Der Zusammenhang zum Mordfall Bahnhof schrie ihnen geradezu entgegen!

Sie suchten noch eine weitere Stunde, notierten sich einiges und verschwanden dann wieder Richtung Kreispolizeibehörde Lippe. Dort schaffte Maren Köster es gerade noch, ihrem Chef auszuweichen. Polizeirat Erpentrup dürstete es bereits nach Informationen.

„Irgendwann wird er die auch bekommen," murmelte sie leise. „Aber erst mal schaue ich mir in Ruhe den Inhalt des Koffers an!"

Fast zwei Stunden quälte sie sich durch die umfangreiche, privateste Korrespondenz einer Frau, die fast zwanzig Jahre älter war als sie selbst. Sie hatte anfangs große Mühe, einen

Zugang zur sozialen Umwelt dieser Monika Schiller zu finden. Es gab natürlich keine Briefe von ihr selbst geschrieben, sondern nur welche, die an sie gerichtet waren. Nach mehreren Briefen gelang ihr das jedoch recht gut. Die Sympathie für diese Frau, die sie nie gekannt hatte und die sie nie kennen lernen würde, nahm immer mehr zu. Direkte brauchbare Hinweise, die ihre Ermittlung hätten weiterbringen können, waren jedoch vorerst noch nicht dabei. Bis sie auf einen etwas schmuddeligen Brief stieß. Das Papier wies Fettflecken auf und war bedeckt von einer nicht ungeübten, aber äußerst nachlässigen Kugelschreiber-Handschrift. Maren Köster war nicht imstande, diesen kurzen Text zu entziffern und rief Bernhard Lohmann an. Der war im ganzen Polizeirevier dafür bekannt, die unglaublichsten Schriften lesen zu können. Das mochte damit zusammenhängen, hatte Axel Braunert einmal sehr scharfsinnig analysiert, dass Lohmann selbst mit einer absolut sauberen Handschrift gesegnet war. Bei ihm saß jeder Buchstabe, da gab es keinerlei persönliche Schnörkel. Weil er also selbst eine so unpersönliche neutrale Schrift hatte, vollbrachte er als Medium beim Entschlüsseln auch der individuellsten Ausprägung von Handschriften wahre Wunder. Das war zumindest die Theorie Braunerts. Bislang hatte noch niemand eine einleuchtendere Erklärung gefunden. Lohmann nahm den Brief in seine klobigen Finger, blickte kurz mit zerfurchter Stirn darauf und las laut vor:

„Liebste Moni! Es gibt noch Wunder im kalten Kapitalismus! Manchmal fallen doch ein paar Brosamen vom Tisch der Reichen und dienen einem Armen zur Labung. Ja, meine Liebe, bald kann ich zur Dir nach Lemgo kommen. Ich habe jetzt Geld! Viel Geld! Mehr als in den ganzen letzten Jahren zusammen. Du wirst nicht glauben, woher das Geld kommt. Unser alter Freund Peter Hille (ja, da lachst Du!) gefällt sich in der Rolle als Mäzen der Entrechteten und Ausgestoßenen. Späte Reue? Oder kalte Strategie? Ich weiß es nicht und erst

mal interessiert es mich auch nicht. Was ich habe, das habe ich und das halte ich fest. Auch Dich habe ich immer festhalten wollen, aber ich hatte Dich nie. Warum eigentlich nicht? Aber ich gebe Dich nicht auf! Take a walk at the wild side, baby! Ich warte am anderen Ufer auf Dich!!!!!!!

Dein ewiger Udo."

Lohmann und Köster blickten sich an.

„Was für ein krankes Gesülze," Lohmann schüttelte den Kopf. „Steigst du da durch?"

Maren Köster jedoch saß eine ganze Weile da und starrte in die Luft. Dann sprang sie auf, wie von einer Wespe gestochen.

„Udo? Hast Du gerade wirklich Udo vorgelesen? Bist Du dir da ganz sicher?"

Lohmann schaute noch einmal auf den Brief und nickte. Er konnte keinen Grund für Erregung erkennen. Ganz im Gegensatz zu seiner jungen Kollegin, die sich jetzt aufführte, als habe sie gerade bei Günther Jauch eine Millionen gewonnen.

„Mensch Bernhard! Wir suchen doch einen Zusammenhang zum Mordfall mit dem Penner! Klar? Am Kühlschrank der Frau hingen die Zeitungsausschnitte, die zeigen, dass sie sich für den Fall, mehr als üblicherweise zu erwarten wäre, interessiert hat. Und jetzt dieser Brief! Versteh doch, der tote Penner, den alle nur den Professor nennen, der hieß mit zivilem Namen Udo Kröger. Udo! Dämmert es jetzt?"

Es dämmerte. Endlich!

47

„Wir müssen sofort mit Jupp Schulte sprechen!" sprudelte es aus Maren Köster heraus. Doch kaum war der Satz ausgesprochen, da wurde ihr klar, dass Josef Schulte ja bei ihr zur Zeit überhaupt nicht ‚en vogue' war. Andererseits ... sie hatte ja was zu bieten! Er hatte ihr üble Vorwürfe gemacht, hatte sie als Polizistin in Frage gestellt. Jetzt würde sie ihm und allen anderen beweisen, dass sie durchaus etwas bewegen konnte. Sie flirtete kurz mit der Idee, den anderen nichts zu erzählen und die Sache allein weiterzuverfolgen. Doch dann siegte ihre Professionalität. Und die verlangte Teamgeist. Also große Besprechung.

Sie rief Erpentrup an, deutete an, wichtige Neuigkeiten zu haben, die im großen Kreis besprochen werden müssten. Erpentrup reagierte sofort und eine Viertelstunde später saßen alle Mitarbeiter der Mordkommission am runden Tisch zusammen. Erpentrup und Braunert erwartungsvoll, Lohmann geistesabwesend und Schulte misstrauisch.

Maren Köster berichtete kurz und äußerst sachlich von ihrem Besuch bei Jakob Visser. Vor allem von seiner Behauptung, ein Selbstmord oder Unfall sei ausgeschlossen. Weniger von den zwei Flaschen Champagner, die Visser und sie sich dann noch geteilt hatten und auch nichts von dem Taxi. Denn selber fahren konnte sie nicht mehr. Nach den heftigen Anspannung des Tages brauchte sie einfach ein Ventil. Dann von den Anrufen der Zeitungsleser.

„Wir wissen also jetzt mit ziemlicher Sicherheit, dass es sich hier um Monika Schiller aus Lemgo handelt. Und wir haben Grund genug zur Annahme, dass es sich um einen Mord handelt!"

Dann erzählte sie von ihrem und Lohmanns Besuch in der Wohnung, worüber Erpentrup etwas die Stirn runzelte. Hier hätte korrekterweise erst mit den nächsten Angehörigen gesprochen werden müssen. Maren Köster ging mit einer unwirschen Handbewegung darüber hinweg. Sie war jetzt in Schwung gekommen und würde sich von bürokratischen Hemmnissen nicht mehr bremsen lassen. Als sie von den Zeitungsausschnitten berichtete, ging ein Raunen durch die kleine Runde. Das Raunen verstärkte sich und wurde zum aufgeregten Tuscheln, als der Brief zum Thema wurde. Erpentrup ergriff das Wort:

„Gut gemacht, Frau Köster! Ihre Arbeit hat uns ein ganzes Stück weitergebracht. Ich werde alle Kontakte zur Presse übernehmen, um Ihnen allen hier den Rücken frei zu halten. Herr Schulte, wie verfahren Sie weiter?"

Josef Schulte kratzte sich am Hinterkopf. Die letzten Minuten waren für ihn durchwachsen gewesen. Beim Bericht seiner Kollegin hatte er genau wie alle anderen atemlos gelauscht. Aber eigentlich war er selbst gern der Mittelpunkt des Geschehens und dass ausgerechnet die von ihm so heftig kritisierte Maren Köster die Ermittlungen so richtig in Schwung brachte, war für ihn nicht leicht zu verdauen. Aber auch Schulte war Profi genug, um den Erfolg des Teams über persönliche Befindlichkeiten zu stellen.

„Ich möchte mich erst mal Ihrem Urteil anschließen, Herr Erpentrup. Maren, du hast Klasse gearbeitet! Hut ab! Wir haben also zwei Mordfälle, die mit großer Wahrscheinlichkeit eine Querverbindung haben. Die bisher einzige erkennbare Gemeinsamkeit ist dieser gewisse Peter Hille, von dem der Mann namens Udo da schreibt. Wenn denn dieser Udo wirklich der tote Obdachlose ist, was wir jetzt einfach mal annehmen. Suchen wir also nach Peter Hille! Hat eigentlich die Suche nach den Angehörigen der Frau was ergeben?"

Hatte es, wusste Lohmann zu berichten. Eine Schwester war gefunden worden. Die würde im Laufe des Tages mit ihrem Mann von Bad Salzuflen nach Detmold kommen, um die Tote zu identifizieren und um sich um die Wohnung zu kümmern.

Schulte stellte sich im Stillen die Frage, in welchem Zusammenhang er den Namen Peter Hille zuletzt gehört hatte. Richtig, in Warburg! Laut sagte er:

„Es gab da mal einen Dichter, der hieß Peter Hille. Aber das hilft uns wohl auch nicht weiter."

Die anderen starrten ihn an. Erpentrup grinste böse, als er meinte:

„Herr Schulte! Sie sind immer für eine Überraschung gut! Gestern haben Sie noch bewiesen, dass Sie sich ohne erkannt zu werden im Pennermilieu bewegen können, heute verblüffen Sie uns als Kulturkenner. Wer hätte das von Ihnen gedacht?"

Was Schulte von ihm dachte, wusste dieser sehr wohl.

48

Hans Moormann hatte die Nase voll. Den ganzen Vormittag hatte es schon geregnet und mittlerweile war er völlig durchnässt. Er beschloss, heute früher ‚Feierabend' zu machen. Viel hatte er nicht ‚verdient', ganze 8,60 DM lagen in seiner alten Baskenmütze. Mürrisch raffte er die Münzen zusammen und steckte sie in seine geräumige Hosentasche. Vielleicht würde er am späten Nachmittag noch einmal eine ‚Spätschicht' einlegen. Das würde sich aber nur dann lohnen, wenn der Regen nachließe und die Sonne wieder durchkäme. Dann waren die Leute spendabler. Sein Kollege, der stadtbekannte Flötenspieler, hatte es da sowieso leichter. Der hatte mit seinem Platz in der Bruchstraße, hinter sich das Schuhgeschäft Deichmann und vor sich den Platz, an dem junge Familien die Enten des Schlossgrabens mästeten, sozusagen eine 1a-Lage. Sein zwar nicht virtuoses, aber solides Flötenspiel und seine beinah täglich variierende Kopfbedeckung machten ihn zu einem nicht wegzudenkenden Bestandteil dieser Einkaufsstraße und hatten ihm so was wie eine Stammkundschaft eingebracht. Für Hans Moormann hingegen war bei diesem spärlichen Einkommen für heute kein großer Lustgewinn zu erwarten. Das bedeutete, Abendessen in der *Herberge zur Heimat*, eine Flasche ‚Schluck' verputzen und dann ein trockenes Plätzchen für die Nacht finden. Mehr war nicht drin. Immerhin, die Flasche nahm ihm die diffusen finsteren Gedanken und die konkrete Angst vor gewalttätigen Rechtsradikalen und ließ einen Mann wie ihn einigermaßen ruhig in irgendeiner Ecke dieser wunderschönen Stadt schlafen.

Aber jetzt war es erst Mittag. Sollte er das ganze schöne Geld etwa für Essen ausgeben? Bei diesem Gedanken erfasste ihn Panik. Was, wenn er sich dann keine Flasche mehr leisten könnte? Andere würden dann in irgendeinem Supermarkt eine Flasche ‚mitgehen lassen'. Aber dafür war Hans Moormann zu intelligent. Da war einmal die viel zu große Wahrscheinlichkeit, erwischt zu werden. Zum anderen wusste er, dass er damit auf der untersten Ebene seines persönlichen Abstiegs angekommen wäre. Noch hatte er etwas Kraft, sich dagegen zu stemmen. Lange würde sie aber wohl nicht mehr reichen, das war ihm schon klar. Bedröppelt schlich er durch die Bruchstraße und suchte nach einem trockenen Unterstellplatz, von dem ihn kein Ladeninhaber vertreiben würde. Zwischendurch sah er einen ‚Kollegen', der gerade mit dem gesamten Oberkörper in einem großen Abfallcontainer steckte und dort nach Verwertbarem forschte. Moormann hatte keinerlei Lust, mit diesem Leidensgenossen Kontakt aufzunehmen.

Plötzlich spürte er eine harte Hand auf seiner Schulter. Er blickte sich entsetzt um und starrte in das breit lächelnde Gesicht des Polizisten, der ihn schon vorgestern besucht und ausgefragt hatte.

„Hallo mein Freund! Schön, dass ich Sie hier treffe!" Josef Schulte strahlte die pure Freundlichkeit aus. „Ich muss unbedingt mit Ihnen sprechen. Haben Sie Zeit?"

Hans Moormann blickte ihm resigniert in die Augen.

„Zeit? Wollen Sie mich verarschen?"

„Nein, natürlich nicht! Im Ernst, ich muss wirklich mit Ihnen reden. Aber nicht hier im Regen. Kommen Sie, wir setzen uns ein bisschen gemütlich in das *Brauhaus*, ich hoffe, das hat schon auf!"

Der arme Hans Moormann kam sich vor wie in einem Märchen, als er so mir nichts dir nichts im Wintergarten des *Brauhauses* vor einem dampfenden Teller Bratkartoffeln mit Matjes saß und mit einem großen Glas Detmolder das Prost des seltsamen Polizisten erwiderte. So einen Polizisten hatte er noch nie kennen gelernt. Als er sich bemühte, umständlich seinen Dank auszudrücken, winkte Schulte kurzerhand ab.

„Kein Problem! Das sind alles Spesen! Also, hau ordentlich rein, Mann! Vater Staat bezahlt alles!"

Erst nach dem Essen und beim zweiten Glas Bier kam Schulte auf den Grund seiner Einladung zu sprechen.

„Als ich vorgestern bei Ihnen war, da haben wir über den ‚Professor' gesprochen und darüber, dass er so eine Art Sponsor hatte. Den Namen dieses Sponsors wussten Sie nicht mehr. Eine verdammt wichtige Frage jetzt: Kann es sein, dass dieser Sponsor Peter Hille hieß?"

Moormann dachte nur kurz nach, dann erhellte sich sein struppiges Gesicht.

„Klar! Peter Hille! Ich habe doch gleich gesagt, wie irgend so ein Dichter. Deswegen ist mir der Name ja aufgefallen. Als Schüler musste ich mal über diesen Peter Hille einen Aufsatz schreiben. Werde ich nie vergessen! War ´ne glatte Fünf! Ja, dass war der große Zampano beim ‚Professor'."

Schulte atmete tief durch.

„Sie ahnen gar nicht, wie sie uns damit weitergeholfen haben. Das Mittagessen haben Sie sich mehr als verdient. Haben Sie vor, die Stadt in der nächsten Zeit zu verlassen? Nein? Gut, denn es kann sein, dass ich noch ein oder zweimal mit Ihnen reden muss. Okay?"

Unter diesen Bedingungen war Moormann das alles sehr recht. Dieser ‚Bulle' hatte eine angenehme Art großzügig zu sein, ohne dabei seine Zielperson zu demütigen. Das beeindruckte ihn. Sie plauderten noch etwas über den Fall. Dann hatte Schulte es eilig. Er zahlte, ließ sich eine Quittung geben und verschwand. Auch Moormann hielt es nun nicht mehr. So allein kam er sich im gepflegten Ambiente des *Brauhauses* doch etwas schäbig vor.

49

„Ach wissen Sie, unser Monika war schon immer ein bisschen anders als andere Leute. Vor allem in den letzten Jahren. Da ist sie ganz merkwürdig geworden. Als ältere Schwester habe ich ihr schon so oft gesagt: Monika, wo soll das hinführen? Aber sie hat ja nicht auf mich gehört und getz ham´ wa den Salat!"

Marlies Knepper betupfte mit einem Tempotuch ihre Augen. Ob da wirklich eine Träne wegzuwischen war oder nicht, konnte Maren Köster nicht erkennen. Sie empfand keine große Sympathie für die Frau, die als Schwester einer vermutlich Ermordeten enttäuschende Reaktionen zeigte. Maren hatte zwar keine Schwester, was Josef Schulte schon oft bedauert hatte, aber sie hatte versucht, sich in die Lage von Marlies Knepper hineinzudenken, bevor sie diese kennen lernte. Jetzt war sie doch sehr ernüchtert. Es schien dieser Frau um die Sechzig beinah gleichgültig zu sein. Konnten Schwestern sich so auseinander leben? Sie konnten. Monika Schiller und Marlies Knepper waren der Beweis. Der überdrehten Exotik der alleinlebenden Verstorbenen setzte ihre Schwester eine spröde Bodenständigkeit entgegen. Der Ehemann, den sie wie an einer unsichtbaren Leine mit sich führte, wirkte wie ein Dackel, der dankbar ist, im Augenblick einmal keine Prügel zu bekommen. Wenn er dazu anatomisch in der Lage gewesen wäre, hätte er sicher gerne gewedelt, um seine Dankbarkeit zum Ausdruck zu bringen. Beunruhigend sein ständiger Blickwechsel. In der einen Sekunde ein schmachtend begehrender

Blick auf Maren Köster, in der nächsten Sekunde ein schuldbewusster auf seine Ehefrau.

„Jämmerlich!" dachte die Kommissarin und sah sich für den Moment mit ihrem Single-Dasein versöhnt.

Im weiteren Gespräch mit der Frau stellte sich heraus, dass die beiden Schwestern sich in den letzten zwanzig Jahren kaum noch gesehen hatten. Der Kontakt hatte sich beschränkt auf den jährlichen Anruf zum Geburtstag und gelegentliche Familien-Events wie Beerdigungen und Hochzeiten.

„Sagt Ihnen der Name Udo Kröger etwas?" fragte Maren Köster. Eigentlich nur, um das Gespräch irgendwie zu Ende zu bringen.

„Udo Kröger?" Die massige Frau dachte nach. „Aber sicher! Udo Kröger war doch der Trottel, der ihr immer hinterhergelaufen ist. Schon in der Schule. Das weiß ich noch wie heute, wie er damals, ich glaube, er war gerade mal fünfzehn Jahre und Monika war dreizehn, mit einem Strauß Blumen zu uns ins Haus kam. Die Blumen waren natürlich geklaut. Wahrscheinlich vom Friedhof. Aber Monika wollte nie was von ihm wissen. Eine ihrer wenigen vernünftigen Entschlüsse. Sie hat ihn aber immer an der langen Leine gehalten. Ich glaube, es hat ihr Spaß gemacht, so einen beständigen Verehrer zu haben. Warum fragen Sie nach dem Kerl? Hat er sie etwa...?"

Das konnte Maren Köster mit absoluter Sicherheit verneinen, da Udo Kröger schon einige Zeit tot war. Frau Knepper schien trotzdem nicht ganz überzeugt.

„Was nach der Schule aus ihm geworden ist, weiß ich nicht. Bestimmt nichts Anständiges! Ich bin dann jedenfalls von zu Hause weg und habe geheiratet. Meinen Hans-Martin hier!"

Bei diesen Worten erwartete Maren Köster ernsthaft, dass die Frau nun ihrem Ehemann wie ein gutes Frauchen das Fell hinter den Ohren kraulen würde. Hans-Martin lächelte selig.

50

Eigentlich hatte Bernhard Lohmann von seinem Computer keine gute Meinung. Zu oft hatte ‚dieser verdammte Apparat‘ ihm schon den Blutdruck hochgetrieben. Wäre da nicht meistens ein hilfsbereiter Axel Braunert zu Stelle gewesen, der ihm den wildgewordenen Rechner wieder zähmte, er hätte den ‚Dreckskasten‘ längst aus dem Fenster geworfen. Jede Generation hat ihre Schrecken. Er hatte als junger Mann die Beatles, Uwe Seeler und Ernst Huberty verehrt, hatte begeistert Brathendl im *Wienerwald* verputzt und die *Glücksspirale* im Fernsehen verfolgt. Das war auch nicht immer einfach. Aber dass heute ein junger Mann seine Lebenssäfte vor einem Computer vertrocknen lassen kann, das wollte ihm einfach nicht in den sechsundfünfzigjährigen Schädel. Nein, eigentlich hasste er seinen PC. Obwohl er in letzter Zeit einen nicht zu leugnenden Vorteil dieser Geräte festgestellt hatte. War früher die Recherche doch eine arge Laufarbeit, so ließ sich heute am Computer unglaublich viel im Sitzen herausfinden. Ein Faktor, der dem stark übergewichtigen Mann eine Menge bedeutete. Heute hatte der Computer wieder einen guten Tag gehabt. Er hatte sich nicht aufgehängt, er war nicht abgestürzt, nein, er hatte was ausgespuckt! Namen und Adressen. Die Namen waren alle gleich: Peter Hille! Nur die Adressen und die Dossiers dazu waren unterschiedlich. Und es schien, als ob eine ganze Reihe von Männern, jung und alt, durchaus in der Lage waren, sich mit diesem Namen in einer rauen Welt zu behaupten. Wer mochte der Gesuchte sein? Es gab keinen wirklichen Anhaltspunkt, weder Alter, noch Wohnort, noch Beruf, noch Aussehen. Dabei fiel ihm ein, dass Schultes Berber von einem Dichter gleichen Namens gesprochen hatte. Lohmann überlegte kurz und, durch den Erfolg mit den vielen Namen keck bis zum Übermut geworden, riskierte er alles ... und ging mit seinem Dienst-PC ins Internet! Die Suchmaschine bot ihm zu seiner Überraschung zwölf Einträge unter dem Namen Peter Hille an. Er klickte den ersten Eintrag an. Eine kleine Biografie aus dem Gutenberg-Verlag mit einer Auswahl an Gedichten.

„Mensch! Der kam ja von hier! Das war ja fast ein Lipper!" sprach er überrascht zu sich selbst. Laut las er weiter: „Geboren am 11.9.1854 in Erwitzen, Kreis Höxter. Gestorben am 7.5.1904 in Berlin-Großlichtenfelde. Gymnasiumsbesuch in Warburg. War da nicht auch Jupp Schulte gewesen? Mal kucken, was der Kerl für Gedichte gemacht hat!"

Er klickte völlig willkürlich auf das Gedicht *Salome* und begann zu lesen.

Meines Blutes böser Reigen,
Mordend, flehend:
Sollst dich einem König zeigen –
Mordend, flehend. Sollst umschlingen,
Und umzwingen
Dir ein Haupt,
Schwer von strengem Haar umlaubt.
Dieses Haupt hat sterben müssen,
Nun kann meine Inbrunst küssen
Hassend heute, morgen klagend,
Drohend es im Herzen tragend.
Meines Blutes böser Reigen,
Mordend, flehend...

Entsetzt und überhastet verließ Bernhard Lohmann das Internet.

„Der Kerl hatte doch nicht alle auf der Latte!" konstatierte er. „Wenn der nicht schon vor fast hundert Jahren gestorben wäre, dann...also für mich wäre er der Täter. Mit so einer blutrünstigen Fantasie..., nee!"

Ein Schöngeist war Bernhard Lohmann nun mal nicht.

Er ging mit seiner langen Adressliste zu Maren Köster rüber, die gerade mit der Schwester der Toten fertig geworden war.

Die beiden ungleichen Polizisten schauten gemeinsam die Liste durch. Maren Köster schüttelte den Kopf.

„Ich denke, damit allein kommen wir nicht viel weiter. Wir müssen noch einmal in das Haus der Schiller und versuchen, irgendwas zu finden, was uns weiterbringt. Aber viel Zeit haben wir nicht mehr, denn über kurz oder lang wird dieses schreckliche Weib, ihre Schwester, dort einfallen und sich alles mögliche unter den Nagel reißen!"

„Na, Mädchen! Dann mal nichts wie los!"

51

„Dey hätt se klauet!!!"

Schulte riss den Telefonhörer vom Ohr und hielt ihn auf Abstand. Sein Gesprächspartner, Anton Fritzmeier, war dermaßen in Fahrt, dass er eigentlich auch ohne Telefon die Entfernung von Heidental nach Detmold hätte überbrücken können.

Schulte versuchte ihn zu beruhigen.

„So, jetzt mal gaaanz ruhig! Was war los?"

„Ruhig soll ich sein? Ich? Nix ist mehr sicher! Das Schwein musst du packen, Jupp! So ´ne Sauerei, ´nen alten Mann beklauen! Vor nix ham´ se mehr Respekt!"

Nach einigem Hin und Her gelang es Schulte, einen ungefähren Hergang zu rekonstruieren.

Sein Nachbar, Anton Fritzmeier, hatte einen prächtigen Blumengarten, der jetzt im Juni ein Überangebot an wunderschönen Pflanzen bot. Nun war Fritzmeier bei seinen Fahrten zum Supermarkt gelegentlich an Blumenverkaufsständen am Straßenrand vorbeigekommen. Mit der ihm eigenen Raffinesse rechnete er sich aus, auch mit den Produkten aus dem eigenen Garten eine schnelle Mark verdienen zu können. Allerdings ... sich selbst an die Straße setzen und die Sträuße verkaufen, das war ihm doch zu peinlich. Sein Sohn winkte gleich entschieden ab und so kam Fritzmeier auf die beeindruckende

Idee, einfach eine Art Urne, die außer einem Schlitz für Münzen und Scheine keine weitere Öffnung hatte, neben die Blumen zu stellen und durch ein kleines Schild die Leute aufzufordern, einen bestimmten Betrag pro Blume in das Gefäß zu stecken. Am ersten Tag kaufte niemand eine Blume. Fritzmeier führte das darauf zurück, dass das Werbeschild viel zu klein sei. Also zimmerte und malte er über Nacht ein gewaltiges Schild, welches seine Wirkung auf vorbeifahrende Autofahrer auch nicht verfehlte. Am Abend war der Boden der Urne mit Münzen bedeckt und Fritzmeier war stolz auf seine gute Idee. Da die Urne ja so konstruiert war, dass man nur etwas hinein-, aber nichts herausholen konnte, ließ er das Geld im Gefäß. Am späten Nachmittag des heutigen Tages war er voller Vorfreude zu seinem Stand gegangen und erlebte einen Schock. Einige Blumen waren noch da, was fehlte, war die Urne!

„Aber Anton, was soll ich denn da noch machen? Die sind doch längst über alle Berge mit deinem schönen Geld. Hast du denn keinen von den Dieben gesehen?"

„Wie, gesehen? Natürlich nicht! Wenn ich einen von den Schweinen gesehen hätte, dann ..., ja, dann ..."

Im Augenblick fiel ihm wohl nichts ein, was angesichts der Schwere des Falles angemessen brutal genug wäre.

Schulte versprach ihm, alles nur erdenkliche zu tun. Am Abend würde er selbst den Stand untersuchen. Fritzmeier schnaubte zwar immer noch, war aber fürs erste zufrieden.

„Übrigens, Jupp! Dein Köter bellt schon den chanzen Tach. Was meinsse, soll ich ihn mal rauslassen? Aber wenn er mich beißt, hole ich meine Flinte. Da kannsse einen drauf lassen!"

Nachdem Schulte dieses Problem gelöst hatte, kam Axel Braunert in sein Büro.

„So, hier ist alles, was ich in den letzten Tagen über diesen Udo Kröger herausfinden konnte. Viel ist es nicht! Ich werde mich dann mal verstärkt um die Fünfhundertmarkscheine kümmern!"

Schulte nahm sich die dünne Aktenmappe vor.

Udo Kröger hatte praktisch keine Verwandten mehr. Seine Eltern waren vor vielen Jahren gestorben. Eine Schwester war vor über zehn Jahren nach Kanada ausgewandert und fiel als Informantin aus. Es blieben nur zwei Cousins, die Axel Braunert befragt hatte. Das Konzentrat aus beiden Befragungen war lediglich, dass beide ihren Verwandten für einen Spinner und Versager hielten, mit dem sie schon seit vielen Jahren nichts mehr zu tun hatten und auch nichts zu tun haben wollten. Kröger selbst hatte ebenfalls nie versucht, die Verbindung zu aktivieren.

Dann hatte Braunert den letzten festen Wohnsitz in Paderborn ermittelt und den Vermieter gesprochen. Der konnte sich noch gut an Kröger erinnern, hatte aber kein gutes Wort für ihn. Nachdem Krüger über ein Vierteljahr mit der Miete im Rückstand gewesen war, hatte er ihn vor die Tür gesetzt. Zu seinem Erstaunen hatte sich Kröger dagegen nicht einmal zur Wehr gesetzt. Wahrscheinlich, vermutete der Hausbesitzer, hatte er schon etwas anderes. Die Wohnung habe ausgesehen wie nach einer Überschwemmung. Es wunderte ihn auch überhaupt nicht, dass die Polizei nach diesem Mann fragte. Das habe man ja voraussehen können.

In Detmold hatte Kröger offenbar von Anfang an keinen festen Wohnsitz gehabt. Zumindest war er nie im hiesigen Einwohnermeldeamt registriert worden. In der entscheidenden Frage, wann und wie er in Kontakt mit diesem dubiosen Peter Hille gekommen war, hatte Josef Schulte immer noch keinen echten Ansatz.

Frustriert machte er sich auf den Weg nach Hause.

52

Es war Abend geworden und sie war keinen Schritt weiter gekommen. Zwei Stunden lang hatte Maren Köster zusammen mit Bernhard Lohmann noch einmal die Wohnung von Monika Schiller durchsucht. Davon hatte sie mindestens eine halbe Stunde damit verplempert, deren Schwester den Zugang zu verwehren. Um Viertel vor Acht Uhr gab sie die Suche auf und den Wohnungsschlüssel an die trauernde Verwandte, die sich gleich begeistert auf die Pirsch machte. Ihr dackelähnlicher Ehemann warf zum Abschied noch einige ebenso gierige wie verstohlene Blicke auf die schöne Polizistin.

Auf der Straße verabschiedeten sich eine enttäuschte Maren Köster und ein zur Zeit recht einsilbiger Bernhard Lohmann. Sie startete Richtung Detmold. Dort angekommen, überlegte sie kurz und fuhr dann noch nicht nach Haus, sondern lenkte ihren roten *Opel Tigra* die Lemgoer Straße runter, die Paulinenstraße entlang und bog dann in die Allee ein. Sie hatte an diesem Tag so gut wie noch nichts gegessen und spürte nagenden Hunger. Das Restaurant ihrer Wahl musste zwei Bedingungen erfüllen: Es musste schmecken und es musste ein Ort sein, an dem ein Zusammentreffen mit Dr. Zimmermann so gut wie ausgeschlossen war. Rasant parkte sie an der Wasserseite der Allee, überquerte die Straße und ging in den *Neuen Krug*. Es war wie immer rappelvoll. Sie trat in den Gastraum auf der linken Seite und fand dort mit viel Glück einen freien Tisch in der hintersten Ecke. In diesem von Studenten dominierten Lokal war sie natürlich völlig ,overdressed', aber das war ihr restlos schnuppe. Die Bestellung bereitete ihr keine Mühe, denn auf dem Weg hierher war ihr stets der Hit dieses Hauses, die *Pizza Nr. 5*, durch den Kopf gespukt. Während sie auf diese wirklich empfehlenswerte Pizza mit ,Roquefort'-Käse wartete, kam ihr eine Idee. Sie ging noch einmal zu ihrem Auto und holte die Kassette mit den Briefen Monika Schillers. Ob sie nun beim Warten und

215

beim Essen die riesigen düsteren Ölgemälde betrachtete oder alle diese Briefe noch einmal aufmerksam studierte, war letztlich egal. Aber, wer weiß...? Diese Frau hatte wirklich eine merkwürdige Korrespondenz geführt. Die Briefe waren von den unterschiedlichsten Mentalitäten und Bildungsgraden geprägt. Als sie den fünften Brief mit höchster Konzentration analysiert hatte, kam die dampfende Pizza. Sie ließ die Briefe Briefe sein und widmete sich mit der gleichen Aufmerksamkeit ihrem Abendessen. Wieder einmal schaffte sie die ordentliche Portion nicht und ließ den Rest mit einem verlegenen Lächeln zurückgehen. Und weiter ging es mit dem sechsten Brief. Aber auch hier war nichts, aber auch wirklich gar nichts zu finden, was ihr irgendeinen Anhaltspunkt hätte liefern können. Verbissen nahm sie sich den nächsten Brief vor. Sie wollte, nein... sie musste einfach Erfolg bei diesem Fall haben! Zu viele Demütigungen hatte sie einstecken müssen. Den Erfolg war sie sich selbst schuldig.

Der siebte Brief alarmierte sie! Er war in der ihr mittlerweile bekannten Handschrift des Professors geschrieben! Beinah war sie versucht, sich den in der unverwechselbar durchgeknallten Diktion dieses Mannes geschriebenen Brief laut vorzulesen, als sie las:

Detmold, im September 1991

Liebste Moni!
Schönste der Schönen, ich grüße Dich! Ich... (es folgte eine halbe Textseite mit nichtssagendem Gesülze, dann ging es weiter) *...denn es geht ums ganz große Geld! Wenn einer selbst kein Geld hat, dann hat es eben ein anderer. Und wenn dieser andere sein Vermögen mit einem Verbrechen erworben hat, dann handelt es sich um einen Akt der sozialen Gerechtigkeit, ihm dieses Vermögen wieder abzunehmen. Welcher Richter darf das verurteilen? Das Kapital gehört in die Hände der Entrechteten. Da ist es jetzt! Nach 49 Jahren*

*hat ein Verbrecher sein unrecht Gut wieder verloren.
Ich kann Dir, meine Schöne, keine Namen nennen, aber
dieses Gedicht wird dir den Weg weisen:*

*Seele meines Weibes wie zartes Silber bist du.
Zwei flinke Fittiche weißer Möwen.
Deine beiden Füße.
Und dir im lieben Blute auf Steigt ein blauer Hauch
Und sind die Dinge darin Alle ein Wunder.*

Es folgten noch einige Ergüsse über die Schönheit und die
Warmherzigkeit der Monika Schiller. Unterschrieben war der
Brief mit: *Dein U.*

Maren Köster nahm ein tiefen Schluck Bier. Ohne jeden
Zweifel stammte dieser Brief vom ‚Professor'. Monika Schiller
schien ihn schon recht lange gekannt zu haben. Immerhin war
dieser Brief fast zehn Jahre alt. Aber worum ging es hier eigentlich? Handelte es sich um sinnlose Ergüsse eines geistig
Verwirrten? Oder steckte hinter diesen kryptischen Floskeln
tatsächlich ein interessanter Hinweis? Warum dieses merkwürdige Gedicht? Wieso sollte es den Weg weisen?

Eines war ihr aber sofort klar: Noch ein Bier mehr, und an
diesem Abend würde sie nichts mehr herausfinden.

Also packte sie alles zusammen und fuhr ins Polizeipräsidium. Es war jetzt fast zehn Uhr. Sie las den Brief von vorn nach
hinten und umgekehrt. Herausfiltern ließ sich für sie:

Hier war irgendjemandem Geld gestohlen worden. Dieser
Jemand hatte sein Geld vermutlich nicht legal erworben. Aber
das war nach internationaler Rechtsprechung noch lange kein
Freibrief, es ihm zu rauben. Also zwei Straftaten. Die eine lag
ungefähr zehn Jahre zurück, die andere 59 Jahre, war also mit
Sicherheit schon verjährt. Der Autor des Briefes war offensichtlich an der jüngeren Straftat beteiligt, aber da musste
noch mindestens ein anderer sein, weil er im Brief von mehreren Personen schrieb. Wieder wurde ihr bewusst, in welcher

Realitätsferne dieser ,Professor' genannte Mann gelebt haben musste. Seine Äußerungen hatten stets einen etwas pubertären Unterton. Auf jeden Fall sollte das Gedicht auf den oder die Täter hinweisen. Das bedeutete, dass die Empfängerin des Briefes in der Lage gewesen sein musste, das Gedicht richtig einzuordnen. Ihr selbst sagten diese Zeilen überhaupt nichts. Es schien sich um ein etwas ungewöhnliches Liebesgedicht zu handeln. Aber die Botschaft erschloss sich ihr nicht. Zwischendurch hatte Maren Köster einen der Computer auf die Suche nach allen nicht aufgeklärten Straftaten im Jahre 1991 im Kreis Lippe geschickt. Als sie die ausgedruckte Liste vor sich hatte, fand sie nichts, was auf diesen Fall hinwies. Aber die Polizistin hatte noch lange nicht alle Möglichkeiten des Polizeiapparates ausgeschöpft. Sie würde die riesige Datenbank des Landeskriminalamtes Düsseldorf nutzen. Aber erst mal lag ihr das Gedicht auf der Seele. Maren wandte sich den restlichen Briefen zu, fand aber nichts mehr, was ihre Aufmerksamkeit erregt hätte. Ohne Anstoß von außen kam sie einfach nicht weiter! Sie brauchte dringend Verstärkung, also rief sie Axel Braunert an. Hier erreichte sie aber nur den Anrufbeantworter. Lohmann würde sie mit Sicherheit nicht bewegen können und Schulte kam aus anderen Gründen absolut nicht in Frage. Als sie leicht verzweifelt überlegte, wer ihr denn weiterhelfen könne und wer um diese Uhrzeit noch ansprechbar sei, fiel ihr die Presse ein. Sie suchte in ihrem Telefonverzeichnis, riss dann den Hörer vom Gerät und atmete erleichtert auf, als sich Hermann Rodehutskors in seinem Büro meldete.

Sie erklärte ihm ganz grob, worum es ging.

„Schicken Sie mir am besten das Gedicht per Fax rüber. Ich glaube, ich weiß schon, wen ich darauf anspreche! Wir Zeitungsleute müssen ja nicht selber klug sein, aber wir kennen immer kluge Leute, die wir fragen können!", kam die Antwort von Rodehutskors.

Maren Köster faxte. Eine Stunde später, sie hatte schon die Hoffnung auf einen Rückruf aufgegeben, ging das Telefon.

„Guten Abend! Mein Name ist Scheiblich! Lothar Scheiblich aus Remmighausen. Unser gemeinsamer Bekannter Hermann Rodehutskors hat mich gebeten, Ihnen bei der Sache mit dem Gedicht zu helfen. Ich bin zwar nur ein kleiner Deutschlehrer, aber ich glaube, in diesem Fall nützlich sein zu können. Auch wenn ich das Gedicht nicht kannte, zeigte es doch eine recht typische Handschrift. Ich habe dann mal ein bisschen nachgeschlagen und kann jetzt mit Bestimmtheit sagen, dass es sich hier um ein Gedicht von Peter Hille handelt! Zum Inhalt jedoch muss ich sagen, dass...!"

Er wurde von einem Aufschrei unterbrochen.

„Was sagten Sie? Peter Hille? Sind sie da absolut sicher?"

Der Anrufer schien etwas irritiert.

„Ja, bin ich! Warum?"

„Warum? Weil Sie mir damit wirklich einen Riesenschritt weitergeholfen haben! Sie sind ein Engel. Ich könnte Sie küssen!"

Damit legte sie den Hörer auf.

Zurück blieb ein Herr Scheiblich, der nicht recht wusste, was er von der Reaktion der Kommissarin halten sollte. Da er aber sein Gegenüber nicht hatte sehen können, wurde ihm nicht bewusst, was ihm mit dem Küssen entgangen war.

53

Wieder dieser Peter Hille! In dem ersten Brief wurde er etwas ironisch als großherziger Sponsor bezeichnet, im zweiten einer Straftat beschuldigt. Nicht, dass diese Kombination ungewöhnlich war, aber es wurde höchste Zeit, diesen Mann zu finden! An Schlaf war sowieso nicht mehr zu denken. Sie wollte jetzt herausfinden, um welchen ungelösten Fall aus dem Jahre 1991 es sich handelte. Maren Köster kochte sich einen starken Kaffee und setzte sich an ihren PC. Zwischenzeitlich nervte der ältere Kollege, der jede Nacht seine Kontrollgänge durch alle Büroräume macht, etwas. Nach Plaudern war ihr nicht zumute. Sie hatte zu tun!

„Alte Hippe!" brummelte der Nachtwächter und zog eingeschnappt weiter.

Sie wählte den Datenpool *PIKAS* des Landeskriminalamtes Nordrhein-Westfalen an, gab eine 4-stellige Zahl und ihre 5-stellige Codenummer ein und wartete ab. Nach einer halben Minute konnte die Recherche beginnen. Es war ein ereignisreiches Jahr gewesen, dieses 1991. Sie filterte die aufgeklärten Straftaten raus und selektierte dann nach Gewaltverbrechen, Wirtschaftsstraftaten, Betrug, Erpressungen und so weiter. Nirgendwo tauchte ein Peter Hille auf, was bei ungelösten Fällen nicht weiter erstaunlich war. Kurz nach Mitternacht hatte sie sich eine Liste von Fällen zusammengestellt, die noch am ehesten in Frage kamen. Diese Liste wollte sie am kommenden Morgen durchgehen. Jetzt brauchte sie doch etwas Schlaf. Als sie gerade ihre Schreibtischleuchte ausschalten wollte, blieb ihr Blick auf einer der Listen hängen.

Ende Dezember 1991 war verspätet bei der Kripo Bielefeld ein Fall angezeigt worden, der sich bereits im Frühjahr zugetragen hatte. Ein gewisser Hans Broer hatte angegeben, erpresst worden zu sein. Ein äußerst ungewöhnlicher Vorgang, denn Opfer von Erpressungen zeigen dies selten an, weil dann auch der Grund der Erpressung bekannt wird. Und weil man genau den verheimlichen will, zahlt ja manch einer ganz ordentliche Erpressungsgelder. In diesem Fall war es anders. Hans Broer war im Herbst 1991, er war damals 82 Jahre alt, lebensbedrohlich erkrankt und wollte wohl reinen Tisch machen. Der schwarze Fleck in seiner Biografie war vor fast fünfzig Jahren entstanden. Im Sommer 1941 hatte der Prokurist einer Bielefelder Maschinenbaufirma eine günstige Gelegenheit beim Schopf gefasst. Sein Chef, der Firmeninhaber Moses Rosenboom, war seit Monaten wegen des sich verstärkenden Terrors der Nazis untergetaucht. Einer der wenigen Menschen, auf die er sich glaubte verlassen zu können, war Hans Broer. Broer hielt dem von der Außenwelt völlig abgeschlossen Mann die Aussichtslosigkeit seiner Lage vor Augen. Er brachte ihn dazu, das gesamte Unternehmen auf ihn zu überschreiben. Dies schien dem armen Verfolgten die einzige Chance zu sein, seinen Betrieb durch die schweren Zeiten zu führen und seinem bereits ins Ausland geflüchteten Sohn das Erbe zu sichern. Broer schwor ihm alle Eide, nach dem Ende der Naziherrschaft die Firma ohne Wenn und Aber an den legitimen Erben zu übergeben. Ob Rosenboom ihm wirklich glaubte oder nicht, er hatte überhaupt keine Alternative. Zufällig oder nicht zufällig wurde das Versteck Rosenbooms bereits zwei Tage später gefunden, er wurde nach Bergen-Belsen verfrachtet und dort ermordet. Die Maschinenbaufabrik hatte einen neuen Inhaber, wurde für die nächsten Jahre als kriegswichtig eingestuft und erhielt allerlei Privilegien. Hans Broer überstand den Krieg und die anschließende Entnazifizierung schadlos und startete als erfolgreicher Unternehmer in die Wirtschaftswunderjahre.

Und genau dies hatte irgendein kluger Kopf herausbekommen und fünfzig Jahre später damit immerhin 2,5 Millionen Mark erpresst. Zum Zeitpunkt der Strafanzeige war Hans Broer an Krebs erkrankt, hatte nach Auskunft seines Arztes noch einen Monat zu leben und war frei von Rücksichten auf seine eigene Biografie.

Einen kleinen Teil des erpressten Geldes hatte Broer registrieren können. Aber eben nur einen kleinen Teil, da die Summe in Fünfhundertmarkscheinen ausgezahlt werden musste und er wegen der Brisanz des Themas keine Hilfe in Anspruch nehmen konnte. Diese Nummern fand Maren Köster in der Anlage. Fünfhundertmarkscheine? Maren Köster war trotz der späten Stunde, es war jetzt bereits ein Uhr morgens, wie elektrisiert. War es möglich, dass...? Wenn nun...!

Hektisch wählte sie die Nummer von Axel Braunert. Schlaftrunken meldete der sich nach einer Weile.

„Was willst du denn? Weißt du, wie spät es ist? Wo bist du überhaupt?"

„Im Büro, wo ein anständiger Polizist hingehört! Reiß dich mal kurz zusammen. Wie, du hast keine Lust? Kannst du dich noch an den Polterabend deiner Cousine erinnern? Wer hat dir denn da deinen Arsch gerettet? Na, fällt der Groschen?"

Braunert brummte, meckerte aber nicht mehr.

„Okay! Was willst du?"

„Hör zu! Du warst doch mit Lohmann am Freitag im Museum. Ich habe euren Bericht gelesen und weiß, dass ihr dort etliche Fünfhundertmarkscheine im Tresor gefunden habt, die angeblich eine anonyme Spende sein sollen. Ihr habt euch doch ganz sicher die Nummern der Fünfhundertmarkscheine aufgeschrieben, oder? Diese Nummern brauche ich ganz dringend. Ja, jetzt sofort!"

„Ich habe die nicht! Bernhard hatte die Nummern aufgeschrieben. In sein kleines Notizbuch. Er ist aber nicht mehr dazu gekommen, irgendetwas weiterzugeben, weil seine Tochter mit ihrem Freund plötzlich auftauchten und ihn mitschleppten. Den Bericht habe ich dann allein geschrieben. Das Notizbuch wird Bernhard wohl zuhause in seiner Jackentasche haben. Aber der schläft jetzt garantiert noch tiefer als ich. Den kriegst du nicht wach! Hat das Ganze nicht Zeit bis morgen?"

„Nein! Wetten, dass ich den wach kriege?"

Axel Braunert stöhnte leise, gab aber allen Widerstand auf.

„Was hast du denn atemberaubendes entdeckt? Was kann denn so eilig sein?"

Sie berichtete kurz von ihrer Entdeckung. Braunert pfiff leise durch die Zähne.

„Das ist allerdings ein echter Fortschritt! Glückwunsch! Pass auf, lass den armen Bernhard jetzt schlafen. Ich verspreche dir, heute ganz besonders früh ins Büro zu kommen. Dann packen wir das Thema zusammen an. Jetzt fahr nach Hause und leg dich noch ein paar Stunden aufs Ohr. Sonst bist du den ganzen Tag nicht zu gebrauchen. Okay?"

Sie versprach ihm alles und legte auf.

Sekunden später hatte sie die Nummer von Bernhard Lohmann gewählt und wartete beklommen auf dessen Wutanfall. Der ließ auch nicht lange auf sich warten. Sie ließ ihn an sich abtropfen und äußerte dann vorsichtig ihren Wunsch.

„Es geht doch nur um ein paar Zahlen! Danach kannst du dich ja wieder hinlegen. Ich brauche nur die Nummern der Fünfhundertmarktscheine aus dem Museum. Die stehen doch in deinem Notizbuch, oder nicht?"

Lohmann schimpfte weiter, versprach aber dann, sein Notizbuch zu holen. Immer noch murrend las er ihr zwanzig Nummern vor, die sie sich eifrig notierte.

„Besten Dank für deine Hilfe! Tut mir leid, dass ich dich aufgeweckt habe, aber das war wirklich wichtig. Ich gebe nachher ´ne Runde Puddingschnecken aus, okay?"

„Das ist aber auch das mindeste! Ihr jungen Höpper müsst alle noch viel ruhiger werden. Wenn ich jetzt nicht wieder einschlafen kann, dann hast du den ganzen Tag nichts zu lachen, das verspreche ich dir. Mach´s gut!"

Maren Köster schmunzelte. Sie hatte bekommen, was sie wollte. Die Schlafprobleme ihrer Kollegen waren dagegen zweitrangig.

Als sie die Nummern mit denen in der Datenbank abglich, spürte sie eine starke Erregung. Und als drei Nummern identisch waren, hätte sie am liebsten laut geschrieen. Vor Glück, aber auch vor Erschöpfung.

54

Der Wecker jaulte wie eine Sirene. Karl Hofknecht drückte sich das Kopfkissen auf die Ohren und warf sich auf die andere Seite. Das Geräusch des Weckers wurde lauter. Er zwang sich dazu, konzentriert nach der Quelle dieses widerlichen Geräusches zu tasten, um sie mit einem sicher geführten Hieb zum Verstummen zu bringen.Geschafft!

Kaum war er dabei, wieder ins Reich der Träume zu versinken, da zog ihm seine Frau Monika die Bettdecke weg. Gegen den Druck, den sie ausübte, um ihn zum Aufstehen zu bewegen, war das Geräusch des Weckers reiner Elfengesang.

Mürrisch und mit noch fast geschlossenen Augen tastete sich Karl ins Bad. Nachdem er noch einige Minuten auf der Klobrille sitzend seinen eben abgebrochenen Traum zuende geträumt und sein Geschäft verrichtet hatte, schleppte er sich zum Waschbecken. Er zwang sich in den Spiegel zu sehen und erschrak wie jeden Morgen vor seinem Konterfei. Wie jeden Morgen musste er sich damit abfinden, dass es sich dabei um sein Gesicht handelte und wie jeden Morgen flüchtete er vor diesem Anblick unter die Dusche.

Als er fünfzehn Minuten später die Küche betrat, sang seine Frau gerade gutgelaunt das Lied „Ich will ´nen Cowboy zum Mann" lauthals mit, welches *WDR 4* gerade in den Äther aussandte.

Für Karl Hofknecht war der Tag gelaufen. Wie konnte ein Mensch nur so früh am Morgen so gute Laune haben? Irgendwann würde er eine Trennwand in die Küche einziehen, um dem morgendlichen Elan seiner Frau zu entgehen.

Seit über fünfundzwanzig Jahren war das einer ihrer Streitpunkte. Abends, wenn Karl gerade dabei war so richtig wach zu werden, ging Monika ins Bett und morgens, wenn er seine Muffeligkeit kultivierte, sprühte sie vor guter Laune. ‚Ein Scheidungsgrund', dachte er. Er trank einen Schluck schwarzen Kaffee aus dem Becher, den ihm seine Frau vorsetzte.

‚Wann habe ich Monika eigentlich kennengelernt?' Eigentlich hatte es dazu wenig Gelegenheiten gegeben. ‚Wenn ich schlafe', verfolgte er den Gedankenstrang weiter, ‚weiß Monika nicht, wohin mit ihrer Energie. Doch wenn ich wach werde und etwas unternehmen will, putzt sie sich gerade die Zähne um anschließend ins Bett zu gehen. Es muss wohl irgendwann einmal ein zufälliges Ereignis gegeben haben, an dem wir beide gleichzeitig den gleichen Wachheitsgrad hatten. Ausgerechnet in diesem Moment müssen wir uns über den Weg gelaufen sein.'

Er dachte darüber nach, welche Situation das wohl gewesen seien könnte. Sie fiel ihm nicht ein, aber er hatte auch nicht den Mut, Monika danach zu fragen. Genau so wenig traute er sich zur geliebten *Heimatzeitung* zu greifen. Also trank er schweigsam seinen Kaffee, nahm die Butterbrote, die ihm natürlich seine Frau geschmiert hatte, packte sie in die Aktentasche, gab seiner Frau den obligatorischen Abschiedskuss und verließ das Haus.

Er öffnete die Fahrertür seines nagelneuen, silbermetallicfarbenden *Mazda 323*, setzte sich hinein, startete den Motor und fuhr ihn aus dem Carport.

Da kein Verkehr auf der Stoddartstraße herrschte, konnte er ohne anzuhalten auf die Fahrbahn abbiegen und in Richtung Donoper Teich fahren. Obwohl der Weg zum RP, seiner Arbeitsstelle, über Heidenoldendorf der kürzeste war, fuhr Karl aus alter Gewohnheit über Hiddesen.

Als er die Kreuzung Oerlinghauser Straße erreichte, sprang die Ampel gerade auf grün. Er beschleunigte etwas und ließ die Kreuzung hinter sich. Fünf Minuten später erreichte er den Ortseingang an der *Sternschanze.*

Karl Hofknecht überlegte, ob er sich bei der Fleischerei Grundmann noch ein Mettbrötchen kaufen sollte. Doch als er drei Polizeiwagen vor dem Haus parken sah nahm er von dem Vorhaben Abstand.

Die versorgen wieder die gesamte Kreispolizeibehörde an der Bielefelder Straße mit belegten Brötchen, dachte er. Da muss man wieder eine Viertelstunde anstehen. Also fuhr er weiter.

Auch in Hiddesen an der Ampel hatte er grüne Welle.

‚Super', dachte er ‚wenigstens der Verkehr fließt heute Morgen reibungslos'. Doch da hatte er sich zu früh gefreut. Denn in diesem Moment zog ein mindestens achtzigjähriger Augustinumbewohner ohne Rücksicht auf Vorfahrtsregeln vor ihm auf die Straße.

Doch Hofknecht reagierte prompt. Anstatt zu bremsen gab er kurz Gas. Er zog sportlich an dem Rentner-*Golf* vorbei. Die abschüssige Straße vor ihm war wieder frei und so fuhr er mit fast hundert Stundenkilometern Richtung Paderborner Straße.

Eigentlich war es ja nicht seine Art, auf einem Straßenstück, auf dem er fünfzig Stundenkilometer fahren durfte, dieses Gebot um fast das Doppelte zu überschreiten. Als er sich dieser Tatsache klar wurde, trat er pflichtgemäß auf die Bremse. Doch er trat ins Leere.

Adrenalin knallte ihm in die Blutbahn. Die Ampel vor ihm sprang auf rot. Doch sein Auto rollte mit ungeminderter Geschwindigkeit auf die Kreuzung zu.

Der von Heiligenkirchen kommende Bus *Linie 701* fuhr an. Da sah der Busfahrer den *Mazda* auf die Kreuzung zu rasen. Er trat heftig in die Bremse. Nicht einmal einen Meter vor ihm querte das Auto die Fahrtrichtung des Busses. Es übersprang den mehrere Meter breiten und fast zwei Meter tiefen Graben und prallte gegen eine Betonmauer. Karl Hofknecht hörte noch die Explosion des Airbags. Dann verlor er das Bewusstsein.

55

Maren Köster hatte bis zum frühen Morgen kein Auge mehr zugemacht. Sie hatte in den letzten Tagen ernsthaft an sich gezweifelt. Nun war das alte Selbstvertrauen wieder da. Leider ließ die neue Hochstimmung keinen Schlaf mehr zu, dafür war sie jetzt zu übernächtigt und zu rappelig. Sie fuhr nach Hause, machte sich eine Flasche Rotwein auf, setzte sich in ihren Fernsehsessel und trank. Zu hastig und letztlich auch zu viel. Dann schlief sie doch ein. Und so hätte sie beinah den regulären Dienstbeginn verschlafen. Unpünktlich, ungekämmt, zerknittert, verkatert und mit einer deutlichen Fahne kam sie zur Dienstbesprechung. Josef Schulte, natürlich auch unpünktlich, kam zur gleichen Zeit mit ihr in den Besprechungsraum und spürte zum ersten mal seit Tagen tiefes Mitleid mit ihr. Er führte ihr Aussehen und ihre Alkoholfahne auf die Reinfälle im privaten und im dienstlichen Bereich zurück. Arme Maren! Erpentrup schien ihren Auftritt weniger differenziert zu sehen. Seine Blicke drückten klar aus, dass er nach der Besprechung ein ernstes Wort mit ihr reden würde.

Hans-Werner Jakobskrüger, der Gerichtsmediziner, wusste zu berichten, dass die verdünnte Säure, die dem toten Obdachlosen auf dem Bahnhof in die Vene gespritzt worden war, eine Zusammensetzung hatte, die man in jedem Baumarkt kaufen kann. Als Anhaltspunkt also überhaupt nicht zu gebrauchen.

Es kam noch dieses und jenes. Nichts von Bedeutung. Dann hielt es Maren Köster nicht mehr aus, sie berichtete von den Ergebnissen der vergangenen Nacht. Als alle die Tragweite ihrer Recherche erfasst hatten, hagelte es Glückwünsche. Schulte drückte ihr sogar die Hand.

„Maren, ich muss mich bei dir entschuldigen! Ich hätte nicht an dir zweifeln sollen. Manchmal werden alte Männer eben etwas wunderlich."

Nie hätte sie es zugegeben. Aber gerade das Lob von Josef Schulte bedeutete ihr viel, sehr viel. Da mochte Erpentrup noch so geziert daherreden, das war vergleichsweise unwichtig.

Schulte übernahm jetzt die Gesprächsleitung.

„So, wir wissen jetzt also, aus welcher Quelle die Geldscheine stammen. Hat jemand eine Idee, wieso der Erpresser die Scheine fast zehn Jahre lang gehortet hat und sie jetzt mit vollen Händen zum Fenster hinauswirft, indem er alles an Obdachlose verschenkt?"

Maren Köster meldete sich.

„Also erst mal handelt es sich bei der erpressten Summe um immerhin 2,5 Millionen Mark. Dagegen ist der Betrag, den bislang die Obdachlosen verjubelt haben und der dem Museum gespendet wurde, nur als Peanuts zu bezeichnen. Es mögen vielleicht so um die vierzigtausend Mark gewesen sein. Aber, warum überhaupt eine Mark verschenken? Das muss doch einen Grund haben? Als ich heute früh endlich nach Hause kam, habe ich die *Heimatzeitung* gleich dem Boten aus der Hand genommen und ein bisschen darin geblättert. Als ich mehr oder weniger zufällig auf den Wirtschaftsteil gestoßen bin, war mir alles klar. Ich denke, ich weiß, warum der Erpresser jetzt überall so ein bisschen was fallen lässt."

Alle hörten aufmerksam zu. Dieser Morgen gehörte ihr.

„Er musste aktiv werden! Denn Ende dieses Jahres sind seine Scheine nichts mehr wert! Denkt mal an die EURO-Einführung! Er muss die Scheine noch in diesem Jahr unters Volk bringen oder er kann damit sein Wohnzimmer tapezieren. Ich würde sagen, er hat das Problem EURO verschlafen. Dumm ist er aber trotzdem nicht. Denn er ist sich nicht sicher, ob die Geldscheine registriert worden sind. Die Gefahr ist zwar nicht sehr groß, weil bei der Erpressung keine Polizei hinzugezogen worden ist, aber man kann ja nie wissen. Also, was macht der Mann? Oder die Frau? Na?"

Keine hatte eine Ahnung.

„Er testet das! Hier ein Scheinchen, da ein Scheinchen. Da die Obdachlosen einen sehr begrenzten Aktions-Radius haben und außerdem keine dummen Fragen stellen, wenn man ihnen plötzlich viel Geld gibt, waren sie die idealen Testpersonen. Falls einer von den Scheinen ,heiss´ gewesen wäre, hätte man den Penner festgenommen und unser Erpresser wäre gewarnt gewesen. Die Scheine waren also Versuchsballons, die er hat steigen lassen."

Schulte räusperte sich.

„Beeindruckend, Maren! Aber warum musste der ,Professor´ dran glauben?"

Maren Köster lächelte. Sie war wieder ganz die Alte.

„Für den Fall, dass eben einer der Obdachlosen mit einem registrierten Geldschein aufgefallen wäre, war es äußerst wichtig für den Erpresser, nicht selbst bei diesen Leuten als großer Wohltäter bekannt zu sein, sondern einen ,Strohmann´ einzusetzen. Er selbst wollte immer hübsch im Hintergrund bleiben. Ist ja auch verständlich. Was dann passiert ist, kann ich auch nur vermuten. Wahrscheinlich hat der ,Professor´ ein größeres Stück vom Kuchen haben wollen oder hat mit Enttarnung gedroht. Deshalb wurde er aus dem Verkehr gezogen. Er wird in irgendeiner Form eine Bedrohung für den Erpresser dargestellt haben."

Schulte nickte. Doch Maren Köster war jetzt in Schwung geraten. Der Kater war verflogen.

„Wahrscheinlich hat der Erpresser auch Monika Schiller umgebracht! Eventuell aus dem gleichen Grund. In seinen Briefen hatte der ,Professor´ ihr mehrmals deutliche Hinweise auf diesen so genannten Peter Hille gegeben. Im Zusammenhang mit Geld. Mit viel Geld. Monika Schiller schien diesen Hille gekannt zu haben. Vermutlich wusste sie eine ganze Menge über den Mann und hat ebenfalls versucht, sich eine dicke Scheibe vom Erfolg abzuschneiden."

Kurzes Schweigen. Da hatte ihnen die einzige Frau im Team aber ganz schön Dampf gemacht. Innerlich zogen alle den Hut vor ihr. Doch sie wusste das beifällige Gemurmel wohl zu deuten. Mehr war an Begeisterung von einem lippischen Mann auch kaum zu erwarten. Schulte war hier ein bisschen anders gestrickt.

„Top! So, dank der herausragenden Soloeinlage unserer Kollegin ist das Schiff jetzt auf Kurs. Jetzt heißt es: Wir jagen den Mann, der sich Peter Hille nennt! Auch wenn wir immer noch nichts über seine Person wissen, sind uns jetzt seine Motive klar. Das bringt uns ein gutes Stück näher an ihn heran."

Sie saßen gerade wieder in ihren Büros, als bei Axel Braunert das Telefon ging und sich ein ihm bekannter TÜV-Ingenieur, der von der Polizei immer wieder mit technischen Gutachten bei Unfällen beauftragt wurde, meldete.

„Herr Braunert, ich habe hier im Auftrag der Polizei ein Unfallfahrzeug untersucht. Der Unfall fand heute Morgen in Hiddesen statt. Ich habe meine Untersuchung noch nicht ganz abgeschlossen. Aber ich bin mir sicher, dass hier was nicht stimmt. Der Bremsschlauch ist durch. Aber die Art und Weise, wie er durchgetrennt ist, gibt mir sehr zu denken. Das war kein Marder! Das hat einer absichtlich gemacht! Ich denke, das ist ein Fall für die Kripo!"

56

Karl Hofknechts Kopf dröhnte, als würden zehn Schlagzeuger gleichzeitig einen Trommelwirbel üben. Auffallend war vor allem, dass jeder Trommler einen eigenen Takt schlug. Diese Kakophonie war kaum auszuhalten.

Er öffnete die Augen und starrte auf eine Menschenmenge von fast hundert Personen. Sein Kopf lag auf einem seltsamen weißen, harten Kissen. Er hörte einen Mann immer wieder sagen:

„Nun steigen sie doch endlich wieder ein! Wir sind sowieso schon außerhalb des Fahrplans. Ich bekomme den größten Ärger."

Ein Junge mit einem bunten Schulranzen antwortete:

„Bei dem Verkehrschaos kommen Sie doch sowieso keine zehn Meter weit. Außerdem sind Sie doch der wichtigste Zeuge."

„Aber der Fahrplan!!!"

Hofknecht wurde schlecht. Es drehte sich alles. Hatte ihm seine Frau etwas in den Morgenkaffee getan? So schlecht hatte er den Zustand seiner Ehe eigentlich nicht eingeschätzt. Jetzt sah er Sterne. Von weiter Ferne hörte er Sirenen einer Feuerwehr oder eines Krankenwagens. Dichte Nebel zogen vor seine Augen. Aus einer anscheinend riesigen Entfernung hörte er eine Stimme:

„Holt doch endlich den Mann aus dem Auto!"

Dann verlor er wieder sein Bewusstsein.

Glas splitterte. Es war ein schabendes Geräusch zu hören, als würde Metall zerschnitten. Wieder Stimmengewirr. Plötzlich umfassten ihn zwei starke Arme und zogen ihn von seinem Sitz. Was machten die mit ihm? Karl Hofknecht bekam Angst, er wollte sich wehren. Öffnete die Augen und sah in das Gesicht des Elektromeisters Helmut Giebe aus Heiligenkirchen. Dieser war als Feuerwehrmann verkleidet. Er zog ihn ins Gras. Karl Hofknecht überkam wieder diese schreckliche Übelkeit. Er musste sich übergeben.

Als er wieder zu Bewusstsein kam, lag er festgeschnallt auf einer Trage. Die Schmerzen waren weniger geworden aber die unwirkliche Situation blieb. Eine Frau in weißem Kittel sprach ihn an. Die Stimme kam jedoch von ganz weit her.

„Sie hatten einen Autounfall. Wahrscheinlich haben Sie eine Gehirnerschütterung. Ich habe Ihnen ein Schmerz- und Beruhigungsmittel gegeben."

Wieder verschwamm das Gesicht der Frau vor seinen Augen. Karl Hofknecht stieg zurück ins Nirwana.

Immer wieder kam er kurzzeitig zu sich. Sah Menschen in weißen Kitteln, hörte Stimmen und fand sich irgendwann in einem Bett wieder. Als er seinen Kopf zur Seite drehte, sah er in das Gesicht seiner Frau. Sie hatte verweinte Augen.

231

Hatte sie ihn doch nicht vergiftet?

„Was ist passiert?", wandte Karl Hofknecht an seine Frau.

„Du hattest einen Autounfall. Um Haaresbreite wärst du in einen Stadtbus gerast!" antwortete sie.

„Ich kann mich an nichts erinnern."

Karl Hofknecht hatte einen so trockenen Mund, als hätte er eine Tageswanderung ohne Wasserflasche durch die Sahara hinter sich. Die Lippen schmerzten und die Zunge klebte am Gaumen.

„Gibt es Wasser?", fragte er.

Seine Frau reichte ihm ein Glas. In diesem Moment klopfte es an der Tür des Krankenzimmers.

„Herein" hörte Karl seine Frau sagen. Er selber dachte, nicht so laut bitte.

Ein gutaussehender junger Mann betrat das Zimmer. Trotz seines angeschlagenen Zustandes bemerkte Hofknecht den anerkennenden und gleichzeitig freundlich interessierten Blick, den seine Frau Monika aufsetzte.

Der Mann zog eine kleine Ledermappe und zeigte einen Ausweis.

„Axel Braunert, Kreispolizeibehörde Lippe. Sind sie Herr Hofknecht? Karl Hofknecht?"

Der Mann im Bett nickte schwach,

„Sie hatten einen Autounfall. Dazu muss ich Ihnen ein paar Fragen stellen!".

Hofknecht hob resigniert und mit großer Mühe seine beiden Hände ein paar cm an und ließ sie dann matt wieder auf die Stellen sinken, auf denen sie vorher gelegen hatten.

„Ich kann mich nur an das Gesicht von Helmut Giebe erinnern. Der sah aus wie ein Feuerwehrmann. Ansonsten weiß ich von nichts."

„Wenn man unseren Fachleuten, welche die Unfallstelle begutachtet haben, Glauben schenkt, dann sind Sie mit fast hundert Stundenkilometern die Friederich-Ebert-Straße hinunter gerast. Sind, ohne auch nur den geringsten Versuch des

Bremsens gemacht zu haben, an einer roten Ampel vorbei gefahren. Haben die Paderborner Straße überquert und sind gegen die Mauer der Einfriedung des gegenüberliegenden Hauses geknallt. Die Mauer hat Ihrem Aufprall nicht standgehalten. Sie hat nachgegeben und Ihre Fahrt so erheblich abgebremst. Das war wahrscheinlich Ihr Glück. Wie durch ein Wunder haben Sie überlebt. Im übrigen sind Sie um Haaresbreite vor dem Stadtbus Linie 701 her gerast. Wenn der Fahrer nicht so hervorragend reagiert hätte, wäre es zu einer Tragödie gekommen. Nicht auszudenken!", berichtete Braunert.

Diesmal zuckte Hofknecht mit den Schultern.

„Ich kann mich an nichts mehr erinnern."

„Wir haben eine Blutuntersuchung auf Alkohol und sonstige Drogen angeordnet. Ich muss Ihnen die Frage stellen! Hatten Sie die Absicht, sich umzubringen?"

„Ich bin zwar in der Frühe immer etwas muffelig, aber so schlimm, dass ich von der Welt will, ist meine Morgendepression nun doch nicht!", murmelte Hofknecht.

„Herr Hofknecht! Sie haben keinen Grund zu spaßen!", entgegnete Braunert, „Um ein Haar wären Sie in einen Bus, der mit fast fünfzig Personen besetzt war, gerast. Also bitte!"

„Er meint es nicht so," schaltete sich nun Karls Frau Monika ein. „Mein Mann hat manchmal einen furchtbaren Galgenhumor. Der ist für andere Menschen oft schwer zu ertragen. Und ich glaube, mein Mann wird sich in dieser Hinsicht wohl nicht mehr ändern."

Es herrschte ein peinliches Schweigen. Nach geraumer Zeit ergriff Karl Hofknecht noch einmal das Wort.

„Es tut mir leid! Ich kann mich wirklich an nichts mehr erinnern. Mein Kopf dröhnt, als wäre eine Herde Elefanten in ihm eingeschlossen und mir ist übel, als hätte ich eine Flasche Wacholder getrunken. Ich wäre ihnen dankbar, wenn Sie mich allein ließen."

Axel Braunert sah ein, dass er jetzt wohl nicht weiter kommen würde. Also ging er auf den Wunsch des im Bett liegenden Mannes ein. Er kündigte an, dass er noch kurz mit dem behandelnden Arzt sprechen würde. Dann verabschiedete er sich. Sekunden später schloss sich hinter ihm die Tür des Krankenzimmers.

Er hatte noch keine zehn Schritte auf dem Flur zurückgelegt, da hörte er Frau Hofknecht hinter sich herlaufen. Sie rang etwas um Atem und stellte dann die Frage, die ihr in den letzten Minuten auf der Seele gelegen hatte.

„Herr Kommissar! Sagen Sie mir ganz ehrlich: Warum ist jemand von der Kriminalpolizei hier im Krankenhaus? Wenn es sich um einen Verkehrsunfall handelt, egal ob mit oder ohne Alkohol, selbst beim Selbstmordversuch würde doch wohl normalerweise nur ein Verkehrspolizist kommen. Was ist los?"

Braunert zögerte einen Moment. Diese Sekunden brauchte er stets, um seine Worte zu wählen.

„Leider müssen wir auf Grund der technischen Untersuchung des Autos davon ausgehen, dass hier mit voller Absicht an der Bremse manipuliert worden ist. Der Bremsschlauch wurde durchgetrennt. Aber die entsprechenden Enden sind glatt! Ein Riss hätte die Enden etwas ausgefranst. Aber so ist der Gutachter sicher, dass der Bremsschlauch vorsätzlich mit einem geeigneten Werkzeug durchgeschnitten wurde! Ist Ihnen klar, was das bedeutet, Frau Hofknecht?"

Bei Braunerts Ausführung war die Frau noch blasser geworden. Jetzt hatte sie beide Hände vor dem Gesicht und den Mund vor Schreck aufgesperrt. Sie erinnerte Braunert an das Gemälde *Der Schrei* von Edvard Munch.

„Sagen Sie Ihrem Mann bitte noch nichts davon. Er hat bereits genug Probleme. Aber wundern Sie sich nicht, wenn ab sofort ein Polizist vor seiner Tür steht. Frau Hofknecht, das muss Ihnen ganz klar sein: Wenn wirklich jemand mit Absicht versucht hat, Ihren Mann in eine lebensgefährliche Situation zu bringen, und daran gibt es eigentlich keinen Zweifel mehr, dann müssen wir vorsorgen, dass dieser Jemand nicht das im Krankenzimmer nachholt, was ihm mit der Bremse nicht gelungen ist! Sie verstehen?"

Frau Hofknecht verstand. Oh ja, sie verstand so gut, dass sie erst mal kein Wort herausbekam.

„Heute Abend werde ich oder einer meiner Kollegen noch einmal vorbeikommen. Vielleicht geht es Ihrem Mann dann schon wieder etwas besser und er kann einige Fragen beantworten. Frau Hofknecht, seien Sie bitte tapfer! Denken Sie daran, dass wir ja jetzt vorgewarnt sind. Sie wissen ja: Gefahr erkannt – Gefahr gebannt!"

Damit ging er und ließ die bedauernswerte Frau allein. Der Spruch war gut gemeint gewesen. Überzeugt war er von der Richtigkeit der Aussage deswegen noch lange nicht.

57

Auch ohne die exotische Note, die Maren Köster in der Wohnung der Monika Schiller so angesprochen hatte, hätte die Polizistin diese Frau gerne kennen gelernt. Seit gut vier Stunden beschäftigte sie sich mit dem Werdegang dieser ebenso schillernden wie auch tragischen Person. Die Biografie, die sich Maren Köster in mühseliger Kleinarbeit, aufgrund amtlicher Eintragungen bei Standesämtern, Schulbehörden, Arbeitsämtern und so weiter, zusammengestellt hatte, war nun mal nicht alltäglich. Aber war es ein glückliches Leben? Hatte Monika Schiller immer die Kontrolle über ihren Werdegang gehabt? War sie nur eine unglückselige Frau, die hoch hinaus gewollt hatte und die (im wahrsten Sinne des Wortes) tief gestürzt ist?

Monika Schiller wurde im Herbst 1952 in Lemgo geboren. Nach dem Besuch der Volksschule wechselte sie Ostern 1963 auf die Realschule. Ihre Zeugnisse waren nicht weiter auffallend. Sie war eine mittelmäßige Schülerin, hatte sich in den beiden letzten Schuljahren allerdings gesteigert. Als sie im Juli 1969 mit der Mittleren Reife die Realschule verließ, begann sie eine Lehre als Verwaltungsangestellte beim Regierungspräsidenten in Detmold. Sie wohnte jedoch weiterhin bei ihren Eltern in Lemgo. Im Sommer 1972 hatte sie die Ausbildung erfolgreich beendet. Sie hatte ein gutes Zeugnis und eine gute Beurteilung bekommen. Obwohl ihr Arbeitgeber eine Weiterbeschäftigung befürwortete, hatte Monika Schiller gekündigt und ging, wahrscheinlich gegen den ausdrücklichen Willen ihrer Eltern, auf Tour quer durch Europa. Die Stationen ihrer Tour waren in dem, seit Jahren als ungültig entwerteten, Reisepass aus dieser Zeit abgestempelt. Den Reisepass hatten sie in der Wohnung gefunden. Maren Köster empfand ein bisschen Neid, als sie die ganzen Länderstempel sah und sich vorstellte, was Monika Schiller in dieser Zeit alles erlebt haben musste. Sie selbst war immer sehr ‚vernünftig‘ gewesen und hatte sich zielstrebig um ihr berufliches Fortkommen gekümmert. Mittlerweile, so mit Anfang Dreißig, relativierten sich so einige Werte. Vernunft war nun mal kein Selbstzweck. Manchmal hätte ein guter Schuss Unvernunft ihr Leben bereichert, das war ihr jetzt klar. Sie reiste zwar heute auch, aber das waren mehr oder weniger durchorganisierte Reisen ‚von der Stange‘, deren Erlebniswert beschränkt ist. Reisen, ‚mit dem Daumen im Wind‘ und mit jugendlicher Unbefangenheit... das erschien ihr heute als Traum. Monika Schiller hatte diesen Traum fast drei Jahre lang ausgekostet. Bei ihrer Rückkehr im Mai 1976 war sie an der deutsch-österreichischen Grenze festgenommen und wegen Haschischbesitzes zu einer Gefängnisstrafe von einigen Wochen verurteilt worden. Nach Verbüßung der Haft jobbte sie bis Frühjahr 1979 bei verschiedenen Detmolder Firmen. Dann ging sie nach Berlin. Mitten hinein in die sich gerade formierende Hausbesetzerszene in Kreuzberg! Und wieder lernte sie Gefängnisse von innen kennen. Wegen dieser Hausbesetzungen und immer wieder wegen des Besitzes von Haschisch. Härtere Drogen schienen nicht ihr Fall gewesen zu sein. Irgendwie hatte sie es aber dennoch geschafft, in Berlin ihr Abitur nachzuholen und so begann sie im hohen Alter von fast 30 Jahren noch ein Studium der Germanistik und Musik auf Lehramt. Irgendwie schien sie sich nun gefestigt zu haben, denn sie beendete im Mai 1987 das Studium, mit sehr guten Noten. Sie zog zurück in Lippische. Für ein Lehramt war sie mittlerweile etwas zu alt und so verdiente sie sich ihren Lebensunterhalt mit Klavierstunden an der Musikschule Detmold. Nebenbei jobbte sie bei einer Bielefelder Tageszeitung als Freie Mitarbeiterin für den kulturellen Bereich. Daran hatte sich im wesentlichen nichts geändert bis zu ihrem gewaltsamen Tod, 13 Jahre später.

Wo war bei dieser Lebensschiene der Knotenpunkt mit der des ‚Professors'? Und damit vielleicht auch mit der dieses noch so unbekannten Peter Hille? Also machte sie sich, auch wenn der Feierabend schon wieder einmal überschritten war, daran, den Lebenslauf des ‚Professors' zu untersuchen.

Der ‚Professor', also Udo Kröger, wurde 1950 in Lemgo geboren und aufgewachsen. Er besuchte die Volksschule, dann von 1960 an das Gymnasium Lemgo. 1966 begann er nach dem Abitur eine Ausbildung zum Verwaltungsfachangestellen bei der Regierung in Detmold. Hier machte es bei Maren Köster „Klick"! Hier war vermutlich der Treffpunkt der beiden Lebenslinien. Das passte vom Alter her auch zur Aussage von Monika Schillers Schwester, die sich an Udo Kröger als Verehrer ihrer Schwester erinnern konnte. 1970 brach Kröger die Verwaltungsausbildung nach nicht bestandenen Prüfungen ab und ging nach Göttingen, um dort Soziologie zu studieren. Er setzte das Studium 1976 in Paderborn fort, ohne es jemals wirklich zu Ende zu bringen. Aber ab 1972 war keine, außer den Briefen, Gemeinsamkeit mehr zu erkennen. Maren Köster grübelte.

Sie setzte einfach mal als Gegeben voraus: Kröger und Monika Schiller hatten sich während der Verwaltungsausbildung in Detmold kennen gelernt. War es da leichtsinnig anzunehmen, dass auch dieser Peter Hille in dieser Phase aufgetaucht war? Vielleicht war er auch ein Verwaltungslehrling? Morgen früh würde sie als erstes eine komplette Liste aller Auszubildender aus den Jahren 1967 bis 1970 von der Regierung anfordern. Vielleicht tauchte ja ein Name auf, mit dem sie irgendetwas würde anfangen können.

Sie hatte gerade alles zusammengepackt, was eine Frau zum Überleben in der rauen Wildnis benötigt, also Lippenstift, Lidschatten und so weiter, als Axel Braunert in ihr Büro kam und sich auf ihren Besucherstuhl setzte.

„Na, Maren! Kommst du voran?"

„Ich denke schon. Aber ich kann erst morgen weitermachen. Ich brauche Informationen vom Personalamt der Regierung. Da ist ja jetzt um acht Uhr Abends keiner mehr zu sprechen. Da gibt es ja geregelte Arbeitszeiten!"

Eine ganze Zeit sagte keiner der beiden etwas. Dann räusperte sich Maren Köster.

„Übrigens, falls es das ist, was dir auf der Seele liegt: Ich bin dir nicht mehr böse! Du hast nur gesagt, was du sagen musstest und du hast ja versucht, die schäbige Wahrheit nett zu verpacken. Ich bin froh, dass du es warst und nicht Schulte oder Erpentrup, da hätte es geknallt! Okay?"

Braunert lächelte.

„Genau das wars! Komm, ich lade dich noch zu einem Espresso ein! Anschließend fahre ich ins Krankenhaus und passe auf, dass dem armen Herrn Hofknecht nichts passiert. Hast du schon von dem Fall gehört? Ein Unfall. Aber ein vorsätzlich herbeigeführter Unfall. Dem Mann hat jemand die Bremsleitung durchgeschnitten. Jetzt besteht natürlich die Möglichkeit, dass der Täter es im Krankenhaus noch mal versucht. Und wir haben überhaupt keine Ahnung, was dahinter steckt. Im Augenblick ist in Lippe wirklich ein ganzes Rudel Teufel los. Als hätten wir nicht schon genug am Hals! Schulte wollte auch kommen, soll ich ihn von dir grüßen?"

„Halt bloß die Klappe! Das ist ein ganz anderes Thema, das musst du nicht regeln. Los, lass uns gehen!"

58

Der mittelgroße, kräftige Mann um die Fünfzig ging unruhig im großen und hellen Wohnzimmer seines Hauses auf und ab. All die Jahre hatte er sich diszipliniert. Hatte mit fast übermenschlicher Geduld das viele Geld nicht angerührt.

„Erst mal Gras über die Sache wachsen lassen!" war während dieser langen Zeit seine selbstgesetzte Parole gewesen. Er hatte ein großartiges Versteck, darum machte er sich keine Sorgen. Sorgen machte ihm die Einführung des EURO. Bis zum Ende dieses Jahres musste er das Geld irgendwie in den allgemeinen Geldkreislauf einbringen, sonst war es schlicht und schrecklich nichts mehr wert.

Aber er hatte nicht geschlafen. Er hatte Pläne geschmiedet. Viele Pläne und auch gute Pläne, wie er fand. Alles lief hervorragend an. Bis Udo anfing zu spinnen! Er wurde aufsässig, war nicht mehr von der Strategie überzeugt. Und vor allem: Er wollte einen höheren Anteil! Dieser kleine Scheißer! Was glaubte der denn eigentlich, wer er war? Hatte er den Kerl nicht jahrelang alimentiert? Wer sonst hatte ihm denn eine Chance geboten, aus der Gosse herauszukommen? Keiner! Nein, Udo war zu einer echten Gefahr für ihn geworden. Er hatte gar keine Wahl gehabt.

Wahrscheinlich war diese Frau an allem Schuld, diese esoterische Zicke! Schon vor zwanzig Jahren war ihm klar, dass Udo zwar immer in der Warteschleife bleiben, aber nie wirklich bei ihr landen würde. Doch dieser Trottel war wie vernagelt, wenn es um diese Frau ging. Mit jedem Korb, den sie Udo gab, wuchs ihr Einfluss auf ihn. Er selbst hatte mit Engelszungen auf Udo eingeredet. Hatte teure Callgirls auf ihn angesetzt. Aber, außer Spesen nicht gewesen! Udo stand nur auf dieses Hippie-Mädchen. Oder eben zuletzt auf diese Hippie-Oma.

Er ließ sich erschöpft in die wuchtige Ledercouch fallen und trank gierig einen Schluck Whiskey. Warum konnte Udo nicht noch ein Jahr warten? Dann hätte er Geld wie Heu gehabt! Okay, er selbst hätte natürlich sehr viel mehr gehabt, aber schließlich war er ja auch der Kopf des Ganzen gewesen. Udo war immer nur Handlanger. Und Handlanger bekommen eben nun mal Handlangeranteil. Trotzdem, für einen Penner wäre sein Anteil ein Vermögen gewesen. Und dann macht der Trottel so eine Dummheit! Erzählt seiner alten Flamme von dem Projekt und die beiden versuchen ihn zu erpressen. Ihn! So was unglaublich Undankbares!

Nein! Beide mussten weg, das hatte er grundsätzlich schon richtig gemacht. Und das mit der Spritze hatte er doch Klasse hingekriegt. Manchmal zahlt es sich eben aus, wenn man einen Arzt zum Freund hat und sich bei dem, völlig unauffällig, versteht sich, sachkundig machen kann. Was würde dieser Freund staunen, wenn der wüsste, warum er einen ganzen Abend lang über die Wirkung von verdünnter Salzsäure mit ihm diskutiert und ‚aus Spaß‘ mit einer Orange das Spritzen geübt hatte. Nur steckt der Teufel immer im Detail. Unter Druck macht man eben Fehler. Er hätte niemals die beiden Aktionen, also die Testscheine unters Volk bringen und Udo aus dem Verkehr ziehen, so zeitgleich machen dürfen. Es war ja zu erwarten gewesen, dass die Polizei irgendwann einen Zusammenhang herstellen würde. Jetzt hatten sie einen Anhaltspunkt und jetzt würden sie weiter bohren und bohren. Wer weiß, was die alles schon wussten und nur nicht an die Öffentlichkeit kommen ließen? Ihm wurde ganz übel. Gott sei dank hatte keiner auch nur die leiseste Ahnung von seinem Pseudonym. Das war noch nicht verbrannt und er würde es noch gut gebrauchen können.

Dummerweise gab es noch einen Mitwisser, und der lief noch unbehelligt herum. Auch da hatte er Fehler gemacht. Erst hatte er daran gedacht, Karl Hofknecht mit einer größeren Geldsumme einzubinden. Diese Idee ließ er aber sehr schnell wieder fallen, denn diese ‚Beamtenseele‘ war ebenso wenig zu korrumpieren wie das Hermannsdenkmal. Der dachte nur an seine Arbeit, sein Leben war die Bezirksregierung. Ab und zu trank er allerdings viel mehr, als er vertragen konnte. Das war seine einzige Schwäche. Sonst ging er nie ein Risiko ein. Nie gegen Gesetze verstoßen, immer alles überschaubar halten. Genau wie sein alter Herr, der Schneidermeister.

„Kleinbürger!"

Eben hatte er von dem Unfall in *Radio Lippe* gehört. Hofknecht hatte also überlebt. Schwer verletzt habe man ihn ins Krankenhaus gebracht, hieß es. Hätte er nur was anderes gemacht, als die Bremsleitung zu durchtrennen. Er hätte sich doch denken können, dass Hofknecht sich brav an Geschwindigkeitsbegrenzungen hielt. Außerdem, auf den lippischen Straßen kann man sowieso nirgendwo schneller fahren als 50 Stundenkilometer. Was konnte da schon passieren? Er hätte ihn selber und direkt töten müssen. Hatte ihm da die Courage gefehlt? War er zu sentimental, seinem alten Kumpel höchstpersönlich das Licht auszupusten?

„Quatsch!!!" Er machte eine unwirsche Handbewegung. Bei Udo hatte er auch keine Probleme gehabt. Und der hatte ihm zeitweise viel näher gestanden.

Was nun? Ins Krankenhaus eindringen und Hofknecht den Rest geben? Den würden sie sicher bewachen wie die Kronjuwelen, sobald die Polizei herausgefunden hatte, dass die Bremsen manipuliert waren. Oder Flucht? Sicherheitshalber sollte er vielleicht das Geld schon mal aus dem Versteck holen und reisefertig machen.

Er stemmte sich aus dem Sessel und nahm seine einsame unruhige Wanderung durch das Zimmer wieder auf.

59

„Das waren noch Zeiten," staunte Maren Köster, als sie am Freitag Morgen die lange Liste der Auszubildenden, die damals noch ‚Stift' genannt wurden, der Bezirksregierung vorliegen hatte. Lehrstellenknappheit war ein Begriff, der erst Anfang der siebziger Jahre aufgekommen ist. Zwischen 1968 und 1970 wurde in Deutschland noch sehr großzügig ausgebildet. Sie fand dennoch schnell die beiden Namen Udo Kröger und Monika Schiller. Nur einen Peter Hille fand sie nirgends. War ihre Theorie ein Luftschloss? Nach dem dritten Kaffee innerhalb einer Stunde kam ihr der Gedanke, dass es sich ja vielleicht um einen Spitznamen handeln könnte. Es ist ja nicht ungewöhnlich, dass sich Freunde gegenseitig die abwegigsten Namen geben, diese dann über Jahre stabil bleiben und alle den Spitznamen als normal empfinden. Sie selbst hatte mal einen Bekannten, der als Teenager durch ein verlorenes Kartenspiel den Namen *Wodka* erhalten und diesen durch Schule, Ausbildung, Studium gegen seinen Willen mit sich herumgetragen hatte. Immer gab es einen, der diesen verdammten Namen in der jeweils neuen Umgebung bekannt machte. Erst mit Ende Dreißig hatte er es unter Androhung von Freundschaftsentzug geschafft, diese Unsitte auszumerzen. Vielleicht war dieser Peter Hille auch so ein Fall? Eines schien ihr jedenfalls sicher: Es handelte sich um einen Mann.

Sie filterte die Frauennamen heraus. Übrig blieben für die gesamte Bezirksregierung immerhin noch elf Namen. Zu viele, um damit wirklich voran zu kommen. Sie legte erst mal diese Name beiseite und kümmerte sich um andere Dinge.

Zwei Stunden später kam Axel Braunert völlig übermüdet zum Dienst. Er hatte fast die ganze Nacht im Krankenhaus gewacht. Für solche Aktionen gab es im idyllischen Fürstentum einfach nicht genug Personal. Er zog sich gleich zwei Kaffee aus dem Automaten, packte sein mitgebrachtes belegtes Brötchen aus und aß elegant und geräuschlos wie immer. Dann ging er hinüber in das Büro Maren Kösters.

„Mensch, bin ich fertig!" gähnte er und streckte sich. „Dieser Hofknecht hat geschlafen wie ein Baby und ich Trottel habe vor seiner Tür gesessen und alle Illustrierten auswendig gelernt. Also noch so eine Nacht und ich ..."

„Wen hast du bewacht? Wie hieß der Mann?" fragte sie aufgeregt.

„Hofknecht heißt der. Karl Hofknecht. Warum?"

Hektisch suchte Maren Köster nach ihrer Namensliste. Als sie die gefunden hatte, fuhr sie schnell mit dem Finger über die Eintragungen. Dann ein kurzes Kreischen und Axel Braunert wunderte sich, als die schöne Kollegin ihm plötzlich um den Hals fiel. Als sie sich wieder gelöst hatte, erklärte sie:

„Hier steht es! Ein Karl Hofknecht war zusammen mit Udo Kröger, unserem Professor und Monika Schiller in den Jahren 1968 bis 1970 Auszubildender bei der Bezirksregierung Detmold. Verstehst du?"

Er verstand erst mal gar nichts.

„Die drei kannten sich! Mann, kapier doch! Die beiden Morde und der Mordversuch an Hofknecht hängen zusammen! In Lippe ist kein ganzes Rudel Teufel los, wie du gestern Abend gesagt hast, sondern nur ein einziger Teufel! Anscheinend ist euer Hofknecht auch eine Art Mitwisser. Ob er nun von dieser Erpressung gewusst hat, oder nur von der Geldgeschichte, weiß ich nicht. Aber es muss einen Grund gegeben haben, dass unser Mörder auch ihn umbringen wollte."

Sie beugte sich wieder über ihre Liste und strich mit einem Filzstift einen Namen durch.

„Was machst du da?"

„Ich habe jetzt nur noch zehn Namen auf meiner Verdächtigenliste. Karl Hofknecht ist ja jetzt Opfer und kein Täter!"

Braunert schluckte.

„Noch ist er nur ein potentielles Opfer. Aber wir werden verdammt aufpassen müssen, dass er kein echtes wird. Ich muss sofort mit Schulte sprechen! Er sollte unbedingt mit Erpentrup reden, damit wir für die Bewachung Verstärkung bekommen. Außerdem müssen wir so schnell wie möglich mit

Hofknecht sprechen. Der weiß sicher mehr, als er bislang erzählt hat!"

60

Eigentlich hatte Schulte gedacht, sich aus diesem Fall heraushalten zu können. Doch als Axel Braunert vor einer Stunde mit der Information zu ihm kam, dass der verunglückte Hofknecht eventuell in einen Zusammenhang zu bringen sei mit dem ‚Professor' und Monika Schiller, wurde ihm sofort klar, dass er handeln musste.

Sein erster Weg führte ihn, ohne große Begeisterung, zum Chef. Aber hier ging es um Leben und Tod. Keiner fragte nach seinen persönlichen Befindlichkeiten.

Polizeirat Erpentrup hörte sich seinen kurzen Bericht ruhig an und versprach, sich sofort um eine Verstärkung der Wachmannschaft zu kümmern. Als Schulte wieder auf dem Flur vor Erpentrups Büro stand, wunderte er sich, dass es überhaupt keinen Ärger gegeben hatte. Wieder einmal musste er sich, etwas gegen seinen Willen, eingestehen, dass sein neuer Boss fachlich ohne Fehl und Tadel war. Was hätte dessen Vorgänger Olmer für eine eitle Schau abgezogen, wenn Schulte ihn um Verstärkung angegangen wäre? Nein! Erpentrup war wirklich ein ganz anderes Kaliber. Aber als Mensch...?

Eine Männerfreundschaft würde zwischen ihnen sicher nie entstehen. Schulte schüttelte den Gedanken an Erpentrup ab. Er hatte jetzt die schwierige Aufgabe, den verletzten Herrn Hofknecht davon zu informieren, dass er vermutlich Opfer eines Mordanschlages war. Das erforderte sein ganzes Einfühlungsvermögen.

Zwanzig Minuten später saß er an Hofknechts Krankenbett und aß die ganze Tafel Schokolade auf, die Hofknechts Enkeltochter ihrem Opa mitgebracht hatte. Er beschloss, gleich in die Offensive zu gehen. Immer noch mit vollen Backen, fragte er den Kranken:

„Herr Hofknecht, ich muss Ihnen jetzt eine Frage stellen. Sagen Sie nicht gleich nein, sondern denken Sie in aller Ruhe nach. Okay?"

Dabei lutschte er die Fingerkuppen der rechten Hand, eine nach der anderen, genüsslich ab. Hofknecht blickte ihn leicht angewidert an.

„Herr Hofknecht, ich muss Ihnen leider mitteilen, dass wir aufgrund der technischen Untersuchung der Unfallursache Grund zu der Annahme haben, dass jemand versucht hat, Ihnen Schaden zuzufügen, vielleicht sogar ..."

„Zu töten? Glauben Sie das wirklich?"

Schulte war perplex. Was für eine coole Reaktion auf eine solche Offenbarung. Aber Hofknecht lächelte verkrampft.

„Wissen Sie, Herr Kommissar, darüber denke ich jetzt schon seit Stunden nach. Als ich heute Morgen Ihren Kollegen gefragt habe, warum denn hier ein Polizist vor der Tür steht, hat der mir ganz unverblümt und fast fröhlich folgende Antwort gegeben: ‚Irgend jemand will Sie umbringen! Beim erstenmal hat es nicht geklappt, aber er wird es ganz bestimmt noch mal versuchen. Deshalb stehe ich hier.' Reizend, nicht wahr? Dann hat er mir genussvoll erklärt, wie mein Auto manipuliert wurde. Und dass es sich um einen Amateur gehandelt haben muss, denn es sei nicht sehr klug gewesen, sich allein auf die kaputte Bremse zu verlassen. Ein Profi hätte... und so weiter. "

Der Hauptkommissar spürte, wie eine Hitzewelle von den Füßen her immer höher stieg, bis sie im Kopf ankam und beinah eine kleine Explosion verursacht hätte. Er riss sich zusammen, nahm sein Handy und rief Karin Scharfberg an.

„Schulte hier! Du, wer war heute Morgen so um 8 Uhr als Posten im Krankenhaus?"

„Volle! Warum?"

Er antwortete nicht mehr, steckte das Handy weg und versuchte, das Gespräch ruhig weiterzuführen.

„Tut mir leid, Herr Hofknecht! Ich muss mich für das Verhalten dieses Beamten entschuldigen und versprechen Ihnen, dass der Mann zur Rechenschaft gezogen wird. Aber ich muss Ihnen dennoch diese Routinefrage stellen: Haben Sie Feinde? Können Sie sich vorstellen, wer das gemacht haben könnte?"

Hofknecht schüttelte den Kopf.

„Auch darüber habe ich seit einigen Stunden nachgedacht. Ich versichere Ihnen, mir ist niemand eingefallen. Wissen Sie, ich frotzele gerne und habe damit bestimmt schon mal den einen oder anderen wütend gemacht. Aber deshalb so etwas? Nein, das kann ich mir beim besten Willen nicht vorstellen!"

Schulte hatte den Mann genau beobachtet und war sich ziemlich sicher, dass der meinte, was er sagte. Hofknecht war ehrlich bemüht, aber er schien wirklich keinerlei Ahnung zu haben.

„Herr Hofknecht! Was machen Sie beruflich?"

„Hä?" Der Mann im Bett war überrascht vom plötzlichen Themenwechsel. „Ich bin Verwaltungsinspektor! Beim Regierungspräsidenten. Zuständig für Lehrer. Nichts spannendes!"

Schulte lächelte.

„Sie haben in der Zeit von 1968 bis 1970 eine Ausbildung zum Verwaltungsangestellten, ebenfalls bei der Bezirksregierung gemacht. Haben Sie da einen gewissen Peter Hille gekannt?"

Bei dieser Frage hielt Schulte den Atem an. Was hing nicht alles von der Beantwortung dieser Frage ab? Aber Hofknecht dachte lange nach und schüttelte dann den Kopf.

„Peter Hille? So einen gab es bei uns nicht. Nein!"

Schulte war maßlos enttäuscht. Er brauchte einige Sekunden, um sich wieder zu fangen.

„Eine Monika Schiller vielleicht? Oder einen Udo Kröger?"

Wieder überlegte Hofknecht.

„´ne Monika gab es da, glaube ich. Die war ein Lehrjahr unter mir. Ob die Schiller hieß? Keine Ahnung, das ist alles schon so verdammt lange her. Wie hieß der andere?"

Schulte nannte ihm noch mal den zivilen Namen des ,Professors'.

„Kröger? Udo Kröger? Ja klar! Der war in meinem Lehrjahr!
´ne Zeitlang waren wir sogar ein bisschen befreundet, aber
nur kurz. Udo war ein Spinner! Ich habe schon zum Ende der
Ausbildung keinen Kontakt mehr zu ihm gehabt. Den habe ich
danach auch nie wiedergesehen. Warum fragen Sie danach?"
Schulte winkte ab.
„Reine Routine. Nichts weiter! Ich will Sie jetzt nicht länger
quälen. Sie haben sicher Kopfschmerzen"
Er versprach Hofknecht, dass er ununterbrochen bewacht
würde und dass er selbst am Abend noch einmal reinschauen
würde. Dann ging er.

61

Bernhard Lohmann fühlte sich äußerst unwohl. Aber was
sollte er machen? Er war zuhause mit drei gegen eine Meinung
überstimmt worden und so blieb ihm nichts anderes übrig, als
sich zu fügen. Eigentlich hatte er allein auf die Grillparty der
Detmolder Polizei gehen wollen. Seit Tagen sprachen einige
Kollegen von nichts anderem und die Aussicht auf ein paar
saftige, gutgewürzte Steaks und mehrere Flaschen Bier in gemütlicher Männerrunde erschien ihm sehr vielversprechend.
Leider hatten sich im Kreise der Organisatoren diejenigen
durchgesetzt, die für die Einbeziehung der Ehepartner waren.
Lohmann schauderte es. Frauen waren bei einer zünftigen
Grillparty ebenso fehl am Platze wie Regen. Dummerweise hat-
te er zuhause das mit den Ehepartnern erzählt und seine Frau
war gleich Feuer und Flamme gewesen. Vorsichtig hatte er
versucht, ihr das auszureden. Hatte argumentiert mit harten
Holzbänken, Mücken und langweiligem Kollegengeschwätz.
Das hatte alles nicht genützt. Der Familienrat, zur Zeit beste-
hend aus ihm, seiner Frau, seiner Tochter Rebecca und deren
Freund war mehrheitlich für die Beteiligung von Frau
Lohmann. Als diese auch noch darauf bestand, ebenfalls eini-

ge Biere zu trinken und auf gar keinen Fall zu fahren, hatte Lohmann schon keine Lust mehr gehabt. Da erbot sich sein ‚Schwiegersohn', die beiden abends mit dem Auto abzuholen. Frau Lohmann war begeistert, ihr Mann weniger. Aber das Angebot hatte natürlich auch etwas Verlockendes und schließlich stimmte er, wenn auch verhalten, zu. Er konnte den ‚schwarzen Mann' immer noch als Studienfreund seiner Tochter den Kollegen gegenüber erklären. Von Schwiegersohn und Schwangerschaft brauchten die anderen nichts wissen.

Jetzt saß er mit seiner Frau in der großen fröhlichen Runde auf dem Grillplatz im Hiddeser Heidental und fühlte sich satt, angetrunken und zufrieden. Anwesend waren hauptsächlich Kollegen von der Schutzpolizei. Wachtmeister Volle stand hinter dem riesigen Grill und zauberte ein Steak und ein Kotelett nach dem anderen hervor.

„Wenn der Kerl auch sonst ein Totalausfall ist, grillen kann er, dass muss ich zugeben!" teilte Lohmann seiner Frau mit, ohne dabei das Kotelett aus dem Mund zu nehmen. Von den Kollegen, mit denen er in der Ermittlergruppe täglich zu tun hatte, war nur Jupp Schulte da. Aber auch der war erst recht spät gekommen, hatte einen mittelgroßen zotteligen und gefährlich aussehenden Hund mitgebracht und dadurch vorübergehend das Gesprächsthema bestimmt. Axel Braunert mochte solche Veranstaltungen nicht, es war einfach nicht seine Welt. Also hielt er Stallwache. Maren Köster hatte heute Abend etwas anderes vorgehabt.

Die Stimmung und auch der Alkoholpegel waren auf dem Höhepunkt, als um rund elf Uhr Lohmanns Tochter mit ihrem Benjamin Olympio auftauchte, um die Eltern abzuholen. Sie setzten sich noch kurz dazu. Nach einigen Minuten ging Rebecca Lohmann zum Grill, um für sich und ihren Freund noch je ein Kotelett zu holen. Volle grinste ihr dämlich und angetrunken ins Gesicht.

„So was Süßes hat unser Lohmann fertiggebracht? Hätte ich dem alten Fettsack gar nicht zugetraut! Komm doch erst mal zu Onkel Volle!"

Bei diesen Worten versuchte er, sie am Arm zu sich zu ziehen. Sie schüttelte ihn ab und wiederholte ruhig ihren Wunsch nach den Koteletts. Volle legte ihr, nun noch tückischer grinsend, ein gegrilltes und ein rohes Kotelett auf den Teller.

„Was soll ich denn mit einem rohen Kotelett?" fragte sie, jetzt doch etwas verärgert.

„Du sollst da gar nichts mit! Für dich ist das gebratene Stück. Das rohe ist für deinen schwarzen Stecher! Die fressen doch alles roh im Urwald, oder? Besorgt er es dir denn gut?"

Er wollte eigentlich noch weiterreden, doch sie griff nach dem rohen Kotelett und stopfte es ihm tief in den gerade geöffneten Mund. Dann drehte sie sich weg und wollte, unter dem schadenfrohen Gelächter der anderen, zurück zu ihrem Platz gehen. Volle sah rot, spuckte das Fleischstück aus und lief hinter ihr her. Als er sie gerade an der Schulter herumreißen wollte, ging für ihn die Welt unter. Benjamin Olympio war aufgesprungen und hatte ihm seine Riesenfaust in den Magen gerammt. Volle brach stöhnend zusammen und blieb dann wimmernd auf dem Boden liegen.

Eine Sekunde waren alle Anwesenden gelähmt, dann brach bei einigen eine fatale Kameraderie durch und sie formierten sich drohend gegen den Afrikaner. Sicher war Volle ein Idiot. Sicher hatte er sich daneben benommen. Aber durfte so ein dahergelaufener aus dem Busch einen der Ihren anrühren? Für einen kurzen Augenblick war Olympio in einer brenzligen Situation. Bis einer der ihren, der Hauptwachtmeister Karl-Heinz Helmer, aufsprang und sich zwischen die Kontrahenten stellte.

„Den ersten, der näher kommt, den ramme ich persönlich in den Boden!" schrie er mit hochrotem Kopf. „Dieser Schwachkopf," dabei zeigte er auf den jammernden Polizisten zu seinen Füßen, „hat sich eine Tracht Prügel mehr als verdient. Wer sich so benimmt, der schadet dem Ansehen der Polizei und damit uns allen! Freunde, macht keine Dummheit für diesen Kerl! Er ist es nicht wert!"

Seine entschiedene Haltung machte Eindruck und die meisten setzten sich wieder. Zwei kümmerten sich um Volle.

Lohmann ging zu Helmer und drückte ihm die Hand.

„Kalle, das werde ich dir nicht vergessen! Du bist doch ´n feiner Kerl!"

Schulte trat hinzu.

„Ich werde dafür sorgen, dass Volle eine Abmahnung erhält. Es reicht jetzt! Übrigens, kümmere dich mal um deine Familie!"

Lohmann blickte zu seiner Tochter, die mit ihrer Mutter zusammen bei ihrem Freund stand und leise mit ihm sprach. Dann ging er zu dem geknickt wirkenden Olympio und klopfte ihm auf die breite Schulter, wobei er sich regelrecht strecken musste.

„Mach dir nichts draus, Mann. Ich hätte es an deiner Stelle genauso gemacht! Einen Elefanten wie Volle mit einem Schlag zu erlegen, dass ist schon eine stramme Leistung. Glückwunsch!"

Dann wieder unternehmungslustig:

„Wisst Ihr was? Lasst uns hier verschwinden. In Meiersfeld ist doch heute Schützenfest. Kommt, da machen wir noch richtig einen drauf! Jupp, kommste mit?"

Schulte hätte durchaus Lust dazu gehabt, doch in diesem Moment tönte die *Marseillaise* aus seiner Jackentasche und er nahm sein Handy heraus und meldete sich.

„Was? Klar, ich bin sofort da!"

Und zu Lohmann gewandt: „Feiert ohne mich! Ich muss jetzt sofort in Krankenhaus. Hofknecht will mich sprechen. Er kann sich jetzt angeblich doch an Peter Hille erinnern. Bis Montag!"

62

Lustlos stocherte Maren Köster in der Pasta herum, die das Pizza-Taxi gerade bei ihr abgeliefert hatte. Sie saß in ihrer kleinen Küche und grübelte. Die Nudeln waren mittlerweile auf Zimmertemperatur abgekühlt.

Sie fühlte sich nicht wohl. Zwar hatte sie in den beiden letzten Tagen schöne berufliche Erfolge verzeichnen können, doch so richtig ‚gut drauf' brachte sie das alles nicht. Die Selbstbestätigung, die sie normalerweise aus diesem Erfolg gezogen hätte, war sehr kurzlebig gewesen. Ihr lag die kurze Liaison mit Zimmermann im Magen. Sie hatten sich jetzt bereits einige Zeit nicht gesehen. Maren Köster erinnerte sich daran, wie sie einmal mit Dr. Zimmermann durch Detmold gegangen war und dabei ausgerechnet Josef Schulte, in Begleitung von zwei Obdachlosen, traf. Die anschließenden abfälligen Bemerkungen Zimmermanns über Schulte hatten sie zu ihrer eigenen Überraschung tief getroffen. Obwohl sie zu dem Zeitpunkt Schulte ohne Wenn und Aber verabscheut hatte, fühlte sie sich dadurch verletzt und Zimmermanns Ausstrahlung nahm spürbar ab.

Nachdem sie den Museumsdirektor am Dienstag versetzt hatte, als sie mit dem holländischen Alt-Charmeur Jakob Visser gezecht hatte, waren selbst die Telefongespräche von beiden Seiten eingestellt worden.

Doch so wollte sie die Sache nicht enden lassen. Das war nicht ihre Art.

Angewidert schob sie den Teller mit den zu Brei gerührten Nudeln weit von sich weg. Sie ging kurzentschlossen ins Wohnzimmer und rief Dr. Zimmermann an.

„Hallo Heinrich! Hier ist Maren. Ich muss dich sprechen. Heute noch!"

„Aber sicher, meine Liebe! Das hört sich ja dringlich an. Ich schlage vor, du kommst zu mir. Ich besorge etwas Nettes und wir machen es uns bei mir gemütlich."

„Nein! Ich möchte nicht zu dir kommen. Lass uns irgendwo auf neutralem Boden ein Glas trinken."

Zimmermann war konsterniert.

„Maren, ich bitte dich! Was ist los mit dir? Also gut. Ich hole dich ab und wir fahren zur *Burg Blomberg*."

„Heinrich ich möchte wirklich nichts unternehmen, sondern einfach nur in aller Ruhe mit dir reden und das weder bei dir noch bei mir. Ich schlage vor, wir treffen uns im *Luxor*."

„*Luxor*? Na, ja. Okay, dir zuliebe. Um zwanzig Uhr bin ich dort."

Eine Stunde später betrat sie das Lokal. Es war ein großer Raum, den sie persönlich als geschmackvoll eingerichtet empfand. Es war kubanische Salsa-Musik zu hören. Nicht zu laut. Sie sah sich im Gastraum um. Hinten am Fenster hatte Dr. Zimmermann einen nett gelegenen Tisch gesichert.

Als er sie sah, erhob er sich und kam ihr entgegen. Er hauchte ihr zur Begrüßung einen Kuss auf die Wange. Dann führte er sie zum Tisch, rückte ihr den Stuhl zurecht, damit sie sich setzen konnte. Anschließend setzte er sich selber und reichte ihr die Karte.

„Sie lässt zwar zu wünschen übrig, aber du hast dir das Lokal ausgesucht."

„Sehr richtig, lieber Heinrich. Dies ist ein Lokal, das ich sehr mag. Es gibt auch noch ein paar andere Kneipen, in die ich gerne gehe. Aber in die hättest du wahrscheinlich keinen Fuß gesetzt. Du siehst, ich bin dir sogar entgegengekommen."

„Maren, was ist denn los mit dir? Du bist ja richtig verärgert."

„Ich finde auch, aus gutem Grund. Du gehst zur Polizei, zeigst einen Diebstahl an. Du behauptest, dir sei eine wertvolle Liege gestohlen worden und dann stellt sich heraus, dass es sich um eine billige Kopie handelt. Was soll das?"

„Billige Kopie? So mancher wäre froh, wenn er ein so edles Möbel sein Eigen nennen dürfte."

„Unterbrich mich nicht! Dann bandelst du mit mir an. Tust so, als sei das alles völlig in Ordnung. Als sich dann herausstellte, dass du ein Betrüger bist, hat Schulte mir den Fall abgenommen. Ich habe mich bis auf die Knochen blamiert, weil ich dir geglaubt habe und du hältst es nicht mal für nötig mir irgend etwas zu erklären. Geschweige denn, dich bei mir zu entschuldigen."

„Betrüger?", Zimmermann war empört. „Maren, ich muss doch sehr bitten!"

„Ja, du bist ein Betrüger! Und ein Arschloch obendrein! Wenn du dich durch einen kleinen Versicherungsbetrug bereichern wolltest, wäre das deine Sache gewesen. Ich finde so etwas allerdings nach wie vor kriminell, auch wenn es für dich vielleicht zum guten Ton gehört."

Als sie bemerkte, dass die Gäste an den Nachbartischen zu ihr rüberschauten, sprach sie etwas leiser weiter.

„Aber dass du mit mir ins Bett gegangen bist und den gebildeten Liebhaber gespielt hast, ohne dir auch nur ansatzweise klar zu machen, dass du mich damit in Teufels Küche bringst, halte ich für eine Schweinerei!"

Kurze Pause zum Atemholen. Zimmermann war so erstaunt, dass er kein Wort mehr raus bekam.

„Du bist ein hoffnungsloser Egomane, dem es scheißegal ist, wie es den anderen Menschen geht. Hauptsache, du stehst im Mittelpunkt. Hauptsache, die Leute schauen auf zu dir. Zu dem ach so gebildeten Dr. Zimmermann."

Das saß. So deutlich hatte er so was noch nie zu hören bekommen. Er war nach wie vor sprachlos. Er rang um Worte. In diesem Moment kam die Bedienung und fragte nach ihren Wünschen.

Noch ehe sich der Museumsdirektor fassen konnte, bestellte Maren Köster zwei *Detmolder Pils*.

„Maren! Ich bin doch gar kein Biertrinker. Du weißt doch."

„Dann wirst du es jetzt!"

253

Sie schauten sich einige Zeit traurig in die Augen. Dann erzählte er ihr eine lange Geschichte von einem ehrgeizigen und strengen Vater, der in ihm nur den Nachfolger für seine Fabrik sah und ihm viel zu früh das Kindsein verdorben hatte.

„Aber ich habe mich gerächt! Ich bin nicht der Wirtschaftsboss geworden. Ich habe Kunstgeschichte und Literaturwissenschaften studiert und bin der nicht akzeptierte Schöngeist geworden.

Leider bin ich auch damit gescheitert. Das Museum ist fast Pleite. Ein namhaftes Spanplattenunternehmen aus der Region hatte mir eine großzügige Spende in Aussicht gestellt. Aber jetzt läuft bei denen ein Insolvenzverfahren, wie du sicher weißt. An die Stadt brauche ich mich erst gar nicht zu wenden. Die haben ja schon mit dem *Drachenmuseum* genug zu tun. Aus dieser Richtung ist keine müde Mark zu erwarten. Ich könnte mich natürlich an meine Familie wenden. Doch dazu bin ich zu stolz. Ich will und wollte es aus eigener Kraft schaffen!“

Maren Köster unterbrach Heinrich Zimmermann unwirsch.

„Alles gut und schön. Aber, du hast mich benutzt, missbraucht! Gott sei Dank hat mein Vorgesetzter die Bremse gezogen und den Fall an einen Kollegen weiter gegeben.“

Plötzlich spürte sie fast Dankbarkeit für Schultes Handeln.

Jetzt rannen ihr ein paar Tränen über die Wange. Sie wischte sie sich mit dem Ärmel ihrer Bluse ab. In diesem Moment war es ihr völlig egal, dass auch ihr Make up verwischt wurde.

Die Kellnerin kam mit dem Bier.

„Maren, es tut mir leid! Ich glaube, ich habe mich dir gegenüber wirklich nicht fair verhalten. Das habe ich nicht gewollt. Ich werde alles wiedergutmachen. Ich werde dir jeden Wunsch erfüllen. Ich ...“.

„Nein, Heinrich! Lass uns die Sache beenden. Wir beide sind zu verschieden!“

Sie saßen schweigend an ihrem Tisch und nahmen einen Schluck Bier.

Plötzlich gingen Maren Köster noch einmal die heißen Geldscheine durch den Kopf. Sie hatte die Protokolle gelesen. Anonyme Spende.

„Heinrich, was ist mit dem heißen Geld?"

Zimmermann wand sich wie ein Aal.

„Ich sperre dich ein! Das schwöre ich dir! Wenn du jetzt nicht mit der Wahrheit heraus rückst."

„Dann musst du es wohl tun! Mir ist sowieso alles egal. Ich habe mein Ehrenwort gegeben, den Namen nicht zu verraten!"

„Heinrich, dieser Mann ist vielleicht ein Mörder, und du kommst mit Ehrenwort?"

Zimmermann zuckte mit den Schultern.

„Für mich ist ein Ehrenwort ein Ehrenwort!"

Maren Köster wurde wütend.

„Wie kann ein Mann, der lügt und betrügt, auf einmal von einem Ehrenwort reden?"

„Das verstehst du nicht, du bist eine Frau."

„Heinrich Zimmermann! Sie sind vorläufig festgenommen!"

Sie zog ihr Handy aus der Handtasche und telefonierte mit der Dienststelle.

Es meldete sich Axel Braunert.

„Hallo Axel, hier ist Maren. Ich brauche einen Streifenwagen ins Luxor!"

„Wieso denn das? Was ist denn passiert?"

„Ich habe gerade Dr. Zimmermann vorläufig festgenommen!"

„Maren, bist du verrückt! Lass den Mann frei, es gibt keinen Grund ihn zu verhaften. Die Museumssache ist aufgeklärt, alles andere regeln bundesdeutsche Gerichte."

„Er will nicht aussagen, von wem er die Fünfhundertmarkscheine gekommen hat. Das mit der anonymen Spende kann er jemandem erzählen, der mit dem Klammerbeutel gepudert ist!"

„Maren, bitte, mach jetzt keinen Fehler! Schlaf über die ganze Angelegenheit. Doch tu mir einen Gefallen! Lass den Zimmermann heute Abend laufen."

Maren Köster schaltete ohne ein weiteres Wort zu sagen das Handy ab. Stieß beinahe aus Versehen an ihr Bierglas, dessen Inhalt sich über die Hose des entsetzten Zimmermanns entleerte.

Ohne das Malheur weiter zu beachten, ging sie zur Theke, bezahlte ihr Bier und verließ die Gaststätte.

Auf der Paulinenstraße angekommen bekam sie einen Weinkrampf.

63

Eine Stunde später, es war jetzt kurz nach Mitternacht, war für Josef Schulte an Schlaf nicht mehr zu denken.

Er war auf schnellstem Weg von Hiddesen ins Detmolder Krankenhaus gefahren, hatte sich kurz beim Wachposten vor dessen Tür nach irgendwelchen Auffälligkeiten erkundigt und war dann ins Hofknechts Zimmer getreten.

Hofknecht empfing ihn mit ernster Miene. Er sah wesentlich besorgter aus als am Vormittag. Das Bewusstsein, bedroht zu werden, hinterließ bei ihm deutliche Spuren. Schulte setzte sich zu ihm ans Bett.

„Ja, Herr Kommissar! Ich glaube, ich weiß jetzt, wer Peter Hille ist. Oder besser, ich weiß, wer hinter diesem Namen steckt. Denn eigentlich gibt es diesen Peter Hille gar nicht richtig. Ja, glauben Sie mir!" Er lächelte gequält, als er Schultes Misstrauen sah. „Ich bin nicht verwirrt! Lassen Sie mich erklären:

Es war irgendwann im Jahre 1968, wann genau, weiß ich so nicht mehr. Aber es war kurz nachdem dieser Student erschossen worden ist. Benno Ohnesorg hieß der doch, oder? Aber das war damals eine große Geschichte. Uns hat das ziemlich aufgeregt und so kamen wir auf dumme Gedanken. Wir wollten uns an der Gesellschaft rächen. Völlig pubertär, aber so war das damals. Wir, das waren Kollegen, Verwaltungslehrlinge bei der Bezirksregierung in Detmold. Udo Kröger,

Arnold Berger und ich. Wir haben viel zusammen gehockt. Zu der Zeit hatten wir gerade einen Lehrgang zu absolvieren. Der fand in Nieheim statt, warum, weiß ich nicht mehr. Während dieser Woche und in der Zeit danach haben wir Peter Hille erschaffen. Es war alles Arnolds Idee. Er brachte uns auf den Gedanken, eine völlig fiktive Person zu erschaffen und diese mit falschen Papieren zum Leben zu erwecken. Wir hatten ja durch unsere Ausbildung die besten Voraussetzungen. Der Name wurde rein zufällig ausgewählt, weil da in Nieheim mal irgend so ein Dichter mit diesem Namen 'ne Zeitlang gewohnt hatte. Udo war unser Schöngeist. Der brachte den Namen ins Spiel."

Hofknecht tupfte sich den Schweiß von der Stirn.

„Wir haben dann wirklich alle erforderlichen Papiere erstellt, haben diese mit Eidesstattlichen Erklärungen, die natürlich auch gefälscht waren, ‚wasserdicht‘ gemacht und so eine völlig legale Person in die Welt gesetzt."

„Inwiefern legal?" fragte Schulte.

„Ja, insofern, dass Leute wie Sie getrost den Inhaber dieses Passes hätten kontrollieren können. Ihnen wäre nichts aufgefallen, weil alles amtlich abgesegnet war. Es war eben ein echtes Dienstsiegel, es war ein echtes Passformular und so weiter. Auch alle Einträge in den zuständigen Einwohnerregistern waren ja erfolgt. Das war nicht schwierig, weil jeder von uns im Laufe seiner Ausbildung alle Abteilungen durchlief. Die Aktion dauerte auch seine Zeit. Wäre es allein nach Udo und mir gegangen, hätten wir damit weder begonnen, noch das Ganze zu Ende geführt. Arnold war die treibende Kraft. Er hatte die Ideen und auch die Energie, sie umzusetzen und uns beide mit zu reißen. Es war wohl das, was Sie als ‚Kriminelle Energie‘ bezeichnen würden. Der angebliche politische Anspruch hinter all dem war mehr ein Vorwand. Arnold war im Grunde ein ‚Zocker‘, für den die Versuchung des ‚Machbaren‘ einfach zu groß war. So, aber was zum Teufel interessiert die Kriminalpolizei so sehr an dieser alten Geschichte? Das ist doch ewig lange her und längst verjährt! Wir haben diese Identität ja nie für irgendwas genutzt. Es war immer nur Theorie! Und was hat das alles mit meinem Unfall zu tun?"

Jetzt war Schulte baff. Auf die Idee, dass Hofknecht aufgrund fehlender Informationen nicht in der Lage war, die nötigen Zusammenhänge herzustellen, war er noch gar nicht gekommen. Klar, wenn man es mal aus dem Blickwinkel eines ganz normalen Bürgers betrachtet: Warum hätte sich Hofknecht für den Fall des ‚Professors' interessieren sollen? Wie hätte er auf die Idee kommen sollen, dass es sich bei dem toten Obdachlosen um seinen alten Lehrlingskollegen Udo Kröger handelte?

„Herr Hofknecht! Sie haben doch sicherlich mitbekommen, dass vor rund zwei Wochen auf dem Detmolder Bahnhof ein toter Obdachloser gefunden wurde, oder?"

„Vor zwei Wochen? Da war ich noch mit meiner Frau im Urlaub, in Dänemark! Wir sind doch erst am Montag wiedergekommen. Nein, was ist denn mit dem Mann?"

„Dieser Mann wurde in der Obdachlosen-Szene nur der Professor genannt. Mit bürgerlichem Namen aber hieß er Udo Kröger und war Ihr alter Bekannter. Kurz darauf wurde eine Frau namens Monika Schiller ermordet. Sagt Ihnen der Name was?"

Jetzt war Hofknecht baff. Nun erst ging ihm die Ernsthaftigkeit der Bedrohung richtig auf. War vorher doch alles recht abstrakt gewesen, so personalisierte sich die Gefahr nun.

„Udo ist also tot? Ermordet? Mein Gott! Und er war ein Penner, sagten Sie? Sind Sie sicher?"

Schulte nickte.

„Was ist mit der Frau? Kannten Sie die auch?"

Hofknecht überlegte lange.

„Monika Schiller? Lassen Sie mich überlegen. Ja, ich erinnere mich. Monika war eine Jahrgangsstufe unter uns, hat aber viel mit uns dreien zusammen unternommen. Udo war damals ziemlich scharf auf sie. Die ist auch...? Aber warum denn?"

258

„Tja, Herr Hofknecht. Wir hoffen immer noch, dass Sie uns das erklären können. Sie sind der einzige, der aus diesen Namen einen Zusammenhang herstellen kann. Ich wiederhole noch einmal alle Namen: Udo Kröger und Monika Schiller. Beide tot! Sie selbst und jetzt auch noch ein gewisser Arnold Berger. Dieser Arnold Berger war uns bislang unbekannt, ist aber ab sofort höchst interessant für uns. Und über allem schwebt das Phantom Peter Hille. Was ist passiert? Wo ist der Sinn des Ganzen? Haben Sie eine Idee?"

Hofknecht war offenbar am Ende seiner Kräfte. Er schwitzte und war leichenblass. Es reichte bei ihm gerade noch für ein mattes Kopfschütteln.

„Okay! Dann will ich Ihnen zum Schluss eine Theorie vorschlagen. Mal sehen, was Sie davon halten. Ja, ja...!" bedeutete er der hereingekommenen Krankenschwester. „Wir sind gleich fertig. Also Herr Hofknecht: Sie haben zu dritt die Kunstfigur Peter Hille entworfen und amtlich abgesichert. Monika Schiller wird davon irgendwas mitbekommen haben. So weit, so gut. Irgendwann ist Ihnen die Geschichte zu langweilig geworden und Sie haben sie vergessen. Sie, Kröger und Monika Schiller. Kommt das bis jetzt so hin?"

Hofknecht nickte.

„Schön! Dann weiter. Während Sie alle nach der Ausbildung getrennte Wege gegangen sind, und wie gesagt den guten Peter Hille längst vergessen hatten, hat sein geistiger Vater, Arnold Berger diese amtlich anerkannte und dadurch real existierende Identität weiter für sich genutzt. Vermutlich hat er damit ein Verbrechen begangen und ist an viel Geld gekommen. Wir vermuten, dass er dieses Geld unbedingt noch in diesem Jahr legalisieren muss wegen der EURO-Umstellung. Er muss also handeln. Udo Kröger hatte wahrscheinlich doch noch Kontakt mit ihm, vielleicht war er sein Kompagnon und hat ihm mit Schwierigkeiten gedroht. Berger bringt ihn um. Vorher hatte Kröger aber auch Monika Schiller informiert, die Berger deshalb auch umbringt. Berger überlegt:

Der einzige noch Verbliebene Mensch, der über die Herkunft dieses so praktischen Pseudonyms Bescheid weiß, sind Sie, Karl Hofknecht. Logische Konsequenz: Auch Hofknecht muss aus dem Weg! Ein Versuch, der Gott sei Dank schief geht. Und wir werden alles daransetzen, eine Wiederholung des Versuches zu verhindern. Nicht nur, weil Sie so sympathisch sind, sondern auch, weil Sie als Einziger einen Beweis für das Motiv Bergers liefern können, wenn er demnächst vor Gericht steht. Und das wird er, verdammt noch mal!"

64

Nun saß Schulte an seinem Schreibtisch, mittlerweile war es 1.30 Uhr am frühen Morgen, und er versuchte, alles über diesen Arnold Berger herauszufinden. Die Person war aufgrund der Angaben von Hofknecht schnell herauszufinden. Berger war 51 Jahre alt, von Beruf selbstständiger Wirtschaftsprüfer mit Büro in Detmold. Das Büro war am Wallgraben, privat wohnte Berger in der Bandelstraße. Überrascht stellte Schulte fest, dass Berger fast ein Nachbar von Dr. Zimmermann war. Berger war nicht verheiratet und hatte keine Kinder. Jedenfalls nicht unter diesem Namen. Vielleicht hatte Peter Hille ja Kinder. Berger war Halter eines *Mercedes SLK Kompressor.*

Was kam als nächstes? Schulte konnte im Augenblick nicht viel unternehmen, weil weder ein Haftbefehl noch ein Hausdurchsuchungsbefehl vorhanden war. Andererseits: Jetzt nach Hause fahren und sich aufs Ohr legen? Und Berger noch mehr Zeit lassen, sein Geschäft durchzuziehen? Wozu hatte er neuerdings so unglaublich gute Beziehungen zur Staatsanwaltschaft? Die gute Wilma Müller-Stahl würde zwar nicht begeistert sein, wenn er sie jetzt aus dem Bett klingelte, aber er machte das ja nicht zum Spaß. Also nahm er das Telefon zur Hand.

„Müller-Stahl hier. Wer ist denn da?" kam es schrecklich müde aus dem Hörer.

„Hier ist die Polizei! Schulte mein Name, Josef Schulte! Tut mir furchtbar leid, dass ich dich wecken musste, aber ich brauche sofort einen Haftbefehl und einen Hausdurchsuchungsbefehl von dir. Wenn du bitte..."

„Was brauchst du? Jetzt sofort? Das hat doch garantiert Zeit bis zum Dienstbeginn, oder? Wen willst du denn jetzt mitten in der Nacht erwischen? Wen?"

„Den Mörder von Udo Kröger und Monika Schiller. Und den Mann, der gestern versucht hat, Karl Hofknecht zu töten und dies vielleicht heute wieder versuchen wird. Reicht das nicht? Ich denke, hier zählt jede Minute!"

„Ja, weißt du denn, wer es ist? Ich denke, ihr habt noch keine Ahnung, wer dieser Peter Hille ist. Wie soll ich da einen Haftbefehl ausstellen?"

„Doch, ich weiß jetzt eine ganze Menge mehr! Bitte, sei so nett und komm her. Wir dürfen keine Zeit verlieren. Es besteht akute Flucht- und Verdunkelungsgefahr!"

Frau Müller-Stahl resignierte und versprach zu kommen.

In der Zwischenzeit mobilisierte Schulte den Nachtdienst. Der war genauso wenig begeistert wie die Staatsanwältin. Erst hatten die Männer wegen dieser Bereitschaft nicht zur Grillparty gekonnt und jetzt auch noch ein Einsatz! Manchmal ist das Leben nicht mal im öffentlichen Dienst gemütlich.

Eine kleine Gemeinheit wollte sich Schulte aber noch gönnen. Er rief Erpentrup an, unterbrach damit dessen Tiefschlafphase und erzählte ihm treuherzig, was er alles herausgefunden und was er jetzt vorhabe. Das Ganze mit der Begründung:

„Sie wollten doch immer auf dem Laufenden gehalten werden, da habe ich gedacht...."

Der Kripochef schwankte hin und her zwischen den Alternativen, am Telefon vor Wut zu explodieren oder sich leise weinend wieder ins Bett zu legen. Leider konnte er Schulte kaum wirklich tadeln, denn dessen Fleiß stand angesichts der

261

Uhrzeit nicht zur Debatte. Widerwillig begrüßte er Schultes Aktion, betonte noch ausdrücklich, wie wichtig es sei, die Staatsanwaltschaft hinzuzuziehen und legte dann den Hörer auf.

Schulte war bester Laune. Mittlerweile war die Staatsanwältin wahrhaftig eingetroffen. Schulte begrüßte sie herzlich, sie setzte seiner Munterkeit eine nächtliche Kühle entgegen.

Zwanzig Minuten später standen Schulte, die Staatsanwältin und drei Polizisten der Bereitschaft vor dem wunderschönen Natursteinhaus mit dem Eckturm und dem kleinen gepflegten Garten in der Bandelstraße. Im ganzen Haus brannte kein Licht, was zu dieser Uhrzeit auch niemanden erstaunte. Lautlos wies Schulte zwei der Männer an, sich an den beiden hinteren Hauseingängen zu postieren. Sie klingelten und warteten einige Minuten. Als sich nichts tat, öffnete einer der Polizisten seinen Werkzeugkoffer und begann, die Tür zu knacken. Es dauerte nervtötende fünf Minuten, dann hatte er es geschafft. Vorsichtig drangen sie in das Haus ein. Die Staatsanwältin hielt sich hinter Schulte. Eine dreiviertel Stunde durchsuchten sie das Haus, dann brachen Schulte und Frau Müller-Stahl die Aktion fürs erste ab. Es war jetzt kurz nach drei Uhr, es wurde allerhöchste Zeit, Bergers Büro am Wallgraben zu durchsuchen. Vielleicht hatte er sich dahin zurückgezogen? Schulte brauchte dringend Verstärkung! Einmal musste Personal zur Sicherung im Haus an der Bandelstraße bleiben und dann waren mindestens noch einmal drei bis vier Leute für den ‚Sturm' auf das Büro erforderlich. Wieder musste Erpentrup dran glauben. Schulte unterbrach per Handy zum zweitenmal in dieser Nacht den Schlaf seines Chefs. Zähneknirschend versprach dieser, alles auf den Weg zu bringen und sich selbst sofort auf denselben zu machen. An Schlaf war auch für ihn jetzt nicht mehr zu denken. Nur zwanzig Minuten später meldeten sich drei Polizisten bei Schulte. Gemeinsam fuhren sie, wieder mit der Staatsanwältin im Schlepptau, in die nächtlich einsame Innenstadt. Sie parkten im unteren Bereich der Bruchstraße, gegenüber einer Salat-Bar, gingen zu Fuß bis zur Volksbank und dann zwischen Häuserzeile und Wasser nach rechts. Es hatte angefangen, wieder leicht zu regnen. Kurz darauf standen sie vor einem alten gepflegten Haus, an dessen Eingangstür ein elegantes Edelstahlschild hing, auf dem stand: *Arnold Berger, Wirtschaftsprüfer*. Auch hier kein Licht. Es gab keinen Nebeneingang, da das Haus auf beiden Seiten eingebaut war. Die Polizisten hielten sich diesmal gar nicht lange mit Klingeln auf, sondern machten sich sofort daran, die Tür mit den diversen Schlüsseln und Dietrichen des technisch versierten Kollegen aufzubekommen. Sie versuchten, dabei so leise wie eben möglich vorzugehen.

Sekunden bevor der Polizist die Tür aufbekam, hörten sie, wie hinter dem Haus etwas klapperte, dann ein dumpfes Geräusch und anschließend hektische, sich entfernende Schritte. Die Polizisten stürmten durch das Haus und fanden an der Rückseite, die auf einen winzigkleinen Hinterhof führte, in etwa zwei Metern Höhe ein geöffnetes Fenster. Ganz offensichtlich war jemand, vermutlich Berger selbst, hier rausgesprungen und getürmt. Schulte fluchte wie selten in seinem Leben und das wollte was heißen. Sofort machte er sich daran, den Flüchtigen zu verfolgen. Am anderen Ende des Hinterhofes führte ein Holztor durch die alte Stadtmauer hindurch auf die Bruchmauerstraße. Und da stand Schulte nun vor dem Problem, nach rechts oder nach links? Intuitiv erschied er sich für rechts, schickte aber einen der Polizisten in die andere Richtung. Doch schon nach wenigen Metern kreuzte die Bruchmauerstraße die Freiligrathstraße. Rechts oder links? Schulte blieb stehen, versuchte, seinen Atem zu beruhigen und lauschte. Nichts! Keine Laufgeräusche zu hören, außer der eines der anderen Polizisten, der ihm gefolgt war. Gerade wollte Schulte weitersuchen, da hörte er links das Geräusch eines anspringenden Motors und dann quietschende Reifen.

Nur Sekunden danach musste er sich mit einem Hechtsprung in Sicherheit bringen, denn ein silbergrauer *Mercedes SLK* raste an ihm vorbei und bog kreischend nach rechts in die Paulinenstraße, wo der dann den schnellen Wagen auf volle Touren brachte.

Schulte stand erschöpft und frustriert auf der finsteren Freiligrathstraße und hätte am liebsten laut geschrieen.

„Ich habe mir nicht mal die Nummer merken können," jammerte der Mann von der Bereitschaft. Schulte winkte müde ab.

„Das ist weniger schlimm. Das Auto ist amtlich bekannt. An die Nummer kommen wir schon ran. Aber dass wir ihn beinahe am Kragen hatten und jetzt mit leeren Händen dastehen, das macht mich ganz krank!"

Plötzlich spürte Schulte in allen Gliedern, dass es ein verdammt langer Tag und eine noch längere Nacht gewesen war. Er war eben keine Dreißig mehr. Restlos ermattet nahm er sein Handy, rief in der Zentrale an und gab Anweisung, die Nummer und die Beschreibung von Bergers Auto sofort zur Fahndung rauszugeben. Vielleicht hatten sie ja auch mal Glück.

Die Staatsanwältin trat zu ihm und legte ihm tröstend die Hand auf den Arm.

„An dir hat es nicht gelegen, Jupp! Manchmal klappt es eben nicht. Komm, ich nehme dich mit zu mir nach Hause und koche uns beiden einen richtig starken Kaffee. Dann legen wir uns eine Stunde aufs Ohr und gehen dann wieder an unsere verdienstvolle Arbeit. Einverstanden?"

Schulte konnte nur noch schwach nicken.

65

Aus der Stunde wurden zwei und dann frühstückten die beiden noch ausgiebig. Die Fahndung nach Berger lief und weder Schulte noch die Staatsanwältin konnten aktuell irgendetwas dazu beitragen. Um viertel nach sechs Uhr fuhr Schulte nach Hause, duschte sich und fütterte den Hund. Was sollte er eigentlich heute mit dem Tier anfangen? Jetzt, wo Nachbar Fritzmeier als Betreuung ausgefallen war. Es gab nur die eine Möglichkeit: Den Hund mitnehmen! Wenn sein alter, von allen belächelter, benzinfressender *Ford Granada* Kombi irgendeinen Vorteil diesen neuen High-Tech – Schwuchteln gegenüber hatte, dann war es sein riesiger Kofferraum. Da konnte ein mittelgroßer Hund locker einen Tag verbringen, wenn er zwischendurch immer mal wieder kurz rausgeholt würde. Also, rein mit dem Tierchen!

Um kurz vor sieben Uhr war er zurück in Bergers Büro am Wallgraben. Die beiden dort wachhabenden Kollegen blickten ihn mit rotgeäderten Augen an.

„Ich weiß gar nicht, was ihr wollt!" brummte Schulte. „Ihr werdet gleich abgelöst und habt dann zwei Tage frei. Ich habe in den letzten vierundzwanzig Stunden nicht mal zwei Stunden Schlaf gekriegt und habe den Arbeitstag noch vor mir."

Doch dann ging er durch den feinen Sprühregen Richtung Markt. Es war Samstag Morgen, die Beschicker des Detmolder Wochenmarktes waren bereits kräftig mit dem Aufbau ihrer Stände beschäftigt. Schulte grüßte den einen oder anderen, ging dann zur *Bäckerei Nagel* in die Schülerstraße und kam kurz danach mit einer Tüte Croissants und einer Thermoskanne mit frischem Kaffee für die Kollegen wieder zurück in das bewachte Büro. Schulte war eben rau aber herzlich. Dann ging er an die Arbeit. Zwischendurch rief er alle Viertelstunde in der Zentrale an und fragte nach dem Stand der Fahndung. Es war kein silbergrauer *Mercedes SLK* mit dem bekannten Kennzeichen gesehen worden.

Eine Stunde später hatte er ganze Berge von Akten grob gesichtet und sortiert. Privates fand sich kaum. Wieder kein Weiterkommen? Einer der beiden Schutzpolizisten kam herein, um sich von Schulte zu verabschieden. Die Ablösung war da.

„Übrigens, Herr Hauptkommissar! Da hinten auf dem Tisch liegen Fahrzeugpapiere rum. Die sind zwar nicht wichtig, weil sie nicht dem Inhaber des Büros gehören, aber... na, ja!" Schulte ging herüber, warf einen Blick auf den völlig unscheinbar wirkenden Fahrzeugschein, und.... erstarrte! Der Schein war ausgestellt auf den Namen: Peter Hille!

Es handelte sich um einen ockerfarbenen Off-Road-Wagen der Marke *Nissan Patrol*. Mit einem Paderborner Kennzeichen. PB-NW 96.

Offenbar hatte Berger/Hille die Fahrzeugpapiere für eine eventuelle Flucht bereit gehalten, sie aber, als er ernst wurde, vergessen. Vermutlich hatte er mittlerweile die Autos getauscht und war mit dem *Nissan Patrol* unterwegs. Da konnten sie lange nach dem *Mercedes* suchen. Als er in der Zentrale anrufen wollte, um das neue Fahndungsziel durchzugeben, stellte er fest, dass der Akku seines Handys leer war. Fluchend stürmte er durch das Büro und fand einen ‚frischen‘ Schutzpolizisten mit einem intakten Gerät.

Schulte blieb noch einige Zeit bei seiner Schnüffelarbeit. Übrigens, irgendwie kam ihm dieses Auto bekannt vor.

„Wo verdammt noch mal habe ich diese Kiste schon mal gesehen?"

Er kam nicht drauf.

66

Gab es denn für ihn keine Ruhe mehr?

Eigentlich hatte er sich um ganz andere Dinge kümmern wollen. Er hatte alles genau geplant. Anfang Juni die Aktion ,Pennerglück', um herauszufinden, ob Teile der Geldscheine ,heiß' waren. Wenn er da keine Sorgen mehr haben musste, sollte das Geld legalisiert werden. Schließlich war es ein ordentlicher Batzen, der nun in den Geldkreislauf gebracht werden musste. 2,5 Millionen waren wahrhaftig kein Taschengeld. Und er wollte das Geld nicht einfach ausgeben, nein! Investieren wollte er! Das gleiche Phänomen, welches ihn jetzt unter Zeitdruck setzte, die EURO-Umstellung, bot einem begabten Mann wie ihm auch ungeahnte Möglichkeiten. Noch nie in der Geschichte der Menschheit sind derartige Geldmengen hin und her zu transportieren gewesen wie es zum Jahreswechsel 2001 zu 2002 sein würde. Das war mit staatlichen Transportmitteln nicht zu schaffen und die Banken hatten kein Interesse, sich einen Sicherheitsfuhrpark ans Bein zu binden, der kurz danach nicht mehr benötigt würde. Hier bot sich der Einstieg für private Geldtransporter an. Und genau hier wollte er investieren. Er hatte sich schon alle Einzelheiten zurechtgelegt. Er hatte bereits zwei entsprechende Fahrzeuge geordert, hatte schon eine Firma angemeldet und er kannte die richtigen Leute, um an die Aufträge zu kommen. Die Fahrzeuglieferanten hatten auf Vorkasse bestanden, da seine Firma ihnen völlig unbekannt war. Na und? Dann würde er das schöne Geld eben jetzt schon aus dem Versteck holen. Er würde, wenn es soweit wäre, auch noch Männer finden, die in der Lage wären, einen fingierten Überfall überzeugend darzustellen. Das wäre dann das richtig große Geld und vor allem die richtige Währung. Nicht mehr die bald wertlosen DM-Scheine, sondern gute frische EURO. Mit anderen Worten: Es gab für ihn eigentlich unendlich viel zu tun!

Aber jetzt saß ihm die Polizei im Nacken, er war ausschließlich damit beschäftigt, sich ihrem Griff zu entziehen und kam zu nichts anderem.

Hofknecht hatte offensichtlich geplaudert. Vermutlich waren sie bereits auf die Spur Peter Hilles gekommen. Hofknecht war auch der Einzige, der ihm vor Gericht wirklich gefährlich werden könnte, da er die Entwicklung von Peter Hille mitbekommen hatte. Es gab für ihn keine andere Wahl: Nachdem er das Geld an einen anderen Platz gebracht hatte, würde er sich noch mal um Hofknecht kümmern müssen. Diesmal würde er keinen Fehler machen! Aber erst mal das Geld aus seinem Versteck holen. Nicht nur, um die Fahrzeuge bezahlen zu können. Auch für den Fall, dass er immer weiter würde flüchten müssen. Reisen bildet zwar, kostet aber auch viel, viel Geld.

67

Josef Schulte konnte einfach nicht ruhig auf seinem Stuhl sitzen. Ihn, den alten Hasen, den Zyniker, hatte ein Jagdfieber gepackt, das er selbst nicht für möglich gehalten hätte.

Jetzt standen sie alle um seinen Schreibtisch herum. Braunert, Lohmann und Maren Köster. Schulte erzählte von den Ereignissen der letzten Nacht. Während die drei gespannt zuhörten, häckselte Schultes Hund gerade den hölzernen Kleiderständer.

„Wir können jetzt nicht viel tun, müssen uns aber bereit halten. Jede Sekunde kann der Anruf kommen, dass einer den *Nissan Patrol* gesehen hat und dann müssen wir raus. Aber ganz fix!" schloss Schulte seine Ausführungen.

„Und dann wird es ernst," brummte Lohmann, der noch schwer gezeichnet war vom Schützenfest in Heidenoldendorf. „Dieser Bursche schreckt offenbar vor nichts zurück!"

„Das ist ein wichtiger Einwand." Schulte war ungewöhnlich ernst. „Bernhards Meinung teile ich voll und ganz. Wir dürfen diesen Mann nicht unterschätzen. Wenn es uns gelingt, ihn zu stellen, dann seid bitte alle verdammt vorsichtig, klar? Er hat zwar bislang noch keine Schusswaffe benutzt, aber vielleicht besitzt er mittlerweile eine. Passt bloß auf!"

Danach gingen alle in ihren eigenen Büros an die Arbeit. Auch wenn heute Samstag war: Dieser Fall hatte eine solche Brisanz entwickelt, dass keiner von Ihnen auf die Idee gekommen wäre, sich in dieser Phase ein nettes Wochenende zu machen.

Schulte konnte einfach nicht stillsitzen und so ging er immer wieder durch den Raum und grübelte. Zwischendurch streichelte er mal den Hund, der sein Büro offenbar recht behaglich fand. Während Schulte noch auf das Tier schaute, fiel es ihm plötzlich wieder ein: Er hatte damals beim Spaziergang mit dem Hund auf dem Gipfel des Preußischen Velmerstot ein Auto wegfahren sehen. Ja, jetzt sah er das Auto wieder vor sich. Es war ein riesiger Off-Roader, ockerfarben. Ein *Nissan Patrol*. Und ein Paderborner Kennzeichen hatte es auch noch gehabt!

Schulte packte den Hund am Halsband, zerrte ihn mit sich nach draußen und sperrte ihn in den Kofferraum. Dann rannte er zurück ins Büro, steckte seine Dienstpistole und sein Handy in die ausgebeulten Hosentaschen und hastete dann wieder hinaus. Er hatte kurz daran gedacht, seine Kollegen zu informieren, aber das konnte er auch noch während der Fahrt mit dem Handy machen. Nur keine Zeit verlieren. Als er aus Detmold heraus war, versuchte er, Maren Köster zu erreichen, stellte dann aber entnervt fest, dass der Akku seines Handys natürlich noch immer nicht aufgeladen war. Wütend warf er das nun unbrauchbare Ding in eine Ecke seines Granadas und gab jetzt richtig Gas. Hinter Horn fuhr er in Richtung Veldrom. Er hatte eine Karte dabei, auf der zwischen Veldrom und Altenbeken, auf der Höhe von Kempen, eine Straße links den Berg hinauf führte bis zum bebauten Gipfel des Preußischen Velmerstot. Die Sonne war jetzt endlich hervorgekommen und der Wald steckte in dicken Nebelschwaden. Hinter Veldrom führte die Straße hübsch aber kurvenreich durch den Wald. Endlich sah er ein Hinweisschild *Parkplatz/Wanderweg* und bog nach links ab. Dann folgte eine scharfe Linkskurve, dann ging es etwa fünfzig Meter geradeaus, an dem Parkplatz vorbei. Dann endete Schultes Fahrt abrupt – vor einer geschlossenen Schranke! Rechts von der Schranke stand ein Hinweisschild: *Straße ist für alle Fahrzeuge gesperrt (Forstamt Paderborn).* Was nun? Schulte dachte kurz daran, den Rest des Weges zu Fuß zurückzulegen. Als er aber einmal geradeaus blickte und einen schier endlos langen, stetig ansteigenden Asphaltweg vor sich sah, vergaß er das ganz schnell. Er griff unter den Beifahrersitz und holte einen stark abgenutzten Bolzenschneider hervor. Auf der linken Seite der Schranke war diese mit einem ganz normalen Vorhängeschloss verriegelt. Wie war denn wohl Berger, bzw. Hille hier hereingekommen? Hatte der vielleicht sogar einen Schlüssel? Wie auch immer, Schulte knackte das Schloss in Rekordzeit, er hob die Schranke hoch, setzte sich wieder ins Auto und startete durch, immer bergauf, die feuchte, dampfende Straße entlang.

Mit jedem Höhenmeter verdichtete sich der Frühnebel. Als Schulte auf dem höchsten Gipfel des Teutoburger Waldes ankam, konnte er kaum zehn Meter weit sehen. Die Feuchtigkeit tropfte von den Bäumen auf seine Scheibe. Es war eine unwirkliche Atmosphäre, als er ausstieg. Er überlegte kurz, den Hund mitzunehmen. Aber er entschied sich anders, denn er hatte keine Lust, ihn anschließend im Wald zu suchen.

Was suchte er eigentlich? So richtig wusste Josef Schulte das auch nicht. Es war mehr eine Eingebung. Er hatte Bergers Auto an dieser Stelle gesehen. Was hatte der hier gemacht? Wie war der mit dem Auto hierher gekommen? Das musste doch einen Grund haben!

Als er vor dem hohen Metalltor der ehemaligen Raketenbasis stand, sah er rechts von sich ein Loch im kräftigen Draht. Schulte quälte seinen massigen Körper durch das viel zu kleine Loch und trat in den Innenraum der Anlage. Viel sehen konnte er wegen des Nebels nicht, aber er erkannte die Graffitis an den kahlen Betonwänden wieder. Aber auch sie wurden durch den dichten Nebel ihrer Farbe beraubt und in diffusen Grautönen dargestellt. Die Szenerie erinnerte an surrealistische Schwarzweiß-Filme aus den dreißiger Jahren.

Er betrat eines der verlassenen Gebäude und schaute sich um. Hier war noch vor kurzem das Nachtlager mehrerer Personen gewesen. Zigarettenkippen, leere Flaschen und Schokoriegel-Verpackungen lagen in großer Zahl auf dem Boden. Eine alte Matratze war bereits der Verwesung nahe. Als Schulte sie anhob, flitzen zwei Mäuse in größter Not darunter hervor. Die Decke des nicht sehr hohen Raumes wäre für Menschen mit einer Spinnenphobie ein Alptraum gewesen. So etwas kannte Schulte nicht, aber auch er wischte sich angewidert die Spinnweben aus dem Haar, als er wieder hinaustrat in die feuchte Waldluft. Ähnlich erging er ihm in anderen Räumen. Es war nicht mehr zu erkennen, welchem Zweck sie noch vor gar nicht so langer Zeit gedient hatte. In ein paar Jahren würde der Wald sich der Ruinen bemächtigt haben und dem Betrachter ein Bild bieten, welches er in seiner Phantasie eher im Dschungel Guayanas angesiedelt hätte.

In einem der nördlichen Gebäude, hier gab es sogar noch eine funktionsfähige Tür, fand Schulte auf dem Boden einige noch recht frische Tannenzweige. Er hob sie auf und entdeckte darunter eine Kellerluke, die nur mit einem recht einfachen Schloss gesichert war. Darüber konnte ein Polizist nur lächeln. In wenigen Sekunden hatte er mit seinem ganz besonderen Taschenmesser das Schloss geöffnet und er konnte die schwere Luke anheben. Schulte pfiff durch die Zähne. Hier führten einige Betonstufen in einen Keller! Leider war es stockdunkel dort unten und normalerweise hatte er, als Nichtraucher, weder Streichhölzer noch Feuerzeug bei sich. Er durchwühlte alle Taschen seiner speckigen Lederjacke und wirklich... er fand eine flachgedrückte Packung Streichhölzer.

Die hatte er, das fiel ihm jetzt wieder ein, beim letzten Essen mit der rauchenden Staatsanwältin beim Kellner bestellt und mit lippischem Geiz eingesteckt. Ein Hoch den rauchenden Karriereweibern!

Vorsichtig stieg er die Stufen hinunter. Bereits nach der dritten Stufe musste er ein neues Streichholz anreißen. Dann kam eine Holztür, die ebenfalls mit einem Schloss gleicher Güte verriegelt war. Auch das hielt nicht lange stand, obwohl Schulte diese Operation im Dunkeln ausführen musste, da er nicht gleichzeitig ein Schloss knacken und ein Streichholz halten konnte. Als er die Tür aufzog und ein weiteres Streichholz aufflammte, sah er einen kleinen Raum mit betonierten Wänden. Welche Rolle er einmal gespielt haben mochte, vermutlich war er als Bunker gedacht, war Schulte jetzt ziemlich egal, den jetzt standen darin, wassergeschützt auf einer Palette, drei große Metallkoffer. Schulte bekam vor Aufregung leichte Atemnot.

Als er sich gerade bückte, um einen der Koffer von der Palette zu ziehen, hörte er hinter sich ein Geräusch!

Ihm blieb keine Zeit mehr, sich umzudrehen. Und noch weniger Zeit, den kräftig geführten Schlag mit einer großen Taschenlampe abzuwehren. Er sackte mit einem leichten Stöhnen auf den harten Betonboden.

68

„Wo bleibt nur Schulte?" Axel Braunert konnte es kaum fassen. „Wir sind mitten in der heißen Phase einer Fahndung und der Leiter der Fahndungsgruppe verdrückt sich einfach. Was soll das?"

„Wenn er wenigstens sein Handy dabei hätte!"

Auch Maren Köster fand keine Erklärung für Schultes Verhalten. Seit über zwei Stunden versuchten sie nun, Kontakt zu Josef Schulte zu bekommen. Aber jeder Versuch, ihn telefonisch zu erreichen, schlug fehl. Zu Hause meldete sich der Anrufbeantworter, das Handy meldete nur, dass die entsprechende Person zur Zeit nicht erreichbar sei. Dabei wurde es jetzt turbulent und Schultes Anwesenheit als Fahndungsleiter wäre dringend erforderlich gewesen.

Um kurz vor neun Uhr hatten sie von einem Streifenbeamten in Altenbeken die Meldung bekommen, der gesuchte *Nissan* sei gerade durch den Bahntunnel Richtung Horn gefahren. Der Fahrzeugtyp, die Farbe und auch die Nummer stimmte. Es gab keinen Zweifel. Das war Arnold Berger alias Peter Hille. Die Verfolgung konnte beginnen. Alle waren an Bord, wer fehlte, war der Kapitän. Trotzdem reagierten die Kollegen schnell. Lohmann sorgte dafür, dass zwei Streifenwagen, die sich gerade in Horn aufhielten, in Richtung Veldrom fuhren. Sie sollten sich dort als Radarkontrolle tarnen und dann, wenn der gesuchte Wagen vorbeigefahren sei, diesen irgendwie im Auge behalten. Auf keinen Fall eine direkte Konfrontation! In der Zwischenzeit würden alle verfügbaren Kräfte zusammengezogen werden, um bei Bedarf sofort einsetzbar zu sein. Da Schulte nicht greifbar war, würde Erpentrup das Kommando selbst in die Hand nehmen, wenn es soweit wäre.

„Also, ihr könnt sagen, was ihr wollt. Aber das mit Schulte gefällt mir nicht. Ich habe irgendwie ein ziemlich beschissenes Gefühl," sorgte sich Maren Köster. „Wenn da mal bloß nichts schiefgelaufen ist!"

69

Josef Schulte erwachte, weil in seinem Kopf Orkane tobten, Blitze zuckten und Bäume krachend zu Boden sanken. Noch im Dämmerzustand griff er sich an die Stelle, an der das Unwetter sein Epizentrum hatte. Als er die Hand wieder zurückzog und sie mit nur halb geöffneten Augen betrachtete, war sie rot und klebrig. Der Anblick jagte einen Adrenalinstoß durch seinen geschundenen Körper und brachte ihn dazu, sich aufzurichten. Nachdem er einen Schwindelanfall überwunden hatte, schaute er sich, noch immer sitzend, in dem Bunker um.

Die Koffer waren verschwunden!

Was war passiert? Wer hatte ihn von hinten niedergeschlagen?

Langsam und unter heftigen Schmerzen begann sein Verstand wieder zu arbeiten. Ganz offensichtlich war er von Berger/Hille dabei überrascht worden, wie er gerade dessen Schatz entdeckt hatte. Denn es war in höchstem Maße wahrscheinlich, dass in den Koffern Bergers schmutziges Geld, Lösegeld aus der Erpressung, war. Berger hatte ihn niedergeschlagen, die Koffer genommen und war getürmt. Ob er auch nur einen Gedanken an den Zustand seines Opfers verschwendet hatte, oder ob er sogar davon ausgegangen war, dass Schulte das Zeitliche gesegnet hatte, wusste nur Berger selbst.

Schulte spürte durch den Schmerz immer stärker Wut aufkommen. Diese reichte immerhin aus, um ihn vollends in die Vertikale zu bringen, wenn auch verbunden mit weiteren Schmerz- und Schwindelattacken. Er schaute auf seine Armbanduhr und stellte fest, dass er sich unfreiwillig eine Auszeit von einer halben Stunde genommen hatte. Leise stöhnend wankte er aus dem feuchten Gemäuer. Draußen schlug er die Hände vor das Gesicht und sackte wieder zusammen. Mittlerweile war die Sonne herausgekommen und wirkte auf ihn wie eine Blitznarkose. Nur langsam rappelte er sich wieder auf.

Er schaffte es irgendwie, zu seinem Auto zurück zu kommen. Der Hund tobte wie angestochen immer rund um das Auto, als Schulte ihn kurz herausließ. Endlich fühlte sich der Polizist bereit zu fahren. Er sperrte den Hund wieder ein und ließ den Wagen an. Ein laut schmatzendes Geräusch, verbunden mit dem Gefühl, am Boden festzukleben, ließ ihn sofort wieder stoppen. Er stieg aus und sah, was er vorher nicht beachtet hatte. Alle vier Reifen waren platt!

Das war kein Zufall, das war Berger gewesen. Deshalb hatte der Hund sich so aufgeregt. Was sollte er tun? Am besten, die Kollegen anrufen. Als er nach dem Handy suchte, fiel ihm ein, dass dieses ja nicht zu gebrauchen war. Zu Fuß den Berg hinunter? Würde er es bis zum Naturfreundehaus schaffen? In seinem Zustand? Ausgeschlossen!

Kurzentschlossen stieg er wieder ein und startete den Granada. Die Reifen waren sowieso hinüber und die Felgen... na, die waren auch schon locker zehn Jahre alt. Und, wenn wirklich eine Achse brechen sollte, dann...

„Scheiß drauf!"

Nichts wie weg hier! Im Schneckentempo rollte der schwere Wagen an, drehte einen Halbkreis und fuhr auf die bergab führende Straße. Langsam, ganz langsam kam er voran, es ging schließlich immer nur nach unten. Schneller hätte Schulte auch gar nicht fahren können ohne von Schwindel erfasst zu werden. Die rasenden Kopfschmerzen waren schlimm genug.

Endlich kam er unten an der Straße an, die links nach Altenbeken und rechts nach Veldrom führte. Schulte stoppte den Wagen am Straßenrand, schloss vor Erschöpfung die Augen und atmete tief durch. Er saß etwa fünf Minuten dort, mehr bewusstlos als wach, da hielt hinter ihm ein grün-weißes Fahrzeug an. Zwei grün gekleidete Männer stiegen aus und rissen die Fahrertür auf.

„Mensch! Das ist doch Schulte! Der Hauptkommissar aus Detmold! Ist der besoffen?"

70

„Das kann doch gar nicht sein!" schimpfte Lohmann und legte das Telefon zurück. „Die Kollegen von der Streife schwören Stein und Bein, dass kein *Nissan Patrol* durch Veldrom gekommen ist. Dabei hätte er längst durch sein müssen. Das Auto ist wie vom Erdboden verschwunden!"

„Vielleicht hat er unterwegs angehalten. Auf irgendeinem Waldweg!" warf der besonnene Braunert ein.

In diesem Augenblick ging wieder Lohmanns Telefon.

„Jupp! Wo steckst du? Wir suchen dich seit Stunden! Was? Du bist verletzt? Wo... Ja, schon gut! Ich höre zu."

Lohmann hörte eine Zeitlang aufmerksam zu und legte dann auf.

„Schulte hatte einen Zusammenstoß mit unserem Täter!"

In knappen Worten schilderte er seinem Kollegen Schultes Abenteuer.

Sofort stand Braunert auf und ging zu der großen Wandkarte des Kreises Lippe.

„So, wenn Berger also die Straße vom Velmerstot runtergekommen ist, aber anschließend weder in Altenbeken noch in Veldrom wieder gesichtet wurde, dann ist er vermutlich über Kempen Richtung Schlangen gefahren. Das ist kein Problem. Dann ist er von Schlangen aus entweder wieder Richtung Paderborn, was wohl keinen Sinn macht, denn aus der Gegend ist er ja gekommen, oder er ist über die Gauseköte nach Detmold gefahren. Wenn er das gemacht hat, haben wir allerdings keine Chance mehr, ihn abzufangen. Denn nach Schultes Beschreibung hatte er alle Zeit der Welt und ist wahrscheinlich schon in Detmold."

„Und wir sind wieder mal die Deppen!" ergänzte Lohmann frustriert.

71

„Da, da ist er!" Vor Aufregung hätte Wachtmeister Rossmann beinahe gestottert. Hektisch zeigte er seinem Kollegen Hoffmann, was er meinte.

„Wahrhaftig!" rief dieser. „Der *Nissan*! Die Farbe stimmt!"

„Und das Kennzeichen stimmt auch, Paderborn NW 96! Das ist der Gesuchte! Los, gib das sofort an die Kollegen durch!"

Während Wachtmeister Hoffmann das Autofunkgerät zu sich heranzog, startete Rossmann den Polizeiwagen und fuhr hinter dem gesuchten Geländewagen die Paderborner Straße hinunter Richtung Detmolder Innenstadt. Endlich hatte Hoffmann Verbindung mit Lohmann bekommen.

„Wir haben ihn! Ja, in Heiligenkirchen, kurz vor der Abfahrt nach Hiddesen! Wir fahren jetzt hinterher. Ja, wir sind vorsichtig! So, er ist jetzt über die Kreuzung Höhe Umspannwerk gefahren, er bleibt in Richtung Innenstadt."

Lohmann reagierte schnell. Er dirigierte über Funk ein anderes Fahrzeug, welches sich gerade am Schubert-Platz befand, zur Kreuzung Allee/Paulinenstraße. Dort sollte es den *Nissan* an der Ampel stoppen. Das Polizeiauto setzte sich sofort mit Blaulicht und Martinshorn in Bewegung und kam nur Sekunden zu spät.

72

Arnold Berger hatte bereits bemerkt, dass er von einem Polizeiauto verfolgt wurde und war alarmiert. Als er jetzt das andere Polizeifahrzeug von der Paulinenstraße her kommen sah und er eigentlich wegen der roten Ampel am Willy-Brandt-Platz hätte anhalten müssen, fackelte er nicht lange, sondern gab Vollgas. Der kräftige und schwere Off-Roader röhrte auf, beschleunigte und raste geradewegs auf den Polizisten-*Passat* los. Er traf den *Passat* mit seinem ‚Kuhfänger' am vorderen linken Kotflügel und schob ihn locker beiseite. Dann bog er scharf nach links in die Paulinenstraße ein und beschleunigte noch stärker. Rossmann hatte mittlerweile das Blaulicht und das Martinshorn angestellt und raste nicht weniger schnell hinterher.

Der zur Seite geschobene Kollege musste warten.

„Wir sind noch dran!" schrie Hoffmann in den Funk. „Jetzt Höhe Luxor! Der Kerl kennt keine Gnade. Der ballert einfach über jede rote Ampel. Er hat gerade schon wieder ein anderes Auto gerammt!"

„Okay!" sagte Lohmann. „Wir versuchen, ihn bei der Post zu stellen. Es sind schon Kollegen dahin unterwegs."

Aber auch hier fuhr Berger über die rote Ampel, schob wie mit einem Panzer einen *Fiat Punto* einfach aus dem Weg und bretterte nach rechts in die Bismarckstraße. Hoffmann und Rossmann immer hinterher. Berger ließ die Mühlenstraße, den Mühlendamm und die Lortzingstraße links liegen und bog mit quietschenden Reifen in den Doktorweg ein. Er hatte jedoch sein Tempo arg unterschätzt und fuhr bei einem parkenden *Mercedes* hinten auf. Nicht, dass dies seinem Rambo-Fahrzeug irgendwelchen nennenswerten Schaden zugefügt hätte, aber vorwärts ging erst mal nicht mehr und hinter ihm bog gerade Wachtmeister Rossmann in den Doktorweg ein.

Arnold Berger sprang aus dem Fahrzeug, überquerte sprintend den schmalen Grünstreifen und lief in den Seiteneingang des Landestheaters. Rossmann und Hoffmann folgten mit einem Rückstand von einer halben Minute.

Als Berger durch einen der Flure in Richtung Ateliers rannte, kam ihm eine kleine Gruppe von drei Leuten in die Quere. Zwei Männer und eine Frau. Die junge, hübsche Frau in mit Farben bekleckerter Latzhose. Berger riss eine Pistole aus seinem Gürtel, griff der Frau um den Hals, zog sie zu sich und hielt ihr die Waffe an die Schläfe.

„Los, verschwindet!" schrie er die beiden Männer an, die vor Schrecken starr nicht in der Lage waren, sich zu rühren.

„Und ihr auch! Los, weg mit euch! Sonst mach ich sie kalt!"

Damit waren Hoffmann und Rossmann gemeint, die mittlerweile auch angekommen waren. Die beiden Polizisten reagierten schneller als die Bühnenarbeiter und zogen sich zurück.

Berger riss seine Geisel mit sich durch eine Tür und lief durch die Ateliers.

73

„Nein! Ins Krankenhaus kann ich gehen, wenn wir den Kerl haben! Den greife ich mir und niemand wird mich daran hindern!"

Josef Schulte war empört. Polizeirat Erpentrup hatte es eigentlich gut gemeint und wollte ihn wegen seiner Kopfverletzung sofort in die Ambulanz bringen lassen. Aber Schulte hatte Blut geleckt und ließ sich nicht von Vernunft ablenken. Er, er ganz persönlich wollte Berger fassen und wenn er dafür mit dem Kopf durch die Wand müsste. Vor einigen Minuten erst war er in den Räumen der Kriminalpolizei an der Bielefelder Straße aufgetaucht und hatte da wegen seines Zustandes für großes Aufsehen gesorgt.

„Lassen Sie doch wenigstens den Hund hier," rief ihm Erpentrup hinterher. „Was wollen Sie denn mit dem anfangen!"

Aber auch das hörte Josef Schulte schon gar nicht mehr. Er ließ den großen und nicht sehr sauberen Hund auf die winzige, aber pingelig gepflegte Rückbank von Braunerts *BMW Z3* springen, was Axel Braunert gar nicht witzig fand. Aber da es jetzt nicht die Zeit war, über solche Feinheiten zu streiten, startete er das Cabrio und ließ den Pferdestärken ihre Freiheit.

Als die beiden am Landestheater eintrafen, stand bereits ein ganzer Pulk Menschen vor dem Seiteneingang am Doktorweg. Der Haupteingang, aber auch der Hintereingang am Lustgarten war von Polizisten bewacht. Schulte erklärte dem Hund, dass er auf keinen Fall das Auto verlassen dürfe. Einschließen ging bei dem Cabrio nun mal nicht.

Wachtmeister Rossmann klärte Schulte und Braunert kurz und sachlich über die Situation auf. Schulte kommandierte:

„Wir müssen den Ring enger ziehen! Aber langsam und vorsichtig. Mein Kollege Braunert geht mit zwei anderen Kollegen durch diesen Hintereingang. So weit, bis er auf Widerstand trifft. Dann wartet seine Truppe. Okay? Ich selbst werde, mit euch beiden," dabei zeigte er auf Rossmann und Hoffmann, „durch den Haupteingang das gleiche versuchen. Die Hintertür bleibt einfach nur bewacht. So viel Personal haben wir nicht. Wir brauchen zwei Funkgeräte. Los, her damit!"

Axel Braunert wählte unter den Polizisten zwei Männer aus und verschwand mit ihnen. Schulte ging mit seiner Truppe um das Gebäude herum und trat dann vorsichtig durch den Haupteingang in das menschenleere Foyer. Er stieg keuchend und unter starken Kopfschmerzen einige Treppenstufen, winkte seine Begleiter zu sich hinauf und zog dann vorsichtig eine der Türen auf. Dahinter fand er einen hufeisenförmig um den Zuschauerraum laufenden Flur. Da Schulte noch nie im Landestheater war, kannte er sich nicht aus und musste sich von Rossmann belehren lassen, das von diesem Flur aus auf beiden Seiten in Höhe des Zuschauerbereiches je eine Tür in den Theaterraum hinein führte. Welche der beiden Türen sie nahmen, spielte keine Rolle. Hinter jeder konnte Berger mit seiner Geisel stecken.

Auf Schultes geflüsterte Anweisung hin nahmen die beiden Begleiter jeweils neben der Tür auf der rechten Seite mit entsicherter Pistole ihre Position ein, während Schulte ganz langsam und so leise wie möglich die Tür aufstieß. Als sie ein Stück geöffnet war, trat Schulte langsam durch den Rahmen.

„Weg hier! Oder es geht ihr dreckig!" schrie eine hysterische Männerstimme.

Schulte konnte niemanden sehen. Es ließ sich auch aufgrund der hervorragenden Akustik nicht so leicht die Position des Mannes ausmachen. Die Stimme hatte den ganzen Raum mächtig erfüllt. Woher sie kam, konnte Schulte nicht feststellen. Er trat schnell wieder zurück in den Flur, ließ die Tür aber offen stehen.

„Sie haben keine Chance! Das ganze Theater ist umstellt! Machen Sie nicht noch mehr Dummheiten und kommen Sie freiwillig raus!"

Das war vermutlich nicht nach dem Lehrbuch für Geiseldramen, aber Schulte hielt sich sowieso nur mit äußerster Energieleistung aufrecht. Für Feinheiten fehlte ihm jetzt jeder Sinn.

Dann piepte sein Funkgerät. Es war Erpentrup.

„Herr Schulte, ich komme jetzt zu Ihnen rein. Ich werde die Verhandlungen führen. Warum? Weil ich nun mal hier die oberste Instanz bin, darum! Ist der Weg zu Ihnen frei?"

Schulte stöhnte. Wenn er jetzt irgendwas gar nicht gebrauchen konnte, dann einen wie Erpentrup, der glaubte, alles besser zu wissen. Kurz darauf stand sein Chef neben ihm, mit einem Megafon in der Hand. Erpentrup hielt das Megafon so weit wie möglich durch die Tür und sprach. Im wesentlichen das Gleiche wie Schulte, bloß etwas ausgefeilter.

Nach einiger Zeit antwortete Berger.

„So, ihr grünen Jungs! Jetzt passt gut auf. Ich will ein vollgetanktes Auto. Aber kein *VW Lupo*, sondern was richtiges. Und baut da bloß keine Schweinereien ein. Irgendwelche Sender oder so was. In dem Auto stehen dann die drei Koffer aus dem *Nissan*, aber unangetastet. Klar?"

Seine Stimme war immer noch unnatürlich laut, wirkte aber jetzt noch hysterischer als eben. Wieder war nicht festzustellen, aus welcher Ecke des riesigen Raumes er sprach. Auf der Bühne stand er jedenfalls nicht, wie Schulte bei einem blitzschnellen Rundblick erkennen konnte. Die Bühne war leer.

„Und noch was! Wenn ich merke, dass mich jemand verfolgt, dann geht es diesem süßen Geschöpf hier an den Kragen. Und dann gebe ich richtig Gas. Lebend kriegt ihr Versager mich nicht! Übrigens, ich habe es eilig! Kapiert?"

Erpentrup versprach ihm, alles nach seinen Wünschen zu regeln, bat aber um etwas Zeit. Zu Schulte gewandt, tuschelte er:

„Zeit gewinnen, Herr Schulte. Zeit gewinnen ist jetzt alles!"

Schulte gab ihm, wenn auch ungern, recht. Was anderes wäre ihm jetzt auch nicht eingefallen. Was sollten sie sonst tun? Einen Sturmangriff starten? Völliger Wahnsinn. Bis sie herausgefunden hätten, wo sich Berger verschanzt hat, wären sie alle von ihm erschossen worden. Während Erpentrup die Wünsche des Geiselnehmers nach draußen funkte, lugte Schulte noch einmal vorsichtig durch die Tür. Er konnte noch immer keinen Berger erkennen, aber hinter dem Bühnenvorhang sah er Axel Braunert hervorlinsen. Dieser signalisierte ihm durch Handbewegungen, dass er ebenfalls nicht wisse, wo der Mann steckt. Schulte überlegte verzweifelt. Wie konnte das angehen? Wenn er vom oberen Bereich aus in den Theaterraum schaute und Braunert von der Bühne aus, also von unten, und beide konnten keine Person erkennen, ja, wo zum Teufel steckte sie dann? Solange sie die Position des Bewaffneten nicht kannten, hatten sie keine Chance, in den Theaterraum einzudringen, ohne sich persönlich in Lebensgefahr zu begeben.

Schulte teilte diese Bedenken leise seinem Chef mit. Erpentrup nickte.

„Wir können nur auf Zeit spielen. Zermürbungstaktik! Irgendwann wird der Kerl weich, wir müssen nur Geduld haben!"

Schulte hatte da seine Bedenken. Im Normalfall mochte Erpentrup ja recht haben, aber die sich dem Kollaps nähernde Sprechweise des Geiselnehmers deutete weniger auf ein Zermürben als auf einen bevorstehenden Nervenzusammenbruch hin. Und dann war alles möglich!

„Nein! Wir müssen ganz schnell hier klare Verhältnisse schaffen. Der Kerl dreht uns durch und dann Gnade Gott der armen Frau!"

282

Erpentrup schnaufte, fragte aber sachlich: „Haben Sie eine Idee?"

Wieder einmal fasste sich Schulte an die Kopfwunde. Er musste rasende Kopfschmerzen haben.

„Ich werde rein gehen! Allein! Ohne Waffe! Ich werde das vorher ankündigen. Ich werde ihm sagen, dass ich ihm einen Vorschlag machen will und dass wir in Ruhe verhandeln müssen. Von Angesicht zu Angesicht. Dann werde ich mich als Geisel anbieten, im Austausch gegen die junge Frau."

Erpentrup starrte ihn entsetzt an.

„Sie sind ja völlig verrückt! Glauben Sie, das lasse ich zu? Ich werde doch nicht das Leben eines meiner Beamten aufs Spiel setzen. Sie bleiben hier!"

Schulte schaute ihn müde an.

„Herr Erpentrup! Ich werde dafür bezahlt, mich in Gefahr zu begeben. Diese junge Frau aber nicht!"

Damit trat er langsam durch die geöffnete Tür und rief:

„Herr Berger! Hören Sie mich kurz an. Ich komme jetzt zu Ihnen. Ohne Waffe!" Dann warf er seine Pistole in hohem Bogen Richtung Bühne. Die Waffe schlug laut polternd auf den Brettern, die angeblich die Welt bedeuten, auf.

„Ich werde Ihnen einen vernünftigen Vorschlag machen, der Sie sicher zufrieden stellen wird. Wo soll ich hinkommen? Nach unten?"

Nach diesen, betont ruhig gesprochenen Worten, ging er mit erhobenen Händen ganz langsam die Stufen herunter Richtung Bühne. Irgendwohin musste er ja gehen. Er war noch keine drei Schritte gegangen, als Berger förmlich kreischte:

„Bleib stehen! Keinen Schritt weiter! Wir können auch so sprechen. Was ist mit dem Vorschlag?"

Die Stimme kam aus Richtung Bühne, daran konnte es keinen Zweifel geben. Sehen konnte Schulte immer noch nichts. Aber erklären musste er jetzt was.

„Herr Berger, ich bin Polizeibeamter. Hauptkommissar bei der Kripo Detmold. Ich bin also nicht irgendwer. Ich gelte hier was. Wenn ich mich im Austausch mit der jungen Dame als Geisel zur Verfügung stelle, gewinnen Sie. Mir geht es nicht um irgendwelche Tricks. Nur um die Sicherheit einer unschuldigen Person. Das ist doch in Ihrem Sinne, oder?"

Einige Sekunden war Ruhe. Dann durchbrach wieder Bergers schrille Stimme den Raum.

„Okay! Ich bin einverstanden. Kommen Sie ganz langsam, mit erhobenen Hände runter zur Bühne. Wenn Sie unten sind, lasse ich das Mädchen frei. Aber keine Tricks, sonst ist mir alles scheißegal!"

Schulte stieg, Stufe für Stufe, immer weiter hinunter. Von der Höhe 2. Parkett zum 1. Parkett, bis er auf Höhe der Sitzreihe 2 stand. Noch immer konnte er nicht erkennen, wo sich Berger aufhielt.

Er ging weiter, bis er unmittelbar vor dem Orchestergraben stand. Da sah er ihn!

Berger drückte sich mit seiner Geisel unter den Überstand, den die Bühne über den ihr zugewandten Teil des Orchestergrabens bildete. Deshalb hatte ihn niemand sehen können!

Schulte blickte in die Mündung von Bergers Pistole, als dieser anfing, schrill und völlig überdreht zu lachen.

„Was seit ihr Polizisten doch klug! Will der Kerl den Helden spielen! Meint, ein Bulle zählt mehr als eine hübsche junge Frau. Weißt du, was am meisten zählt? Ein Bulle und eine hübsche junge Frau als Geiseln!!! Los, runter in den Graben! Aber zack, zack!"

Schulte stand kurz vor dem Zusammenbruch. Mit letzter Kraft hatte er Schmerzen und Erschöpfung überwunden, um seinen Job gut zu machen. Und war wie ein Anfänger in die Falle getappt! In seinem Kopf tobte wieder ein Orkan, der sich durch Bergers grelles Lachen noch verstärkte. Durch diesen Orkan hörte er aber hinter sich einen kleinen Tumult, den Befehl: „Halt!", lauter werdendes Hecheln und plötzlich fühlte er, wie ein riesiges zotteliges Wesen an ihm hochsprang und ihm durchs Gesicht leckte.

„Was ist das denn? Eure Geheimwaffe?" gellte Bergers unangenehme Stimme durch den ganzen Theatersaal. „Den Köter mache ich ganz schnell kalt!"

Als der Hund diese Stimme hörte, zuckte er wie von einer Peitsche getroffen zusammen. Aber nur ganz kurz!

Diesen Mann kannte er. Damals, beim ersten Besuch auf dem Velmerstot, hatte dieser Kerl mit einem Eisenrohr zugeschlagen!

Das kräftige Tier schnellte ansatzlos von Schulte weg, sprang mit einem gewaltigen Satz in den Orchestergraben und riss Berger so schnell zu Boden, dass dieser nicht mehr reagieren konnte. Seine Pistole fiel polternd auf die Holzdielen.

Sekunden später war auch Schulte in dieser Vertiefung und stand breitbeinig über ihm.

Schulte sah noch die junge Frau, die sich ängstlich in die äußerste Ecke des Raumes verkrochen hatte. Er hielt durch, bis Axel Braunert aus der Kulisse hervorstürmte und ihm die alleinige Verantwortung für Berger abnahm.

Dann brach er völlig erschöpft zusammen.

74

Es war fünf Uhr dreißig. Am Morgen. Josef Schulte träumte gerade von Maren Köster. Davon, dass sie von seinem Beitrag zur Lösung des Falles ungeheuer beeindruckt war. Und davon, dass sie dabei war, ihm den verdienten Lohn des Helden zukommen zu lassen. Sie legte gerade ihre zarten Arme um seinen Hals...

...da wurde sein Glück jäh unterbrochen!

Die grelle Deckenlampe blendete ihn brutal. Eine Krankenschwester, die im Rahmen knapper Kassen im Gesundheitswesen für drei arbeiten musste, fuchtelte genervt mit einem elektronischen Fieberthermometer unter seiner Nase herum.

„Guten Morgen, Herr Schulte! Wie geht es uns denn?"

Schulte stöhnte und wollte die Augen wieder schließen. Aber es ging weiter.

„So, dann wollen wir mal hübsch die Temperatur messen, Herr Schulte!"

„Warum? Mir ist nicht kalt! Wieso denn Temperatur messen?"

„Ihre Körpertemperatur, Herr Schulte. Fiebermessen! Das kennen Sie doch, oder?"

Schulte wurde etwas rot.

„Und wie? Hinten rein?"

Die Krankenschwester lachte.

„Nein! Unterm Arm reicht!"

Schulte nahm das Thermometer und schob es sich unter die verschwitzte Achsel.

Zwei Minuten später war er wieder eingeschlafen und empfand es als ungemein störend, als die Schwester ihn nach einer Viertelstunde wieder aus sehnsuchtsvollen Träumen riss. Sie wollte das Fieberthermometer ablesen.

Es dauerte einige Zeit, bis Schulte den Zusammenhang verstand. Dann nestelte er an seinem T-Shirt herum, kramte das Messgerät unter seinem Arm hervor und gab es der Schwester, die mit beunruhigend ernster Miene den Wert ablas.

Ohne auch nur ein weiteres Wort zu sagen warf sich Schulte auf die andere Seite, zog die Decke über den Kopf und versuchte, wieder einzuschlafen. Das gelang ihm auch problemlos. Leider dauerte sein Glück wieder nicht lange.

„Herr Schulte! Ich möchte Ihnen Blut abnehmen!" Jetzt wurde es Schulte langsam ungemütlich. Wortlos hielt er der Schwester den rechten Arm hin, sah dabei aber nach links, um den Vorgang nicht beobachten zu müssen.

Kaum war die Nadel aus seinem Arm gezogen, schon hörte man die ersten Töne eines leisen, sich aber verstärkenden Schnarchens, da betrat die Krankenschwester erneut das Zimmer.

„Frühstücken!"

„Ich will nicht frühstücken!", rief Schulte und zog demonstrativ die Decke über den Kopf.

„Das ist Ihr Problem," entgegnete die Schwester und stellte ihm das Tablett auf den Nachttisch.

Jetzt wurde es Schulte zu bunt. Er stand auf, ging zum Schrank, öffnete ihn, nahm seine Jeans und zog sie an.

„Was haben Sie denn vor?", fragte die Schwester entgeistert.

„Ich gehe zum Dienst! Da habe ich mehr Ruhe als in euerm Laden hier!"

„Das können Sie doch nicht machen! Sie haben eine schwere Gehirnerschütterung!"

Schulte winkte ab. Zog sich Hemd und Jacke an und verließ das Zimmer.

Die Schwester sah ihm verblüfft nach. Leise sagte sie zu sich selbst:

„Na wenn der mal nicht bald wieder hier ist."

Schulte stand auf der Röntgenstraße und atmete die frische Morgenluft ein. Dann machte er sich in Richtung Polizeibehörde auf den Weg. Doch schon am Bahnhof wurde ihm schwindelig. Er musste sich auf eine Bank setzen, um sich auszuruhen. Nach fünf Minuten hatte er sich wieder etwas erholt. Sein Kopf dröhnte. Also entschloss er sich, ein Taxi zu nehmen. Er ging zu einem der wartenden Taxen, öffnete die Tür und nannte dem Fahrer seinen Zielort.

Am Polizeigebäude angekommen, bemerkte er, dass er seine Geldbörse im Krankenhaus vergessen hatte. Er sagte dies dem Chauffeur und bat ihn, eine Minute zu warten. Doch der erfahrene Taxifahrer traute dem Braten nicht.

„Das sagen ´se alle. Ich komme mit!"

So ging er mit Schulte ins Polizeirevier. Am Eingang kam ihnen Karin Scharfberg entgegen. Sie sah Schulte und schlug die Hände vor das Gesicht:

„Herr Schulte! Sie sehen ja aus, als wären Sie dem Tod gerade von der Schippe gesprungen. Ist Ihnen nicht gut?"

„Doch doch! Alles in Ordnung. Kannst du mir mal zwanzig Mark leihen?"

Seine Kollegin von der Telefonzentrale zog eine Geldbörse aus der Tasche und gab ihm den Schein, den dieser wortlos an den Taxifahrer weiterreichte.

Schulte bedankte sich bei Karin Scharfberg, versicherte ihr, das Geld so schnell als möglich zurück zu zahlen und ging dann zu seinem Büro.

Er schaffte es gerade bis zu seinem Schreibtischstuhl, als die Knie wieder weich wurden. Nach kurzer Erholungsphase schaltete er seinen PC an und wartete, bis sich die *Berichtsmaske* aufgebaut hatte.

Plötzlich bewegte sich das B von *Berichts*...und segelte wie ein Blatt, im Herbst zu Boden.

Schulte traute seinen Augen nicht. Er schüttelte den Kopf. Dann sah er wieder auf den Bildschirm. Die nächsten Buchstaben fielen.

Er geriet in Panik. War er wirklich so krank? Hatte er Halluzinationen?

Schulte tanzten Sterne vor den Augen. Dann wankte er. Als Maren Köster in diesem Augenblick in sein Büro trat, und ihn mit schneller Reaktion auffing, war er bereits wieder im Reich der Träume angekommen.